Comentarios de la Guerra de las Galias

Clásica
Humanidades

JULIO
CÉSAR

COMENTARIOS DE LA GUERRA DE LAS GALIAS

Traducción y edición de Alfonso Cuatrecasas

AUSTRAL

Obra editada en colaboración con Editorial Planeta – España

Título original: *Caesaris Commentarii de Bello Gallico*

Julio César

Bajo el sello editorial AUSTRAL M.R.
Avenida Presidente Masarik núm. 111,
Piso 2, Polanco V Sección, Miguel Hidalgo
C.P. 11560, Ciudad de México
www.planetadelibros.com.mx

Diseño de la colección: Compañía

Primera edición impresa en España en Austral: 20-I-2001
Primera edición impresa en España en esta presentación: enero de 2017
ISBN: 978-84-670-4922-0

Primera edición impresa en México en Austral: abril de 2022
ISBN: 978-607-07-8576-4

Impreso en los talleres de Litográfica Ingramex, S.A. de C.V.
Centeno núm. 162-1, colonia Granjas Esmeralda, Ciudad de México
Impreso en México -*Printed in Mexico*

Biografía

Julio César (100 a. C. – 44 a. C.) es, sin ninguna duda, uno de los personajes más influyentes de Occidente. Sagaz militar y hábil hombre de Estado, cambió de forma decisiva el curso de la historia de Roma. Nacido en el seno de una familia patricia modesta, se comprometió con la facción popular a través de su matrimonio con Cornelia. Tras unos años en Asia en el Ejército, volvió para iniciar su carrera política. Para derogar el gobierno del dictador Sila, formó, con Pompeyo y Craso, el Primer Triunvirato. Luchó contra las tribus galas y ganó el control de las Galias, granjeándose así el favor del pueblo romano. La inestabilidad política del triunvirato se hizo patente a la muerte de su hija Julia (esposa a su vez de Pompeyo) y acabó desencadenando la Segunda Guerra Civil de Roma, de la que forma parte el célebre episodio en el que César cruzó el río Rubicón y se hizo con el poder de Roma, como dictador. Fue asesinado por sus rivales, con los que había tenido clemencia, durante los idus de marzo del año 44 a. C. Tras su muerte, se instauró el Imperio, bajo el mando de Augusto, y todos los emperadores llevaron el nombre de César, como homenaje a un hombre singular que cambió el futuro de uno de los pueblos más poderosos que jamás hayan existido.

ÍNDICE

COMENTARIOS DE LA GUERRA DE LAS GALIAS

INTRODUCCIÓN

Posiblemente a lo largo de la historia de la humanidad no se encuentre otra figura que haya atraído como Cayo Julio César la atención de los historiadores. Su extraordinaria y fascinante personalidad como hombre y su envergadura y genio como militar y político lo justifican plenamente. Fue, además, una figura fundamental y determinante de su época, ya que con su lucha por imponer el dominio universal romano y por reunir la enorme fuerza de Roma por encima de luchas políticas y partidistas en un mando único, fuerte e indiscutible, pero magnánimo y atento al bienestar del pueblo, marcó una línea ya irreversible hacia una estructura política de signo monárquico, pero con unas instituciones democráticas fortalecidas: el Principado. Su asesinato en los Idus de marzo le impidió consumar o, más bien, consolidar su objetivo, pero le dejó el camino prácticamente andado a su sucesor y heredero, su sobrino Cayo Octavio, elevado posteriormente a la categoría de Augusto. Prueba evidente del reconocimiento y admiración de su época fue que todos sus sucesores en el mando supremo de Roma ostentarán como orgulloso título, que sintetiza su autoridad, dignidad y poder, el de «César».

Para mejor comprender y calibrar los motivos que impulsaron la actuación política de César y, al mismo tiempo, las dificultades y la repercusión de los logros militares y, sobre todo, políticos y sociales alcanzados por este hombre excepcional, intentaremos ofrecer al lector una amplia reseña biográfica de

Julio César, así como una breve panorámica de la situación interna de Roma durante el siglo I a. C. El personaje bien se lo merece.

Cayo Julio César nace en Roma el año 100 a. C. en el seno de una de las familias de más rancia aristocracia: la familia Julia, que se jactaba de descender por línea directa del mismísimo Julo, el hijo de Eneas, que había sido el fundador de la estirpe troyana. Por parentesco, sin embargo, y sobre todo por afinidades y simpatías, César se sentía más cerca de los populares que de la aristocracia. Era César, en efecto, sobrino de Mario [1], extraordinario dictador y general, un plebeyo surgido del pueblo, que transforma y profesionaliza el ejército y conduce las legiones romanas de victoria en victoria sobre Yugurta [2], y, en especial, sobre los cimbrios y los teutones, pueblos bárbaros que amenazaban a Roma, y sobre los pueblos itálicos durante la guerra social. Ese parentesco marcará profundamente la vida de César.

No disponemos de muchos datos fidedignos sobre su infancia. Sabemos que su familia vivía en el Suburra, barrio popular de la antigua Roma y de no muy buena reputación. Sabe-

---

[1] Mario estaba casado con la hermana del padre de Julio César. Cayo Mario (157-86 a. C.), que había nacido en una familia de campesinos, se alistó en el ejército, donde fue subiendo por méritos propios. Fue elegido tribuno del pueblo en 119 a. C., pretor el 116 y, al año siguiente, como propretor, obtuvo el mando de Hispania. Se distinguió en la guerra contra Yugurta. Fue cónsul en 107 a. C. y nuevamente desde el año 104 al 100 a. C. ininterrumpidamente. Venció a los cimbrios y teutones (101 a. C.). A partir de ese momento, como jefe del partido de los populares, empieza su guerra contra la clase senatorial. Se opone a Sila, jefe del partido senatorial. En el año 88 a. C. se exilia a África, y en el año 87 regresa a Roma, aprovechando la estancia de Sila en Oriente. En el 86 a. C. recibe el consulado por séptima vez. Transformó totalmente el ejército, convirtiéndolo en auténticamente profesional.

[2] Yugurta, rey de Numidia, compartía el trono con sus primos Hiempsal y Adherbal, a quienes Roma protegía. Yugurta los eliminó tras una serie de intrigas, y Roma le declaró la guerra en 111 a. C. Mario, finalmente, le derrotó el 105 a. C. y lo hizo ejecutar cuando celebró su triunfo, el 1 de enero de 104 a. C.

mos también que tuvo como preceptor a un galo, a Antonio Grifón; que a los quince años de edad perdió a su padre y que al año siguiente Mario le hizo sacerdote de Júpiter. Hacia el año 84 se divorcia o quizá rompe su compromiso, no lo sabemos a ciencia cierta, con Cosutia, hija de una rica familia de caballeros, y se casa con Cornelia, hija de Cinna[3], amigo y colega de Mario. Este hecho le granjeó, más que la enemistad, el odio de Sila, el dictador patricio representante de la aristocracia y enemigo de Mario, de quien había sido lugarteniente en la guerra contra Yugurta. Sila, en efecto, bajo pena de muerte, ordena a César divorciarse de su esposa Cornelia, a lo que éste se niega. Pierde por ello su ministerio religioso, y hubiera también perdido su vida si no hubiera escapado de Roma, cambiando de refugio cada día y comprando en ocasiones su vida a los soldados que le perseguían. Finalmente, gracias a la intercesión de sus amigos y de las vírgenes vestales, fue perdonado por Sila y regresó a Roma. No pudo, sin embargo, recuperar la requisada dote de su mujer, y nos dice Suetonio que Sila, al acceder a perdonarle, pronunció estas proféticas palabras: «¡Allá vosotros, pero sabed que ese hombre, al que tanto deseáis ver sano y salvo, acabará un día con el partido aristócrata, ese partido por el que habéis luchado conmigo; hay muchos Marios en César!».

En el entretanto, luchó en Asia Menor a las órdenes del pretor Marco Termo. Enviado por éste a Bitinia, a la corte del rey Nicomedes, se dice que fue amante del rey, hecho que después le echarán en cara sus enemigos, como Catón y Cicerón, pero que él dejó correr. Poco tiempo después, en la toma de Mitilene, fue premiado por Termo con una corona cívica[4].

---

[3] Lucio Cornelio Cinna, amigo y partidario de Mario, fue cónsul los años 87, 86, 85 y 84 a. C. El 86 tuvo a Mario como colega en el consulado. A la muerte de éste, asumió la jefatura del partido popular hasta su asesinato en Brindisi, el 84 a. C., cuando se disponía a combatir a Sila en Oriente.

[4] La *corona cívica* estaba formada con hojas de roble y se otorgaba por méritos en el combate.

Según Plutarco, fue en su viaje de regreso a Roma cuando ocurrió su famosa aventura con los piratas. En efecto, apresado César por éstos junto a Salamina, les preguntó qué rescate pedían por él. Al responderle los piratas que querían veinte talentos, se echó a reír y les dijo, medio en broma, medio en serio, que él valía y les daría cincuenta talentos, pero que, una vez libre, los ahorcaría a todos. Y así lo hizo. Luchó también en Cilicia a las órdenes de Servilio Isáurico, pero, enterado al poco tiempo de la muerte de Sila, regresó a Roma el 78 a. C. Una vez allí, viendo que el partido de Sila tenía aún mucha fuerza, marchó de nuevo de Roma. Esta vez se dirigió a Rodas, a la escuela de Apolonio Molón[5], de quien había sido discípulo el propio Cicerón. Parece ser que César, como para tantas otras cosas, tenía unas dotes extraordinarias para la oratoria. Suetonio nos dice[6], en efecto, que en cuanto a elocuencia sobrepasó la gloria de los mayores maestros; y para confirmarlo cita una carta de Cicerón a Cornelio Nepote en que dice: «¿Qué orador, incluso de aquellos que no se dedican a otra cosa que no sea a la elocuencia, podrías anteponer a César? ¿Quién es más agudo o más rico en pensamientos? ¿Qué otro hay que se exprese de forma más artística y elegante?». Nos dice también que tenía voz clara y penetrante y unos ademanes llenos de fuerza y no exentos de gracia. También Cicerón en su *Bruto*[7], al enumerar a los oradores, dice que César no tenía que envidiar a nadie y afirma que «tiene una elocuencia elegante, espléndida, llena de magnificencia y con una especie de natural nobleza». Pese a todo lo expuesto, pospuso César su carrera en el foro a la carrera militar y política. En efecto, nada más regresar a Roma, se esforzó en granjearse el favor

---

[5] Apolonio Molón era un retórico griego, filósofo estoico, nacido en Alabanda (Caria, Asia Menor). Residió largo tiempo en Rodas, que era un importante centro de cultura, y tuvo como discípulos a Cicerón y César.

[6] Cayo Suetonio: *Vida de los 12 césares. César,* cap. LV. Todas las citas de Suetonio en esta Introducción pertenecen a esta misma obra.

[7] M. T. Cicerón: *Brutus,* pág. 261.

del pueblo con sus defensas elocuentes, con su natural afabilidad y dulzura de trato, con su extraordinaria generosidad y atractivo personal y con su sencillez y accesibilidad para con todos.

No se hicieron esperar los resultados. El año 70 a. C., durante el primer consulado de Pompeyo y Craso, en competencia con Cayo Popilio es elegido tribuno militar por el pueblo. Durante el desempeño de ese cargo, ayudó con todas sus fuerzas, en favor del pueblo, a los partidarios del restablecimiento de la potestad tribunicia [8], cuyas prerrogativas había prácticamente eliminado el dictador Sila. Una segunda muestra del favor popular la recibe cuando, después de morir ese mismo año su tía Julia, hermana de su padre y esposa de Mario, y también su mujer Cornelia, pronuncia en el foro un espléndido elogio fúnebre en honor de ambas, atreviéndose luego, en la ceremonia fúnebre, a hacer llevar en procesión las imágenes de Mario, que había sido declarado por el Senado «enemigo público». Indignados y clamando contra ello, algunos miembros del partido aristócrata intentaron evitarlo, pero el pueblo les salió decididamente al encuentro aclamando a César, eufóricos de que se hubiesen restituido los debidos honores a Mario. Además, si bien era usual en Roma el elogio fúnebre a las mujeres ancianas, como Julia, nunca, en cambio, se había hecho a una mujer joven, como su esposa Cornelia. Fue César el primero en pronunciarlo, lo que aumentó entre el pueblo su consideración de hombre benigno, leal, piadoso y de compasivo carácter.

Elegido cuestor el año 69 a. C., le tocó en suerte la Hispania Ulterior, a las órdenes del procónsul Antistio Vélere, se ganó

---

[8] Los tribunos de la plebe, como su nombre indica, eran los magistrados del pueblo. Tenían la misión de representarlo y defenderlo oponiendo su derecho de veto a cualquier ley que consideraran lesiva para el pueblo. Eran inviolables. A esta magistratura sólo podían acceder los plebeyos. Su origen se remonta al año 491 a. C. Fueron dos, al principio; más tarde, cinco, y, finalmente, diez. Sus derechos únicamente eran válidos en la ciudad de Roma.

el aprecio de los naturales por su manera de administrar justicia y su afabilidad. De regreso a Roma, se casó el año 67 con Pompeya, hija de Quinto Pompeyo y nieta de Sila. En el año 65 es elegido edil. Siguiendo su decidido propósito de ganarse al pueblo, organizó y financió espectáculos, consistentes en juegos, cacerías y luchas de gladiadores, de una fastuosidad jamás conocida. Cubrió también las partes del foro y de las basílicas, usadas en los comicios, así como el Capitolio, con pórticos de quita y pon. Aprovechó además la coyuntura del gran favor popular del que disfrutaba para restablecer en el Capitolio, de noche y en secreto, las imágenes y los trofeos de Mario, en clara oposición a la clase dominante, que nada pudo hacer en contra, debido, una vez más, a la intervención de la plebe.

Fue elegido pontífice máximo el año 63 (pertenecía al Colegio Pontificio desde el 73) en sustitución de Quinto Cecilio Metelo, que había fallecido. Presentándose al cargo en dura competencia con dos distinguidos competidores de gran peso en el Senado, se dice que César le anunció a su madre: «hoy verás a tu hijo o pontífice o desterrado». Tras la votación, los sufragios dieron a César una arrolladora victoria. El año siguiente, el 62 a. C., durante el consulado de Cicerón y cuando también César, prosiguiendo su imparable carrera política, estrenaba su cargo de pretor, se descubrió la conjuración de Catilina. Lucio Sergio Catilina, de origen noble, tras haber intentado en vano ser nombrado cónsul, fue acusado por Cicerón, con el respaldo de los optimates[9], de intentar apoderarse del gobierno por la fuerza, trastocando los cimientos del estado y planeando, incluso, la destrucción de Roma en su propio beneficio. Mucho se podría hablar de todo ello y muy probablemente no ocurrieran estos sucesos como han llegado hasta

---

[9] La clase senatorial u *optimates,* la nueva nobleza de Roma, había surgido de la fusión de los antiguos patricios con la elite de los plebeyos. Esta clase estaba formada por los magistrados y ex magistrados, que eran, a su vez, los componentes del Senado.

nosotros [10], pero el hecho, en cualquier caso, es que se intentó, sin conseguirlo, implicar a César en la conspiración. Lo cierto es que cuando el cónsul Cicerón se dirigió al Senado inquiriendo qué pena había de aplicarse a los conjurados, todos los senadores, uno a uno, fueron respondiendo que tenían que ser condenados a muerte. Sin embargo, cuando le llegó el turno a César, a pesar de la presión y tensión política que se mascaba en el Senado, demostrando una vez más su valentía, independencia, y libertad de pensamiento, contestó que no era justo ni conforme a derecho condenar a muerte, sin haber precedido un juicio, a ciudadanos tan distinguidos por dignidad y linaje; que se les mantuviera en prisión hasta que el asunto hubiera concluido y pudiesen ser debidamente juzgados. Su discurso hizo profunda mella en el Senado y muchos de los presentes, incluso algunos de los que ya antes se habían manifestado a favor de la pena capital, cambiaban de parecer, inclinándose por la postura de César, pero la posterior intervención de Catón y Catulo hizo prevalecer la opinión del cónsul Cicerón y fueron condenados a muerte y ejecutados. También durante su pretura defendió denodadamente a Cecilio Metelo, tribuno de la plebe, que proponía, pese a la oposición de sus colegas, unas leyes profundamente subversivas en favor del pueblo. El resultado fue que a ambos se les cesó en sus cargos por decreto del Senado. Dos días después la multitud se reunió ante la casa de César, prometiéndole de forma tumultuosa su ayuda para restituirle en el cargo. César apaciguó a los manifestantes. El Senado, entonces, asustado por la reacción del pueblo y sorprendido, a la vez, por la actitud de César, le dio las gracias por medio de sus prohombres y le restituyó en el cargo con todos los honores. Ese mismo año, debido a una sospecha, muy posiblemente fundada, de infidelidad, repudia a su esposa Pompeya con la conocida frase: «La mujer de César no puede, siquiera, estar bajo sospecha».

---

[10] Las noticias que tenemos sobre Catilina son las que nos han transmitido sus más encarnizados enemigos: Cicerón, que era el cónsul que sofocó su revuelta, y Salustio.

Elegido propretor de la Hispania Ulterior al acabar su pretura, se vio hostigado por sus acreedores, a los que ciertamente debía una fortuna, y que solicitaban al Senado que no le dejara marchar antes de haber pagado sus deudas. Craso, el más rico de los romanos, pero que, en su rivalidad política con Pompeyo, necesitaba de la ayuda de César, le prestó las cantidades que precisaba. Ya en Hispania, la gestión de César fue excelente, tanto desde el punto de vista militar, como desde el civil y social. Salió además enriquecido y saludado como emperador por los soldados, cuya suerte y condiciones de vida había contribuido a mejorar considerablemente. Acabada su gestión, renunció a los honores del triunfo para poderse presentar al consulado. Aquél, en efecto, exigía que el aspirante estuviera fuera de Roma; éste, en cambio, requería que el aspirante a cónsul estuviera inexcusablemente en la ciudad. Y, en efecto, en julio del 60 a. C., fueron convocadas las elecciones —normalmente los comicios para elegir los magistrados se celebraban hacia el mes de julio del año anterior—. En reñida lucha, triunfó su candidatura y César fue elegido cónsul para el siguiente año 59 a. C, teniendo como colega a Bíbulo, del partido conservador.

Para que el lector se haga una idea de cómo respiraban en aquellos momentos los conservadores, baste decir que el íntegro, moralista e intransigente Catón opinaba que el soborno y la compra de votos contra Julio César estaba justificado porque en este caso favorecía al bien común.

Ante la prevención y recelo que el Senado muestra con respecto a su elección, y ante los intentos y estratagemas por parte de los optimates con el fin de menguar el peso y el poder de los futuros cónsules, decide César dar un impulso definitivo a su carrera política. Para ello se dedicó a ganarse el favor de Pompeyo y, lo que es más importante todavía, a recomponer la amistad entre Pompeyo y Craso, profundamente distanciados y enemistados desde que en el año 70 habían sido colegas en el ejercicio del consulado. Este hecho iba a ser decisivo en la futura historia de Roma.

Que César, que aparecía ahora como el jefe del partido popular, que había defendido a Catilina y había repuesto las imágenes de Mario en el Capitolio, era odiado por los optimates, resulta evidente. Éstos hubieran podido intentar frenar su progresiva pujanza oponiéndole un hombre del prestigio militar y de la talla política de Pompeyo, el conquistador de Oriente y adalid hasta entonces, de alguna manera, de la clase senatorial. Ésta, sin embargo, que había degenerado de aquellas antiguas virtudes tradicionales romanas, se había convertido en una clase mezquina y envidiosa, atenta sobre todo a mantener su *status,* y que desconfiaba y recelaba de cualquiera, incluso de los suyos, que destacase; y todo ello por envidia, no por defender unos ideales o principios, si exceptuamos, quizás, a Catón. Envidiosa, por tanto, de las victorias y riquezas de Pompeyo, tales que le permitían mantener un ejército propio, tras haberle pedido que lo licenciase, a lo que generosamente accedió Pompeyo, le trató con absoluta frialdad y se negó a cumplir lo que le había prometido: un reparto de tierras entre sus soldados. No le fue difícil, en consecuencia, a César ganarse a Pompeyo, reconciliarlo con Craso y concluir un pacto tripartito por el cual no se haría nada en el Estado que pudiera desagradar a cualquiera de los tres. Era el año 60 a. C. y había nacido el primer triunvirato.

Ya en el ejercicio de sus funciones de cónsul, su primer acuerdo fue disponer que se redactara un acta de las sesiones del Senado con sus negociaciones y decisiones, a fin de que el pueblo tuviera conocimiento de ellas. Estas *Acta Diurna* se fijaban en una tabla y por medio de una empresa de copistas se repartían gratuitamente por toda la República. Procedió después a la promulgación de su ley agraria en favor del pueblo en realidad, las leyes que antes habían intentado inútilmente hacer aprobar los Gracos y que les costó la vida—. Bíbulo, el colega de César, intentó oponerse, alegando que los augurios eran adversos, lo cual impedía la realización de la sesión. César lo hizo expulsar a la fuerza del foro. Habiendo puesto Bíbulo al día siguiente la correspondiente denuncia ante el Senado, no encontró a nadie dispuesto a escucharle y apoyarle en su petición de que se sancionase a César. Desde ese día ofuscó y ninguneó de tal manera a su colega Bíbulo que éste se encerró en su casa y no volvió a asistir al Senado, por lo que César gobernó en solitario y sin oposición alguna, hasta el punto de que los romanos, que denominaban los años con el nombre de los dos cónsules, llamaron humorísticamente al año 59 a. C. «el año de Julio y de César».

Por sus geniales dotes innatas y por la experiencia adquirida en el desempeño de sus anteriores magistraturas, César se había convertido en un perfecto estadista. Pompeyo, en cambio, que había confiado llevar la voz cantante en el triunvirato, se convirtió, lo mismo que Craso, en un mero instrumento de César. Éste, sin embargo, mantuvo, a pesar de la oposición del Senado (había descubierto que podía gobernar sin el Senado, haciendo aprobar las leyes directamente por la Asamblea del Pueblo [11]) todo lo prometido a Pompeyo: la entrega de tierras a sus soldados y la confirmación de las instituciones que había establecido en Oriente. También durante su consulado tomó César otras medidas dignas de mención y que, en opinión de Plutarco, «eran más propias de un insolente tribuno de la plebe que de un cónsul» [12]: repartió sin sorteo tierras públicas entre veinte mil ciudadanos que tuvieran tres o más hijos; rebajó la tercera parte de las deudas de los publicanos, a condición de que pujaran moderadamente en el arrendamiento de los próximos impuestos. Junto a ello, sin embargo, concedió también,

---

[11] El poder jurídico del pueblo descansaba en los «comicios tributos», es decir, en los comicios por tribus, verdadera asamblea de la plebe con capacidad jurídica para emitir «plebiscitos». Los plebiscitos, emanados de los *comitia tributa,* tuvieron pleno valor de ley desde el año 339 a. C. Como ley, fueron de obligado cumplimiento para todos los ciudadanos romanos. La Asamblea de la Plebe fue reuniendo cada vez más poder en Roma, igual que los tribunos de la plebe, elegidos por la asamblea, y que habían de ser necesariamente plebeyos, bien por origen, o bien por adopción.

[12] Plutarco: *Vidas paralelas. Julio César,* cap. 14. Todas las citas de Plutarco a lo largo de esta Introducción proceden de la misma obra.

graciosamente, cuantas mercedes se le pedían, aun cuando fueran simples caprichos, sin que nadie se le opusiese y, si alguien se le oponía, no tardaba en desistir, presionado y asustado. Favoreció el nombramiento como tribuno de la plebe de Publio Clodio, un canalla y maleante, acérrimo enemigo de Cicerón, con el encargo de ejecutar las reformas de los populares. Hizo también expulsar de la curia por medio de los lictores a Marco Catón porque le ponía objeciones y lo metió en la cárcel. En una palabra, gobernó totalmente a su antojo, tanto para lo bueno, como para lo malo o arbitrario.

Por este mismo tiempo, para asegurar su posición y estrechar lazos con Pompeyo, se casó con Calpurnia, hija de Lucio Pisón, su sucesor en el consulado, y dio a Pompeyo en matrimonio a su propia hija Julia. Luego, con el apoyo de su suegro y de su yerno, consiguió el gobierno proconsular por un largo plazo de cinco años —una innovación en la constitución— de tres provincias: la Galia Cisalpina, la Iliria y la Galia Narbonense. El Senado accedió a regañadientes sabiendo que, si él no se las otorgaba, se las concedería el pueblo [13]. Junto a estas provincias recibió cuatro legiones y el derecho a nombrar él mismo a sus legados. La ley romana prohibía el estacionamiento de tropas al sur de los Apeninos; por tanto, quien tenía el mando al norte de la cordillera, o sea, de la Galia Cisalpina y de la Narbonense, era, en la práctica, el dueño de la península. Y César era perfectamente consciente de ello. Antes, sin embargo, de marchar como procónsul a la Galia, César se guardó las espaldas. De acuerdo con Pompeyo y Craso, hizo nombrar cónsules a Pisón y Gabinio y dejó a Clodio, tribuno de la plebe, al frente del pueblo. Este último, en efecto, nada más tomar posesión de su cargo, se encargó de eliminar a los potencialmente máximos enemigos de César; Cicerón se vio forzado a desterrarse a Grecia por su actuación en la conjuración de Catilina, y Catón fue alejado de Roma, con el pretexto

---

[13] Cfr. nota 11.

de anexionar como provincia el reino de Chipre a la república romana.

Cuando César, como decíamos, obtiene el gobierno de las Galias, éstas, excepto la Galia Cisalpina y la Narbonense, que Roma había tenido la precaución de someter y anexionarse como provincias para salvaguardar sus comunicaciones con Hispania, eran poco más que un mero nombre para los romanos. Se trataba en realidad de una suma de pequeñas naciones, esforzadas, belicosas y aguerridas, pero hostiles entre sí, gobernadas, por lo común, por una rica nobleza que imperaba sobre un pueblo que vivía en precarias condiciones. Sólo los druidas, los sacerdotes galos, custodios de su vieja doctrina religiosa, ejercían una acción relativamente unificadora entre todos los pueblos galos, pero sin excesiva trascendencia política. César, que previamente ya había dado algunas muestras de su valor militar, será ahora, como procónsul e investido, por tanto, del gobierno y mando absoluto de esa desconocida, extensa y belicosa región, cuando dará la verdadera medida de sus extraordinarias dotes de caudillo y estratega militar. De victoria en victoria, se hará dueño en ocho años de toda la Galia, obteniendo a su vez un aguerrido y experimentado ejército, de una lealtad y devoción hasta la muerte para con su jefe.

No nos vamos a extender en el desarrollo de la conquista, pues es ese, precisamente, el contenido de la obra que el lector tiene en sus manos. Sí diremos, sin embargo, que en el año 56 a. C., tras haber vencido a los helvecios, a Ariovisto y sus germanos, a los belgas y a los nervios (victoria esta que supuso para César la celebración en Roma de quince días de acción de gracias, espacio de tiempo nunca decretado hasta la fecha), y un año antes de expirar el mandato de cinco que se le había otorgado, deciden los triunviros reunirse de nuevo, esta vez en Luca, ciudad de la Toscana, muy cerca de la actual Pisa, para programar el próximo lustro. César, en efecto, se hallaba sumamente preocupado ante la posibilidad de que Cicerón, que había regresado triunfalmente de su destierro, pudiera atraer a

Pompeyo al bando senatorial. En la reunión deciden los triunviros que Pompeyo y Craso se presentarán al consulado para el próximo año a fin de evitar que L. Domicio, que ya había advertido públicamente que cuestionaría las leyes de César, pudiera hacerse con esa magistratura, tal como era su aspiración. César, por su parte, obtiene un nuevo mandato de sus provincias durante otros cinco años, con lo que su proconsulado quedaba prorrogado hasta el 1 de marzo del 49 a. C.; Pompeyo se queda con el mando de Hispania, y Craso recibe el gobierno de Siria. Tranquilizado con los acuerdos tomados en Luca, regresa César a las Galias precipitadamente para contener la invasión de los usípetos y de los tencteros, pueblos germanos que habían cruzado en masa el río Rin. Rechazada la invasión, con el pretexto de perseguirlos quiso César tener la gloria de ser el primer general que cruzase el Rin con un ejército; para ello, en diez días, construyó un puente sobre el río. Como nadie osó hacerle frente, ni siquiera los suevos, tras dieciocho días regresó de nuevo a las Galias. Aumentó, si cabe, su fama en Roma, gracias a su doble expedición a Bretaña, demostrando una vez más su decisión y osadía, pues fue el primero en surcar con una armada el océano occidental y navegar por el Atlántico. La segunda de sus incursiones en Bretaña, adonde acompañado de cinco legiones se dirigió de nuevo el año 54 a. C., fue ya una verdadera expedición militar. Tras atravesar el Támesis, entró en el reino de Cassivelauno, al que sometió a la soberanía romana. Pero, al iniciarse el invierno, tuvo que abandonar precipitadamente la isla, pues se iniciaba en la Galia una nueva sublevación. Tras derrotar a los eburones, pueblo de la Galia Belga, que habían tomado la iniciativa de la revuelta, dejó el grueso de su ejército en las regiones septentrionales de las Galias. Regresó él, entonces, a su provincia, pero a poco de llegar tuvo noticias de que de nuevo había agitación en la Galia. Esta vez, sin embargo, se trataba de una sublevación general de todos los pueblos galos a las órdenes de un hábil caudillo, Vercingetórix, jefe de los arvernos, que había sabido unir a las diferentes naciones galas, despertando en ellas el sentimiento nacional y asegurándose al mismo tiempo la aprobación de los druidas. Fue una campaña durísima en la que César pasó por situaciones críticas, casi desesperadas, y en la que sufrió también alguna derrota importante, cosa que antes nunca le había sucedido. Finalmente, César pone sitio a la ciudad de Alesia (junto a la actual Dijon), donde Vercingetórix había reunido todo su ejército. Durante el asedio tuvo que luchar César en un doble frente; por un lado, contra los defensores de la ciudad; por el otro, contra los numerosos pueblos que venían en auxilio de los sitiados. Finalmente, aniquilados los ejércitos de socorro y vencida la ciudad por el hambre, se rindieron los sublevados. Vercingetórix fue llevado a Roma, donde permaneció encarcelado durante seis años, esperando que se celebrase el triunfo del vencedor, en el que acompañó el carro del general y fue luego sacrificado a los dioses, conforme a la tradición. La sublevación que había comenzado a principios del año 52 a. C., terminaba a finales de ese mismo año, para quedar, el año 51, definitivamente pacificada y sometida a Roma toda la Galia.

Suetonio resume así los ocho años de campaña de César en las Galias: «durante los nueve años que tuvo el mando llevó a cabo aproximadamente lo siguiente: redujo a la categoría de provincia romana toda la Galia (a excepción únicamente de las ciudades aliadas y de aquellas que se habían ganado el reconocimiento de Roma), que se encuentra limitada por los desfiladeros de los Pirineos, los Alpes, la cordillera de los Cevenas y los ríos Rin y Ródano, y cuyo contorno se extiende aproximadamente tres millones doscientos mil pasos. A estos territorios les impuso un tributo anual de cuarenta millones de sestercios. Atacó a los germanos que viven al otro lado del Rin, tras ser el primer romano en construir un puente sobre el río para llegar hasta ellos, y les infligió sangrientas derrotas. Atacó también a los británicos, desconocidos hasta entonces, y, una vez vencidos, les exigió rehenes y dinero. En medio de tantos éxitos experimentó únicamente tres derrotas: en Bretaña casi toda su flota fue destruida por una tormenta; en la

Galia, junto a Gergovia, fue aniquilada una legión, y en territorio germano, sus legados Titurio y Aurunculeyo murieron en una emboscada». Y apostilla Plutarco: «sometió a no menos de 300 naciones; se enfrentó a tres millones de enemigos, abatió en combate a un millón de ellos e hizo prisioneros a otros tantos».

Dejando ahora aparte la campaña de las Galias, que en aras a un mejor entendimiento hemos reseñado brevemente en todo su conjunto, retrocedamos de nuevo al año 54 a. C. Ese año, recién terminado el consulado de Pompeyo y Craso, este último, conforme a los acuerdos de Luca, se dirige a Mesopotamia. Mientras tanto, Pompeyo, que ya en el año 57 había recibido por cinco años el cargo de *cura annonae,* es decir, la dirección del aprovisionamiento de trigo en Roma, cargo vinculado a un gobierno proconsular, permaneció en Roma ejerciendo el gobierno de Hispania a través de legados.

El año siguiente, el 53 a. C., va a ser decisivo para los inmediatos acontecimientos de la historia de Roma. Se producen, en efecto, dos tristes sucesos que van a herir de muerte el desde siempre delicado equilibrio entre los triunviros. Craso, el elemento conciliador entre Pompeyo y César, muere luchando en Carres contra los partos, parece ser que asesinado a traición; luego, muerto el general, es aniquilado su ejército. Por otra parte, en Roma, fallece Julia, la hija de César y esposa de Pompeyo, que representaba un sólido vínculo entre los dos rivales. A todo esto, con Craso muerto, César en las Galias y Pompeyo retirado en su palacio, la situación en la urbe es absolutamente caótica. Las intrigas de los demagogos y de los jefes de las bandas políticas, Clodio por la de los populares y Milón por la de los conservadores, habían convertido la ciudad en un caos de desórdenes callejeros, asesinatos, corrupción y anarquía como nunca hasta la fecha se había conocido. Ese mismo año Clodio es asesinado en la Vía Appia. Sus seguidores, indignados, llevaron el cadáver a la curia y lo quemaron juntamente con el edificio. Hasta tal punto la anarquía, la corrupción y el desgobierno campeaban en Roma, que, nos dice Plutarco: «los aspirantes a magistrados ponían mesas en medio de la plaza para comprar descaradamente a la muchedumbre, y el pueblo asalariado se presentaba a luchar por el que lo pagaba, no sólo con las tablillas de votar, sino con arcos, espadas y hondas. Decidiéronse las votaciones no pocas veces con sangre y con cadáveres, profanando la tribuna y dejando en anarquía a la ciudad, como nave a la que falta quien la gobierne».

Ante estos hechos, el Senado decide adoptar una resolución extraordinaria: a propuesta de Catón se nombra a Pompeyo, considerado como el defensor del orden establecido, para que ejerza el consulado el año 52 a. C. en calidad de cónsul único *(consul sine colega)*, dotado de autoridad dictatorial, y se le prorroga, además, el mando de sus dos provincias, Hispania y toda el África, cada una con sus correspondientes ejércitos, que Pompeyo siguió gobernando desde Roma a través de sus legados. A todo esto, los tribunos de la plebe querían nombrar a César colega de Pompeyo en el consulado, pero César les indica que vale más que propongan al pueblo que vote una ley por la cual se le autorice a presentar su candidatura a un segundo consulado, sin estar presente en Roma. De esta forma, cuando estuviera próximo a expirar su proconsulado en las Galias no se vería obligado a abandonar prematuramente su provincia y su ejército. La ley fue aprobada. Con el fin, además, de estrechar sus lazos con Pompeyo, le ofreció como esposa, sin éxito, a su nieta Octavia.

Lo cierto, sin embargo, es que Pompeyo comenzó su consulado dictando una serie de leyes que perjudicaban a César, pues había revocado el plebiscito que permitía a César, aun estando ausente, presentar su candidatura al consulado, olvidándose de hacer una excepción en su favor. Más tarde corrigió este error, pero la ley ya estaba grabada en bronce y depositada en el erario público.

Ya en el 51 a. C., aprovechando la situación, el cónsul Cayo Claudio Marcelo, acérrimo enemigo de César, propone al Senado que César sea relevado de su mando en las Galias y licenciado su ejército, puesto que la guerra había acabado y reinaba la paz en todo el territorio. No contento con esto, exige que se desestime la candidatura de César, por estar ausente, y que se quite la ciudadanía a los colonos que César, en virtud de la ley Vatinia, había asentado en Como. Llegó incluso, para humillar y afrentar a César, a hacer azotar a uno de sus decuriones que había ido a Roma, diciéndole que le castigaba así porque para él no era ciudadano romano y que fuera a explicárselo a César. A todo esto, César, convencido de que «sería más difícil desplazarlo del primer rango al segundo, mientras fuera el primer ciudadano, que del segundo al último de todos», se resistió con todas sus fuerzas, oponiendo el veto de los tribunos de la plebe y apoyándose en el otro cónsul, Servio Sulpicio.

Prosiguieron los ataques el siguiente año por parte de Cayo Marcelo, primo hermano del anterior y su sucesor en el consulado, pero César compró a su colega Lucio Paulo y al tribuno Cayo Curión para que defendiesen sus intereses. Con todo, el Senado emite un decreto exigiendo una legión a César y otra a Pompeyo para enviarlas a luchar contra los partos. César, obediente, envía la legión solicitada, mientras que Pompeyo, con toda desfachatez, entrega, como si fuera suya, la primera legión que había enviado a César, reclutada en la provincia de éste. César calla una vez más y pone él las dos legiones. Al ver, sin embargo, que para el siguiente año 49 a. C. también habían sido designados cónsules Cayo Marcelo, hermano de Marco, y Lucio Léntulo, ambos enemigos feroces suyos, y que Catón de Útica no cesaba de proclamar, incluso bajo juramento, que esperaba a que César estuviese desposeído de su mando para procesarlo, propuso espontáneamente al Senado licenciar su ejército si también Pompeyo licenciaba el suyo. El pueblo, a quien Curión y Antonio leyeron la propuesta, aplaudió la proposición, y el propio Senado, instado por Antonio, parecía bien dispuesto hacia ella, cuando Escipión, suegro de Pompeyo, y Léntulo, el cónsul designado, encolerizados y gritando disolvieron la asamblea. Poco tiempo después, nuevamente los tribunos del pueblo Marco Antonio y Quinto Casio leen ante el Senado una nueva propuesta de César: que le concedan únicamente el gobierno de la Cisalpina y del Ilírico con tan sólo dos legiones, o incluso tan sólo el Ilírico con una única legión, hasta el momento de ser nombrado cónsul. La propuesta es bien acogida por Cicerón, que convence a Pompeyo para que la acepte, pero nuevamente se interpone el furibundo Léntulo. Así, cuando los tribunos vetan el acuerdo del Senado por el que se ordenaba a César licenciar su ejército, hace expulsar del Senado a Casio y Antonio, que tuvieron que huir de Roma disfrazados de esclavos y en carros alquilados. A todo esto, el cónsul Cayo Marcelo había enviado a César, que permanecía en Rávena, en la Cisalpina, un escrito comunicándole que las dos legiones aportadas por él y que, según el decreto del Senado, tenían que marchar a luchar contra los partos, habían sido retenidas en Italia y entregadas a Pompeyo. Ante semejantes arbitrariedades nadie tenía la menor duda de lo que se estaba tramando contra César, y éste menos que nadie. César, sin embargo, había soportado todas estas intrigas, confiando todavía en solucionar la situación por la vía política mejor que por la fuerza de las armas.

A riesgo de mostrarnos en exceso prolijos, nos hemos extendido con más detalle en la táctica de acoso y derribo empleada los dos últimos años contra César por los optimates, ya que, aunque es posible, como dice Plutarco, que «César tuviese decidido desde hacía tiempo acabar con Pompeyo, como seguramente tenía decidido éste acabar con César, pues, muerto Craso, el superviviente de los dos sería el dueño de Roma», resulta evidente a todas luces que, de hecho, no le dejaron otra salida y que le forzaron a tomar una lamentable, pero inevitable decisión: utilizar la fuerza de sus aguerridas y entrenadas legiones. Y fue precisamente la vejatoria expulsión del Senado de Antonio y de Casio, veteranos oficiales de las legiones de César, la gota de agua que colmó la paciencia de César e inflamó los ánimos de sus soldados. Se habían cerrado todas las posibles puertas de la paz. Todo el mundo, en efecto, estaba de acuerdo en que si César regresaba a Roma como un simple particular, se vería acusado, calumniado y obligado a defenderse ante los jueces. Según cuenta Asinio Polión, el propio César, entristecido al ver a sus adversarios aniquilados tras la batalla de Farsalia, exclamó: «Ellos lo han querido así. Después de tantas hazañas, yo, Cayo César, hubiese sido condenado, de no haber solicitado la ayuda del ejército».

Después de haber decidido seguir la vía de las armas, César —que sólo disponía en Rávena de trescientos jinetes y cinco mil soldados, pues el resto del ejército estaba acantonado en la Galia Transalpina— envía en secreto y por delante unas cohortes a ocupar Arimino [14], armadas tan sólo con espadas. Por su parte, después de mostrarse todo el día en público para disimular, al caer la tarde se dirigió a reunirse con sus cohortes que le aguardaban en Rímini, junto al río Rubicón [15], que separa la Galia Cisalpina del resto de Italia. Dicen los historiadores que César se detuvo un largo rato pensativo y vacilante, consciente de la trascendencia y de las graves consecuencias que suponía el paso que iba a dar: cruzar el río con su ejército. Finalmente exclamó: «Vayamos a donde los prodigios de los dioses y la iniquidad de nuestros enemigos nos llama. La suerte está echada» [16]. Era el mes de enero del año 49 a. C. Acababa de comenzar la primera guerra civil.

Roma, adonde ha llegado rápidamente la noticia, es un auténtico hervidero. Se recrimina a Pompeyo haber atizado a César contra la República y haber permitido al iracundo Léntulo afrentar y humillar al conquistador de las Galias. Un senador le recuerda a Pompeyo su jactancia cuando, negándose a hacer preparativos para la guerra, manifestó que le bastaba

---

[14] Hoy, Rímini.

[15] El río Rubicón es un pequeño río que probablemente corresponde hoy día al río Fiuminico, junto a Rímini. La importancia de la decisión de César era que, al cruzar el río con su ejército, salía de su provincia y carecía, por tanto, de jurisdicción y atribuciones. En consecuencia sería declarado en rebeldía y considerado «enemigo público».

[16] Suetonio, *op. cit.*

dar una patada en el suelo para llenar de soldados toda Italia. Circulan mentiras y rumores que afirman que César está a las puertas de Roma. Pompeyo decreta el estado de excepción y abandona Roma, ordenando que le siga el Senado. Huyen los cónsules, sin hacer siquiera los preceptivos sacrificios. En estos momentos se produce un hecho que retrata el carácter de César. Tito Labieno [17], su mejor lugarteniente, amigo íntimo y compañero en todas sus campañas de las Galias, llevado de sus ideales, decide pasarse al campo de Pompeyo. César se lo autoriza sin ningún rencor y le envía todo su equipaje y pertenencias.

César, que había cruzado el Rubicón con una única legión, se enfrentaba a los vastos recursos de Pompeyo, que contaba con toda la fuerza y poder del imperio. Sin embargo, después de derrotar en Corfino a un ejército muy superior reunido a toda prisa por Pompeyo, se apodera en sólo sesenta días de Roma y de toda Italia, mientras Pompeyo, que por un exceso de confianza en sí mismo había cometido el imperdonable error de no tomarse en serio el peligro, huye desde Brindisi con los cónsules y todo el ejército a Dirraquio, en el Epiro [18]. César, al no poder perseguirlos por no disponer de suficientes naves, vuelve a Roma. Por tierra pasa entonces a Hispania y en un ataque sorpresa derrota en Lérida a las tropas de Pompeyo que estaban al mando de los legados Marco Petreyo, Lucio Afranio y Marco Terencio Varrón. Regresa después a Roma, donde el Senado le nombra dictador, cargo al que renuncia a los once días para designarse a sí mismo cónsul con Servilio Isáurico como colega. Acto seguido, se traslada a Macedonia, donde, tras un primer revés en Dirraquio, derrota totalmente

---

[17] Tito Labieno era, sin discusión, el mejor lugarteniente de César. Después de pasarse al ejército pompeyano, murió cuatro años más tarde, en la batalla de Munda (45 a. C.), en Hispania, esta vez como legado militar al frente de las tropas pompeyanas que se enfrentaron a César.

[18] Dirraquio es hoy Durazzo. El Epiro corresponde aproximadamente a la actual Albania.

a Pompeyo en la llanura de Farsalia, en Tesalia (48 a. C.). Éste huye cobardemente y, disfrazado, consigue llegar a Egipto. Lo persigue César hasta allí y, al llegar a Alejandría, interviene en la crisis dinástica entre Ptolomeo y su hermana Cleopatra. Ptolomeo, por medio de su valido Teodoto, le presenta la cabeza de Pompeyo, asesinado por el eunuco Potino, asesor del rey, confiando ganarse con este gesto su favor. César, sin poder contener las lágrimas, no sólo se siente horrorizado y asqueado ante el hecho, sino que se preocupa de buscar los amigos y confidentes de Pompeyo, apresados por el Rey, y, tras liberarlos, los cubre de honores. Toma entonces partido por Cleopatra y, tras la durísima guerra de Alejandría, la pone en el trono de Egipto. De sus amores con ella nació un hijo, al que llamaron Cesarión.

Al llegar el mes de agosto, desde Egipto se trasladó a Siria y desde allí al Ponto [19], donde Farnaces, hijo de Mitridates, se había sublevado, aprovechando la coyuntura política de Roma. Al quinto día de su llegada, en un único combate de sólo cuatro horas, obtuvo una total victoria en Zela (47 a. C.). César comunicó este triunfo al Senado con un escueto escrito de tres palabras: *veni, vidi, vici,* es decir, «llegué, vi, vencí». Regresa después a Roma, donde había sido nombrado dictador por segunda vez. Designado cónsul para el año siguiente, en el mes de diciembre pasa a África y en la batalla de Tapso [20] (46 a. C.) derrota a los restos del ejército de Pompeyo que, tras la batalla de Farsalia, se habían refugiado en el norte de África. Formaban parte de él Catón y Afranio, supervivientes de Farsalia, y lo mandaba Escipión Salución junto con el rey Juba, que con sus númidas se había aliado a los pompeyanos. Tras la derrota, Catón de Útica, el irreconciliable enemigo de César, se quitó la vida. De allí regresó César a Roma donde, en agosto, celebró cuatro triunfos consecutivos: los correspondientes a sus victorias en las Galias, en Egipto, en el Ponto y

---

[19] Corresponde hoy a Anatolia, junto al mar Negro.
[20] Hoy, Túnez.

en África. Acto seguido, confirmó en su favor la voluntad de los soldados y del pueblo mediante generosos donativos, suntuosos banquetes y extraordinarios espectáculos, tanto de gladiadores como de batallas navales. Cuando posteriormente se hizo el censo, el número de ciudadanos de los censos anteriores se había reducido casi a la mitad; tanta sangre había costado la guerra civil.

Después de ser designado cónsul por cuarta vez para el año 45 a. C., pasó a Hispania para liquidar la última resistencia que le presentaban los hijos de Pompeyo, Cneo y Sixto, jóvenes aún, pero que habían reunido un numeroso ejército. Los derrotó definitivamente en la batalla de Munda[21] (45 a. C.), en la que murió también su ex lugarteniente y mejor general, Tito Labieno, al frente ahora de las tropas pompeyanas. Fue esta la última batalla de Julio César.

A su regreso a Roma celebró el correspondiente triunfo, el quinto que celebraba, dentro de una cierta tristeza al haberse producido éste sobre conciudadanos y sobre los hijos de Pompeyo el Grande, y no sobre caudillos extranjeros. El Senado, acto seguido, encabezado por Cicerón, le otorgó la dictadura vitalicia (una soberanía encubierta), que, en la práctica, era un primer paso hacia el establecimiento de la monarquía. Como lugarteniente suyo *(magister equitum)*[22] durante sus ausencias nombró a Marco Antonio. Al nombramiento de dictador le acompañaron el título vitalicio de *imperator,* que le daba el supremo mando militar; el consulado por diez años consecutivos; la censura; el tribunado del pueblo, también vitalicio, que comportaba la inviolabilidad, y, por último, el sumo sacerdocio. César era, pues, amo y señor de Roma en todos los órde-

---

[21] Munda era una ciudad de la Hispania Ulterior o Bética. Su localización exacta es muy discutida, pero parece ser, según las indicaciones de Estrabón, Apiano y Plinio, que correspondería a la actual Montilla, cerca de Córdoba.

[22] El *magister equitum,* es decir, el jefe de la caballería, era el cargo que recibía el lugarteniente del dictador, que lo escogía por designación directa.

nes. En una palabra: era el rey de Roma, aunque no ostentase este nombre ni la corona.

Los signos externos de su poder fueron también extraordinarios. Acompañaban a César setenta y dos lictores, con laurel alrededor de las haces de varas, que se llamaron *fasces laureadas;* tenía derecho a sentarse en la silla curul entre los cónsules, a votar el primero en el Senado y a inaugurar las carreras. Vestía manto de púrpura, calzaba los altos zapatos rojos de los antiguos reyes de Alba y llevaba sobre su cabeza una corona de laurel. El día de su nacimiento fue elevado a fiesta oficial y el mes en que nació, denominado hasta ahora *quinctilis,* pasó a llamarse *Julius*. Sus estatuas llenaban la urbe y las demás ciudades de Roma y se colocaron también en los templos, junto a las de los dioses. Los funcionarios prestaban juramento ante su genio tutelar.

Aunque soberano absoluto del vasto Imperio Romano, César era plenamente consciente, sin embargo, de que sus victorias carecían de sentido si no construía un nuevo Estado, profundamente reformado y renovado, a fin de eliminar los perjuicios que ocasionaban las ya seculares —y muchas veces justificadas— revoluciones. Para ello reorganizó en primer lugar el Senado, dando cabida en él a representantes de las provincias y de Italia, por lo que amplió su número de trescientos a novecientos senadores. Aumentó igualmente el número de ediles y pretores. Buscó el consenso y la conciliación de los partidos políticos y procuró atraerse a sus adversarios con su generosa clemencia. Compartió con el pueblo las elecciones de los magistrados —excepto la de los cónsules—, de los cuales el pueblo elegía la mitad y la otra mitad era propuesta por él. Admitió a los cargos públicos incluso a los hijos de los proscritos. Asentó a ochenta mil ciudadanos en las colonias de ultramar, pero ordenó, en cambio, para que no peligrase la densidad de población en Roma, que ningún ciudadano entre los veinte y cuarenta años pudiera ausentarse de Roma más de tres años seguidos. Repartió tierras y granjas a sus veteranos. De esta forma el número de plebeyos sin trabajo de la ciudad, que recibían gratuitamente repartos de trigo por parte del Estado, descendió de trescientos veinte mil a ciento setenta mil. Otorgó la ciudadanía a todos los que profesaban las artes liberales y la medicina. Redujo el importe de las deudas en una cuarta parte. Apoyó a las familias numerosas y frenó la usura. Su sistema de impuestos supuso para las provincias un notable alivio. Merced a los colonos, se irradiaron por las provincias la lengua y las costumbres romanas, y la construcción de carreteras y canales, así como la introducción de la moneda imperial —el *aureus,* de oro, y el *denario,* de plata—, fomentaron el comercio y el tráfico. Administró justicia con el máximo celo y severidad y expulsó del orden senatorial a los magistrados convictos de concusión. Abordó la modificación del calendario, que *los pontífices* manejaban a su gusto según las conveniencias políticas y, asesorado por el astrónomo alejandrino Sosígenes, lo fijó en 365 días, con un mes bisiesto cada cuatro años. El primer año regido por este nuevo calendario fue el 45 a. C.

Emprendió también el embellecimiento de Roma con múltiples edificios públicos que eclipsaron a los ya existentes: un nuevo edificio en el Campo de Marte para celebrar las asambleas; la basílica Julia, como sede central para la administración de justicia; una nueva Curia, para albergar al Senado; el nuevo Foro Julio, etc., todos ellos de un lujo, esplendor y suntuosidad desconocidos hasta entonces. Fomentó igualmente el cultivo intelectual y de las letras, para lo cual confió a Marco Terencio Varrón [23] la organización de bibliotecas públicas y le nombró bibliotecario imperial. Introdujo la taquigrafía (llamada entonces *notas tironianas),* inventada desde hacía tiempo por Marco Tulio Tiro, un esclavo liberto de Cicerón, e hizo que se utilizase para anotar y registrar los debates del Senado.

Hemos intentado reducir al máximo la enumeración de los aciertos y mejoras en todos los órdenes que supusieron sus

---

[23] El mismo que desafió a César en Ilerda (Lérida), al frente de las tropas pompeyanas.

obras y disposiciones, en especial desde que, convertido en soberano de Roma, tuvo las manos libres para actuar siguiendo su propio criterio y que ponen de manifiesto la notable talla, no ya militar, sino política, civil, intelectual y humanista de nuestro personaje.

No cesaban, sin embargo, las conspiraciones e intrigas de sus adversarios. A pesar de sus inmensos beneficios a la República, a pesar de su política clemente y conciliatoria, a pesar de sus acciones para mejorar las condiciones de vida del pueblo —en especial de los más desprotegidos— y de la sociedad romana, sus enemigos, encubiertos la mayoría de ellos y atizados en gran parte por la envidia —ya entonces mal endémico de la sociedad romana, como lo es hoy de la nuestra—, planeaban su eliminación. Entre ellos se encontraba la nobleza, ofendida por la pérdida de sus privilegios; los republicanos convencidos —pocos en realidad—, y los amigos o colaboradores de César que habían confiado medrar a expensas del dictador y se sentían defraudados en sus expectativas. Su máximo instigador era Cayo Casio, que después de la batalla de Farsalia se había pasado al bando de César y a quien éste había aceptado generosamente y nombrado pretor. Casio, en colaboración con su cuñado Marco Junio Bruto y con Décimo Junio Bruto, ex legado de César, empezó a preparar el magnicidio. Los conspiradores, sin embargo, se vieron forzados a adelantar sus planes, pues César había decidido ir a enfrentarse a los partos, el viejo enemigo de Roma. Y —pensaban ellos—, si, como era de suponer, regresaba vencedor, era seguro que el Senado, o si no el pueblo, que ya lo había intentado previamente en distintas ocasiones, lo coronaría rey y, en ese caso, no podría haber marcha atrás para volver a la vieja y obsoleta constitución republicana. Más aún; se había difundido el rumor de que en la próxima reunión del Senado Lucio Cota propondría que le fuera concedido a César el título de rey. La partida de César a territorio parto se había fijado para el 18 de marzo del 44 a. C. Tres días antes, el día 15 (los Idus de marzo), se celebraría una última reunión del Senado.

Según los historiadores, fueron innumerables y sobrecogedores los presagios que anunciaban el desastre, pero César hizo caso omiso de ellos, facilitando el trabajo a sus asesinos con su negligencia y despreocupación por el peligro. La víspera, un sacerdote le había susurrado al oído que se guardara de los Idus de marzo, y su esposa Calpurnia le suplicó que no asistiese al Senado, pues había soñado que lo mataban. César se burlaba de todos esos vaticinios y con su proverbial valentía rechazaba toda escolta y protección personal. El día señalado para el asesinato estuvo a punto de no ir al Senado, pues por la mañana se había encontrado algo indispuesto. Iba ya a enviar a Marco Antonio a la curia de Pompeyo, donde le aguardaba el Senado, para comunicarles que no asistiría, cuando, ante los ruegos de Décimo Bruto, cambió de opinión y salió de su casa. Eran las once de la mañana. Por el camino un tal Artemidoro, maestro de lengua griega, le entregó un escrito en el que se descubría toda la conspiración, diciéndole que lo leyera urgentemente, pero César lo juntó a los documentos que llevaba en la mano izquierda, para leerlo más tarde. En el momento de entrar en la curia, uno de los conjurados, Bruto Albino, se encargó de entretener fuera a Marco Antonio. Cuando César se hubo sentado, Tulio Cimbrio se le acercó, como para pedirle un favor, y, al indicarle César que se apartara, le cogió por los hombros la toga. Era la señal. Casca se precipitó sobre él y le hirió por la espalda, junto a la garganta. César le atravesó el brazo con su estilete e intentó huir. Otra puñalada le obligó a detenerse. Al darse cuenta de que se alzaban contra él innumerables armas, se cubrió la cabeza con la toga y se quedó inmóvil. Así murió, a los cincuenta y seis años de edad, atravesado por veintitrés puñaladas, sin haber emitido un gemido ni pronunciado una palabra. Algunos autores, no obstante, afirman que cuando Bruto le hirió con su puñal en una ingle, exclamó César: «¿Tú también, hijo mío?». Cayó César al suelo, bañado en sangre, a los pies de la estatua de Pompeyo que él mismo había hecho erigir en la curia. Los asesinos se dieron a la fuga. Finalmente, tres jóvenes esclavos lo colocaron en una litera y lo llevaron a su casa. Dice Plutarco que «los senadores presentes, aquellos que ignoraban la conjuración, se quedaron pasmados ante lo que pasaba, sin atreverse a huir ni a defenderlo». ¡Buen eufemismo de la colectiva cobardía hacia el amigo, benefactor y protector de tantos de ellos! En cuanto a los conjurados, habían decidido arrojar al Tíber el cuerpo de César, confiscar sus bienes y anular sus disposiciones. A la hora de la verdad se limitaron al vil asesinato a traición y a huir despavoridos por miedo a la reacción de Marco Antonio y de Lépido, el entonces jefe de la caballería.

Así murió Cayo Julio César, el personaje de mayor envergadura de la historia de Roma, cuya grandeza trascendió más allá de la propia Roma, al crear con sus decisivas actuaciones las bases políticas, lingüísticas y culturales de muchos países que habrían de constituir en un futuro nuestra vieja Europa. Es posible que el propio César, como dice Suetonio, hiciera concebir a alguno de sus íntimos la idea de que no deseaba prolongar su vida por tener muy quebrantada su salud, y que por ese motivo descuidó su protección personal y desoyó los presagios. Son conjeturas. Pero en lo que todo el mundo está de acuerdo es en que murió con una muerte como la que había deseado, pues en casa de Marco Lépido y en otras ocasiones había manifestado su aversión por una muerte lenta a consecuencia de una enfermedad y formuló su deseo de una muerte rápida, súbita e inesperada. Como decía un dramaturgo español, «los árboles mueren de pie».

* * *

Muchos elementos del carácter de ese hombre han quedado ya apuntados y esbozados en la amplia reseña biográfica que acabamos de trazar, en la que necesariamente subyace y se adivina la forma de ser del hombre. Intentaremos ahora completar sus rasgos físicos y temperamentales, que nos permitirán tener un retrato más acabado y completo de la dimensión humana de Julio César.

Era, según sus biógrafos, delgado, de elevada estatura, de tez blanca, bien constituido, de rostro algo lleno y de ojos negros y penetrantes. Su salud era buena, aunque en los últimos años solía perder repentinamente el conocimiento y sufría pesadillas mientras dormía. Padecía de epilepsia, y en dos ocasiones tuvo ataques mientras despachaba asuntos de Estado. Era aseado y cuidadoso de su persona y se sentía profundamente molesto por su prematura calvicie, que intentaba disimular peinando su escaso cabello desde la coronilla a la frente. Por ese mismo motivo solía llevar siempre la corona de laurel a la que tenía derecho por concesión del Senado.

Entre sus virtudes destacaban su proverbial magnanimidad, clemencia y tolerancia, virtudes reconocidas por sus propios adversarios. Es muy significativa la semblanza que hace Salustio [24] entre Catón de Útica y César: «Fueron casi iguales en linaje, edad, elocuencia y grandeza de ánimo. Ambos alcanzaron la gloria, pero por diferentes motivos. Se consideraba grande a César por su generosidad y sus favores, a Catón por la integridad de su vida. Se hizo célebre aquél por su dulzura y misericordia; a éste le daba prestigio su severidad. César obtuvo la gloria dando, ayudando y perdonando; Catón negando todo favor. En uno tenían refugio los desgraciados; en el otro hallaban su perdición los malvados. Se alababa la tolerancia de aquél; de éste, su intransigencia. César se había propuesto favorecer, vigilar y atender los asuntos de sus amigos, descuidando los propios; Catón sólo se preocupaba de su propio comedimiento y decoro y, sobre todo, de su propia austeridad». Dio durante su vida abundantes pruebas de esas virtudes, perdonando sin rencor a pertinaces adversarios cuando éstos hacían el menor gesto buscando la reconciliación. Al estallar la guerra civil, mientras Pompeyo declaraba que consideraría como enemigos a todos los que no combatieran a su lado, César hizo saber que consideraría partidarios suyos a los que se

---

[24] Cayo Crispo Salustio, *Conjuración de Catilina,* cap. 54. Las restantes citas de Salustio en esta Introducción pertenecen a esta misma obra.

mantuvieran neutrales y autorizó cambiar de bando a todos los que lo deseaban. Siendo ya amo de Roma, permitió a todos, incluso a los que no había perdonado, regresar a Roma y ejercer cargos públicos. No sintió ninguna alegría por su triunfo sobre Pompeyo, a cuyos asesinos hizo ejecutar, y cubrió de honores a los amigos de éste, apresados por los egipcios. Tras la batalla de Tapso lamentó profundamente el suicidio de Catón, su más irreconciliable enemigo, por haberle negado el placer de perdonarlo.

Fue igualmente un hombre de extraordinaria fidelidad con sus amigos y con los que le habían ayudado. Y a los que le recriminaban haber concedido altas dignidades a personas de muy humilde condición les respondía que «si para proteger su rango hubiera necesitado valerse de malhechores y asesinos, también a tales colaboradores les hubiera mostrado un similar agradecimiento». Era muy parco en la bebida y nada exigente en la comida. En una ocasión un anfitrión le sirvió aceite rancio en lugar de aceite fresco. Mientras todos los comensales lo rechazaron, él se sirvió más cantidad de lo normal para no dejar a su huésped en mal lugar.

Tenía unas innatas y excepcionales dotes de mando, a las que contribuían en gran manera su austeridad —dormía en el suelo y solía hacer las marchas, no a caballo, sino a pie con sus soldados—, su sabiduría militar e innato sentido de la estrategia, su prudencia y decisión, su generosidad, su equidad en el trato a los soldados y, sobre todo, el cariño que sentía y demostraba hacia ellos. Son innumerables las anécdotas y ejemplos en este sentido, que omitimos para no alargarnos en exceso, pero síntesis y muestra evidente de todas sus virtudes castrenses es la auténtica adoración que sus curtidos hombres sentían por su general. Baste como prueba de ello decir que, al iniciarse la guerra civil, los centuriones de cada legión le ofrecieron pagar cada uno de ellos con su dinero un jinete, y todos los soldados se ofrecieron a servirle sin ración ni paga, haciéndose cargo los más ricos de los más necesitados. Y afirma Plutarco que el amor que sus soldados le tenían llegaba a tales extremos que, los que en otros ejércitos no servían para nada, se hacían invictos e insuperables en todo peligro por la gloria de César. Quizás esto explica el incompresible hecho de que una sola cohorte de la legión VI de César, a la que éste había confiado la defensa de una posición, hizo frente durante varias horas a seis legiones de Pompeyo[25].

En otro orden de cosas, descubrimos en Julio César a uno de esos raros seres, tan generosamente dotados por la naturaleza, que todo lo que hizo —e hizo muchas cosas— lo hizo excepcionalmente bien: como ya hemos dicho, fue un extraordinario orador; como escritor y hombre de letras, hablaremos de él al comentar el libro que nos ocupa; como militar, es posiblemente el mejor general y estratega de la historia; como político, triunfó ampliamente en todos los órdenes; como ingeniero, construyó excelentes puentes sobre la marcha y fortificó habilísimamente campamentos y posiciones; como astrónomo, junto con Sosígenes, elaboró el calendario que todavía hoy rige la civilización moderna.

Si estas son la virtudes que hemos de poner en su haber, ¿cuáles fueron los defectos que debemos colocar en el debe? Fue hombre promiscuo y de desmesurada sexualidad. Parece probado por las hirientes acusaciones de sus enemigos —que él se tomaba con mucho humor— que en su juventud fue amante del rey Nicomedes, en Bitinia. Aparte de sus cuatro esposas, tuvo gran número de amantes de toda clase y condición. Por su lecho pasaron Postumia, Lolia, Tértula y Mucia, esposas de Servio Sulpicio, Aulo Gabinio, Marco Craso y Cneo Pompeyo, respectivamente; amó también a Servilia, madre de Bruto. Varias reinas se contaron también entre sus amantes, como Eunoe, de Mauritania, pero, sin duda, a la que más amó fue a Cleopatra, reina de Egipto. Debido a todo ello se ganó reputación de sodomita y adúltero, de modo que Curión le llama en

---

[25] Una cohorte completa, la unidad táctica de la legión desde la reorganización de Mario, estaba formada por 600 hombres. La legión tenía 10 cohortes, es decir, 6.000 hombres.

un discurso «marido de todas las mujeres y mujer de todos los maridos», y sus soldados cantaban humorísticamente a coro el día de su triunfo sobre los galos: «¡Ciudadanos, custodiad vuestras mujeres; traemos con nosotros al adúltero calvo!».

Como cuestor y, sobre todo, cuando obtuvo como propretor el gobierno de la Hispania Ulterior, en el marco de una excelente gestión en todos los órdenes, no perdió la ocasión de enriquecerse personalmente, amasando una gran fortuna, si bien ese era el proceder normal de los magistrados en las provincias, y nadie le criticó por ello.

Fue también hombre sumamente ambicioso. Leyendo un día un libro sobre Alejandro Magno, se lamentaba casi entre lágrimas de que Alejandro, a su edad, reinaba ya sobre tantos pueblos y él, en cambio, no había hecho nada todavía digno de mención. Afirmaba igualmente que preferiría ser el primero en una mísera aldea gala que el segundo en Roma. Y nos dice Cicerón[26] que César repetía continuamente estos versos de Eurípides: «Si realmente es necesario violar las leyes, únicamente debe hacerse para obtener el poder absoluto». Sin embargo, ¿es criticable la ambición en la política, mientras no anteponga el provecho personal al bien común?

Pero la más grave acusación que se hizo a César, la que le costó la vida, fue la de haber acabado con la democracia. Para poder opinar sobre esta acusación tenemos que comentar brevemente la crisis social y política que agitaba a Roma en aquellos días.

¿Acabó realmente César con la democracia? Creemos que no. La democracia en Roma —si es que verdaderamente había existido alguna vez, sobre lo que tenemos serias reservas— hacía más de cien años que había ciertamente dejado de existir en la práctica, aunque existiese en teoría. La vieja y reducida Roma de principios del siglo VI a. C.[27] para la que se habían

---

[26] Cicerón: *De Oficiis,* Libro 3, pág. 82.

[27] Tarquinio el Soberbio, último rey de Roma, había sido expulsado de Roma el año 509 a. C. Fue entonces cuando se constituyó y proclamó la República.

creado las antiguas leyes y estructuras republicanas nada tenía que ver con la urbe actual y con el colosal poder y extensión del Imperio Romano de la segunda mitad del siglo I a. C.

Por un lado, ha aparecido una nueva nobleza, la clase senatorial u optimates, que constituye la práctica totalidad del Senado, que ocupa ininterrumpidamente los cargos públicos importantes —cargos que, a su vez, dan acceso al Senado, que se nutre de ex magistrados— y que, de esa forma, tiene en sus manos las riendas del gobierno. Se arrogan además en exclusiva el derecho de administrar las provincias, llevar la gestión de los negocios y decidir todo lo tocante a los asuntos exteriores. Pero esa clase senatorial, ese Senado que debiera ser el espejo de las tradicionales virtudes romanas donde se mirara el pueblo, se había hecho receloso, envidioso, mezquino y autocrático, atento y preocupado únicamente por sus propios intereses y por mantener los privilegios que el poder establecido les garantizaba. Afirma Salustio que, cuando muy joven se lanzó a la política, sufrió muchas adversidades, pues, en lugar de la modestia, el desinterés y el verdadero mérito, imperaban la osadía, el soborno y la avaricia, y que, a pesar de disentir de todo ello, le dominó, sin embargo, «la misma pasión por los cargos, la misma maledicencia y envidia que a todos los demás». Los votos se compraban y vendían públicamente, sin el menor pudor. Y esa asunción de poderes, que antes mencionábamos, por parte de la nobleza había contribuido a abrir todavía más el profundo abismo entre la clase senatorial dirigente y el partido de los populares.

Junto a la nobleza, y muy próxima en poder a ella, había surgido la clase del dinero, de los caballeros *(ordo equester)*. Desde un principio la clase de los caballeros *(equites)* había estado formada por los más ricos y por ello formaban la caballería del ejército. Pero con la expansión del Imperio Romano sus fortunas se habían multiplicado cuantiosamente. El motivo era doble: por una parte, las leyes de Roma prohibían a los senadores todo tipo de comercio; por otra, Roma, desde un principio había arrendado todos los negocios financieros a personas particulares. Implicaban estos negocios ser proveedores del ejército y la flota, la construcción de edificios públicos y, sobre todo, la recaudación de impuestos y tributos que, con la conquista de las nuevas provincias, se habían convertido en un auténtico río de riqueza que afluía sobre la capital. Ese poder financiero les había dado, cómo no, una enorme influencia política.

Por otro lado, la clase campesina, antiguo sostén y fundamento de Roma, se había convertido en la víctima de los afanes expansionistas romanos hasta desaparecer como tal clase, para pasar a incrementar las miríadas de ociosos y parados que llenaban la ciudad de Roma para disfrutar al menos de los repartos gratuitos de trigo, impuestos por los hermanos Graco[28]. Habían sido, los unos, víctimas de expropiaciones a fin de proporcionar tierras a los veteranos del ejército. Otros, a causa de las guerras, habían tenido que descuidar sus tierras, mientras servían en las legiones, y se habían visto después agobiados por las deudas, debido a los intereses usurarios que se estilaban en Roma, sin que nadie pusiese solución a ello. Otros se habían quedado sin trabajo debido a la continua afluencia de esclavos, que representaban una obra de mano más barata.

El problema social se había convertido en el problema más acuciante de la República, aunque la clase dirigente, atenta

---

[28] Los hermanos Graco, Cayo y Tiberio, pertenecientes a la más rancia nobleza (su padre fue cónsul y censor, y su abuelo materno fue Escipión el Africano), ambos tribunos de la plebe, se enfrentaron con el poder establecido, o sea, con la nobleza, luchando por mejorar las insoportables condiciones en que subsistía el pueblo de Roma. Tiberio, el mayor, hizo votar la ley agraria *(lex Sempronia),* que preveía el reparto del suelo público entre los ciudadanos más pobres. Tiberio fue asesinado el año 133 a. C. Cayo intentó ejecutar la Ley Sempronia, de la que era autor su hermano, pero que no se había aplicado. Como tribuno, el 124 a. C. hizo votar una ley por la que cada mes se repartiría trigo al pueblo a mitad de precio, confirmó la Ley Sempronia, propuso la fundación de colonias que remediaran un poco la miseria de la plebe, y emprendió grandes trabajos públicos para reducir el paro. Intentó aliarse con la clase de los caballeros. Al igual que su hermano, fue asesinado junto a trescientos de sus partidarios por los optimates el año 121 a. C.

sólo a sus intereses y a mantener su *status* político, se mostraba ciega ante esa situación que dejaba entrever negros nubarrones de convulsiones y revoluciones. Peor aún, si surgía alguien que, consciente del problema, intentaba mejorar las condiciones de vida del pueblo, modificando el orden establecido, era acallado, cuando no asesinado, como lo fueron sucesivamente los dos hermanos Graco, antes que los optimates o los caballeros viesen lesionados sus egoístas intereses y conveniencias.

Tampoco los aliados itálicos se sentían satisfechos. Con su aportación financiera y de soldados al ejército habían contribuido en gran manera a la expansión del dominio romano, pero no participaban en nada de los beneficios que ese dominio proporcionaba a los romanos, ya que por no tener la ciudadanía romana quedaban excluidos de la explotación de las provincias y carecían de derechos políticos.

Por otra parte, la antigua piedad romana (que implicaba el amor a los dioses, a la patria y a la familia) y las antiguas virtudes romanas de austeridad, sobriedad, paciencia, laboriosidad, reciedumbre y espíritu de sacrificio habían sido barridas por las costumbres y lujos que llegaron a la urbe tras la conquista de Oriente y por la enorme afluencia de dinero que llovía sobre las clases dirigentes de Roma. La Roma militarmente triunfante en el exterior se hallaba en el interior corrompida y decadente. Roma se descomponía y deshacía sobre todo por la degeneración moral. En estas condiciones era un campo abonado para las confrontaciones, provocadas por las egoístas y mezquinas ambiciones personales y las luchas partidistas. El propio Salustio, nada sospechoso de tendencias populistas, consideraba que la única alternativa a las ya inservibles instituciones republicanas era el poder personal establecido por acción directa.

Este era el panorama social y político de Roma que Julio César, jefe del partido popular, a pesar de sus orígenes democráticos, se propuso corregir y trastocar. Ahora podemos, por tanto, volvernos a hacer la pregunta inicial: ¿con qué democracia acabó César? Los magistrados y las leyes se elegían y votaban en los comicios centuriados donde el único voto que contaba en la práctica era el de la primera clase y el de la clase de los caballeros, la reducida minoría de los multimillonarios. El autocrático Senado se formaba con los ex magistrados: dictadores, cónsules, pretores, censores y cuestores. La plebe, en la práctica, no contaba para nada en la vida pública y económica de Roma. Únicamente los tribunos de la plebe se esforzaban en algunas ocasiones por intentar mejorar las dificilísimas condiciones del pueblo. Y ésos fueron los magistrados más respetados y cuidados por César, a quien, por cierto, adoraba el pueblo. Y fue el pueblo quien al principio le encumbró y defendió posteriormente en muchas ocasiones contra el Senado y los optimates.

Desaparecida la clase media, los pobres y los parados abarrotaban las calles de Roma. Los Gracos, el propio Catilina, que intentaron cambiar el orden establecido para mejorar las condiciones del pueblo, fueron masacrados por la clase dominante precisamente por ese motivo. Los cargos públicos se vendían descaradamente al mejor postor... ¿Era Roma una democracia?

Lo que necesitaba Roma, tal como afirmaba Salustio, era una mano firme y de prestigio que intentara mejorar la situación social interna de Roma y acabar con los desmesurados privilegios y egoístas ambiciones de la clase senatorial. Ése fue precisamente el propósito de César, intento que, como a los anteriores líderes populares, también a él le costó la vida.

El lector puede sacar sus propias conclusiones sobre la acusación imputada a Julio César de haber acabado con la democracia...

* * *

LOS COMENTARIOS DE LA GUERRA DE LAS GALIAS nos describen las campañas que César realizó en las Galias desde el año 58 a. C. hasta el 52 a. C., ambos inclusive, dedicando cada uno de los siete libros a la campaña correspondiente a cada uno de los siete años. El octavo libro está escrito por Aulo Hircio[29] y nos relata los acontecimientos del año 51 a. C., con un breve apéndice explicativo del año 50 a. C., año en el que no se produjo ningún acontecimiento importante.

Sobre el momento en que Julio César los escribió, hay dos teorías fundamentales: la que sostiene que son una especie de diario que César escribió después de cada campaña y la de los que opinan que los escribió de una sola vez, después de su victoria sobre Vercingetórix, el año 52 a. C. La verdad es que ambas opiniones basan su defensa en pequeñas contradicciones que se encuentran en los escritos de César y que pueden achacarse a un cierto apresuramiento, por el que no paraba excesiva atención a los detalles accidentales, o a alguna inexactitud en las notas anteriores, según se defienda una u otra posición. La tesis de que César los redactó en años sucesivos y no de una tirada en el invierno del 52 es la que defienden los historiadores romanos, tales como Tito Livio y Tácito. Esta posición es ciertamente bastante lógica, ya que las campañas militares se llevaban a cabo en primavera y verano, interrumpiéndose al llegar el mal tiempo, ocasión muy adecuada para que César redactara un comentario sobre la campaña recién realizada. No vamos a entrar en la discusión, que escapa totalmente al espíritu de esta Introducción, aunque, si bien ambas teorías son perfectamente defendibles, nos inclinamos quizá por la segunda, la que defiende que el libro, en su conjunto, fue escrito de una sola tirada el invierno del 52 a. C., debido a que en distintos pasajes se citan algunos hechos bastante posteriores al año narrado en el correspondiente libro y, por consiguiente, difícilmente explicable en la primera teoría. Sabemos igualmente que no fue escrito más tarde del año 52 a. C., porque en ese caso no tendrían explicación los términos elo-

---

[29] Sobre Aulo Hircio, cfr. Libro VIII, nota 1.

giosos con que habla de Pompeyo en el Libro Séptimo, capítulo 6.

El objeto de sus comentarios, aparte de proporcionar un fidedigno testimonio de sus campañas que sirviese de material histórico a los posteriores historiadores, fue, sin duda, dar a conocer con detalle sus gloriosas acciones militares al pueblo romano que, dada la precariedad de las comunicaciones de la época, sólo tenía de ellas noticias difusas, inexactas y contradictorias, y, de paso, preparar a la opinión pública para su próxima candidatura al consulado. Un tercer motivo —ninguno de ellos excluyente de los otros— sería dejar constancia para la posteridad de sus triunfos y su gloria, sentimiento muy importante para los romanos, ya que para muchos de ellos en eso consistía la única inmortalidad: en vivir en el recuerdo de las generaciones futuras.

El estilo utilizado por César es sorprendente. Es una prosa ágil, incisiva, fluida, clara, directa y con una elegante sencillez. De entre los escritores en prosa del mundo clásico, podríamos decir que, junto con Salustio, son los dos autores que utilizan un estilo «moderno». No encontramos en él grandes períodos de oraciones encadenadas, a no ser en algún discurso —casi siempre en estilo indirecto—, sino párrafos cortos, concisos y sobrios. Su capacidad descriptiva es extraordinaria. Cuando nos narra su primera llegada a Bretaña [30], a las costas de Dover, al lector le parece estar viendo las estrechas entradas del mar rodeadas de acantilados desde los que se podían arrojar dardos a la playa. Lo mismo podríamos decir de la narración de diversas batallas, descritas de forma concisa, colorista y directa. César narra el libro en tercera persona, lo que le permite conseguir un efecto más dramático y dar interés y viveza a las escenas culminantes.

Sobre el mérito de su obra no escatimaron elogios sus propios contemporáneos. Hircio, al comienzo del Libro Octavo

---

[30] Cfr. Libro IV, caps. XXIII y XXIV.

(escrito por él), afirma que César con sus *Comentarios,* más que ayudar, ha quitado a los historiadores la facultad de escribir. Y Cicerón afirma[31] que «escribió unos comentarios dignos del mayor encomio: son sobrios, sin artificios, elegantes, desprovistos de todo ornato oratorio como de una vestimenta» y, hablando de los historiadores que escribirán apoyándose en la obra de César, dice: «resultará quizá grato (el escribir sobre ella) a los necios que querrán echarla a perder con falsos adornos literarios, pero a los juiciosos les ha quitado las ganas de escribir».

En cuanto a Aulo Hircio, el fiel amigo y compañero de César autor del Libro Octavo de los *Comentarios,* a pesar de toda su buena voluntad y de ser un buen escritor, nos proporciona la demostración de lo difícil que es conseguir la sobriedad y sencilla elegancia de César. El que tenga el placer de poder leer en latín la obra notará un cambio total al pasar de César a Hircio. El estilo de éste es mucho más embrollado, pesado y de largos períodos; nada que ver con la sobriedad, fluidez y elegancia del estilo de César. Pero la comparación entre ambos nos hace apreciar todavía más —no podía ser de otra manera— la calidad literaria de Julio César.

ALFONSO CUATRECASAS
Barcelona, agosto del 2000.

---

[31] Cicerón, *Brutus*, pág. 262.

LA GALIA ROMANA

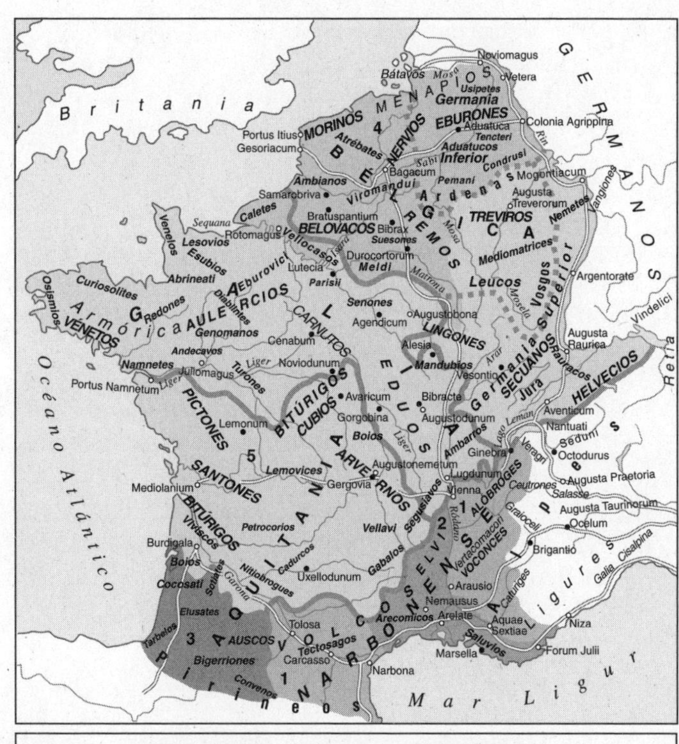

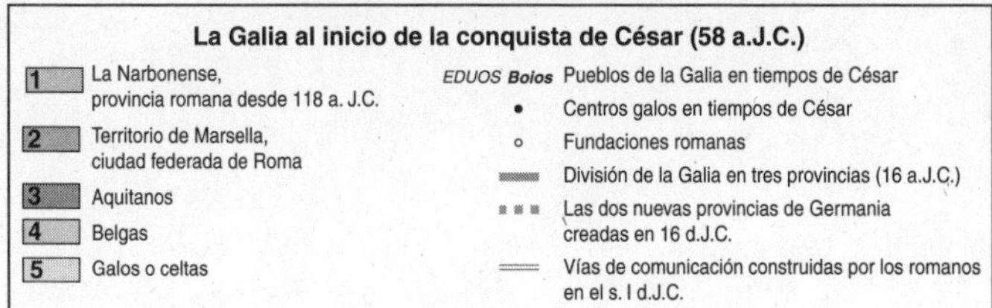

CUADRO CRONOLÓGICO

(Las fechas referentes a los acontecimientos de la juventud de César, hasta el año 73 a. C., son aproximadas.)

106 a. C.	Nace Cneo Pompeyo.
104-101	Reelecciones consecutivas de Mario al consulado.
100	**Nace Cayo Julio César, sobrino de Mario.**
88	Consulado de Sila. Sublevación de Mario. Sila proscribe a Mario.
87	Sila parte a Oriente. Mario ocupa Roma.
86	Muerte de Mario.
85	Nace Catón de Útica.
83	Regreso de Sila. Purgas y proscripciones.
85-78	César es nombrado Flamen Dialis. Casa con Cosutia. Repudia a Cosutia y se casa con Cornelia, hija de Cina. Por no querer divorciarse de Cornelia es condenado a muerte por Sila. Huye de Roma. César combate en Asia a las órdenes del pretor M. Termo contra Mitridates. Enviado a Bitinia por el pretor, conoce al rey Nicomedes. Recibe la corona al Mérito Cívico tras la toma de Mitilene. A su regreso es capturado por los piratas. Lucha en Cilicia.
78	Muerte de Sila. César regresa a Roma. Se dirige a Rodas a estudiar retórica en la escuela de Apolonio Molón.
73 70	Elegido para el Colegio de Pontífices. Consulado de Cneo Pompeyo y Marco Licinio Craso. César es elegido tribuno militar. Muere su esposa Cornelia.
69	Cuestor en Hispania Ulterior.

67	Se casa con Pompeya, hija de Quinto Pompeyo y nieta de Sila.
65	Es elegido edil curul.
63	Elegido pontifex maximus. Consulado de Cicerón. Conjuración de Catilina.
62	Elegido pretor. Repudia a Pompeya.
61	Propretor en Hispania Ulterior.
60	**Primer triunvirato: César, Pompeyo y Craso.**
59	**Es elegido cónsul** con Bíbulo como colega. **Recibe el mando de las Galias por cinco años.** Casa a su hija Julia con Cneo Pompeyo. Él se casa con Calpurnia, hija de Calpurnio Pisón.
58	Es exiliado Cicerón.
58-50	Guerra de las Galias. El 52, vence a Vercingetórix en **Alesia.**
57	Regreso de Cicerón.
56	**Conferencia de Lucca. Renovación del triunvirato. Los triunviros se reparten las provincias: Hispania para Pompeyo; Siria para Craso; las Galias se otorgan a César durante cinco años más.**
55	Consulado de Pompeyo y Craso.
54	Muerte de su hija Julia, esposa de Pompeyo.
53	Muerte de Craso, en Asia, a manos de los partos en la batalla de Carres.
52	Pompeyo es nombrado cónsul *sine colega.*
51	Sumisión definitiva de las Galias. Marco Claudio Marcelo y Servio Sulpicio, cónsules.
50	Un año antes de acabar su mandato se pide a César que licencie sus legiones, siendo cónsules Cayo Claudio Marcelo y Lucio Paulo.
49	**César se rebela y cruza el Rubicón, que marcaba el límite de su autoridad. Inicia la primera guerra civil, contra Pompeyo.**

	Los cónsules designados eran Cayo Claudio Marcelo y Lucio Léntulo. Campaña de Italia: César vence a Pompeyo. Campaña de España: Vence en Ilerda a Afranio y Petreyo. **Es elegido Dictador, pero renuncia para ser elegido cónsul.**
48	**Segundo consulado de César.** Campaña de los Balcanes. Derrota de Pompeyo en Farsalia. Muerte de Pompeyo en Egipto. César en Egipto. Hace a Cleopatra reina de Egipto. Campaña de Alejandría.
47	**César es elegido Dictador por un año.** Concluye la campaña de Alejandría. Campaña del Ponto, contra Farnaces, hijo de Mitridates VI. La guerra dura cinco días: *Veni, vidi, vici.*
46	**Tercer consulado de César.** Campaña de África: derrota total de los pompeyanos Catón y Escipión en Tapso. Suicidio de Catón. En agosto celebra en Roma un cuádruple triunfo: Galias, Egipto, Ponto y África. **Es nombrado Dictador por diez años.** Instaura el nuevo Calendario de 365 días.
45	**Cuarto consulado de César,** esta vez *sine colega.* Se inicia este año el nuevo Calendario Juliano. Campaña de España: en Munda vence a los hijos de Pompeyo Cneo y Sixto. Celebra su quinto triunfo. **Recibe del Senado: Dictador Vitalicio.** **Cónsul por diez años.** ***Imperator* (mando supremo del ejército).** **Padre de la patria.** **Censor por tres años.**
44	**Quinto Consulado de César,** con Marco Antonio como colega. **Asesinato de César durante los Idus de marzo (15 de marzo).**

BIBLIOGRAFÍA SELECTA

1. Ediciones

BASSI, D., Turín, Paravia, 1920, 1938.
CONSTANS, L. A., París, Les Belles Lettres, 1926.
EDWARDS, H. J., Londres, Loeb, Heinemmann, 1917.
HOLMES, T. R., Oxford, Clarendon, 1914.
ICART, J., 3 vols., Barcelona, Fundació Bernat Metge, 1974-1976.
KLOTZ, A., Leipzig, Teubner, 1925.
KRAMER, F., DITTENBERGER, W., y MEUSEL, H., Berlín, Weidmann, 1960.
RAT, M., París, Garnier, 1955.
RENATUS DU PONTET, Oxford, Clarendon, 1966 (1.ª ed. 1900).
SEEL, O., Leipzig, Teubner, 1961, 1968.
URI, J., París Hachette, 1893.

2. Biógrafos e historiadores clásicos sobre Julio César y «*La Guerra de las Galias*»

APIANO, *Historia romana.*
DIÓN CASIO, *Historia romana.*
SALUSTIO, *Conjuración de Catilina.*
SUETONIO, *Vida de los doce césares. Julio César.*
PLUTARCO, *Vidas paralelas, Alejandro Magno-Julio César.*

3. Estudios

Adcock, F. E., *Caesar as Man of Letters,* Londres, 1956.

Collins, J. A., *Propaganda, Ethics and Psicholgical Assumptions in Caesar's Writings,* Diss. Frankfurt, 1952.

Desajardins, E., *Géographie de la Gaule romaine,* 4 vols., París, 1875.

Gelzer, M., *War Caesar ein Staatsmann?,* Historische Zeitung 178 ('54), págs. 449-470.

Grant, M., *Julio César,* Barcelona, Bruguera, 1971.

Harmand, J., *César en Gaule,* IH XXXI, 1969, págs. 155-164.

Holmes, T. R., *Ancient Britain and the Invasion of Julius Caesar,* Oxford, Clarendon, 1907.

—, *Caesar's Conquest of Gaul,* Oxford, Clarendon, 1911.

—, *The Roman Republic and the Founder of the Empire III,* Oxford, 1923.

Jullian, C., *Histoire de la Gaule,* 3.ª ed., París, Hachette, 1923.

Marín y Peña, M., *Instituciones militares romanas,* Enciclopedia Clásica II, Madrid, 1956.

Presence de Cesar, París, Les Belles Lettres, 1985.

Radin, M., *The Date of Composition of Caesar's «Gallic War»,* CPh XIII, 1918, págs 283-300.

Rambaud, M., *Autour de Cesar,* Lyon, L'Hermès, 1987.

—, *L'art de la deformation historique dans le Commentaires de César,* 2.ª ed., París, Les Belles Lettres, 1966.

Thévenot, E., *Histoire des Gaulois,* 3.ª ed., París, P. U. F., 1960.

ESTA EDICIÓN

De todos es conocida la dificultad que encierra traducir cualquier texto, dificultad que aumenta considerablemente cuando la lengua del original es sintáctica y estructuralmente distinta de aquella a la que es vertida, como es el caso de la lengua latina.

Nosotros, siguiendo nuestra línea acostumbrada de trabajo, entre los distintos y variados planteamientos con que puede abordarse una traducción, y especialmente si es la de un autor clásico, nos hemos inclinado por el de la máxima fidelidad posible al texto y a la sintaxis del original latino. A ella, procurando conseguir una lectura castellana agradable, hemos sacrificado mayores libertades o elegancia de estilo. De esta forma, confiando en que su lectura sea amena para el lector profano, aspiramos a que pueda ayudar al mismo tiempo a los estudiantes e iniciados en las letras latinas como traducción sumamente fiel del texto latino, aunque respetando también la máxima corrección del español.

Dado el tipo de obra de los COMENTARIOS DE LA GUERRA DE LAS GALIAS, con una gran cantidad de nombres propios, de pueblos galos y germánicos y de localizaciones, en atención al lector, y con objeto de facilitar y hacer más amena su lectura, hemos incluido en esta edición un mapa de las Galias en la época de César y un completo índice onomástico ordenado por orden alfabético.

Para concluir, digamos que el texto original latino que hemos seguido fielmente para elaborar nuestra versión de los COMENTARIOS DE LA GUERRA DE LAS GALIAS ha sido el establecido por Renatus du Pontet (Oxford, 1966: 1.ª ed. 1900).

A. C.

COMENTARIOS DE LA GUERRA DE LAS GALIAS

LIBRO PRIMERO

I. La Galia[1], en su conjunto, está dividida en tres partes, de las cuales una la habitan los belgas, otra los aquitanos y la tercera los que en su propia lengua se llaman celtas y en la nuestra galos[2]. Todos ellos difieren entre sí en lenguaje, instituciones y leyes. A los galos el río Garona los separa de los aquitanos, mientras el Marne y el Sena los separan de los belgas. De todos ellos los belgas son los más valientes por estar sumamente distanciados del fausto y de la civilización de nuestra provincia[3] y porque rarísimamente llegan hasta ellos

---

[1] La Galia en los tiempos antiguos comprendía dos regiones: la Galia Cisalpina o Citerior y la Galia Transalpina o Ulterior, la verdadera patria de los galos, que se extendía por todo el territorio actual de Francia y Bélgica y por parte del de Holanda, Alemania y Suiza. A esta última se refiere César, en cuya enumeración no incluye tampoco la Galia Narbonense, a la que se refiere siempre como «la provincia» (de ahí el nombre de Provenza), ya que era provincia romana desde el año 120 a. C. (cfr. Libro I, n. 22).

[2] La Aquitania estaba situada al sudoeste entre los Pirineos y el río Garona; la Céltica, entre el Garona y el Sena, y la Bélgica, al norte del Sena. Por ello, cuando César habla de los galos, contraponiéndolos a los aquitanos y belgas, entiende por antonomasia, los celtas. Del mismo modo, cuando nombra la Galia sin otro aditamento, quiere significar la Galia Céltica.

El nombre latino de los ríos Garona, Marne y Sena es: *Garunna, Matrona* y *Sequana.*

[3] La Provincia romana, la Narbonense (hoy día, la Provenza y el Languedoc, aproximadamente), estaba separada de la Galia Belga por toda la Galia Céltica, por el norte, y limitaba con la Aquitania, por el oeste. Su cultura provenía tanto de la dominación romana, como de la influencia de Marsella, colonia griega.

los mercaderes, que portan cosas que sirven para debilitar el coraje, y también porque son vecinos de los germanos, quienes moran al otro lado del Rin, con quienes están siempre en guerra. Por la misma razón, también los helvecios aventajan en valor a los restantes galos [4], ya que están en casi permanente combate con los germanos, ya sea para salvaguardar sus propias fronteras, ya por ser ellos quienes llevan la guerra al territorio ajeno.

La parte que, como se ha dicho, ocupan los galos comienza en el río Ródano y limita con el río Garona, con el Océano, con el territorio de los belgas y llega también, por la parte de los secuanos y de los helvecios, hasta el río Rin, dirigiéndose hacia el septentrión. Los belgas comienzan a partir de los límites más lejanos de la Galia; se extienden hacia el curso inferior del río Rin y miran al norte y al sol naciente. La Aquitania se extiende desde el río Garona hasta los Pirineos y la zona del Océano [5] que toca a España; mira hacia poniente y al norte.

II. Entre los helvecios fue sin duda Orgetórix el más noble y rico. Éste, durante el consulado de M. Mesala y M. Pisón [6], impulsado por la ambición de reinar, urdió una conjuración de la nobleza y persuadió a sus conciudadanos a salir de sus fronteras con todas sus tropas. Les aseguraba que sería muy fácil apoderarse de toda la Galia, ya que superaban a todos en valor. Le fue fácil persuadirles de ello ya que los helvecios, por la propia naturaleza de su territorio, quedan encerrados por todas partes: por un lado, por el río Rin, anchísimo y muy profundo, que separa de los germanos el país de los helvecios; por otro, por el altísimo monte Jura [7], que se extiende entre los secuanos

---

[4] Es decir, a los otros pueblos de la Galia Céltica. Los helvecios ocupaban aproximadamente la actual Suiza.

[5] Siempre que César habla del «Océano», se refiere al Atlántico, ya que el Mediterráneo era el *Mare Nostrum*.

[6] Cónsules el año 61 a. C.

[7] Se llama Jura al sistema orográfico que se extiende unos setecientos km por Alemania, Francia y Suiza, de sudoeste a nordeste, entre los ríos Main y Ródano. Estaba ocupado por los secuanos y eduos, pueblos galos separados por el río Saona.

y los helvecios; en tercer lugar, por el lago Leman y el río Ródano, que separa nuestra provincia de los helvecios. De todo ello resultaba que no tenían espacio para sus correrías ni les era fácil poder combatir a sus vecinos, lo que causaba un profundo pesar a aquellos hombres tan sumamente belicosos. Consideraban, además, que, tanto por el gran número de habitantes como por su reputación de guerreros y valientes, sus fronteras, que se extendían doscientos cuarenta mil pasos de largo y ciento ochenta mil de ancho, eran demasiado estrechas[8].

III. Impulsados por todo ello y animados por la autoridad de Orgetórix, decidieron preparar las cosas necesarias para la marcha, a saber, comprar el mayor número posible de acémilas y carros, hacer copiosas siembras a fin de disponer de abundancia de trigo durante la expedición, y ratificar la paz y la amistad con los pueblos vecinos. Para llevar a cabo estos preparativos consideraron que dos años les era suficiente: mediante una ley, acuerdan la marcha para el tercer año. Para ejecutar estas disposiciones eligen a Orgetórix. Él, en persona, se encarga de la embajada a las otras naciones. Durante el trayecto convence a Cástico, secuano, hijo de Catamantaledes, cuyo padre había sido durante muchos años el rey de los secuanos y había obtenido del senado del pueblo romano el título de amigo, de que se apodere en su país del trono que antes había ocupado su padre. También al eduo Dumnórix, hermano de Diviciaco, quien a la sazón tenía la primacía entre los suyos y era muy querido por el pueblo, le persuade para que intente hacer lo mismo y le da a su hija en matrimonio. Les pone de manifiesto que les resultará muy fácil llevar a cabo sus planes porque también él mismo obtendrá el mando de su pueblo y es indudable que los helvecios son la nación más poderosa de toda la Galia; les asegura igualmente que él, con sus recursos y su ejército, les proporcionará la soberanía. Alentados con estas palabras se juran mutua lealtad, confiando en que, una vez

---

[8] Mil pasos eran una milla. La milla valía 1.478,5 m. Las extensiones mencionadas por César equivalen, pues, a 335 km de longitud y 266 km de anchura.

obtenido el trono, podrán, mediante sus tres pueblos, tan poderosos e intrépidos, apoderarse de toda la Galia.

IV. Una denuncia revela a los helvecios esta conspiración. Entonces, según su costumbre, obligaron a Orgetórix a defenderse encadenado[9]; si resultaba culpable, debía sufrir el castigo, a saber, ser quemado en la hoguera. El día fijado para la vista de la causa congregó Orgetórix a toda su familia, unas diez mil personas[10], a todos sus clientes y deudores, que eran muchísimos, y compareció ante el tribunal acompañado de todos ellos. Gracias a ellos evitó ser procesado. Mientras el pueblo, indignado por semejante desafuero, trataba de hacer cumplir la ley por medio de las armas y los magistrados reunían una multitud de hombres procedentes del campo[11], murió Orgetórix; y no faltan sospechas, según creían los helvecios, de que él mismo se diera la muerte.

V. Tras su muerte, no desisten, sin embargo, los helvecios de intentar llevar a cabo lo que habían decidido, a saber, salir de sus fronteras. Así pues, cuando consideraron que ya estaban preparados para la marcha, prenden fuego a todas sus ciudades, que eran doce, a las aldeas, unas 400, y a las fincas par-

---

[9] Es decir, que obligaron a Orgétorix a defenderse cargado de cadenas. Esta costumbre, cuando se trataba de delitos graves, no era propia solamente de los helvecios, sino que se había usado también entre los romanos. Si el reo era condenado, se le quemaba vivo.

[10] Dice César: *familia ad hominum milia decem.* Este número no debe ser considerado exorbitante, puesto que la familia se componía de esclavos, libertos y criados que servían en casa, cultivaban los campos, cuidaban el ganado y atendían a las demás haciendas y negocios, que crecían y se multiplicaban en proporción del poder y riqueza del dueño.

[11] Quiere decir que los magistrados reunían tropas, reclutando campesinos y aldeanos.

Algunos historiadores se han preguntado por qué los helvecios trataron con tanta severidad a un príncipe de la nación que les proponía unos proyectos conformes con su idiosincrasia y ventajosos para el Estado. Como César insinúa, probablemente se debió a que Orgétorix se dejó llevar de la *ambición de reinar*. Aspiraba a la soberanía universal de la Galia; recelaron de ello los que entraron en la conjura y le malquistaron con el pueblo hasta el término de obligarle a darse la muerte.

ticulares, y queman todo el trigo, a excepción del que iban a llevar consigo, con objeto de que, perdida la esperanza de retornar a su patria, estén más dispuestos a afrontar todos los peligros, y dan órdenes de que cada uno se lleve de casa harina para tres meses [12]. Persuaden a los rauracos, a los tulingios y a los latobicos [13], vecinos suyos, a que, siguiendo su ejemplo, después de hacer arder sus ciudades y aldeas, se pongan en marcha con ellos. Ganan también para su causa, recibiéndolos como aliados, a los boyos, quienes primero habían habitado al otro lado del Rin, pero que habían invadido más tarde el país Nórico y habían asediado su capital, Noreia.

VI. Había únicamente dos caminos por los que podían los helvecios salir de su patria: uno a través del país de los secuanos, estrecho y escabroso, entre el monte Jura y el río Ródano, por donde apenas podían pasar los carros uno a uno; dominaba además el camino una altísima montaña, de forma que unos pocos podían fácilmente impedir el paso. El otro, a través de nuestra provincia, mucho más fácil y cómodo, puesto que entre el país de los helvecios y el de los alóbroges [14], pacificados recientemente, fluye el Ródano, que en algunos lugares es fácilmente vadeable. La última ciudad de los alóbroges, muy cercana a la frontera de los helvecios, es Ginebra. Un puente lleva desde esa ciudad a territorio helvecio. Confiaban

---

[12] No creamos que semejante carga era insoportable para un soldado de entonces. Nos dice Mariana que los soldados de Escipión «llevaban en España en sus hombros trigo para treinta días, y cada uno siete estacas para las trincheras con que cercaban y barreaban los reales» *(Historia de España,* Libro III, cap. IX).

[13] Los rauracos habitaban la zona de Basilea. Los tulingos y latobrigos debían pertenecer a alguna región de Germania, vecina de Suiza. Los boyos eran un pueblo celta establecido al norte del Danubio, en Bohemia. Los noricos, establecidos al sur del Danubio, ocupaban parte de Baviera, Austria y Estiria.

[14] Los alóbroges ocupaban la actual Saboya y el Delfinado, al sudeste de Francia (hoy, departamentos de los Altos Alpes, Isère y Drôme), entre el río Isère y la curva del Ródano. Habían sido sometidos el 60 a. C., dos años antes de que los helvecios saliesen de su patria.

ellos en que, o bien persuadirían a los alóbroges a franquearles el paso por su territorio, ya que les parecía que todavía guardaban rencor hacia el pueblo romano, o bien en que les obligarían a ello a la fuerza. Concluidos todos los preparativos para la marcha, fijan el día en el que todos habían de reunirse en la ribera del Ródano. Era ese día el quinto antes de las calendas de abril, durante el consulado de L. Pisón y Aulo Gabinio [15].

VII. Informado César de que pretendían marchar a través de nuestra provincia, parte rápidamente de Roma y, encaminándose a marchas forzadas a la Galia Ulterior, se planta en Ginebra. Ordena a toda la provincia aprestarle el mayor número posible de soldados (pues en la Galia Ulterior sólo había una legión), y manda destruir el puente que se hallaba junto a Ginebra. Cuando los helvecios se enteraron de su llegada, le envían al punto como embajadores a los más notables de la nación; presidían esta legación Nammeyo y Verucleyo para comunicarle que su intención era cruzar la provincia , ya que no tenían otro camino, pero sin causar daño alguno. Le rogaban encarecidamente poder hacerlo con su consentimiento. César, acordándose de que el cónsul L. Casio había muerto [16] y su ejército había sido derrotado y obligado a pasar bajo el yugo por los helvecios, creía que no debía autorizarlo. Tampoco creía que aquellos hombres de ánimo hostil, si recibían licencia para transitar por la provincia, se abstuviesen de cometer daños y tropelías. Sin embargo, para ganar tiempo mientras llegaban los soldados que había solicitado [17], respondió a los legados que se tomaría un tiempo para pensar; que, si querían algo, regresasen en los Idus de abril [18].

---

[15] El 28 de marzo del 58 a. C.

[16] El año 107 a. C. Lucio Casio, cónsul junto con Mario, había sido vencido por los helvecios y tigurinos.

[17] Es decir, con el fin de ganar tiempo para que llegasen desde la Provincia (la Galia Narbonense) las tropas que había solicitado.

[18] El 13 de abril. Los romanos no conocían la semana. Había en cada mes tres días que tenían nombres especiales: las *Calendas*, el día 1 de cada mes; las *Nonas* eran el día 5 y los *Idus* el día 13, excepto en los meses de marzo, mayo, julio y octubre, en los que las Nonas eran el 7 y los Idus el 15.

VIII. Entretanto, con la legión que tenía consigo y con los soldados que habían llegado de la provincia, desde el lago Leman, que alimenta al río Ródano, hasta el monte Jura, que separa el territorio de los secuanos del de los helvecios, construye un muro de diecinueve mil pasos de largo y dieciséis pies de altura con su correspondiente foso. Acabada esta obra, dispone puestos de guardia y construye unos reductos para poder rechazar más fácilmente a los enemigos, en caso de que intentasen pasar sin su consentimiento.

Cuando llegó el día que había fijado con los legados y éstos se reencontraron con él, les manifiesta que, de acuerdo con las costumbres y la práctica del pueblo romano, no puede autorizar a nadie a atravesar la provincia, y les deja muy claro que se lo impedirá si intentan hacerlo a la fuerza. Los helvecios, viendo frustrada su pretensión, intentaron, algunas veces de día y más frecuentemente de noche, cruzar el Ródano: una parte de ellos, mediante barcas unidas o múltiples balsas construidas al efecto; los demás, por los vados del río, donde era menor la profundidad del agua; pero desistieron de su intento al ser rechazados por las defensas de la fortificación, por la acometida de los soldados y por las armas arrojadizas.

IX. Les quedaba un solo camino de salida, el que iba a través del país de los secuanos, pero no podían pasar por él sin su consentimiento, debido a su estrechez. Como por sí mismos no podían convencerlos, envían una embajada al eduo Dumnórix para ver si, por medio de su intercesión, podían conseguir el beneplácito de los secuanos. Dumnórix, por sus favores y liberalidad, tenía gran influencia entre los secuanos y era amigo de los helvecios, puesto que se había casado con una mujer de aquel país, la hija de Orgetórix. Movido además por su ambición de reinar, maquinaba revueltas y deseaba ganarse con sus favores el mayor número posible de naciones. En consecuencia, acepta el encargo y logra que los secuanos autoricen a los helvecios a atravesar su país; consigue incluso que intercambien rehenes: los secuanos para no impedir el paso a los helvecios; los helvecios para realizar su travesía sin causar daño ni perjuicio alguno.

X. Se comunica a César que los helvecios, a través del territorio de los secuanos y de los eduos [19], tienen la intención de dirigirse al país de los santones [20], que no moran lejos de los tolosates, pueblo que ya está dentro de nuestra provincia. Si tal cosa llegaba a suceder, creía César que sería muy peligroso para la provincia tener como vecinos, en aquellas regiones abiertas y sumamente ricas en trigo, a hombres tan belicosos y enemigos del pueblo romano. Por ese motivo pone al frente de la fortificación que había levantado a su legado Tito Labieno. Él, por su parte, se dirige a Italia a marchas forzadas, donde alista dos legiones y saca de los cuarteles de invierno las tres legiones que invernaban junto a Aquileya. Con estas cinco legiones se encamina hacia la Galia Ulterior a través de los Alpes, que era el camino más corto. Allí los ceutrones, los grayocelos y los caturigos [21], que habían ocupado las alturas, intentan impedir el paso al ejército. Rechazados todos ellos en diversos combates, desde Ocelo, la última población de la pro-

---

[19] Los secuanos ocupaban el territorio de la orilla izquierda del río Doubs, afluente del Saona, entre el Ródano, el Rin y la cadena del Jura. Su capital fue Vesontio (hoy, Besançon).

Los eduos habitaban el territorio comprendido entre los ríos Saona, Loira y Sena. Su capital fue Bibracte, llamada después Augustodonum (hoy, Autun). La región correspondería hoy día a Borgoña, La Bresse, Lyonesado, Beaujolais, etc.

[20] Los santones eran igualmente un pueblo de la Galia Céltica que ocupaba el territorio entre los ríos Sevre y Garona. Sus principales ciudades fueron Mediolanum (hoy, Saintes), Santonius Portus (hoy, La Rochela) y Annenodonacum (hoy, Aulnoy).

Los tolosanos pertenecían ya a la Galia Narbonense, la provincia romana.

[21] Los centrones habitaron el valle del alto Isère, afluente del río Ródano. Los grayocelos, más al sur, la región del Mont-Cenis. Los caturigos, el valle del alto Durance, que nace en el Mont-Genebre.

Ocelo corresponde probablemente hoy día a la ciudad de Avigliana. Los voconcios estaban ubicados a la izquierda del Ródano, entre el Isère y el Durance, afluentes ambos del Ródano.

vincia Citerior[22], se planta en siete días en el país de los vocuncios, ya en la provincia Ulterior. Desde allí conduce el ejército al país de los alóbroges y desde éste al de los segusiavos[23]; quedan éstos los primeros al otro lado del Ródano, fuera ya de la provincia.

XI. Ya los helvecios, conducidas sus tropas por los desfiladeros y confines de los secuanos, habían penetrado en el país de los eduos y asolaban sus campos. Los eduos, no pudiendo defender sus bienes ni sus personas, envían una embajada a César para pedirle ayuda. Le manifiestan que, habiendo sido siempre leales al pueblo romano, no debieran ser arrasados sus campos, reducidos a esclavitud sus hijos y destruidas sus ciudades, y todo ello prácticamente ante los ojos de nuestro ejército. Al mismo tiempo, los ambarros[24], aliados y parientes de los eduos, comunican a César que, arrasados ya sus campos, difícilmente desde sus ciudades pueden frenar el empuje enemigo. También los alóbroges, que tenían aldeas y granjas al otro lado del Ródano, van a refugiarse junto a César y le hacen saber que, excepto el desnudo suelo de sus campos, no les queda ya nada en absoluto. César, en vista de tales desafueros, decidió que no se debía aguardar a que los helvecios llegasen al país de los santones, mientras asolaban a su paso los territorios de sus aliados.

XII. Es un río, el Arar[25], que desemboca en el Ródano tras recorrer el país de los eduos y el de los secuanos con una len-

---

[22] La Galia Cisalpina o Citerior, al igual que la Narbonense, también provincia romana, pero sólo desde el 81 a. C., comprendía el nordeste de Italia, entre los Apeninos y los Alpes; su límite sur era el Rubicón, un pequeño río (hoy, Fiumicino) que desembocaba junto a Ariminum (hoy, Rímini) al norte de la ciudad. César había recibido como procónsul el gobierno de estas provincias.

Sobre la Galia Transalpina o Ulterior, cfr. Libro I, n. 1.

[23] Los segusiavos habitaban la región al oeste de Lyon bañada por el Loira. Su capital era Lugdunum (hoy, Lyon). César debió de montar su campamento cerca de Lyon.

[24] El nombre de este pueblo, *ambarros,* parece indicar que vivían en ambas riberas del río Arar (hoy, Saona), al norte de los segusiavos.

[25] El río Arar es el actual Saona. El Saona es un afluente del Ródano y desagua en este río en la ciudad de Lyon.

titud tan increíble, que no pueden discernir los ojos en qué dirección fluye. Este río lo estaban atravesando los helvecios mediante barcas y balsas atadas entre sí. Cuando supo César por los exploradores que tres partes del ejército helvecio ya habían atravesado el río, pero que casi una cuarta parte permanecía todavía a este lado del Arar, saliendo de su campamento durante la tercera vigilia [26] con tres legiones, cayó sobre aquella parte de las tropas que todavía no había atravesado el río. Acometiéndolos mientras estaban desprevenidos y entorpecidos por los bagajes, mató un gran número de ellos; los demás huyeron y se escondieron en los bosques cercanos. Era este el cantón Tigurino [27], uno de los cuatro cantones en que está dividida la nación de los helvecios. Este era precisamente el cantón que, habiendo salido él solo de su tierra en tiempo de nuestros padres, había dado muerte al cónsul L. Casio y había hecho pasar a nuestro ejército bajo el yugo. Así pues, ya fuese por azar o por designio de los dioses inmortales, aquella parte de la nación helvética que había infligido tan gran desastre al pueblo romano fue la primera en ser castigada. Con ello César vengó no sólo los agravios de la República, sino también los suyos propios, pues los tigurinos habían dado muerte al legado L. Pisón [28], abuelo de su suegro L. Pisón, en la misma batalla en que mataron a Casio.

XIII. Concluida esta batalla, a fin de poder perseguir a las restantes tropas helvéticas, ordena que se haga un puente en el río Arar y de este modo hace pasar su ejército a la otra parte. Conmocionados los helvecios ante su repentina llegada, pues veían que César había conseguido en un solo día lo que con

---

[26] César: *de tertia vigilia*. Los romanos dividían la noche en cuatro partes de tres horas, que llamaban *vigilias,* más cortas o más largas según cuando empezaba la noche real. La primera se contaba de seis a nueve; la segunda de nueve a medianoche; la tercera, hasta las tres; de tres a seis, la cuarta.

[27] Corresponde hoy día al de Zurich.

[28] César, tras divorciarse de Pompeya, hija de Quinto Pompeyo y nieta de Sila, se había casado el año 59 a. C. con Calpurnia, hija de Lucio Pisón, nieto a su vez del Lucio Pisón mencionado en el texto (cfr. Libro I, n. 16).

grandes dificultades habían logrado ellos en veinte, a saber, cruzar el río, le envían una embajada presidida por Divicón, que había sido el caudillo de los helvecios en la guerra contra Casio. Éste se dirigió a César diciéndole «que, si el pueblo romano firmaba la paz con los helvecios, éstos irían y permanecerían en el lugar donde César quisiera y ordenase; pero, si persistía en continuar la guerra, que se acordase de la pasada derrota del pueblo romano y del reconocido valor de los helvecios. Que por haber atacado por sorpresa un solo cantón, cuando las tropas que ya habían atravesado el río no podían acudir en su auxilio, no por ello alardeasen de su gran valentía ni les menospreciasen a ellos. Que ellos habían aprendido de sus padres y de sus antepasados a luchar con coraje más que con engaños o confiando en estratagemas. Que no diese, por tanto, ocasión a que el sitio donde se encontraban se hiciera célebre y pasara a la historia a causa de un desastre del pueblo romano y del aniquilamiento de su ejército».

XIV. A estas palabras replicó César «que tenía muy presente cuanto decían los embajadores helvecios y que por eso mismo hallaba menos motivos para vacilar en su resolución; y que tanto mayor era su resentimiento cuanto que aquellos hechos habían ocurrido sin que el pueblo romano lo mereciese en absoluto; que si éste se hubiese sentido culpable de algo, no le hubiera sido difícil precaverse; pero que precisamente por eso había sido engañado, porque, por una parte, el pueblo romano sabía que no había hecho nada por lo que debiera mantenerse en guardia, y, por otra, no creía que, sin motivo alguno, hubiera de estar receloso.

»Además, aun suponiendo que quisiera olvidar los antiguos agravios, ¿podía acaso borrar de su memoria los ultrajes recientes, como el que sin su autorización hubiesen intentado atravesar a la fuerza la provincia y el que hubiesen maltratado a los eduos, a los ambarros y a los alóbroges? El hecho —prosiguió diciendo— de poder alardear tan insolentemente de su victoria y el de extrañarse de que durante tanto tiempo hubiesen podido cometer sus desafueros con total impunidad, respondía a lo mismo: a que los dioses inmortales, para que los hombres, a quienes quieren castigar por sus crímenes, sufran más con el cambio de su suerte, acostumbran a concederles, en ocasiones, una mayor prosperidad y una impunidad más prolongada. A pesar de ello, si se le entregaban rehenes, para poder estar seguro de que cumplirían sus promesas, y si compensaban a los eduos y a sus aliados por los perjuicios que les habían ocasionado, y lo mismo a los alóbroges, haría la paz con ellos». Le respondió Divicón «que los helvecios habían aprendido de sus antepasados a recibir rehenes, no la costumbre de darlos, y que el pueblo romano era testigo de ello».

XV. Al día siguiente levantan el campamento de aquel lugar. Lo propio hace César y, con el fin de observar hacia dónde se dirige el enemigo, envía por delante la caballería que, formada por cuatro mil jinetes, había reclutado por toda la provincia y también entre los eduos y sus aliados. Habiendo seguido los nuestros a la retaguardia enemiga con excesivo celo, entablan combate con la caballería de los helvecios en lugar desfavorable y caen algunos de los nuestros. Engreídos los helvecios con este combate porque con 500 jinetes habían rechazado a una caballería tan multitudinaria, comienzan a detenerse de tanto en tanto con mayor audacia y, con su retaguardia, a provocar a los nuestros al combate. César reprimía el deseo de combatir de los suyos y le bastaba de momento impedir las rapiñas, el avituallamiento y los saqueos del enemigo. De este modo siguieron la marcha durante unos quince días, de forma que entre la retaguardia enemiga y nuestra vanguardia no había más de cinco o seis mil pasos de distancia.

XVI. Mientras tanto, César reclamaba cada día a los eduos el trigo que oficialmente le habían prometido. Y es que, en efecto, a causa del frío (porque la Galia, como antes se dijo, está situada al norte), no sólo el grano no había madurado en los campos, sino que ni siquiera se encontraba suficiente forraje. Además, tampoco podía utilizar el trigo que había transportado con naves por el Arar, puesto que los helvecios, en su marcha, se habían apartado del río y él, por su parte, no quería alejarse de ellos. Por parte de los eduos, todo era dar largas: no paraban de decir que ya lo tenían recogido; que ya estaba en camino; que ya estaba a punto de llegar... Cuando César se dio cuenta de que tan sólo le iban dando largas y de que estaba encima el día en que había de repartir el trigo a los soldados, tras convocar a los jefes de los eduos, a muchos de los cuales los tenía en su propio campamento, entre ellos a Diviciaco y a Lisco, que era el supremo magistrado (magistrado al que los eduos llaman «vergobreto» [29], se elige cada año y tiene poder de vida y muerte sobre los suyos), les recrimina agriamente el que, no pudiendo disponer de trigo ni comprándolo ni recogiéndolo en los campos, en una situación tan crítica y con el enemigo tan cerca, no le ayuden, especialmente cuando ha emprendido la guerra movido en gran parte por sus ruegos; más enérgicamente todavía se lamenta de haber sido engañado.

XVII. A continuación, Lisco, alterado por el discurso de César, manifiesta lo que hasta entonces había callado, a saber, «que, en su nación, hay algunos que gozan de tan gran influencia sobre el pueblo que, siendo unos meros particulares, tienen más poder que los propios magistrados; que estos individuos, con palabras tendenciosas y perversas, habían persuadido al pueblo para que no aportase las cuotas de trigo a que estaba obligado; que también decían que, si no podían ellos conseguir el dominio sobre la Galia, más valía soportar el dominio de otros galos que el de los romanos, y que no dudaran que, si los romanos llegaban a vencer a los helvecios, acto seguido arrebatarían la libertad a los eduos y a toda la Galia. Que esos personajes —prosiguió diciendo— incluso revelaban a los propios enemigos sus planes y todo lo que ocurría en su campamento, sin que a él le fuera posible impedírselo; más aún, que al haberse visto obligado a exponer todo esto a César, era consciente de que lo había hecho corriendo un gran

---

[29] Palabra de origen céltico que significa «aquel que tiene poder ejecutivo».

peligro y que por esa razón lo había callado mientras le fue posible».

XVIII. Se daba cuenta César de que, bajo estas palabras de Lisco, se denunciaba a Dumnórix, hermano de Diviciaco. No queriendo, sin embargo, tratar este asunto en presencia de tanta gente, levanta rápidamente la reunión y pide a Lisco que se quede. Ya a solas, le pregunta sobre lo que había manifestado en la reunión. Lisco se expresa con mayor libertad y franqueza. En secreto, César investiga estos hechos, preguntando a otros. Averigua que son ciertos. Que se trataba, en efecto, de Dumnórix, hombre de gran osadía, que por su generosidad gozaba de gran favor entre el pueblo y que ansiaba un radical cambio político. Que tenía arrendados desde hacía muchos años el portazgo [30] y todos los demás impuestos de los eduos por muy poco precio, debido a que, cuando él pujaba en la subasta pública [31], nadie osaba mejorar su oferta y que, gracias a estos ingresos, había aumentado su patrimonio y había amasado una gran fortuna para sus larguezas y también que mantenía permanentemente a sus expensas un numeroso cuerpo de caballería que siempre le acompañaba. Averiguó también que no sólo gozaba de gran influencia en su país, sino también entre las naciones vecinas y que, para reforzarla, había casado a su madre en el país de los bituriges [32] con uno de los hombres más ricos e influyentes de aquella nación. Que el mismo Dumnórix se había casado con una mujer helvecia y que había casado a una hermanastra suya, por parte de madre, y a diversas parientes suyas con hombres de otros países. Que favorecía y simpatizaba con los helvecios a causa de su matrimonio y que

---

[30] «Portazgo» era el tributo que se pagaba por pasar por ciertos caminos.

[31] El gobierno de los eduos, al igual que la república romana, vendía en pública subasta (al mejor postor) el arriendo para el cobro de los impuestos.

[32] Los bituriges eran un pueblo celta de la Galia central, cuya capital era Biturigae o Avaricum (hoy, Bourges), en la región situada entre el río Liger (hoy, Loira) y su afluente el Vigenna (hoy, Vienne). Aparte de ésta, había otra rama de los bituriges, ubicada en Aquitania, con Burdigalia (hoy, Burdeos) como capital.

odiaba también a César y a los romanos, pero por motivos personales, puesto que, con su llegada, había disminuido su poder y se había restituido, en cambio, a su hermano Diviciaco su anterior posición de honor e influencia. Que él, por su parte, tenía la esperanza de que, si a los romanos se les torcían las cosas, podría hacerse con el poder con la ayuda de los helvecios; pero que, por el contrario, bajo el dominio del pueblo romano desconfiaba, no ya de obtener el poder, sino incluso de conservar la influencia que ahora tenía.

En su investigación descubrió también César que el combate ecuestre, que se había entablado hacía unos pocos días, había resultado adverso para los romanos porque Dumnórix y sus jinetes (pues Dumnórix mandaba la caballería que los eduos habían enviado en auxilio de César) habían iniciado la fuga, y, al huir ellos, el pánico se había apoderado del resto de la caballería.

XIX. Averiguado todo esto, y confirmándole los hechos las sospechas de que Dumnórix había conducido a los helvecios a través del territorio de los secuanos, de que también él había ordenado el intercambio de rehenes y de que todo ello lo había hecho, no sólo sin órdenes suyas ni de su pueblo, sino incluso sin que éstos lo supieran, puesto que había sido acusado por el propio magistrado de los eduos, le pareció a César que había suficientes motivos para castigarle él, personalmente, o para ordenar que lo hiciera su propia nación. Tan sólo un hecho le frenaba: que sabía el grandísimo afecto de su hermano Diviciaco hacia el pueblo romano, el gran aprecio que a él mismo le tenía, su extraordinaria lealtad, su rectitud y su moderación, y temía agraviarlo con el suplicio de Dumnórix. Así pues, antes de intentar nada, manda llamar a Diviciaco y, prescindiendo de los habituales intérpretes, mantiene una conversación con él valiéndose de C. Valerio Troucilo, uno de los notables de nuestra provincia de la Galia, íntimo amigo suyo y en quien depositaba toda su confianza. Le recuerda lo que, en su presencia, se dijo de Dumnórix en la reunión con los galos y le comunica lo que, en privado, cada uno de ellos le había confiado a él personalmente. Le ruega y le insta, en consecuencia, a que no se ofenda si, concluido el proceso judicial, él mismo sentencia a Dumnórix u ordena que su propio pueblo lo sentencie.

XX. Diviciaco, abrazándose a César, deshecho en lágrimas, se puso a suplicarle «que no tomase ninguna medida rigurosa contra su hermano; que sabía que era cierto todo lo que se le achacaba, y que nadie lo lamentaba más que él mismo, ya que, cuando por su juventud no tenía su hermano poder alguno en la Galia y él, a su vez, gozaba de la máxima influencia en su patria y en el resto de toda la Galia, había ayudado a encumbrarlo, y él, en cambio, utilizaba ahora esa fuerza y esos recursos, no ya para desacreditarle, sino, incluso, para acabar con él; pero que, con todo eso, pesaba más en él el amor fraterno y la opinión pública. Y que, si a Dumnórix le castigaba César con demasiada dureza, nadie creería, dada la profunda amistad que existía entre ambos, que se había hecho sin su propio consentimiento, y que, en consecuencia, se ganaría la enemistad de toda la Galia».

Como, llorando y sin parar de hablar, suplicaba a César, éste le coge la mano y, después de calmarlo, le ruega que no hable más del asunto. Le dice que siente tanto aprecio por él que, ante sus ruegos y su cariño, olvida las ofensas a la República y su propia indignación. Llama a Dumnórix a su presencia y, delante de su hermano, le echa en cara los reproches de éste. Le expone lo que piensa él, personalmente, y las quejas de su pueblo. Le advierte que, en adelante, no vuelva a dar motivos de sospecha, y le dice también que, en atención a su hermano Diviciaco, le perdona lo pasado. Sin embargo, le pone vigilancia para saber puntualmente qué hace y con quiénes habla.

XXI. Aquel mismo día, al saber por sus batidores que los enemigos habían hecho alto al pie de una montaña a ocho millas de su campamento, envía un destacamento para reconocer la naturaleza del terreno y los accesos de subida al monte. De regreso, le informan que no hay dificultad alguna. Así pues, ordena a Tito Labieno, legado propretor [33], que, en la tercera vigilia, con dos legiones y llevando como guías a los que habían explorado el terreno, suba a la cima del monte. Le explica entonces cuál es su plan. Él, por su parte, durante la cuarta vigilia, se dirige hacia el enemigo por el mismo itinerario que ellos han seguido, y envía por delante toda la caballería. Precediendo a ésta, envía con los batidores a Publio Considio, considerado muy experto en temas militares y que ya había servido en el ejército de L. Sila y posteriormente en el de Marco Craso [34].

XXII. Al despuntar el día, estando ya Labieno en la cima de la montaña y el propio César a no más de mil quinientos pasos del campamento de los enemigos y, como después supo por los prisioneros, sin que su aproximación ni la llegada de Labieno hubiera sido advertida por aquéllos, Considio, a galope tendido, le sale al encuentro y le informa de que la montaña, que debía ser ocupada por Labieno, lo estaba ya por los enemigos; que él lo había sabido por las armas y enseñas de los galos. César lleva entonces sus tropas a un collado próximo y las dispone en orden de batalla. Labieno, como había recibido órdenes de César de no entablar combate, a no ser que viese las tropas del propio César cerca del campamento enemigo, a fin de, a un mismo tiempo y desde todas partes, poder atacar al enemigo, tras haber ocupado la montaña, aguardaba a los nuestros sin presentar batalla. Bien entrado ya el día, supo César por los exploradores que la montaña estaba ocupada por sus tropas, que

---

[33] César designa a Labieno con el título de *legatus pro praetore.* El legado, en la época de César, era uno de los oficiales de Estado Mayor o ayudantes de campo del general en jefe en quien éste delegaba temporalmente el mando de la caballería, de las tropas auxiliares o, incluso, de toda una legión. No era, sin embargo, una graduación militar ni una magistratura. Este mismo Tito Labieno será el que después, en la guerra civil contra Pompeyo, se pasará al campo pompeyano y morirá al frente de sus tropas en la batalla de Munda, ganada por César, que significará el fin de la guerra civil.

[34] Publio Considio debió de ser centurión bajo las órdenes de Marco Craso en la guerra de los esclavos contra Espartaco.

los helvecios habían levantado el campamento y que Considio, invadido por el pánico, había informado de algo que no había visto como si en realidad lo hubiera visto. Durante aquel día siguió a los enemigos a la distancia acostumbrada y montó su campamento a tres mil pasos del de ellos.

XXIII. Al día siguiente, puesto que sólo faltaban dos días para aquel en que se tenía que repartir el trigo al ejército, y dado que no estaba a más de dieciocho mil pasos de Bibracte[35], la ciudad, de largo, más importante y más rica de los eduos, creyó oportuno ocuparse del aprovisionamiento de trigo. Así pues, dejando de seguir a los helvecios, se dirige a Bibracte. Unos desertores de L. Emilio, decurión[36] de la caballería gala, comunican esta circunstancia a los enemigos. Los helvecios, o bien creyendo que los romanos, invadidos por el pánico, se alejaban de ellos, tanto más cuanto que el día anterior, a pesar de ocupar una posición ventajosa, no habían entablado combate, o bien confiando que podrían impedir nuestro aprovisionamiento de trigo, cambian sus planes e, invirtiendo el sentido de su marcha, empezaron a seguir y a provocar a nuestra retaguardia.

XXIV. Cuando César se dio cuenta de ello lleva sus tropas a un cercano montículo y envía la caballería para que sostenga el ataque enemigo. Mientras tanto, él mismo, hace formar en triple línea hacia la mitad del montículo las cuatro legiones de veteranos[37], de forma que, detrás de él, en la parte alta de la

---

[35] Todos los meses se repartían a los soldados las correspondientes raciones y se les pagaban los haberes.

Sobre Bibracte, capital de los eduos, cfr. Libro I, n. 19.

[36] La caballería de una legión, en la época de César, estaba formada por 10 escuadrones de 3 decurias cada uno (total, 300 jinetes). Cada escuadrón lo mandaba un prefecto (oficial superior), y al frente de cada decuria (total, 10 jinetes) estaba un decurión (oficial subalterno).

[37] Las legiones VII, VIII, IX y X. La *acies triplex* era la formación de combate más frecuente por parte de César. Su estructura era: cuatro cohortes de cada legión en la primera línea, tres en la segunda y tres en la tercera. La legión, en la época de César, constaba de 6.000 hombres. La unidad táctica era la cohorte, formada por 3 manípulos de 2 centurias cada uno, o sea, 600 hombres. La legión tenía 10 cohortes. Tenía además 300 jinetes (cfr. n. anterior).

colina, pudiera situar las dos legiones que había reclutado últimamente[38] en la Galia Citerior y todas las tropas auxiliares, de manera que el collado quedase totalmente ocupado por sus hombres. Simultáneamente ordena agrupar la impedimenta en un solo lugar y da instrucciones para que sea protegido por las tropas que se habían situado en la parte superior. Los helvecios, habiéndonos seguido con todos sus carros, reúnen también su impedimenta en un solo lugar. Ellos, entonces, tras rechazar en formación cerrada el ataque de nuestra caballería, forman la falange[39] y se lanzan contra nuestras primeras líneas.

XXV. César, haciendo retirar del campo de batalla todos los caballos, primero el suyo y luego los de los demás, de modo que, corriendo todos el mismo peligro, nadie confiara en la huida, tras arengar a sus hombres inicia el ataque. Nuestros soldados, al lanzar sus jabalinas desde un lugar más elevado, rompen fácilmente la falange enemiga. Una vez desbaratada, desenvainando las espadas cargan contra ellos. Una circunstancia obstaculizaba en gran manera a los galos para la lucha: a saber, que atravesados y trabados los escudos de varios de ellos por un solo disparo, al haberse torcido el hierro del dardo ni lo podían arrancar ni podían luchar con comodidad, al tener la mano izquierda trabada y sujeta. Así pues, muchos de ellos, tras largos forcejeos con el brazo, optaron por arrojar los escudos y pelear a cuerpo descubierto. Al fin, extenuados por las heridas, empezaron a retroceder y a replegarse hacia una montaña que había a unos mil pasos de allí. Ha-

---

[38] Las legiones XI y XII, reclutadas por el propio César. Las tropas auxiliares se componían de soldados no itálicos, reclutados sobre la marcha para reforzar las legiones.

[39] La falange era una disposición militar empleada por los germanos y los galos y, antes, por los griegos. Los soldados formaban una línea continua, compacta y profunda; los de la primera fila sostenían derechos sus escudos, y los demás los elevaban por encima de sus cabezas para proteger a todo el batallón de los proyectiles enemigos. Es una formación similar a la *testudo* («tortuga») de los romanos.

biendo ellos ocupado la montaña y siguiendo los nuestros en su persecución, los boyos y los tulingios, que con cerca de quince mil hombres cerraban el ejército enemigo y servían de protección a sus últimas líneas, atacaron sobre la marcha a los nuestros por el lado descubierto[40] intentando rodearlos; los helvecios, que se habían replegado a la montaña, al ver esta maniobra, empezaron a acosarnos y a reintegrarse al combate. Los romanos, haciendo girar su formación, formaron un doble frente: la primera y la segunda línea, por un lado, enfrentándose a los que ya habían sido vencidos y rechazados; la tercera, por el otro, sosteniendo el ataque de los que se incorporaban ahora al combate.

XXVI. Así pues, se combatió larga y encarnizadamente en una doble batalla[41]. Cuando no pudieron resistir durante más tiempo las acometidas de los nuestros, los unos, como habían hecho antes, se refugiaron en la montaña; los otros se replegaron junto a sus carros e impedimenta. Por lo demás, durante toda esta batalla, a pesar de que se combatió desde la hora séptima[42] hasta el atardecer, nadie pudo ver que enemigo alguno girase la espalda. También junto a la impedimenta se luchó hasta bien entrada la noche, puesto que, delante, habían colocado sus carros a modo de empalizada, y, desde un lugar más elevado, arrojaban dardos a los que se acercaban de los nues-

---

[40] César: *latere aperto*. Quiere decir que acometieron a los nuestros por el costado descubierto, es decir, por el lado derecho, que no tenían defendido por los escudos, como lo estaba el izquierdo, ya que el escudo se sostenía con la mano izquierda.

[41] César: *ancipiti proelio*. Esta frase latina significa ordinariamente que la victoria está indecisa, que se inclina ya a un lado ya al otro. Aquí, sin embargo, dado el contexto y circunstancias, parece indicar que la batalla se daba en dos partes distintas y que lo que dice César es que el combate era doble.

[42] El día, al igual que la noche (cfr. Libro I, n. 26), se dividía entre los romanos en 12 horas, desiguales en duración según las estaciones, ya que se contaban desde la salida del sol hasta su ocaso. El mediodía, sin embargo, era siempre el final de la hora sexta (de donde viene la palabra española «siesta»). Como esta batalla se produce en el mes de junio, la hora séptima va desde las 12 hasta la 1,30 aproximadamente.

tros, y algunos, por entre los carros y las ruedas, nos lanzaban dardos y jabalinas[43], hiriendo a nuestros soldados. Por fin, después de haber combatido durante largo rato, los nuestros se apoderaron de la impedimenta y del campamento. Allí fueron capturados la hija de Orgetórix y uno de sus hijos. Sobrevivieron a esta batalla cerca de ciento treinta mil enemigos que caminaron sin parar durante toda la noche y, no interrumpiendo ni un momento su nocturna huida, al cuarto día llegaron al país de los lingones[44], sin que los nuestros pudiesen seguirlos ya que se detuvieron tres días a causa de los soldados heridos y para enterrar a los muertos. César envió una carta y emisarios a los lingones, intimándolos a «que no ayudasen a los helvecios ni con trigo ni con otra cosa alguna; que, si les ayudaban, les trataría a ellos igual que a los helvecios». Por su parte, César, después de los tres días, comenzó a seguirlos con todo el ejército.

XXVII. Los helvecios, obligados por la absoluta carencia de todo, le enviaron embajadores para tratar de su rendición. Encontrando éstos a César en el camino y arrojándose a sus pies, con súplicas y llantos le pidieron la paz. Él les ordenó que, en el mismo lugar en que ahora se hallasen, aguardaran su llegada. Ellos obedecieron. Cuando César llegó allí les exigió rehenes, las armas y los esclavos que habían huido hasta ellos. Llegada la noche mientras se buscaban y reunían todas estas exigencias, unos seis mil hombres del cantón llamado Verbigeno, ya por invadirles el pánico de que, una vez entregadas las armas, fuesen ejecutados, ya movidos por la esperanza de salvarse, pensando que, entre tanta multitud de prisioneros, su fuga podría quedar encubierta o totalmente ignorada, escabulléndose del campamento de los helvecios a primeras horas de la noche, se encaminaron hacia el río Rin y el territorio de los germanos.

---

[43] *Mataras ac tragulas*. La primera palabra designa un arma ligera y arrojadiza, conocida de antiguo por los romanos; la segunda, un dardo usado exclusivamente por los galos, y cuyo hierro era largo.

[44] Pueblo muy rico de la Galia Belga, que tenía Langres por capital.

XXVIII. Cuando César se enteró de ello, ordenó a todos aquellos por cuyas tierras habían de pasar que, si querían justificarse ante él, los buscasen y los hiciesen volver. Una vez devueltos, los trató como enemigos. A todos los demás, en cambio, tras entregar los rehenes, las armas y los esclavos fugitivos, les aceptó la rendición. Ordenó que los helvecios, los tulingios y los latobicos regresaran a los territorios de donde habían salido y, puesto que, perdidas todas las cosechas, no tenían nada en su país con que hacer frente al hambre, dio órdenes a los alóbroges de que les proporcionaran trigo en abundancia. A ellos, a su vez, les ordenó que reconstruyesen las aldeas que habían quemado. El principal motivo por el que tomó esta decisión fue que no quiso que el territorio de donde habían salido los helvecios quedase deshabitado, no fuera que, al ser unos campos tan fértiles, los germanos, que moran al otro lado del Rin, pasaran de su país al de los helvecios y se convirtiesen en vecinos de su provincia de la Galia y de los alóbroges. A los eduos, que le solicitaban poder acomodar en su territorio a los boyos, de reconocido y egregio valor, se lo autorizó. Los eduos, entonces, les dieron tierras y los acogieron en paridad de derechos y libertades con ellos mismos.

XXIX. En el campamento de los helvecios se encontraron unas tablillas escritas en griego, que le fueron entregadas a César. Constaba en ellas una relación nominal del número de hombres capaces de combatir que habían salido de su patria; también constaban, por separado, los niños, los ancianos y las mujeres. La suma total de personas era: doscientos sesenta y tres mil helvecios; treinta y seis mil tulingios; catorce mil latobicos; veintitrés mil rauracos y treinta y un mil boyos. De todos éstos, los hombres aptos para las armas eran noventa y dos mil. La suma global de personas era de trescientas sesenta y ocho mil. De esta suma, los que regresaron a su casa, una vez realizado el censo, tal y como ordenó César, resultaron ser ciento diez mil.

XXX. Una vez concluida la guerra de los helvecios, llegaron legados de casi toda la Galia, prohombres de sus respectivas naciones, para felicitar a César. Le manifestaron que veían claramente que, si bien debido a los pasados agravios al pueblo romano por parte de los helvecios, Roma, con esta guerra, se había tomado cumplida venganza, sin embargo aquella victoria había beneficiado no menos a toda la Galia que al propio pueblo romano, ya que los helvecios, en plena prosperidad, habían abandonado su patria con la intención de llevar la guerra y someter bajo su dominio a toda la Galia y la de escoger, entre la gran abundancia de ellos, un territorio para morar en él: el que consideraran más fértil y rico de toda la Galia. A las demás naciones las harían tributarias suyas. Le rogaron que les permitiera convocar un Consejo de toda la Galia en un día determinado y celebrarlo con el consentimiento de César, pues tenían algunos asuntos que, de mutuo acuerdo, querían solicitarle. Autorizada su petición, fijaron un día para el Consejo y se obligaron entre sí bajo juramento a no revelar a nadie lo tratado, excepto a aquellos que, de común acuerdo, así se dispusiera.

XXXI. Disuelta la asamblea, volvieron de nuevo a presencia de César los mismos prohombres de las naciones que ya lo habían estado antes, y le pidieron que les permitiera tratar con él, a solas y en un lugar secreto, acerca de su salvación y la de todos. Otorgada también esta demanda, se echaron todos, llorando, a los pies de César, diciéndole que tenían, incluso, más empeño y preocupación en que no se divulgase lo que iban a decirle que en conseguir lo que pretendían, puesto que, si llegara a divulgarse, sabían que serían torturados. El eduo Diviciaco tomó la palabra en nombre de todos, explicando que toda la Galia estaba dividida en dos bandos; los eduos encabezaban uno de ellos y los arvernos [45] el otro. Que, tras haber contendido durísimamente entre ellos durante largos años para imponer su primacía, sucedió que los arvernos y los secuanos

[45] Los arvernos era un pueblo de la Galia Céltica que ocupaba un extenso territorio montañoso de la Galia central, que correspondería hoy día a Auvernia y los Cevenas. Era el pueblo más poderoso de las Galias, y su cultura muy superior a la de los otros pueblos galos; su capital era Gergovia. Los secuanos, rivales de los eduos, se habían unido a los arvernios.

habían hecho venir guerreros germanos como mercenarios. Que de éstos, al principio, habían atravesado el Rin unos quince mil; pero, después de que estos hombres, feroces y bárbaros, se hubiesen enamorado de los campos, civilización y riquezas de los galos, habían cruzado el río muchos más, de manera que ahora había en la Galia unos ciento veinte mil. Que tanto los eduos como sus aliados se habían enfrentado con ellos en combate una y otra vez, y que, rechazados por aquéllos, habían sufrido un gran desastre y habían perdido todos sus nobles, el senado y toda la caballería. Que deshechos por estas derrotas y calamidades, los que antes, por su valor y por la protección y amistad del pueblo romano, eran los más poderosos de la Galia, ahora se habían visto obligados a entregar a sus más nobles ciudadanos como rehenes a los secuanos y a empeñar bajo juramento su nación a no reclamar jamás esos rehenes, a no solicitar el auxilio del pueblo romano y, por último, a no negarse a permanecer para siempre bajo el dominio y autoridad de los secuanos. Que él, Diviciaco, era el único de todos los eduos a quien no habían podido doblegar a prestar el juramento ni a entregar sus hijos como rehenes. Que por esa razón, por ser el único que no estaba obligado ni por un juramento ni por los rehenes, había huido de su país y se había ido a Roma a solicitar el apoyo del senado. Continuó diciendo, que, sin embargo, peor les había ido a los secuanos, siendo los vencedores, que a los eduos, que fueron los vencidos, puesto que Ariovisto[46], rey de los germanos, se había establecido en el país de los secuanos y se había apropiado de una tercera parte de su territorio, el más fértil de toda la Galia, y que ahora había ordenado a los secuanos abandonar otra tercera parte de

---

[46] Ariovisto, de origen suevo, era el rey de los harudes que, parece, procedían originariamente de la zona de Hamburgo, junto a la desembocadura del Elba. Había ahora cruzado el Rin y se había establecido en territorio de los secuanos, cuya capital era Vesontio (hoy, Besançon). El Senado el año anterior, durante el consulado de César (59 a. C.), le había otorgado el título de *amigo y aliado del pueblo romano* (cfr. Libro I, n. 52).

él, debido a que, hacía unos pocos meses, se le habían incorporado unos veinticuatro mil harudes, a los que se les había de disponer alojamiento. Y que, dentro de unos pocos años, se encontrarían con que los galos se verían expulsados de la Galia y todos los pueblos germanos atravesarían el Rin, pues no puede compararse el campo germano con el de los galos, ni la habitual forma de vivir de los unos con la de los otros. Que Ariovisto, por su parte, después de haber vencido al ejército galo en la batalla que se había celebrado en Admagetobriga[47], ejercía un gobierno despótico y cruel, exigiendo como rehenes los hijos de todos los más nobles prohombres y sometiéndolos a toda clase de ejemplares castigos y torturas, si alguna cosa no se hacía conforme a su capricho y antojo. Que era un hombre bárbaro, irresistible y temerario, y que no podía soportarse durante más tiempo su tiranía. Finalmente manifestó que, si César y el pueblo romano no les ayudaban, todos los galos tendrían que hacer lo mismo que habían hecho los helvecios: abandonar su patria para ir a buscar otros alojamientos, lejos de los germanos, y probar fortuna, sea la que fuere. Que si lo que había dicho llegaba a oídos de Ariovisto, no le cupiera duda alguna de que éste torturaría de la manera más cruel a todos los rehenes que tenía en su poder. Que César, sin embargo, gracias a su propia autoridad y a la de su ejército y también a su reciente victoria y al prestigio del pueblo romano, podía impedir que una mayor multitud de germanos cruzara el Rin y podía liberar a toda la Galia de la tiranía de Ariovisto.

XXXII. Una vez Diviciaco hubo terminado su parlamento, todos los presentes empezaron a solicitar con grandes llantos la ayuda de César. Advirtió César que, de todos ellos, únicamente los secuanos no hacían nada de lo que hacían los demás, sino que tristes y con la cabeza baja miraban al suelo y les preguntó sorprendido el motivo de su actitud. Nada respondían los secuanos, sino que se mantenían tristes y en silencio. Al

---

[47] No se sabe con certeza dónde se produjo esa batalla; posiblemente en algún lugar de Alsacia.

preguntarles de nuevo con insistencia sin poderles sacar ni una sola palabra, respondió por ellos el eduo Diviciaco explicando a César que la desgracia de los secuanos era mayor y más lamentable que la de los demás, ya que ni siquiera a solas y en un lugar secreto se atrevían a quejarse ni a solicitar ayuda, pues les aterraba la crueldad del ausente Ariovisto como si estuviese delante de ellos, y todo ello debido a que para los demás existía la posibilidad de la huida, pero los secuanos, en cambio, que tenían a Ariovisto dentro de casa, con todas sus ciudades bajo su poder, habrían de soportar sus crueles represalias.

XXXIII. Cuando César supo esta situación, animó a los galos con buenas palabras y les prometió que se encargaría del asunto. Les dijo que confiaba en que Ariovisto, en atención a los favores recibidos y a la autoridad de César, pondría fin a su desmesura. Dicho esto, levantó la reunión. Conforme a los hechos expuestos, se le acudían muchos motivos por los que consideraba que debía pensar seriamente en el asunto y encargarse personalmente de él. En primer lugar, porque veía que los eduos, tantas veces distinguidos por el senado con el título de hermanos y parientes, estaban sometidos al dominio de los germanos y sabía que había rehenes suyos en poder de Ariovisto y de los secuanos; lo cual, siendo tan grande el poderío del pueblo romano, lo consideraba una vergüenza para él mismo y para la República. Por otra parte, creía peligroso para el pueblo romano el que, poco a poco, los germanos se hubiesen acostumbrado a cruzar el Rin y a entrar en la Galia tan gran multitud de ellos. Tampoco creía que hombres tan fieros y bárbaros, una vez ocupada toda la Galia, se abstuviesen de invadir, como antes lo habían hecho cimbrios y teutones [48], la

---

[48] Los cimbrios y los teutones eran pueblos de origen germánico establecidos en la península de Jutlandia y en las llanuras de la desembocadura del río Elba. En el año 113, tras un movimiento migratorio, invadieron la Galia derrotando repetidamente a los romanos y dedicándose a saquear la Narbonense. Invadieron finalmente la propia Italia y Roma vivió momentos de angustia. Mario derrotó, por fin, a los teutones en *Aquae Sextiae* (hoy, Aix-en-Provence) el año 102 a. C., y a los cimbrios en *Vercellae* (hoy, Verceil) el año 101 a. C.

provincia romana y desde allí dirigirse a Italia, especialmente cuando a los secuanos tan sólo el río Ródano los separa de nuestra provincia. Por todo ello pensaba que debía intervenir lo más rápidamente posible. Además, Ariovisto se había envalentonado tanto y se había vuelto tan arrogante que, a su juicio, no se debía tolerar ya más tiempo.

XXXIV. Así pues, creyó oportuno enviar emisarios a Ariovisto para pedirle que eligiera un lugar a medio camino de los dos para mantener una conversación: que tenía que hablar con él de temas de Estado y de otros de la máxima importancia para ambos. A esta embajada respondió Ariovisto que, si él hubiera necesitado algo de César, habría ido él a visitarlo; por tanto, si era César quien quería algo, debía ser César el que fuera a verle. Que él, además, no se atrevía a ir sin su ejército a parte alguna de la Galia que estuviera en poder de César, ni podía tampoco trasladar todo su ejército a un lugar determinado sin grandes aprovisionamientos y dificultades. Que se preguntaba además con extrañeza qué pintaba César o el pueblo romano en la Galia, que era suya por haberla conquistado en el campo de batalla.

XXXV. Llevada a César su respuesta, de nuevo le envía éste una embajada con el siguiente mensaje: puesto que, tras haber recibido tantos favores de él y del pueblo romano hasta el punto, durante su propio consulado, de haber sido nombrado rey y amigo por el senado[49], él, por su parte, les pagaba el favor considerando ofensivo acudir invitado a una entrevista y afirmando que no había asuntos comunes que él tuviera que escuchar y tratar, esto era lo que César le exigía: primero, que no volviese a traer más gente a la Galia a través del Rin; segundo, que devolviera a los eduos los rehenes que había recibido de ellos y que permitiese a los secuanos devolver, con su consentimiento, los que ellos pudieran tener; tercero, que no agraviara más a los eduos y que no volviera a hacerles

---

[49] Cfr. Libro I, n. 46.

la guerra a ellos ni a sus aliados. Que, si lo hacía así, el favor y la amistad, tanto suya como del pueblo romano, para con él serían eternas; pero que, si se negaba, no pasaría por alto los agravios cometidos contra los eduos, ya que, siendo cónsules M. Mesala y M. Pisón [50], había decidido el senado que quienquiera que tuviera el gobierno de la Galia defendiese a los eduos y a los restantes aliados del pueblo romano, puesto que podía redundar en beneficio del pueblo de Roma.

XXXVI. A este mensaje respondió Ariovisto que era derecho de guerra el que los vencedores mandaran a los vencidos como les viniera en gana. Que el propio pueblo romano, el primero, acostumbraba gobernar a los vencidos, no según reglas ajenas, sino conforme a su propio criterio; que, por tanto, si él no dictaba al pueblo romano cómo tenía que utilizar sus derechos, no procedía tampoco que el pueblo romano le pusiera trabas en el ejercicio de los suyos. Que los eduos, puesto que habían decidido tentar la suerte con las armas y habían luchado y perdido, se habían convertido en tributarios suyos. Que César le causaba un gran perjuicio, pues, con su llegada, provocaba una disminución de sus ingresos tributarios. Que no tenía intención, siguió diciendo, de devolver los rehenes a los eduos, pero que tampoco promovería una guerra injusta contra ellos o contra sus aliados, a condición de que respetasen las condiciones estipuladas y pagasen sus anuales tributos; que, en caso de no hacerlo así, de muy poco les iba a servir el título de hermanos del pueblo romano. Y en cuanto a la amenaza de César de que no pasaría por alto los agravios a los eduos, que supiera César que nadie hasta la fecha se había enfrentado con él sin salir muy mal parado. Que podía atacar cuando quisiera; comprobaría por sí mismo de lo que es capaz la fuerza y el coraje de los invictos germanos, diestrísimos con las armas y que llevan catorce años sin conocer un techado.

---

[50] Año 61 a. C.

XXXVII. Al mismo tiempo que le comunicaban a César esta réplica, se presentan ante él embajadores de los eduos y de los tréveros[51]: los eduos para quejarse de que los harudes, reubicados últimamente en la Galia, asolaban sus tierras, y de que ni siquiera con la entrega de rehenes, habían podido obtener la paz con Ariovisto; los tréveros, por su parte, le informaron de que la gente de un centenar de aldeas suevas[52] habían acampado en las orillas del Rin con intención de cruzarlo y de que sus jefes eran los hermanos Nasua y Cimberio. Encolerizado César con estas noticias, decidió que tenía que apresurarse, ante el temor de que, si este nuevo grupo de suevos conseguía unirse a las ya conocidas tropas de Ariovisto, le resultaría más difícil enfrentarse a ellos. En consecuencia, tras haberse provisto de suficiente avituallamiento lo más rápidamente que pudo, se dirigió a marchas forzadas al encuentro de Ariovisto.

XXXVIII. A los tres días de marcha se le comunicó que Ariovisto con todo su ejército se dirigía a ocupar Vesontio[53], la más importante ciudad de los secuanos, y que desde hacía ya tres días había partido de su territorio. César consideró que tenía que hacer todo lo posible para evitar que eso ocurriera, ya que en aquella ciudad había una extraordinaria abundancia de todos los recursos que se utilizan en la guerra. Además, quedaba tan protegida por la propia naturaleza del lugar, que ofrecía la posibilidad de sostener una larga guerra, puesto que el río Dubis[54], en efecto, como trazado a compás, ciñe prácticamente toda la ciudad; la parte restante, la no ceñida por el río

---

[51] Los tréveros o trevirenses ocupaban el territorio de Tréveris, a ambos lados del río Mosella.

[52] Nombre que recibieron un conjunto de pueblos germánicos que habitaban el norte de Alemania hasta el mar Báltico. A partir del siglo III a. C. se establecieron al sur del país, limitando por occidente con el río Rin y teniendo como centro la selva Ilerciniana en Suabia, que todavía conserva el nombre.

[53] Cfr. Libro I, n. 19.

[54] El actual río Doubs.

—y que no pasa de 1.600 pies—, la cierra una montaña de gran altura, de manera que las orillas del río tocan la falda de la montaña por sus dos extremos. El muro que rodea el monte lo convierte en una fortaleza y lo une a la ciudad. Hacia allí se dirige César a marchas forzadas de día y de noche y, tras ocupar la ciudad, pone en ella una guarnición.

XXXIX. Mientras permanece unos pocos días en Vesontio para reunir trigo y provisiones, debido a las preguntas de los nuestros y a las habladurías de los galos y de los mercaderes, que aseguraban que los germanos eran de gigantesco tamaño y de un increíble coraje y pericia con las armas (afirmaban que se habían enfrentado a ellos muchas veces y que ni siquiera habían podido soportar su aspecto y la mirada de sus ojos), invadió a todo nuestro ejército un tan grande y súbito terror que consternó no poco los espíritus y los corazones de todos. Este terror se inició en los tribunos, en los oficiales y en los voluntarios que, habiendo seguido a César desde Roma por amistad a él, no tenían demasiada experiencia militar. De éstos, pretextando unos un motivo y otros otro, que, según decían, hacía imprescindible su regreso, solicitaban el consentimiento de César para que les dejara marcharse. Algunos, por pundonor, para evitar ser tenidos por cobardes, se quedaban. No podían, sin embargo, disimular su miedo, ni tampoco, a ratos, contener las lágrimas. Escondidos en sus tiendas, maldecían su infortunio o se lamentaban con sus íntimos amigos del peligro que todos ellos corrían. Se firmaban testamentos en masa por todo el campamento. A causa de los comentarios y del terror de éstos, poco a poco también los que gozaban de una dilatada experiencia militar, legionarios, centuriones y jefes de la caballería, se sintieron aterrados. De entre ellos, los que no querían aparecer como cobardes, afirmaban que no temían al enemigo, sino a los desfiladeros de la ruta y a la magnitud de los bosques que se interponían entre ellos y Ariovisto, o, incluso, al avituallamiento de trigo, por si podría llevarse a cabo adecuadamente. Algunos llegaron a decir a César que, cuando ordenase levantar el campamento e iniciar la marcha, los soldados, de puro miedo, no obedecerían las órdenes ni se pondrían en movimiento.

XL. Dándose cuenta de la situación, convocó Cesar una reunión de oficiales y, presentes en ella los centuriones de todos los cuerpos, les recriminó con dureza, en primer lugar, que creyesen que tenían derecho a saber y a preguntar a dónde se encaminaban o cuáles eran los planes. Les razonaba que, siendo él cónsul, Ariovisto había buscado ansiosamente la amistad del pueblo romano. ¿Por qué, pues, iba nadie a pensar que Ariovisto se apartaría sin motivo alguno de sus obligaciones? Que estaba convencido de que, una vez conocidas sus peticiones y comprendida la justicia de sus condiciones, no rechazaría Ariovisto ni su amistad ni la del pueblo romano. Pero que, si Ariovisto, impulsado por su cólera e insensatez, llegase a entablar combate con ellos, ¿de qué tenían miedo? ¿Por qué desconfiar de su propio valor o de la capacidad de su jefe? Que en tiempo de nuestros padres ya se habían puesto esos mismos enemigos a prueba, cuando, rechazados los cimbrios y los teutones por C. Mario [55], fue opinión generalizada que no era menor la gloria del ejército que la obtenida por su general. Que también recientemente en Italia, durante la guerra de los esclavos [56], se les había puesto a prueba, a pesar de haberles ayudado, de alguna forma, la práctica y la disciplina que habían aprendido de nosotros. Que de esta última guerra se podía deducir qué grandes beneficios reporta por sí misma la tenacidad, ya que a aquellos enemigos a quienes, en un principio y a pesar de estar desarmados, injustificadamente se temió tanto, a esos mismos se les venció más tarde, a pesar de estar ahora armados y aparentemente victoriosos. Que estos enemi-

---

[55] Cfr. Libro I, n. 48.

[56] César: *servili tumultu*. Los esclavos sublevados, en su mayoría galos y germanos, estaban capitaneados por Espartaco. Hicieron temblar a toda Roma, no menos que cuando Aníbal estuvo a sus puertas. Al final, después de dos años, fueron derrotados y aniquilados por Marco Licinio Craso el año 71 a. C., en Apulia.

gos, en suma, eran los mismos a quienes los helvecios, tras combatir numerosas veces con ellos, habían vencido, no sólo en su propio país, sino también en territorio germano; pero esos helvecios, en cambio, no habían podido resistir a nuestro ejército. Que, si a algunos les desalentaban las derrotas y la huida de los galos, esos mismos, si se informaban adecuadamente, podrían comprobar que, estando ya los galos fatigados por la larga duración de la guerra, Ariovisto, tras mantenerse durante muchos meses en su campamento y en lugares pantanosos rehusando siempre el combate, más tarde, atacando inesperadamente a los galos, que ya no esperaban entrar en batalla y estaban dispersos, los venció más por su astucia y estrategia que por su valor. Pero que —siguió César—, si bien esta argucia fue posible contra aquellos hombres, bárbaros e ignorantes, ni siquiera el mismo Ariovisto podía esperar que nuestros ejércitos fueran vencidos gracias a ella. Que, por otra parte, aquellos que encubrían su miedo pretextando preocupación por el avituallamiento y por las cañadas de la ruta, actuaban arrogantemente, ya que daba la impresión de que, o desconfiaban de la capacidad de su general, o le querían dar lecciones. Que de esos problemas ya se ocupaba él: que los secuanos, los leucos y los lingones le suministraban trigo y que éste ya estaba maduro en sus campos; y que, con respecto a la ruta de marcha, ellos mismos podrían juzgar dentro de poco. Que el que dijeran —continuó diciendo— que no obedecerían las órdenes y que no se pondrían en marcha, no le preocupaba lo más mínimo; que él sabía, en efecto, que, a aquellos generales a quienes les había desobedecido su ejército, o no habían tenido suerte en alguna batalla adversa, o, al descubrirse alguna mala acción suya, se había puesto en evidencia su codicia. Pero que en su caso [57], era notorio su desinterés a lo largo de toda su vida, así como sus éxitos en la guerra contra los helvecios. Que, en consecuencia —prosiguió César—, lo que

---

[57] César pasa ahora a referirse a sí mismo, contraponiendo su propio desinterés y su buena fortuna en la guerra a lo que acaba de decir de otros generales.

había aplazado para más adelante, iba a hacerlo sin más dilación y que, por tanto, la próxima noche, durante la cuarta vigilia, levantaría el campamento a fin de averiguar lo más pronto posible si podía más en ellos el pundonor o el miedo. Y que, además, en caso que nadie le siguiera, iría él sólo con la décima legión[58], de cuya lealtad no dudaba, y que ella sería su cohorte pretoriana. César había mimado especialmente a esta legión y, por su valor, tenía en ella la máxima confianza.

XLI. Acabada la arenga, mudáronse maravillosamente los corazones de todos y les invadió un gran entusiasmo y deseo de combatir. La décima legión fue la primera en agradecerle a través de sus tribunos el excelente concepto que tenía de ella y le confirmó estar totalmente dispuesta a entablar batalla. Tras ésta, las demás legiones, por medio de sus tribunos y de los centuriones de las primeras cohortes, se justificaron ante César, asegurándole que jamás tuvieron recelos ni temor y que tampoco habían creído nunca que la dirección de la campaña dependiese del criterio de ellos, sino que entendían que era asunto propio de su general en jefe. Aceptadas sus excusas, y elegida la ruta de marcha por Diviciaco, pues de entre todos los galos era en él en quien César más confiaba, a fin de conducir el ejército por campo abierto —lo que implicaba un rodeo de más de cincuenta millas—, se puso en marcha durante la cuarta vigilia, tal como había anunciado. Tras siete días ininterrumpidos de camino, los exploradores le informaron de que las tropas de Ariovisto estaban a 24 millas de los nuestros.

XLII. Al enterarse Ariovisto de la llegada de César, le envió una embajada para decirle que no había inconveniente por su parte en mantener la entrevista anteriormente solicitada por César, ya que, al haberse éste acercado, pensaba que podía celebrar la reunión sin ningún peligro. No rechazó César la pro-

---

[58] La legión X la veremos mencionada repetidas veces como la legión preferida de César y en la que más confiaba.

«Compañía de guardias», en latín, *praetoriam cohortem,* es decir, la guardia personal del general en jefe (la guardia pretoriana).

puesta; pensaba más bien que Ariovisto iba entrando en razón al proponer espontáneamente aquello que antes, cuando se le pedía, había rechazado, y concebía grandes esperanzas de que, a la luz de tantos beneficios suyos y del pueblo romano recibidos por él, una vez conocidas sus propuestas, dejaría de lado su obstinación. Se fijó la entrevista para dentro de cinco días. Mientras tanto, yendo y viniendo frecuentemente emisarios del uno al otro campamento, pidió Ariovisto que César no llevase soldados de infantería con él a la entrevista, por temor a que se le fuera a tender una emboscada. Que ambos asistieran acompañados de sus respectivas caballerías; que, de otro modo, él no iría. César, como no quería que, alegando cualquier excusa, se frustrase la entrevista, ni se atrevía, por otra parte, a confiar su vida a la caballería gala, pensó que la mejor solución era coger todos los caballos de los jinetes galos y hacerlos montar por los soldados de la décima legión, que gozaba de su máxima confianza, para contar en caso de que fuera necesario, con una escolta de absoluta confianza. Mientras se estaba cumpliendo su orden, uno de los soldados de la décima legión dijo a modo de chanza que César le daba más de lo que había prometido: que había prometido que haría de la décima legión su cohorte pretoriana y ahora, en cambio, los hacía caballeros [59].

XLIII. Había una gran llanura, casi equidistante de los campamentos de Ariovisto y de César, y en ella un altozano de considerable amplitud. A él se dirigieron para celebrar la entrevista, tal como se había acordado. César detuvo su legión montada a 200 pasos de la colina. También los jinetes de Ariovisto se detuvieron a igual distancia. Ariovisto solicitó mantener la conversación sin desmontar y llevando a la entrevista cada uno de ellos dos diez jinetes consigo. Una vez reunidos

---

[59] En latín *ad equum rescribere* tenía un doble sentido: poner a alguien a servir en la caballería, o bien, inscribir a alguien en el *Ordo Equester* u orden de los caballeros, clase social formada por los hombres más ricos de Roma y que era la segunda después de la nobleza o clase senatorial.

en el lugar señalado, César, nada más iniciar su perorata, le recordó los favores que tanto él mismo como el senado le habían otorgado: el título de rey y amigo con el que el senado le había honrado y los cuantiosísimos regalos que se le habían enviado. Le hizo ver también que eran muy pocos los que habían disfrutado de esas distinciones y que solían otorgarse por los destacados servicios de alguna persona, pero que él, en cambio, había obtenido esos honores por puro favor y magnanimidad suya y del senado, sin tener ocasión ni especial motivo para solicitarlo. Le indicó también cuán antiguas y justas eran las razones de amistad que existían entre el pueblo romano y los eduos; cuántos decretos del senado se habían emitido en favor de esa nación y en qué términos tan honoríficos, y cómo los eduos habían tenido la primacía en toda la Galia, antes incluso de haber solicitado nuestra amistad. Que era costumbre del pueblo romano, continuó César, desear que sus aliados y amigos, no sólo no sufrieran menoscabo alguno, sino que aumentasen en fama, dignidad y gloria. ¿Cómo, pues, se podía permitir que se arrebatara a los eduos aquello que, precisamente, habían aportado para conseguir la amistad del pueblo romano? Finalmente, le pidió una vez más todo aquello que ya les había encargado a sus legados que le pidiesen: que no hiciera la guerra a los eduos ni a sus aliados; que les restituyese los rehenes, y que, si no le era posible hacer regresar a su territorio a algún grupo de germanos, que no permitiera, al menos, que otros grupos cruzasen el Rin.

XLIV. Ariovisto respondió brevemente a las peticiones de César; habló mucho, en cambio, de sus propios méritos. Afirmó que había cruzado el Rin no por propio antojo, sino a ruegos e instancias de los galos; que no había abandonado su patria y sus seres queridos sin una bien fundada esperanza de grandes recompensas; que el territorio que ocupaba en la Galia se lo habían dado los propios galos; que los rehenes se los habían entregado voluntariamente y que cobraba, por derecho de conquista, aquellos tributos que los vencedores acostumbran imponer a los vencidos. Que no era él —siguió diciendo— quien declaró la guerra a los galos, sino los galos a él. Que todas las naciones de la Galia habían acudido para luchar contra él, y que en su contra había tenido, en efecto, a todos esos ejércitos. Pero que todas las tropas enemigas habían sido rechazadas y vencidas por él en una única batalla. Y que si deseaban intentarlo de nuevo, él estaba dispuesto a combatir otra vez; pero que, si querían disfrutar de paz, estaba fuera de lugar negarle el tributo que voluntariamente le habían pagado hasta entonces. Que su propia amistad con el pueblo romano debería redundar en honor y protección para él, no en su perjuicio, y que con esta esperanza la había solicitado. Que el hecho, además, de hacer venir un gran número de germanos a la Galia obedece al deseo de protegerse, no al de atacar el país. Que prueba de ello es que únicamente vino porque se le había llamado, y que no fue él quien provocó la guerra, sino que tan sólo se defendió. Que él llegó a las Galias antes que el pueblo romano y que nunca hasta ahora había atravesado un ejército romano las fronteras de la Galia. ¿Qué pretendía, pues, César de él, al entrar en sus dominios? Que esta parte de la Galia era tan provincia suya como la otra lo es nuestra. Que igual —continuó diciendo— que sería justo que se le impidiese a él invadir nuestro territorio, de la misma forma actuábamos nosotros ilegalmente al obstaculizar sus derechos. Que, en cuanto a lo que César decía sobre el hecho de que los eduos eran considerados como hermanos, no era él tan bárbaro ni tan ignorante que no supiera que los eduos durante la reciente guerra contra los alóbroges no habían prestado ayuda a los romanos [60], ni tampoco los romanos habían socorrido a los eduos en sus últimas confrontaciones contra él mismo y contra los secuanos. Que, en consecuencia, tenía motivos para sospechar que César, so capa de amistad, mantenía su ejército en la Galia para atacarlo a él. Y que si César no se retiraba y sacaba el ejército de su país, no lo tendría él por amigo, sino por ene-

---

[60] Los alóbroges se habían sublevado el año 61 a. C. y fueron vencidos el año siguiente por el pretor C. Pomptino.

migo, y que si él, Ariovisto, conseguía dar muerte a César, complacería con ello a muchos nobles y prohombres del pueblo romano (lo sabía perfectamente por correos que éstos le habían enviado) y, con su muerte, se granjearía el favor y la amistad de todos ellos. Pero que, si se retiraba y le dejaba el libre dominio de la Galia, le recompensaría con magníficos presentes y cualesquiera campañas que quisiera César llevar a cabo, él, Ariovisto, se las haría sin que a César le costasen trabajo ni peligro alguno.

XLV. Muchas razones alegó César en el sentido de que no podía desistir de la empresa. Le explicó que no era costumbre suya ni del pueblo romano aceptar abandonar a unos beneméritos aliados, pero que, además, no creía que Ariovisto tuviera más derecho sobre la Galia que el pueblo romano. Que los arvernos y los rutenos habían sido vencidos por Q. Fabio Máximo, si bien el pueblo romano los había perdonado y no los había convertido en provincia ni les había impuesto tributo alguno[61]. Que, en consecuencia, si se había de tener en cuenta la mayor antigüedad, el dominio de la Galia correspondía con total justicia al pueblo romano. Y que, si se había de respetar el criterio del senado, la Galia debía ser libre, pues aun habiendo sido vencida, quiso que se gobernase por sus propias leyes.

XLVI. Mientras se discutía todo esto, se comunicó a César que la caballería de Ariovisto se acercaba al altozano y que cabalgaba hacia los nuestros arrojándoles piedras y dardos. Cortó César al punto la conversación, se retiró junto a sus hombres y les ordenó que no lanzasen ni un dardo contra el enemigo, pues, aunque creía que un combate de caballería no representaría peligro alguno para su selecta legión, consideraba, sin embargo, que debía evitar el combate para que no se

[61] La derrota de los arvernios por el cónsul Fabio Máximo tuvo lugar el año 121 a. C. Cuando los romanos reducían alguna nación y la convertían en provincia, la sujetaban al vasallaje, privándola de sus fueros y nombrando un magistrado que la gobernase y cobrase los tributos en nombre del pueblo romano.

pudiese decir, una vez vencidos los enemigos, que, por haberse fiado de su palabra, habían sido rodeados a traición durante la entrevista. Cuando, más tarde, se divulgó entre los soldados con qué arrogancia había pretendido Ariovisto durante la conferencia excluir de toda la Galia a los romanos y cómo su caballería había atacado a la nuestra y que debido a ello se habían roto las conversaciones, invadió a nuestro ejército un coraje mucho mayor y muchas más ganas de combatir.

XLVII. Al día siguiente, Ariovisto envió una embajada a César para decirle que desearía hablar con él de todas aquellas cosas que se habían empezado a tratar entre ambos y que no se habían concluido. Que fijara de nuevo un día para la entrevista, o que, si eso no era de su agrado, le enviara alguno de sus legados. No pareció a César que hubiera motivo para reanudar la entrevista, especialmente cuando la víspera no habían podido los germanos contenerse de lanzar dardos contra los nuestros. Por otra parte, consideraba un gran peligro el enviar un legado de los suyos y exponerlo a aquellos salvajes. Así pues, le pareció lo más adecuado enviar a C. Valerio Procillo, hijo de C. Valerio Caburo, joven de extraordinario valor y cultura (cuyo padre había sido premiado con la ciudadanía romana por C. Valerio Flaco) [62], en primer lugar por su lealtad y por su conocimiento de la lengua gala, de la que también Ariovisto se servía tras una larga y frecuente práctica, y, en segundo, porque no tenían los germanos motivo para ofenderlo; y juntamente con él envió a Marco Mecio, que ya había gozado de la hospitalidad de Ariovisto. A ellos les encargó que se enteraran bien de lo que dijese Ariovisto y que después le informaran. Cuando Ariovisto los vio ante él en su campamento, les preguntó a gritos delante de su ejército a qué habían ido allí; ¿habían ido acaso a espiar? Mientras intentaban responderle, se lo impidió y los hizo encadenar.

---

[62] Cayo Valerio Flaco fue gobernador de la Galia Narbonense el 83 a. C.

XLVIII. Aquel mismo día avanzó su campamento y lo estableció al pie de una montaña, a seis mil pasos del campamento de César. Al día siguiente hizo pasar sus tropas por delante del campamento de César e instaló el suyo dos mil pasos más allá, a fin de cortar el suministro de trigo y víveres que los secuanos y eduos pudieran aportar a César. Desde ese momento, durante cinco días consecutivos, César sacó sus tropas del campamento y mantuvo su ejército formado en orden de batalla delante del campamento para que, si Ariovisto quisiera entablar combate, tuviese la posibilidad de hacerlo. Ariovisto, durante todos esos días, retuvo su ejército en el campamento, entablando cada día, en cambio, combates ecuestres. Era esta una clase de lucha en la que los germanos tenían mucha práctica: iban seis mil jinetes y otros tantos infantes, sumamente veloces y bravos, escogido cada uno de ellos por cada uno de los jinetes para su propia protección, y con ellos se lanzaban al combate. Junto a ellos se rehacían los jinetes; si las cosas se ponían muy difíciles, corrían en su ayuda; si alguno, gravemente herido, caía del caballo, lo protegían. Si tenía que avanzar la caballería a algún sitio más lejano o retirarse a toda velocidad, tal era la rapidez y agilidad de estos infantes por la continuada práctica, que agarrados a las crines de los caballos, corrían a la velocidad de éstos.

XLIX. Cuando César vio que Ariovisto se mantenía dentro de su campamento, para que no le cortasen durante más tiempo los suministros eligió un lugar idóneo para su campamento, unos 600 pasos más allá del lugar donde se habían instalado los germanos, y, formado su ejército en triple línea, se dirigió hacia allí. Ordenó que la primera y la segunda línea se mantuviesen con las armas prestas, y que la tercera montase el campamento, que, como se ha dicho, distaba unos 600 pasos del enemigo. Ariovisto destacó hasta el lugar unos dieciséis mil soldados ligeros y toda la caballería para que esas tropas atemorizasen a los nuestros y estorbasen los trabajos de fortificación. César, sin embargo, tal y como previamente había dispuesto, dio órdenes de que las dos primeras líneas rechazasen al enemigo y la tercera completase las obras. Una vez fortificado este campamento, dejó en él dos legiones y parte de las tropas auxiliares y condujo de nuevo las otras cuatro al campamento principal.

L. Al día siguiente, César, como de costumbre, hizo salir sus tropas de ambos campamentos y, avanzando un poco hacia adelante del campamento principal, las formó en orden de batalla para dar ocasión al enemigo de entablar combate. Cuando vio que ni siquiera así salía Ariovisto a su encuentro, hacia el mediodía retiró de nuevo su ejército al campamento. Entonces, por fin, Ariovisto destacó una parte de sus tropas para que atacasen el segundo campamento. Por ambos bandos se combatió encarnizadamente hasta el anochecer. Al ponerse el sol, tras haber causado y sufrido numerosas bajas, Ariovisto retiró de nuevo sus tropas a su campamento. Cuando César preguntó a los prisioneros por qué razón Ariovisto no aceptaba el combate, le dieron esta respuesta: que existía la costumbre entre los germanos de que las mujeres, mediante adivinaciones y vaticinios [63], decidiesen si era conveniente, o no, entrar en combate, y que ellas habían declarado que estaba dispuesto que no venciesen los germanos si entablaban combate antes de la luna nueva.

LI. Al día siguiente, dejó en cada uno de los dos campamentos la guarnición que le pareció suficiente y, delante del segundo campamento, a la vista del enemigo, formó sus tropas auxiliares [64] para dar sensación de fuerza, ya que por número de soldados legionarios estaba en clara inferioridad frente al numerosísimo ejército enemigo. Él mismo, en per-

---

[63] Los germanos estaban persuadidos de que las mujeres eran excelentes adivinas. Los sistemas adivinatorios eran numerosos. Las que estaban en el campo de Ariovisto, según el historiador Plutarco, hacían sus presagios observando los remolinos del agua en los ríos, su movimiento, figura y ruido.

[64] Estos «auxiliares» se llamaban en latín *alaria*. Eran tropas auxiliares (cfr. Libro I, n. 38) que se colocaban en las alas del ejército. César les conserva el nombre, aunque en este caso las sitúa en un puesto no habitual.

sona, formado su ejército en triple línea, avanzó hasta el campamento enemigo. Entonces, por fin, se vieron obligados los germanos a hacer salir sus tropas del campamento y las formaron, por naciones, a intervalos iguales. A los harudes, marcomanos, tríbocos, vangiones, nemetes, sedusios, suevos y a todo su ejército los cercó con carretas y carros para que no existiera esperanza alguna de fuga. Luego, hicieron subir a las mujeres a los carros, las cuales, tendiendo las manos y llorando, suplicaban a los que marchaban al combate que no las entregasen a la esclavitud de los romanos.

LII. César puso al frente de cada una de las legiones un legado y un cuestor [65], para que cada legión los tuviera como testigos de su valor. Él, en persona, inició el combate por el ala derecha, pues se había dado cuenta de que aquella era la parte más débil del enemigo. Dada la señal, atacaron los nuestros con tal ímpetu al enemigo y tan súbita y velozmente se precipitaron los enemigos a nuestro encuentro que no hubo tiempo de arrojar las lanzas. Dejadas éstas de lado, se combatió a espada cuerpo a cuerpo. Los germanos, por su parte, formada rápidamente la falange, según su costumbre, resistieron el ataque a espada. Hubo varios de nuestros soldados que saltaron sobre la falange enemiga, les arrebataron con las manos los escudos y los hirieron desde arriba. Habiendo sido rechazado y puesto en fuga el ejército enemigo por la parte de su ala izquierda, una innumerable multitud de sus hombres acosaba impetuosamente por el ala derecha a nuestras tropas. Al advertirlo el joven Publio Craso [66], que mandaba la caballería,

---

[65] Sobre el «legado», cfr. Libro I, n. 33. Los cuestores eran por antonomasia los intendentes y administradores financieros de la República. Sin embargo, aunque no es este el caso, en algunas ocasiones fueron gobernadores de provincia, mandaron tropas y administraron justicia.

[66] Publio Licinio Craso el Joven era uno de los hijos de Marco Licinio Craso, el general y triunviro. Fue amigo de Cicerón, quien elogió sus condiciones oratorias, su cultura y su valor, que demostró primero en las Galias, como jefe de la caballería y legado de César, y luego en Asia, a las órdenes de su padre, muriendo junto a él en la lucha contra los Partos.

y al tener más libertad de movimientos que los que combatían en medio de la formación, envió la tercera línea en ayuda de los nuestros, que estaban en peligro.

LIII. Restablecida así la situación, todos los enemigos se dieron a la fuga y no dejaron de huir hasta llegar al río Rin, a unos cinco mil pasos aproximadamente del lugar de la batalla. Allí unos pocos de ellos, confiando en sus fuerzas, intentaron atravesar a nado el río, o buscaron su salvación en unas barcas que encontraron. Uno de estos últimos fue Ariovisto que, encontrando una barquichuela atada a la orilla, huyó en ella. A todos los demás, habiéndolos perseguido nuestra caballería, les dieron muerte los nuestros. Ariovisto tenía dos esposas: una de ellas de nacionalidad sueva, se la había traído de Germania; la otra, nórica, hermana del rey Voción, la había desposado en la Galia, al enviársela su hermano. Ambas murieron en la huida. Por otra parte, de las dos hijas de Ariovisto, una fue muerta; la otra cayó prisionera. Cayo Valerio Procilo, que, aherrojado con tres cadenas, era arrastrado en su huida por sus guardianes, fue rescatado por César en persona, que con la caballería perseguía al enemigo. Este feliz suceso produjo tanto gozo en César como la propia victoria, al ver liberado de las garras de los enemigos y devuelto a su lado al hombre más ilustre de nuestra provincia, huésped suyo y amigo íntimo, y porque la fortuna no había enturbiado, con su posible muerte, su inmenso placer y júbilo. Valerio les explicó que, en su presencia, echaron las suertes tres veces sobre su destino: si se le quemaba ya en la hoguera, o si lo reservaban para otra ocasión; y que gracias a aquellas adivinaciones, concluyó, estaba vivo. También fue encontrado Marco Mecio y conducido junto a César.

LIV. Divulgado el resultado de esta batalla al otro lado del Rin, los suevos que habían llegado hasta sus riberas comenzaron a regresar a su país. Pero, cuando los pueblos que habitaban junto al Rin se dieron cuenta de que estaban aterrorizados, los persiguieron y mataron a un gran número de ellos. César, concluidas dos guerras de la máxima importancia en un solo verano, retiró sus tropas a los cuarteles de invierno, en territorio de los secuanos, un poco antes de lo que exigía la estación, y dejó a Labieno al mando de ellos. Él, por su parte, se dirigió a la Galia Citerior para celebrar las preceptivas vistas judiciales[67].

---

[67] De esta manera se cierran las campañas de César del año 58 a. C. Los procónsules y pretores empleaban el invierno, tiempo en que cesaban las operaciones militares, en decidir pleitos y administrar justicia dentro de sus provincias.

LIBRO SEGUNDO

I. Mientras César, como antes se ha indicado, se encontraba durante el invierno en la Galia Citerior, le llegaban insistentes rumores y también por una carta de Labieno [1] se le hacía saber que el conjunto de los belgas, que, como dijimos al principio, constituían la tercera parte de las Galias, se estaban conjurando contra el pueblo romano e intercambiándose rehenes, y que los motivos de la conjura eran los siguientes: en primer lugar, debido al temor de que, pacificada ya toda la Galia, se dirigiese nuestro ejército contra ellos. En segundo lugar, porque les instaban a ello algunos pueblos galos: unos, los que, igual que no habían querido que los germanos permaneciesen más tiempo en la Galia, les molestaba también que el ejército romano invernase y se aposentase definitivamente en la Galia; otros, los que por su inconstancia y versatilidad ansiaban un cambio de gobierno; finalmente, algunos también a quienes, puesto que en la Galia era habitual que el poder estuviese en manos de los más fuertes y de quienes poseían recursos para tener tropas a sueldo, les resultaba más difícil conseguirlo estando sometidos a nuestro dominio.

---

[1] Cfr. Libro I, n. 33. En este Libro II César nos narra sus campañas militares del año 57 a. C., que comienzan con la campaña contra los pueblos de la Galia Belga.

II. Preocupado César por los rumores y la carta, reclutó dos nuevas legiones[2] en la Galia Citerior y, al comienzo del verano, envió al legado Quinto Pedio para que las condujese a la Galia Ulterior. Por su parte, en cuanto comenzó a haber abundancia de forraje, se reunió con su ejército. Encarga a los sénones y a los otros galos que eran vecinos de los belgas que se enteren de todo lo que ocurra entre éstos y que le informen de ello. Todos unánimemente le comunican que se están reclutando tropas y que se está concentrando el ejército en un lugar determinado. Consideró entonces César que no cabían ya dudas de que debía dirigirse en contra de ellos. Aprestadas las provisiones de trigo, levanta el campamento y, en aproximadamente quince días, llega a la frontera de los belgas.

III. Habiendo llegado allí de improviso y más rápidamente de lo que nadie pudiera pensar, los remos[3], que de todos los belgas son los más cercanos a la Galia, le enviaron como emisarios a Iccio y Andecomborio, prohombres de su nación, para que le dijesen que ponían a su gente y a todas sus cosas bajo la protección y autoridad del pueblo romano; que ellos no estaban de acuerdo con los otros pueblos belgas y que no habían participado en la conjura contra el pueblo romano; que estaban dispuestos a entregar rehenes, a cumplir sus órdenes, a acogerlo en sus ciudades y a ayudarle en el abastecimiento de trigo y en sus demás necesidades. Le informaron que las demás naciones belgas estaban todas en armas y que los germanos que habitan a este lado del Rin se habían unido a ellas y que era tan grande la exaltación de todas ellas que ni tan sólo habían podido evitar que los suesones, hermanos suyos de

---

[2] César, al recibir el 58 a. C. el mando de la Galia Cisalpina, provincia romana (cfr. Libro I, n. 22), había recibido cuatro legiones, la VII, VIII, IX y la X; posteriormente había reclutado otras dos, la XI y la XII. Las mencionadas ahora son la XIII y la XIV. Son ocho, pues, las legiones de las que dispone César a partir de este momento. Sobre la legión, cfr. Libro I, n. 37.

[3] Los remenses o remos, pueblo de la Galia Belga, ocupaban aproximadamente el territorio de Reims. Sus ciudades principales eran Durocortorum, Durocatalaunum (hoy, Chalons), Laudunum (hoy, Laon) y Remi (hoy Reims).

raza, que se regían por el mismo derecho y las mismas leyes que ellos y que tenían los mismos jefes y magistrados, se pusieran de parte de los demás pueblos belgas.

IV. Cuando les preguntó qué naciones eran las que estaban en pie de guerra y qué población y capacidad bélica tenían, le respondieron que la mayoría de los belgas provenían de los germanos y que, habiendo éstos cruzado antiguamente el Rin debido a la fertilidad del lugar, se habían aposentado allí y habían expulsado a los galos que habitaban aquella región; que ellos eran los únicos— siguieron diciendo— que, en la época de nuestros padres, habían impedido que los teutones y los cimbrios, tras arrasar toda la Galia, invadiesen su territorio; que de este suceso se deriva que, con el recuerdo de la victoria, estén convencidos de su superioridad y de ser los mejores en el arte de la guerra; manifestaban también los remos que, en cuanto a su número, lo conocían a ciencia cierta, puesto que, unidos a ellos por vínculos de vecindad y parentesco, sabían qué cantidad de hombres había prometido cada uno de ellos para esta guerra en la asamblea general que celebraron los pueblos belgas. Que entre todos ellos eran los bellovacos [4] los más poderosos por su coraje, prestigio y número de guerreros; que este pueblo podía levantar un ejército de cien mil hombres y que, de esta cantidad, había ofrecido sesenta mil soldados escogidos, y reclamaban el mando supremo de la campaña. Que los suesones [5] eran sus vecinos y poseían un territorio vastísimo y tierras sumamente fértiles; que habían tenido como rey, aún en nuestros días, a Diviciaco, el rey más poderoso de toda la Galia, que gobernó no sólo una gran parte de estas regiones, sino también la Bretaña; que su rey actual-

---

[4] Los bellovacos o beoveses eran un pueblo de la Galia Belga. Habitaban la región de Beauvais y de Brais, en la zona del Sequana (hoy, el Sena) y del Isara (hoy, el Oise). Su capital se llamó primero Bellovauci y, después, Caesaromagnus (hoy, Beauvais).

[5] Pueblo de la Galia Belga. Con ellos lindaban al norte, los veromandios; al oeste, los bellovacos; al sur, los mendi y, al este, los remenses o remos. Su capital era Noviodonum (hoy, Soissons).

mente era Galva, a quien, por su rectitud y prudencia, se le había confiado por unánime acuerdo la dirección de esta guerra; que tenían los suesones doce ciudades y que habían prometido cincuenta mil hombres armados. Que, siguieron explicando los remos[6], otros tantos habían prometido también los nervios, que son considerados los más belicosos de los belgas y son también los que moran más lejos. Que los atrébates ofrecían quince mil, los ambianos diez mil, veinticinco mil los morinos, siete mil los menapios, los caletos diez mil, los velocases y los viromandos otros tantos y, finalmente, los aduátucos diecinueve mil; que, por otro lado, los condrusos, eburones, ceresos y pemanos, conocidos todos ellos bajo el nombre común de germanos, pensaban aportar unos cincuenta mil guerreros.

V. César, tras infundir ánimos a los remos y dialogar con ellos afablemente, les ordenó reunir el senado en su presencia y entregarle como rehenes los hijos de los prohombres de su nación, todo lo cual cumplieron ellos puntualmente en el plazo señalado. Él, por su parte, exhortando con insistencia al eduo Diviciaco, le hace ver lo importante que es para Roma y para el bien común el dividir las fuerzas del enemigo, para no verse obligados a luchar al mismo tiempo contra semejante multitud de adversarios. Que puede conseguirse, si los eduos hacen penetrar sus tropas en el interior del país de los bellovacos y comienzan a asolar sus tierras. Habiéndole dado este encargo, lo despide.

Cuando César vio que todas las tropas de los belgas, concentradas en un punto, venían contra él y tuvo conocimiento,

---

[6] Los nervios eran el pueblo más poderoso de la Galia Belga. Estaban ubicados en el territorio comprendido entre las fuentes del Escalda, el río Sambre y el Oise. De ellos dice César que eran *feroces y grandes guerreros,* irreconciliables enemigos del pueblo romano y de su civilización. Fueron vencidos por César en la batalla del Sambre, el año 57 a. C. Posteriormente volvieron a sublevarse al mando de Ambiórix y, más tarde, una vez más bajo el mando de Indutiomaro. Fueron definitivamente sometidos por César y Labieno.

Todos los pueblos mencionados a continuación pertenecían a la Galia Belga y eran vecinos de los nervios.

por los remos y por los batidores que había destacado, de que ya estaban cerca, se apresuró a hacer cruzar a su ejército el río Áxona [6 bis], que se encuentra en el extremo más alejado del territorio de los remos, y plantó allí su campamento. Protegía así un lado del campamento con la orilla del río, dejaba sus espaldas a cubierto del enemigo y aseguraba que los remos y las otras naciones pudiesen hacerle llegar sin peligro las necesarias provisiones. Había un puente en el río. Sitúa en él una guarnición y en la ribera opuesta del río deja al legado Quinto Titurio Sabino con seis cohortes. Ordena además fortificar el campamento con una empalizada de doce pies de altura y con un foso de dieciocho pies de profundidad.

VI. A ocho mil pasos de este campamento se hallaba una ciudad de los remos llamada Bíbrax [7], que los belgas comenzaron a atacar sobre la marcha con enorme furia. A duras penas se sostuvo durante ese día. Los galos y los belgas utilizan la misma táctica para asaltar una ciudad: una vez rodeada ésta en toda la extensión de sus murallas por una ingente multitud de guerreros y tras haber empezado a tirar piedras desde todas partes contra las murallas hasta despojarlas totalmente de defensores, formada la tortuga [8], prenden fuego a las puertas y abren una brecha en el muro. No resultaba esto difícil, pues,

---

[6 bis] El río Áxona es el Aisne.

[7] Esta Bibracte o Bíbrax (hoy, Beauriex), ciudad de los remos, pertenece a la Galia Belga y está situada en la ribera derecha del río Áxona (hoy, Aisne). No hay que confundirla, por tanto, con la Bibracte (hoy, Autun), capital de los eduos (cfr. Libro I, n. 19 y 35), situada en la Galia Lugdunense.

[8] La expresión latina es: *formar la tortuga* (cfr. Libro I, n. 39). Se formaba el batallón en cuadrado. La primera fila sostenía los grandes escudos derechos ante ellos; las filas siguientes los ponían en alto sobre sus cabezas. Los soldados del extremo derecho mantenían sus escudos con la mano diestra protegiendo el flanco derecho; los del extremo izquierdo los sostenían con la mano izquierda para proteger el flanco izquierdo. Las primeras filas avanzaban de pie; las siguientes, un poco agachadas; algo más las terceras y más, las cuartas; las últimas avanzaban de rodillas. Se formaba así un compacto e invulnerable caparazón, inclinado y escamoso, sobre el que rebotaban y resbalaban los dardos y flechas enemigas.

siendo tanta la multitud de gente que arrojaba piedras y dardos, era imposible que nadie permaneciera en la muralla. Cuando la noche detuvo el asalto, el remo Iccio, persona de rancio abolengo y prestigio entre los suyos, que estaba entonces al frente de la ciudad, envía a César uno de los legados que ya antes le había enviado para tratar de las condiciones de paz, con el siguiente mensaje: que, a no ser que se le envíe ayuda, no podrá resistir por más tiempo.

VII. César, a eso de la medianoche, utilizando como guías a los mismos mensajeros que habían venido de parte de Iccio, envía en auxilio de los sitiados a sus númidas, a sus arqueros cretenses y a sus honderos baleares. Con su llegada y con la esperanza de poder defenderse, renovaron, por un lado, los remos su afán de luchar y, por el otro y por la misma causa, perdieron los enemigos la esperanza de apoderarse de la ciudad. Así pues, tras una breve demora ante la ciudad y después de haber arrasado los campos de cultivo de los remos e incendiado todas las aldeas y caseríos a que pudieron acceder, se dirigieron con toda sus tropas hacia el campamento de César y montaron el suyo a menos de dos mil pasos de distancia. Por lo que el humo y las hogueras indicaban, el campamento de los belgas abarcaba una extensión de más de ocho mil pasos.

VIII. César, al principio, a causa de la multitud de los enemigos y del gran concepto que tenía de su valor, decidió no presentar batalla. Sin embargo, por medio de escaramuzas ecuestres, tanteaba diariamente hasta dónde llegaba el valor de los enemigos y hasta dónde la audacia de los nuestros. Cuando tuvo la certeza de que los nuestros no eran inferiores, en el terreno que había delante del campamento, oportuno y adecuado por naturaleza para formar su ejército ya que la colina donde tenía instalado el campamento, sobresaliendo ligeramente de la llanura, contaba por delante con la suficiente amplitud que podía necesitar un ejército formado, y tenía además por ambos lados un corte abrupto mientras que por delante bajaba suavemente hasta el llano, cerró ambos lados de la colina con sendos fosos, en dirección de la pendiente, de 400 pasos de largo; en los extremos de estos fosos construyó torres de defensa y colocó en ellas máquinas de guerra a fin de que, cuando estuviese formado nuestro ejército en orden de batalla, no pudieran los enemigos (cosa que hubiesen podido hacer al ser tan numerosos) envolver desde los flancos a nuestros soldados mientras estaban combatiendo. Después de concluir estas obras y de dejar en el campamento las dos legiones que había reclutado últimamente para poder emplearlas como refuerzo si fuese necesario, formó delante del campamento las otras seis legiones en orden de batalla. También los enemigos habían formado en orden de batalla sus tropas, que habían hecho salir de su campamento.

IX. Interpuesta entre nuestro ejército y el de los enemigos se extendía una pequeña laguna. Aguardaban los enemigos a ver si los nuestros la atravesaban. Los nuestros, por su parte, esperaban con las armas prestas a ver si era el enemigo el que tomaba la iniciativa de cruzarla y poder atacarlo entonces mientras se hallaba entorpecido. Mientras tanto, entre ambos ejércitos se enfrentaban las respectivas caballerías. En vista de que nadie toma la iniciativa de cruzar la laguna y habiendo resultado favorable a los nuestros el enfrentamiento ecuestre, César replegó de nuevo sus tropas al campamento. Los enemigos, al punto, se marcharon de allí al río Áxona, que, como hemos dicho antes, se encontraba detrás de nuestro campamento. Habiendo encontrado un vado en el río, intentaron hacer pasar parte de sus tropas con el propósito de, si era posible, desalojar la fortificación que mandaba el legado Quinto Titurio y destruir el puente; si esto no era posible, arrasarían los campos de cultivo de los remos, que tan útiles nos eran a nosotros para llevar a cabo nuestra campaña, y nos cortarían así el aprovisionamiento.

X. Informado César de todo esto por Titurio, hace cruzar el puente a toda la caballería, a la infantería ligera númida, a los honderos y arqueros, y se dirige contra el enemigo. Se luchó allí encarnizadamente. Habiendo atacado los nuestros al enemigo mientras se encontraba éste entorpecido dentro del río, dieron muerte a un gran número de ellos; a otros, que en un alarde de audacia intentaban pasar por encima de los cadáveres de los suyos, los rechazaron con una lluvia de flechas y dardos; en cuanto a los que al principio habían conseguido cruzar el río, fueron rodeados por nuestra caballería y murieron todos. Cuando vieron los enemigos fallidas sus esperanzas de conquistar la fortificación y también las de cruzar el río y entendieron que los nuestros no pensaban avanzar para combatir en un lugar que nos fuese desfavorable, y como, en cambio, comenzaron a escasearles a ellos las provisiones de trigo, convocada una asamblea, decidieron que lo mejor era que cada uno volviera a su casa; pero que desde todas partes acudirían para defender el territorio que primero invadiesen los romanos, ya que podían luchar mejor en su propio terreno que en el ajeno y podrían disponer, además, de sus propias y abundantes cosechas de trigo. A esta decisión, junto con las razones expuestas, les llevó también este otro motivo: que se habían enterado de que Diviciaco y sus eduos se aproximaban al país de los bellovacos y de que no se podía convencer a éstos de que se entretuviesen allí más tiempo y no corrieran en auxilio de los suyos.

XI. Tomada esta decisión y habiendo abandonado su campamento hacia la medianoche con gran estrépito y tumulto y sin orden ni concierto, pretendiendo, además, cada uno de ellos tomar la delantera en la marcha y dándose prisa por llegar cuanto antes a casa, hicieron que su partida pareciera más bien una huida. César, informado al punto de este hecho por sus escuchas, temiendo alguna emboscada porque todavía no sabía a ciencia cierta el motivo de su partida, retuvo al ejército y a la caballería en el campamento. Al despuntar el día, confirmado el suceso por los exploradores, envió por delante a toda su caballería para que acosase a la retaguardia enemiga. Al frente de ella puso a sus legados Quinto Pedio y Lucio Aurunculeyo Cota. Al legado Tito Labieno le ordenó seguirlos con tres legiones. Habiendo alcanzado éstos a los más rezagados y tras perseguirlos muchas millas, dieron muerte a una enorme multitud de ellos mientras huían. Como las últimas líneas de la retaguardia, que ya los nuestros habían alcanzado, se detuvieran y sostuvieran valerosamente el ataque de los nuestros, los que iban delante, pareciéndoles que no corrían peligro y al no tener exigencia alguna ni autoridad que los retuviese, cuando oyeron el griterío, todos ellos, deshecha la formación, buscaron su salvación en la huida. De esta forma, sin el menor riesgo, dieron muerte los nuestros a tan innumerable cantidad de enemigos cuanto se lo permitió la duración del día; al atardecer detuvieron la persecución y regresaron al campamento, tal como se les había ordenado.

XII. Al día siguiente, César, antes de que los enemigos pudieran rehacerse del pánico y de su huida, se encaminó al territorio de los suesones, vecinos de los remos, y, tras una larga jornada, se presentó ante la ciudad de Novio [9]. Habiendo intentado asaltarla sobre la marcha, pues había oído que carecía de defensores, no pudo, sin embargo, conquistarla, a pesar de sus pocos defensores, debido a la anchura del foso y a la altura de sus murallas. Entonces, tras instalar y fortificar su campamento, empezó César a montar los manteletes [10] y a preparar todas las máquinas de guerra necesarias para un asalto. Entretanto, a la noche siguiente, toda la multitud de suesones provenientes de la huida se reunió en la ciudad. Aplicados entonces rápidamente los manteletes contra las murallas, construido

---

[9] Novio o Noviodonum (hoy, Soissons), capital de los suesones (cfr. Libro II, n. 5). Noviodonum, en lengua celta, significa «ciudad nueva». César hace mención de tres Noviodonum distintas: la de los suesones, la de los eduos y la de los bituriges.

[10] Los manteletes o galerías (*vineae,* en latín) eran una especie de barracas móviles de 2 m de alto, 2,5 m de ancho y 4 m de largo, en cuyo interior iban los soldados. El techo, de madera, iba protegido contra el fuego con centones, sacos mojados y pieles frescas. Sola o en hilera con otras *vineae,* formando una galería, se utilizaban para asaltar las murallas y para proteger a los soldados que construían el *agger* o terraplén.

el terraplén [11] y levantadas las torres de asalto [12], los galos, atemorizados por la magnitud de estas obras, que con anterioridad ni habían visto jamás ni habían oído hablar de ellas, e impresionados también por la presteza de los romanos en disponerlas, envían legados a César para negociar la rendición y, gracias a la mediación de los remos, consiguen ser perdonados.

XIII. César, tras recibir como rehenes a los personajes más importantes de la ciudad, entre ellos dos hijos del mismo rey Galba, y serle entregadas todas las armas de la ciudad, acepta la rendición de los suesones y dirige su ejército contra los bellovacos, quienes, habiéndose concentrado con todas sus cosas en la fortaleza de Bratuspancio y estando César con su ejército distante de allí unos cinco mil pasos, saliendo de la ciudad todos los ancianos, comenzaron a tender las manos a César y a manifestarle a gritos que se sometían a su autoridad y protección y que no querían luchar contra el pueblo romano. De igual modo, cuando hubo llegado junto a la ciudad y establecido allí su campamento, los niños y las mujeres con las manos extendidas pedían la paz desde las murallas.

XIV. Diviciaco entonces (pues después de la retirada de los belgas y tras ser licenciadas sus tropas eduas había regre-

---

[11] El terraplén *(agger,* en latín) era una explanada artificial que se construía cerca de los muros de la ciudad para colocar sobre ella las máquinas de guerra, dominando, si era posible, la misma altura de las murallas. El *agger* empezaba a construirse en la parte más alejada de las murallas e iba avanzando y elevándose en plano inclinado hasta llegar a las murallas. Podía hacerse de estructura de madera, de troncos de árboles, de ramas, cascotes, etc. A veces se construía abovedado con galerías debajo, por donde circulaban los soldados; otras veces era macizo. Sobre él se hacían avanzar las máquinas de guerra hasta alcanzar las murallas.

[12] Las bastidas o torres de asalto *(turres,* en latín) eran grandes construcciones móviles de madera. Tenían por lo menos tres pisos: en el inferior se colocaba el ariete (cfr. Libro II, n. 26); el piso central, que venía a coincidir con la altura de las murallas, iba provisto de puentes para apoyarlos sobre los muros; el piso superior estaba repleto de soldados que luchaban contra los defensores y protegían a los de los pisos inferiores.

sado junto a César) habló en favor de ellos diciendo que los bellovacos se habían mantenido siempre leales y amigos del pueblo eduo. Que eran sus jefes, quienes habían esparcido el infundio de que los eduos sometidos a esclavitud por César sufrían toda clase de humillaciones y afrentas, los que los habían inducido a apartarse de los eduos y a declarar la guerra al pueblo romano. Que los responsables de esa decisión, al ver el desastre que habían acarreado a su pueblo, habían huido a Bretaña. Que, por todo ello, no sólo los bellovacos, sino, en su favor, también los eduos, le suplicaban que diese muestras con ellos de su clemencia y bondad. Que, si lo hacía así, haría crecer la autoridad de los eduos entre todos los belgas, cuyas tropas y recursos, en caso de guerra, solían apoyarlos.

XV. César, en honor de Diviciaco y por deferencia a los eduos, dijo que aceptaría la sumisión de los bellovacos y los perdonaría; pero, ya que era una ciudad tan importante entre los belgas, que destacaba por su prestigio y número de habitantes, exigió 600 rehenes. Entregados éstos y retiradas todas las armas de la ciudad, se presentó en el país de los ambianos, quienes se entregaron al momento con todos sus bienes. De éstos eran limítrofes los nervios. Al inquirir César acerca del modo de ser y de las costumbres de estos últimos, averiguó que los mercaderes tenían prohibida la entrada al país y que no toleraban que se introdujese vino o cualquiera de las cosas que favorecen la molicie, porque consideraban que con ello se debilitaba el espíritu y se perdía el coraje, siendo así que ellos eran intrépidos y de gran bravura. Que echaban en cara y recriminaban a los otros belgas el que se hubieran sometido al pueblo romano y hubieran desertado de la bravura de sus antepasados. Que ellos afirmaban, en fin, que ni enviarían legados para hablar de paz, ni aceptarían condición alguna.

XVI. Tras tres jornadas de marcha a través del país de los nervios, César supo por los cautivos que el río Sabis [13] no dis-

[13] El río Sabis (hoy, Sambre) es un afluente del Mosa.

taba de su campamento más de tres mil pasos; que, al otro lado del río, habían acampado todos los nervios y allí aguardaban la llegada de los romanos, juntamente con los atrébates y los viromandos, naciones limítrofes suyas, pues habían convencido a ambos pueblos para que juntos siguieran todos ellos la misma suerte en la guerra; que estaban esperando también tropas de los aduátucos, que ya estaban en camino; que a las mujeres y a aquellos que por la edad no les habían parecido aptos para la lucha, los habían ubicado en un lugar, a donde, por lo pantanoso del terreno, no tenía acceso ningún ejército.

XVII. Conocidos estos hechos, envía César por delante unos exploradores y centuriones para que elijan un lugar idóneo para el campamento. Como unos cuantos de los belgas sometidos y de los restantes galos, acompañando a César, hacían camino con él, algunos de ellos, como después se supo por los prisioneros, habiendo observado el orden de marcha de nuestro ejército durante aquellos días, se fueron de noche al campamento nervio y les explicaron que entre cada una de las legiones se interponía una enorme cantidad de impedimenta, y que, cuando llegara la primera legión al campamento y estando tan separadas las restantes, no habría ningún problema en atacarla mientras los legionarios estaban todavía cargados con el equipo. Que, una vez la hubieran vencido y se hubiesen apoderado de todo el equipo, las restantes legiones no se atreverían a hacerles frente. A favor del plan de sus informadores se sumaba el que los nervios, no habiendo tenido nunca caballería (continúan en la actualidad sin preocuparse de ella, sino que basan todo su poder en la fortaleza de su infantería), para impedir más fácilmente el paso a la caballería de las naciones vecinas, si en alguna ocasión invadían su territorio para entregarse al pillaje, cortando árboles jóvenes, doblándolos e introduciendo entre medio de las numerosas ramas que crecían a lo ancho zarzas y arbustos espinosos, conseguían que, a manera de un muro, estos setos les ofrecieran una protección a través de la cual no sólo no se podía pasar, sino que tampoco se podía ver. Como a causa de estos setos quedaría cortado el paso a nuestro ejército, los nervios consideraron que no debían rechazar aquel plan.

XVIII. La naturaleza del lugar que los nuestros habían escogido para el campamento era ésta: un collado que, desde lo alto, descendía con suave y uniforme declive hasta el río Sabis, que antes hemos mencionado. Desde la ribera opuesta del río, frente por frente, se alzaba otra colina de parecida pendiente, de unos 200 pasos de anchura, despejada en su parte inferior y tan boscosa en la superior, que difícilmente era penetrable para la vista. Los enemigos se mantenían ocultos en el interior de esas espesuras. En la zona descubierta podían verse, a lo largo del río, unos pocos piquetes de caballería. La profundidad del río era de unos tres pies.

XIX. César, enviada por delante la caballería, seguía detrás con todas sus tropas; pero la disposición y el orden de marcha de su ejército era distinto del que los belgas habían dicho a los nervios, pues, al estar aproximándose al enemigo, César, según acostumbraba, llevaba seis legiones sin impedimenta alguna. Tras ellas había colocado todo el equipo de su ejército y, detrás, las dos legiones que había reclutado recientemente [14] cerraban la marcha y protegían los bagajes. Nuestros jinetes, habiendo atravesado el río juntamente con los honderos y arqueros, entablaron combate con la caballería enemiga. Mientras ésta, igual se retiraba a la espesura junto a los suyos, que, saliendo de los bosques, atacaba de nuevo a los nuestros, sin que los nuestros, en cambio, se atreviesen a seguirla en sus retiradas más allá de los límites que delimitaban el campo abierto, las seis legiones que habían llegado primero, tras medir el espacio necesario para el campamento, comenzaron a fortificarlo. Cuando los que estaban ocultos y escondidos en la espesura divisaron los primeros bagajes de nuestro ejército —momento de iniciar el ataque según habían acordado—, y como en el interior del bosque se habían colocado

---

[14] La XIII y la XIV (cfr. Libro II, n. 2).

ya en orden de batalla y se habían dado así confianza unos a otros, se abalanzaron de repente con todas sus tropas y atacaron a nuestros jinetes. Vencida y desbaratada fácilmente nuestra caballería, los enemigos descendieron corriendo hasta el río con tan increíble velocidad que casi parecían estar al mismo tiempo en el bosque, en el río y combatiendo con los nuestros. Con la misma rapidez, desde la colina opuesta, se dirigieron hacia nuestro campamento y atacaron a los soldados ocupados en construirlo.

XX. César tenía que hacerlo todo al mismo tiempo: enarbolar el estandarte [15], que era la señal convenida cuando se había de correr a las armas; dar los toques de clarín; retirar a los soldados de sus ocupaciones; hacer regresar a los que habían ido más lejos para construir el terraplén; disponer el ejército en orden de combate; arengar a los soldados; dar la contraseña. La falta de tiempo y la llegada de los enemigos impedían realizar la mayoría de estas cosas. Dos elementos le eran favorables entre todas estas dificultades: primero, la experiencia y la práctica de sus soldados, pues, ejercitados en anteriores combates, podían decidir por sí mismos, con no menos acierto que mandados por otros, lo que se tenía que hacer en cada momento; segundo, el hecho de que César había prohibido que ninguno de los legados se apartase de su respectiva legión ni del lugar de trabajo, hasta que no estuviese fortificado el campamento. Éstos, en consecuencia, vista la rapidez y proximidad de los enemigos, no aguardaban ya ninguna orden de César, sino que disponían por sí mismos lo que creían oportuno.

XXI. Dadas las órdenes imprescindibles, César corrió a arengar a sus soldados en aquella zona adonde el azar le llevó, y, casualmente, se encontró con la décima legión. Tras arengar brevemente a los soldados pidiéndoles que recordasen su ya demostrado valor, que no se atemorizasen y que resistiesen con bravura el ataque de los enemigos, puesto que éstos esta-

---

[15] Colocábase sobre la tienda del general en jefe, y tenía la figura de un capote grana.

ban ya a la distancia que podía alcanzar un dardo, dio orden de entablar combate. Habiéndose dirigido a otra parte para arengar también a sus hombres, se los encontró ya combatiendo. Tanta fue la premura de tiempo y tan predispuesto al combate el ánimo de los adversarios, que no sólo no hubo tiempo para que los nuestros se pusieran sus distintivos, sino que ni siquiera lo hubo para colocarse los yelmos ni para retirar las fundas de los escudos. Donde a cada uno al dejar su trabajo le llevó el azar y bajo la primera enseña que divisó, allí se colocó, para no desperdiciar tiempo de lucha buscando su propia unidad.

XXII. Formado el ejército, más conforme a la naturaleza del lugar, a la pendiente de la colina y a la premura de tiempo que a lo que pedía la táctica y normas militares, al enfrentarse al enemigo cada una de las legiones en un sitio distinto y al estar interpuestos, como antes dijimos, aquellos espesísimos setos que impedían ver a través de ellos, no se podían colocar adecuadamente tropas de apoyo ni se podía atender a lo que pudiera ser necesario en algún sitio ni podían ser dadas todas las órdenes por un único hombre. Así pues, ante tal cúmulo de adversidades habían de ser también diversos los avatares de la fortuna.

XXIII. Los soldados de la novena y décima legión [16], como se habían situado en el ala izquierda del ejército, tras arrojar sus lanzas contra los atrébates (pues a éstos les había tocado esa zona) agotados ya por la carrera y el cansancio y cubiertos de heridas, los rechazaron rápidamente de la parte superior hacia el río y, persiguiéndolos los nuestros espada en mano, mataron a una gran parte de ellos mientras intentaban cruzar el río y se encontraban entorpecidos por las aguas. No dudaron los nuestros en cruzar también el río y, aun habiendo avanzado hasta un lugar desfavorable, pusieron en fuga al enemigo que, tras reiniciar el combate, oponía resistencia. Igualmente, en

---

[16] Estaban mandadas por Quinto Titurio Sabino y Tito Labieno, respectivamente.

otra zona de la batalla, otras dos legiones, la undécima y la octava, después de desalojar de la parte superior de la loma a los viromandos, con quienes se habían enfrentado, se batían ahora con ellos en la misma orilla del río. Habiendo quedado, sin embargo, el campamento casi totalmente desguarnecido por el frente y por la parte izquierda, mientras que en el ala derecha se encontraba la duodécima legión y a poca distancia de ella la séptima, todos los nervios en cerrada formación se dirigieron contra ellas, acaudillados por Boduognato, que ostentaba el mando supremo. Una parte de ellos comenzó a rodear nuestras dos legiones desde el flanco desprotegido; los otros se dirigieron a la parte superior de la colina donde estaba nuestro campamento.

XXIV. Al mismo tiempo, nuestra caballería y la infantería ligera que estaba con ella, que, como dije, habían sido desbaratadas al principio por el ataque enemigo, al ir a refugiarse a nuestro campamento se topaban de cara con el enemigo y se apresuraban a huir en otra dirección. También los sirvientes [17] que, desde la puerta decumana y la cima de la colina, habían visto a los nuestros atravesar el río como vencedores, y que habían salido ahora de pillaje, al mirar hacia atrás y ver a los enemigos campando por el interior de nuestro campamento, se precipitaron en frenética huida. Simultáneamente, se elevaba el clamor y el griterío de los que iban llegando con los bagajes y el equipo que, aterrados, huían en todas direcciones. Sobrecogidos por todas estas adversidades, los jinetes tréveros, que gozan de singular fama de bravura entre los galos y que, enviados por su país [18], habían venido para ayudar a César, viendo que el campamento estaba ocupado por multitud de

---

[17] El término latino es *calones,* y, propiamente, significa los sirvientes o esclavos de los oficiales y soldados, una de cuyas misiones era la de recoger leña y agua.

La puerta trasera del campamento romano se llamaba *porta decumana.* Una amplia calle la unía a la *porta praetoria* que se abría en el lado del campamento que quedaba frente por frente de los enemigos.

[18] Es decir, por su ciudad Treveris, aliada de César.

enemigos, que las legiones estaban rodeadas y casi acorraladas, que los sirvientes, los jinetes, los honderos y los númidas huían en todas direcciones derrotados y dispersos, dando por perdida la batalla, se volvieron a su patria. Una vez allí, anunciaron a la población que los romanos habían sido rechazados y vencidos y que su campamento y todos sus bagajes y equipo habían caído en poder del enemigo.

XXV. César, tras haber arengado a la décima legión, se encaminó al ala derecha, donde había visto que sus hombres estaban en situación crítica y que, al estar apiñadas en un solo lugar las banderas de la duodécima legión, los soldados estaban tan pegados unos a otros que se estorbaban para luchar; cuando vio también muertos a todos los centuriones y al portaestandarte de la cuarta cohorte, la bandera perdida, muertos o heridos prácticamente todos los centuriones de las restantes cohortes, entre éstos el primipilo [19] Publio Sextio Báculo, hombre sumamente valiente, acribillado de múltiples y graves heridas de forma que no podía ya tenerse en pie, y que los demás se mostraban remisos y que, incluso, algunos, desasistidos de su retaguardia, abandonaban el combate y trataban de evitar los golpes; que no se detenía el flujo de enemigos que subían la colina por el frente y que nos atacaban también por ambos flancos; que la situación era extremadamente crítica y que no quedaban esperanzas de recibir ayuda alguna, entonces, cuando César vio todo eso, quitándole el escudo a un soldado de la retaguardia, pues había él llegado allí sin el suyo, avanzó hasta la primera línea y, llamando a cada uno de los centuriones por su propio nombre y arengando a los restantes soldados, ordenó avanzar y distanciar las filas, para poder utilizar más fácilmente las espadas. Recobrada la esperanza y re-

---

[19] El término latino traducido aquí por «primipilo» es el de *primipilus*, nombre que recibía el centurión que mandaba la primera centuria del primer manípulo de la primera cohorte (cfr. Libro I, n. 37). Solía ser un hombre de gran experiencia y mayores méritos el escogido para este puesto, el más honorífico de toda la legión.

avivado el valor de los soldados con su llegada, y deseando cada uno de ellos dar pruebas de su valor, incluso en aquella crítica situación, ante su general, se frenó un poco el ataque enemigo.

XXVI. César, cuando advirtió que la séptima legión, que se hallaba allí al lado, estaba también acorralada por el enemigo, ordenó a los tribunos militares[20] ir juntando poco a poco las dos legiones y, cambiado el frente, atacar al enemigo. Cumplida la orden, al prestarse ayuda los unos a los otros y perder así el temor de que, al darse la vuelta, se viesen rodeados por el enemigo, empezaron a resistir con más audacia y a pelear con más bríos. Entretanto, los soldados de las dos legiones que habían formado la retaguardia para la protección de la impedimenta, enterados del combate, apretando el paso, atrajeron desde lo alto de la colina la mirada de los enemigos. A todo esto Tito Labieno, que se había apoderado del campamento enemigo y que desde aquel lugar elevado observaba lo que ocurría en nuestro campamento, envió la décima legión en ayuda de nuestros soldados. Infiriendo éstos de la huida de la caballería y de la de los sirvientes cuál era la situación y hasta qué punto peligraban el campamento, las legiones y el propio general, hicieron todo lo necesario para actuar con la máxima rapidez.

XXVII. Tanto cambiaron las cosas con su llegada, que incluso aquellos de nuestros soldados que habían caído a causa de las heridas, apoyándose en los escudos, se reintegraron al combate. Hasta los mismos sirvientes, viendo aterrorizado al enemigo, desarmados como estaban, se arrojaron contra los adversarios armados. También los jinetes, para borrar con su valor la cobardía de su fuga, iban por delante de los legiona-

---

[20] Los tribunos militares, seis por legión, se nombraban cada año y formaban parte del Estado Mayor del general. Tres de ellos eran elegidos por los *Comicios Tributos* entre los jóvenes hijos de senadores o caballeros. Los tres restantes los elegía el propio general entre sus oficiales más experimentados.

rios en cualquier lugar donde se combatiese. Los enemigos, por su parte, aun estando en situación desesperada, demostraron tanto valor que, cuando caían los que iban delante, los que les seguían se subían encima de los caídos y combatían desde encima de ellos; abatidos éstos a su vez y amontonándose los cadáveres, los sobrevivientes nos disparaban desde el montón de cuerpos y, recogiendo los dardos que les arrojábamos, los lanzaban de nuevo contra nosotros. Así que en modo alguno se puede criticar que unos hombres de semejante bravura se atreviesen a cruzar un río tan ancho, a trepar ribazos tan altos y a escalar un lugar tan abrupto. Y es que su enorme coraje había trocado en fácil lo que de por sí era casi imposible.

XXVIII. Concluida esta batalla y llevada casi al exterminio la población y el nombre de los nervios, los ancianos, que junto con los niños y mujeres habían sido confinados, como ya dijimos, en una zona de marismas y pantanos, al conocer el resultado del combate, creyendo que nada frenaría a los vencedores y que no había seguridad alguna para los vencidos, todos los sobrevivientes de común acuerdo enviaron una legación a César y se rindieron sin condiciones. Y al hacer mención del infortunio de su pueblo, le dijeron que los seiscientos senadores se habían visto reducidos a tres y de los sesenta mil hombres apenas quedaban quinientos que pudieran empuñar las armas. César, para dejar patente su clemencia con los infelices y suplicantes, puso especial cuidado en la supervivencia de todos ellos y dio órdenes de que pudieran disponer de sus ciudades. Ordenó también a las naciones limítrofes que se abstuviesen de causar agravio o daño alguno a ellos o a sus bienes.

XXIX. Los aduátucos, a quienes más arriba nos hemos referido, informados del resultado de la batalla mientras se acercaban con todas sus tropas para ayudar a los nervios, dieron la vuelta sobre la marcha y se volvieron a su casa. Abandonando todas sus ciudades y fortalezas, concentraron todos sus bienes en una sola plaza fuerte, casi inexpugnable por la propia naturaleza del lugar. Estando, en efecto, todo su perímetro rodeado de altísimos riscos y precipicios, quedaba solamente un único acceso en suave pendiente de unos doscientos pies de anchura. Este acceso lo habían fortificado con una altísima y doble muralla y encima de ella habían colocado enormes y pesados pedruscos y aguzadas estacas. Eran los aduátucos descendientes de los cimbrios y teutones. Cuando éstos invadieron nuestra provincia e Italia, dejando a este lado del Rin toda la impedimenta que no podían acarrear y llevar con ellos, dejaron también con ella a seis mil de sus hombres para que la protegieran. Estos hombres, después de la muerte de aquéllos, y tras ser hostigados durante muchos años por los pueblos vecinos, atacando ellos unas veces y defendiéndose otras, firmada la paz finalmente de común acuerdo con todos ellos, fijaron allí mismo su asiento.

XXX. Éstos, al principio de llegar nuestro ejército, hacían frecuentes salidas de su ciudad y sostenían escaramuzas con nuestros hombres. Después, cuando los rodeamos con una empalizada de un perímetro de quince mil pies[21], guarnecida con frecuentes torres de defensa, se mantuvieron dentro de su ciudad. Cuando, montados ya los manteletes y formado el terraplén, vieron que a lo lejos se estaba construyendo una torre, no paraban, al principio, de reírse y de insultarnos a gritos desde las murallas por el hecho de construirse un artefacto tan enorme a tan gran distancia. ¿A qué manos o a qué fuerzas, especialmente, siendo nosotros tan bajitos (pues nuestra baja estatura es motivo de desprecio para los galos, que son de elevada estatura), se iba a confiar la tarea de trasladar hasta las murallas una torre de semejante peso?

XXXI. Pero cuando vieron que se movía y se aproximaba a las murallas, sobrecogidos por aquel nuevo e inusitado espectáculo, enviaron a César una embajada de paz que se expresó con estas palabras: «que ellos estaban seguros de que los romanos hacían la guerra con ayuda divina porque, de otra

---

[21] Es decir, 4,5 km de circuito; 1 pie era igual a 0,2957 m.

forma, no podrían hacer avanzar artefactos de semejante altura con tanta rapidez. Le manifestaron que ellos y todo lo suyo se ponían en sus manos. Que una sola cosa le pedían y suplicaban: que si por ventura, dando muestras de esa clemencia y benignidad, que ellos habían conocido por boca de otros, dictaminaba César que los aduátucos debían vivir, no les privase de sus armas. Que casi todos sus vecinos les odiaban por su bravura y eran enemigos suyos, de los que no podrían defenderse si entregaban las armas. Que si se les hacía llegar a ese extremo, les valía más soportar cualquier suerte posible a manos del pueblo romano que ser exterminados entre suplicios por aquellos a quienes estaban habituados a dominar.

XXXII. Replicó César a todo esto que mantendría en pie su ciudad más por ser esa su costumbre que porque ellos se lo mereciesen, con tal que se rindieran antes que el ariete[22] golpease sus murallas. Pero que no había posibilidad alguna de rendición si no entregaban las armas. Que haría con ellos lo que había hecho con los nervios y que daría tajantes órdenes a los pueblos vecinos de que se guardasen de hacer daño alguno a unos vasallos del pueblo romano. Después de comunicar esta respuesta a los suyos, informaron a César que cumplirían lo que les mandase. Tras arrojar desde las murallas al foso que había delante de la ciudad una cantidad tan enorme de armas que el amontonamiento de éstas igualaba casi la altura de las murallas y del terraplén —a pesar de que casi una tercera parte de ellas, como después se demostró, las habían retenido escondidas en la ciudad—, abiertas las puertas de par en par, se mantuvieron en paz aquel día.

XXXIII. Al atardecer, César ordenó que se cerrasen las puertas y que saliesen los soldados de la ciudad, para evitar

---

[22] El ariete era una máquina de guerra que consistía en una larga y pesada viga o tronco, que terminaba por delante en un gran pomo de hierro en forma de cabeza de carnero (en latín, *aries*). Iba colgada con cuerdas de una barraca o torre móvil (cfr. Libro II, n. 14). Los soldados la hacían balancear de atrás a adelante a fin de golpear con fuerza y abatir los muros y puertas de la ciudad sitiada.

que los habitantes pudiesen sufrir daño alguno por parte de los soldados. Habiendo ellos concebido previamente un plan, como después se demostró, pues habían creído que, una vez se hubiese formalizado la rendición, los nuestros retirarían las guardias o descuidarían un poco, al menos, la vigilancia, algunos de ellos con las armas que habían retenido y ocultado, otros con escudos hechos de corteza o mimbres entretejidos que, a toda prisa, como requería la premura de tiempo, habían recubierto con pieles, salieron brusca y repentinamente de la ciudad con todas sus tropas durante la tercera vigilia, momento en que les parecía que sería menos difícil llegar hasta nuestras defensas. Al instante, tal como César había ordenado previamente, dada la señal de alarma con hogueras desde las torres de vigilancia, acudieron los nuestros en tropel al lugar. Los enemigos combatieron tan furiosamente como habían de luchar unos hombres valientes, en trance de vida o muerte y en posición de desventaja, contra otros que les arrojaban proyectiles desde la empalizada y las torres de defensa; y es que su única esperanza de sobrevivir se hallaba tan sólo en su propio valor. Muertos unos cuatro mil de ellos, los restantes fueron rechazados hasta la ciudad. Al día siguiente, reventadas las puertas de la ciudad, pues no había ya quien las defendiese, y tras la entrada de nuestras tropas, César vendió en subasta, como botín de guerra, todas las personas y bienes de la ciudad. El número de personas vendidas, según le informaron los compradores, fue de cincuenta y tres mil.

XXXIV. Al mismo tiempo, Publio Craso, al que César había enviado con una legión contra los vénetos, los unelos, los osismos, los coriosolitas, los esuvios, los aulercos y los rédones [23], pueblos marítimos todos ellos, en la costa del océano, le hizo saber que todos estos pueblos habían quedado sometidos al poder y autoridad del pueblo romano.

---

[23] Pueblos todos ellos de la Armórica, zona que correspondería hoy día a la Bretaña francesa y a Normandía. Los vénetos eran los más poderosos.

XXXV. Concluida esta campaña y pacificada toda la Galia, fue tan grande la fama extendida entre los bárbaros acerca de esta guerra, que las naciones que habitan al otro lado del Rin enviaron legados a César para prometerle que le entregarían rehenes y que cumplirían sus órdenes. César, que tenía prisa por dirigirse a Italia y al Ilírico[24], pidió a dichos emisarios que volvieran al principio del verano. En cuanto a él, una vez llevadas sus legiones a los cuarteles de invierno en tierras de los carnutos, de los andes y de los túronos[25], naciones todas ellas próximas a los lugares donde había combatido, regresó a Italia. Por estas victoriosas empresas, conocidas en Roma por las cartas de César, se decretó una fiesta de acción de gracias[26] de quince días de duración, lo que nunca, con anterioridad, se había concedido a nadie.

---

[24] El Ilírico, provincia romana desde el 167 a. C., correspondería hoy a la zona costera occidental de Yugoslavia, desde Macedonia hasta el golfo de Venecia, aproximadamente, donde lindaba con el extremo sudoriental de la Galia Cisalpina. Su gobierno le fue otorgado a César junto con el de la Galia Cisalpina, a los que consiguió sumar, además, el de la Galia Narbonense.

[25] Se corresponden a las actuales comarcas de Chartres, Anjou y Tours. Quedaron las legiones, pues, acuarteladas en dos grupos: uno, junto al Loira; el otro, en la Galia Belga.

Acaba así la campaña militar de César del año 57 a. C.

[26] Estas fiestas, llamadas en latín *supplicatio,* consistían en solemnes plegarias y procesiones, decretadas por el senado. Se abrían todos los templos de los dioses y se cerraban tribunales y oficinas, para que los hombres y mujeres acudiesen libres de otros negocios a los sacrificios en acción de gracias por la victoria conseguida. La *suplicatio* de quince días de duración que se concedió a César era totalmente excepcional, no concedida a general alguno hasta la fecha. La máxima *supplicatio* concedida previamente, lo había sido al gran Pompeyo, con una duración de doce días.

LIBRO TERCERO

I. Al marcharse César a Italia, envió a Servio Galba[1] con la legión duodécima y parte de la caballería al país de los nantuates, de los veragros y de los sedunos, que se extienden desde la frontera de los alóbroges, el lago Leman y el río Ródano hasta la zona más alta de los Alpes. El motivo de enviarlo allí fue su deseo de dejar franco el camino a través de los Alpes, por donde solían ir los mercaderes, pero con gran peligro y con costosos peajes. Le autorizó también, si lo consideraba necesario, a invernar con la legión en aquellos lugares. Galba, tras llevar a cabo algunos combates favorables y conquistar algunas de sus plazas fuertes, después que le fueron enviados emisarios de todas partes y entregados rehenes, determinó, una vez firmada la paz, instalar dos cohortes en tierras de los nantuates, y él mismo, con las restantes cohortes de su legión, invernar en cierta aldea de los veragros, llamada Octoduro[2]. Esta aldea, situada en un valle junto a un llano no muy extenso, está rodeada por todas partes de altísimas montañas. Como el lugar estaba dividido por un río en dos partes, dejó una a los galos para invernar en ella, y la otra, después de que éstos la desocupasen, la destinó a sus cohortes. Fortificó además el lugar con una empalizada y un foso.

---

[1] Servio Sulpicio Galba era legado de César. Más tarde fue uno de los conjurados en su asesinato.

Este libro III nos describe la campaña militar de César del año 56 a. C.

[2] Hoy, Martigny.

II. Habiendo ya transcurrido bastantes días de invierno y habiendo ordenado que se le trajesen provisiones de trigo, se enteró de pronto por sus exploradores que, de la parte del valle que había dado a los galos, se habían marchado durante la noche todos ellos y que los montes que los dominaban estaban ocupados por multitud de sedunos y veragros. El que de repente los galos tomaran la decisión de reiniciar la guerra y sorprender a nuestra legión había sucedido por diversos motivos: primero, porque una sola legión, e incompleta, al faltarle dos cohortes y distintos hombres aislados que habían sido enviados a buscar provisiones, no les infundía respeto alguno por la escasez de sus efectivos. Además, porque, debido a lo desfavorable de nuestra posición, pensaban que no podríamos sostener ni siquiera su primera acometida cuando ellos bajasen a la carrera desde las montañas al valle y nos arrojasen sus dardos. Se sumaba a todo esto el que estaban dolidos porque se les había privado de sus hijos con la excusa de los rehenes, y, también, el hecho de que estaban convencidos de que los romanos intentaban ocupar las cumbres de los Alpes, no sólo para proteger aquella ruta, sino para quedárselas indefinidamente y anexionar ese territorio a la provincia romana limítrofe[3].

III. Informado de estos hechos, Galba, como ni la construcción ni las obras de fortificación del campamento de invierno estaban acabadas del todo, ni tenía tampoco suficientes provisiones de trigo y víveres, porque, al haberse rendido los galos y entregado rehenes, no se había imaginado que hubiese de temer ningún acto hostil, convocado un consejo de oficiales[3 bis], comenzó a pedir opiniones. En este consejo, como se había producido una situación tan crítica, inesperada e impen-

---

[3] Es decir, la Galia Narbonense.

[3 bis] El consejo de oficiales o consejo de guerra estaba presidido por el general en jefe y asistían a él los legados, los tribunos militares, los prefectos de la caballería y los centuriones de la primera cohorte de cada legión. (Cfr. Libro V, nota 43.)

sable y casi todas las alturas se veían ya cubiertas por una multitud de gente armada, y como, por otra parte, al estar cerrados los caminos, no podía llegar ayuda alguna ni provisiones de ninguna clase, ante trance tan desesperado, comenzaron a darse algunas opiniones en el sentido de que, abandonando toda la impedimenta y haciendo una repentina salida, intentaran salvarse por la misma ruta por la que habían venido. La mayoría, sin embargo, reservando esta posibilidad para un caso extremo, se decantó por ver cómo evolucionaba la situación y defender el campamento.

IV. Transcurrido un espacio de tiempo tan breve que apenas hubo tiempo para organizar y llevar a cabo lo que se había acordado, los enemigos, dada la señal, bajan corriendo desde todas partes, arrojando piedras y dardos sobre nuestras defensas. Al principio los nuestros, en plenitud de fuerzas, respondían enérgicamente al ataque y no fallaban tiro alguno desde las atalayas y, cuando parecía que alguna zona del campamento estaba en peligro por carecer de defensores, corrían hacia allí para prestar ayuda. Tenían, sin embargo, los enemigos esta ventaja: que cuando unos, rendidos de cansancio por la duración del combate, se retiraban de la batalla, les reemplazaban otros con sus fuerzas intactas. Para los nuestros, en cambio, al ser tan pocos, era esto completamente imposible, hasta el punto de que no sólo no se autorizaba al que estaba agotado retirarse de la lucha, sino que ni siquiera al que estaba herido se le daba permiso para abandonar el lugar donde estaba apostado y retirarse.

V. Habiéndose combatido sin parar durante más de seis horas y faltándoles ya a los nuestros no sólo las fuerzas, sino incluso armas arrojadizas, mientras que los enemigos, en cambio, atacaban más furiosamente y, ante el desfallecimiento de los nuestros, empezaban a romper la empalizada y a rellenar el foso; habiéndose llegado, así pues, a una situación límite, Publio Sextio Báculo[4], centurión primipilo, el mismo que, como

---

[4] Sobre el *primipilus* Publio Sextio Báculo, cfr. Libro II, n. 19.

antes dijimos, había sido acribillado de heridas en la batalla contra los nervios, y con él el tribuno Cayo Voluseno, hombre de gran talento y valor, van corriendo a ver a Galba y le hacen ver que sólo queda una única esperanza de salvación: intentar el desesperado recurso de hacer una repentina salida. Convocados, pues, urgentemente los centuriones, por su medio da instrucciones a los soldados de que suspendan unos momentos la lucha y que, limitándose a parar los proyectiles, intenten reponerse del cansancio. Luego, cuando se dé la señal, que salgan impetuosa y violentamente del campamento y pongan en su propio valor todas las esperanzas de salvación.

VI. Cumplen los nuestros las órdenes recibidas y, lanzándose al exterior repentinamente por todas las puertas[5], no dan ocasión al enemigo ni de comprender qué ocurría ni de agruparse. Trocado así el signo del combate, dan muerte, tras rodearlos por todas partes, a quienes confiaban en apoderarse del campamento. De los más de tres mil hombres —se sabía que ese era el número de bárbaros que habían llegado hasta el campamento—, matan a más de una tercera parte y ponen en fuga al aterrorizado resto sin permitirles detenerse ni siquiera en las más altas cimas. Desbaratadas de esta manera y despojadas de sus armas todas las tropas enemigas, se repliegan los nuestros al campamento y a sus fortificaciones. Acabado este combate, no queriendo Galba tentar de nuevo a la fortuna y recordando que había llegado al campamento de invierno con una intención muy diferente a los hechos que veía que habían ocurrido, y motivado sobre todo por la falta de trigo y provisiones, al día siguiente, tras incendiar todos los edificios del pueblo, volviendo sobre sus pasos, se dirigió a la provincia y, sin oposi-

---

[5] El campamento romano tenía siempre forma de cuadrado con una puerta en cada uno de los lados: la *praetoria,* situada en el centro del lado que daba frente a los enemigos y cerca del alojamiento del general; la *decumana,* situada en el centro del lado opuesto, llamada también por ello, *trasera* o *de socorro;* la *principalis dextra,* situada en el lado derecho, mirando al frente, y la *principalis sinistra,* en el lado izquierdo.

ción ni interferencia de enemigo alguno, llevó a su legión, incólume, a tierras de los nantuates y, desde allí, al país de los alóbroges, donde pasó el invierno.

VII. Después de estos sucesos, considerando César por un conjunto de razones que toda la Galia estaba pacificada, ya que habían sido sometidos los belgas, rechazados de la Galia los germanos y vencidos los sedunos en los Alpes, y habiéndose él marchado al Ilírico con esta confianza al comenzar el invierno, pues deseaba visitar aquellos países y conocer la región, repentinamente se suscitó en la Galia una nueva revuelta. El motivo de esta guerra fue el siguiente: el joven Publio Craso con la séptima legión había instalado sus cuarteles de invierno en tierras de los andes[6], no lejos del océano. Como en aquellos parajes no había trigo, envió varios prefectos y tribunos militares a los países vecinos para solicitar trigo y víveres. Entre éstos se hallaba Quinto Terradio, enviado a los esuvios; Marco Trevio Galo, a los corosiolitas, y Quinto Velanio, acompañado de Tito Silio, enviado a los vénetos.

VIII. El prestigio de esta nación es con mucho el mayor de entre todos los países de esta franja costera del océano, pues los vénetos disponen de muchas naves, con las que acostumbran navegar hasta Bretaña, y superan a todos los demás en el conocimiento y práctica de las técnicas marítimas. Como, además, están en su poder los pocos puertos que se encuentran en este mar violento y abierto, casi todos los que suelen navegar por él les pagan tributos. Ellos, los primeros, intentan retener a Silio y Velanio, pensando que a cambio de ellos podrán recuperar los rehenes entregados a Craso. Los pueblos vecinos, impulsados por el ejemplo de los vénetos —súbitas y repentinas como son las decisiones de los galos—, retienen por el mismo motivo a Trevio y Terradio y, enviados legados urgentemente, se conjuran entre sí sus respectivos mandatarios a no

---

[6] Anjou era el territorio habitado por los andes. La actual capital es Angers, en el sur de la Bretaña francesa.

Este joven Publio Craso era hijo de Marco Licinio Craso, el triunviro.

hacer nada, si no es de mutuo acuerdo, y a afrontar juntos los avatares de la fortuna. Piden igualmente a las restantes naciones que apuesten por mantenerse en la libertad que heredaron de sus mayores, antes que soportar la esclavitud del pueblo romano. Atraída rápidamente toda la costa marítima a esta postura, envían una embajada conjunta a Publio Craso comunicándole que si desea recuperar a sus hombres, les devuelva los rehenes.

IX. César, enterado de la situación por Publio Craso, como estaba muy lejos [7], ordena que entretanto se construyan naves de guerra en el río Liger, que desemboca en el océano, que se traigan remeros de la provincia y que se recluten marinos y timoneles. Ejecutadas rápidamente sus órdenes, él, por su parte, en cuanto la estación climática se lo permitió, se dirigió a reunirse con su ejército. Enterados de la llegada de César, los vénetos y las restantes naciones, como se daban cuenta de la gravedad del común delito que habían cometido al haber retenido y puesto en prisión a unos legados, rango que ha sido siempre para todas las naciones sagrado e inviolable, ante la magnitud del peligro deciden prepararse para la guerra y, en especial, preparar todo aquello necesario para el equipamiento de las naves, muy esperanzados porque tenían gran confianza en la propia naturaleza del lugar. Sabían, en efecto, que las rutas por tierra estaban cortadas por estuarios, que la navegación nos estaba dificultada por el desconocimiento del terreno y la escasez de los puertos y confiaban, además, que nuestros ejércitos, debido a la falta de trigo, no podrían demorarse más tiempo en su territorio. Y, en caso de que todo saliese al revés de lo que suponían, aún tenían la confianza de que serían muy superiores en naves, de que los romanos, en cambio, carecían de ellas y de que desconocían los vados, puertos e islas de los parajes donde iban a hacer la guerra [8]. Consideraban, además,

---

[7] César debía de encontrarse en Rávena o en Luca, ciudad de la Galia Cisalpina.

[8] Las naves romanas, en efecto, no salían jamás del Mediterráneo.

que era completamente distinto navegar por un mar cerrado o hacerlo por el océano, inmenso y totalmente abierto. Con estos planteamientos, fortifican sus ciudades, hacen llevar trigo del campo a las ciudades y reúnen el mayor número posible de naves en Venecia[9], donde estaban seguros de que César rompería primero las hostilidades. Para esta guerra establecen alianzas con los osismos, lexovios, namnetes, ambiliatos, morinos, diablintes y menapios. Piden ayuda también a Bretaña, isla que se halla situada enfrente de estas regiones.

X. Las dificultades para llevar a cabo esta guerra eran las que acabamos de exponer, pero muchas razones impulsaban a César a emprenderla: el agravio de haber retenido a unos caballeros romanos, la sublevación producida después de haberse rendido, haber roto su palabra después de entregar rehenes, la conjura de tantas naciones y, sobre todo, el hecho de que, si pasaba por alto esta situación, las demás naciones podrían pensar que también a ellas les era posible rebelarse. Así pues, dándose cuenta de que casi todos los galos son aficionados a las revueltas y de lo fácil y rápidamente que se ponen en pie de guerra, y de que todos los hombres aman por naturaleza la libertad y odian la esclavitud, consideró que, antes de que se uniesen más naciones a la conspiración, tenía que fraccionar su ejército y distribuirlo mejor por toda la Galia.

XI. En consecuencia, envía al legado Tito Labieno con parte de la caballería al país de los tréveros, que está situado junto al río Rin. Le da instrucciones de que visite a los remos y a los restantes belgas y les haga cumplir sus compromisos y de que a los germanos, que se decía habían sido llamados por los galos en su ayuda, en caso de que intenten cruzar a la fuerza el río con sus naves, se lo impida. A Publio Craso, con doce cohortes de legionarios y un gran contingente de caballería, le ordena dirigirse a Aquitania para evitar que desde aque-

---

[9] Los pueblos enumerados a continuación son todos ellos de la Bretaña francesa, Normandía y Flandes. El puerto de Vanes (Venetia, en latín) se halla en la Bretaña francesa, al norte de la desembocadura del río Loira.

llos países se envíe ayuda a la Galia y se sumen a la rebelión naciones tan poderosas. Al legado Quinto Titurio Sabino lo envía con tres legiones a tierras de los unelos [10], de los coriosolitas y de los lexovios con el encargo de mantener alejado a su ejército. Al joven Decio Bruto lo pone al frente de la flota y de las naves galas que había hecho venir del país de los píctones [11], de los santones y de los restantes territorios pacificados y le ordena que tan pronto como pueda se dirija al país de los vénetos. Él, por su parte, se dirige hacia allí con las tropas de infantería.

XII. La ubicación de las ciudades era, en general, la siguiente: estaban situadas en el extremo de unas lenguas de tierra, sobre un promontorio, y no se podía acceder a ellas por tierra cuando subía la marea, lo que ocurre siempre cada doce horas, ni tampoco en naves, porque, cuando de nuevo se retiraba ésta, encallaban en la arena. En consecuencia, ambas circunstancias impedían el asalto a esos poblados. Y si en alguna ocasión, superados estos obstáculos por la magnitud de las obras realizadas —haber cerrado el mar con terraplenes y diques y haber elevado éstos hasta la altura de las murallas—, comenzaban a desesperar de su suerte, arribadas un gran número de naves, de las que tenían una gran cantidad, se embarcaban ellos y todo lo suyo y se retiraban a la ciudad más próxima. Una vez allí, volvían a defenderse con los mismos recursos que la naturaleza de aquellos lugares les ofrecía. Esta

---

[10] Estos tres pueblos habitaban en el norte de la Bretaña francesa y en Normandía.

[11] Los píctones y los santones habitaban las regiones de Poitou y Santonge, en la costa occidental francesa, al sur de la Bretaña, entre el Loira y el Garona.

Décimo Junio Bruto, uno de los lugartenientes de César, fue particularmente querido por éste, que llegó a hacerle gobernador de la Galia Cisalpina, donde se enriqueció. Siendo gobernador, se unió a la conjura para el asesinato de César, refugiándose en su provincia después del asesinato. Se enfrentó y venció a Marco Antonio. Abandonado después por sus tropas, fue asesinado por sicarios de Marco Antonio cuando se dirigía a Macedonia para unirse a las tropas de Marco Bruto, otro de los conjurados.

táctica la realizaban todavía con mayor facilidad durante una gran parte del verano porque las tempestades detenían nuestras naves y se hacía máxima la dificultad de navegar por aquel mar, inmenso y abierto, sujeto a grandes mareas y con escasos puertos, por no decir ninguno.

XIII. Las naves de los vénetos se construían y equipaban de la siguiente forma: las quillas eran un poco más planas que las de nuestras naves, para poder superar mejor los bajíos y la bajamar. Las proas, muy elevadas, al igual que las popas, adecuadas a los grandes oleajes y tempestades. Las naves estaban hechas de roble en su totalidad, para soportar cualquier tipo de embate y agresión del mar. Las traviesas [12], formadas por vigas de madera de un pie de espesor, estaban clavadas con clavos de hierro, gruesos como el dedo pulgar. Las anclas estaban sujetas por cadenas de hierro, en lugar de estarlo por cuerdas; pieles y badanas muy delgadas en vez de velas, ya por falta de lino o por desconocer su uso, o, lo que parece más probable, por pensar que las velas no podrían resistir las violentas tempestades del océano y la enorme furia de los vientos ni se podrían gobernar adecuadamente con ellas unas naves tan sumamente pesadas. Cuando nuestra flota se topaba con esta clase de naves, únicamente las superaba en velocidad y en el empuje de los remos, en todo lo demás sus naves se adecuaban y adaptaban mucho mejor, tanto a la naturaleza de aquellas aguas, como a la violencia de sus borrascas. Tampoco nuestros espolones de proa las podían dañar —tan grande era su dureza—, ni, debido a su altura, podían ser fácilmente alcanzadas por nuestros dardos y, por la misma razón, resultaba difícil sujetarlas con los garfios de abordaje. Se sumaba a todo esto el que, cuando comenzaba el viento a enfurecerse y larga-

---

[12] Las traviesas son las vigas que van de un costado a otro de la nave. El término latino *transtra* puede significar «traviesas» o «bancos de remeros», lo cual, de alguna manera, era lo mismo, pues los remeros se sentaban sobre las traviesas.

Un pie, medida de longitud romana, equivalía a 0,2957 m.

ban velas, resistían más fácilmente la tempestad y navegaban más seguras por aquellos bajíos e, incluso si se retiraba la marea, nada habían de temer de las rocas y arrecifes; nuestras naves, en cambio, estaban expuestas a los peligros de todas estas circunstancias.

XIV. Cuando César, después de conquistar varias poblaciones, se dio cuenta de que era inútil tomarse tantos trabajos y de que, ni aun habiendo conquistado su ciudad, le era posible impedir la huida de los enemigos y de que en nada los perjudicaba realmente, decidió que debía aguardar a su propia flota. Cuando llegó ésta [13] y tan pronto fue avistada por los enemigos, saliendo de puerto unas doscientas veinte naves, perfectamente aparejadas y equipadas con toda clase de armas, se enfrentaron a las nuestras. Ni Bruto, que mandaba nuestra flota, ni los tribunos, ni los centuriones, a cada uno de los cuales se le había confiado una nave, sabían exactamente qué hacer ni qué táctica seguir. Sabían que nuestros espolones no podían dañarlas. Por otra parte, aun añadiéndoles torres de asalto, la altura de las popas enemigas superaba a la de las nuestras, de manera que, desde un lugar menos elevado, no se las podía alcanzar bien con nuestras armas arrojadizas, mientras que las enviadas por ellos nos causaban más daño. Un solo dispositivo, preparado de antemano por los nuestros, nos fue de gran utilidad: unas afiladísimas hoces, clavadas y sujetas a unas pértigas, que recordaban un poco los garfios de asalto. Cuando las cuerdas que sujetaban las antenas a los mástiles habían sido enganchadas y tensadas por estos artefactos, dando entonces con los remos un impulso a nuestro navío, las cortábamos. Una vez cortadas aquéllas, caían irremediablemente las antenas, de forma que, como toda la esperanza de las naves galas se cifraba en sus velas y jarcias, al privarlas de éstas, quedaban las naves inutilizadas. Después, el resto del combate dependía ya del valor, en el que los nues-

---

[13] Recordemos que la flota de César venía por el río Loira. Salió, pues, al océano Atlántico por la desembocadura del río.

tros les aventajaban de largo, máxime cuando se combatía en presencia de César y de todo el ejército y no podía, por tanto, quedar en el anonimato cualquier acción de algún mérito que se llevara a cabo. Todas las colinas y lugares elevados, en efecto, con vistas próximas al mar estaban ocupadas por el ejército.

XV. Una vez, como hemos explicado, abatidas las antenas, rodeando a cada nave enemiga dos o tres de las nuestras, nuestros soldados pugnaban con el máximo ardor por saltar al abordaje dentro de las naves adversarias. Cuando los bárbaros se dieron cuenta de lo que ocurría, perdidas ya unas cuantas naves y no encontrando réplica alguna a esta táctica, buscaron su salvación en la huida. Y, estando ya orientadas las naves hacia donde el viento las llevaba, se produjo súbitamente una bonanza y calma tan absoluta que quedaron totalmente inmóviles. Este hecho fue ciertamente decisivo para completar nuestro propósito, pues los nuestros, que habían ido en su seguimiento, fueron apoderándose de cada una de sus naves, de manera que sólo unas pocas de entre todas ellas pudieron llegar a tierra, al amparo de la noche, después de haberse combatido desde la hora cuarta hasta la puesta del sol.

XVI. Con esta batalla se concluyó la guerra de los vénetos y de toda aquella franja costera, pues, en efecto, no sólo concurrieron a ella todos los jóvenes y personas de edad que gozaban de algún crédito y categoría, sino que habían reunido allí, venidas de todas partes, cuantas naves tenían. Después de muertos aquéllos y perdidas éstas, el resto de la población ni tenía donde guarecerse ni tampoco manera alguna de defender sus ciudades. Así pues, se entregaron a César con todas sus cosas. César consideró que debían ser severamente castigados a fin de que, en adelante, respetasen los bárbaros con mucho más cuidado el derecho de los embajadores. En consecuencia, tras ejecutar a todos los senadores, vendió a los restantes como esclavos.

XVII. Mientras en el país de los vénetos ocurrían estos sucesos, Quinto Titurio Sabino con las tropas que César le había confiado llegó al territorio de los unelos [14]. Estaba al frente de éstos Viridóvix, quien tenía también el mando supremo de todas aquellas comunidades que se habían rebelado y con cuya ayuda había reunido un enorme ejército. Durante estos pocos días, aulercos, eburovicos y lexovios, después de dar muerte a sus senadores porque se oponían a la guerra, cerraron las puertas de sus ciudades y se unieron a Viridóvix. De todas las partes de la Galia había llegado, además, una inmensa multitud de canallas y ladrones a quienes la esperanza del botín y su afición a la lucha había apartado de la agricultura y del cotidiano trabajo. Sabino permanecía encerrado en su campamento, instalado en un lugar idóneo para cualesquiera contingencias, a pesar de que Viridóvix había establecido el suyo enfrente de él a dos millas de distancia y, sacando cada día sus tropas, le presentaba batalla; de esta forma Sabino no sólo se había ganado el desprecio de los enemigos, sino que era criticado también en algunos comentarios de nuestros soldados. Tal fama de cobarde llegó a granjearse, que los enemigos incluso se atrevían a acercarse hasta la empalizada del campamento. Él, sin embargo, actuaba así porque, ante tanta multitud de enemigos y, sobre todo, al estar ausente el que ostentaba el mando supremo, no creía que un simple legado debiese aceptar el combate, a no ser en lugar favorable y ocasión propicia.

XVIII. Confirmada esta reputación de cobarde, elige a un cierto sujeto hábil y astuto, un galo de sus tropas auxiliares, al que con grandes recompensas y promesas convence de que se pase al enemigo; acto seguido le indica lo que quiere que haga. Éste, pues, cuando llega como desertor al campo enemigo, les informa del miedo de los romanos, les explica por qué críticos momentos está atravesando el propio César a causa de los vénetos y que no pasará de la próxima noche sin que Sabino saque a escondidas su ejército del campamento y se dirija a reu-

[14] Los unelos habitaban la península de Cotentin, en Normandía (cfr. Libro III, n.10).

nirse con César para prestarle ayuda. Cuando escucharon esto, claman todos que no se ha de dejar pasar la ocasión de concluir victoriosamente su empeño y que es preciso atacar el campamento. Muchos eran los motivos que empujaban a los galos a esta decisión: los titubeos de Sabino en los días precedentes; la confirmación del desertor; la falta de víveres, de los cuales no se habían preocupado de aprovisionarse suficientemente; la esperanza de la guerra de los vénetos y, finalmente, el hecho de que casi todos los hombres se creen de buen grado aquello que ellos desean. Inducidos por todos estos argumentos, no permiten a Viridóvix ni a los restantes jefes abandonar el consejo hasta que éstos les autorizan a coger las armas y atacar el campamento. Una vez autorizada esta acción, llenos de júbilo, como si ya tuviesen la victoria en las manos, habiendo recogido sarmientos y ramaje para rellenar el foso de los romanos, se encaminan hacia el campamento.

XIX. La ubicación del campamento se hallaba en un altozano con suaves pendientes de unos mil pasos a partir del llano. Hasta allí se dirigieron en rápida marcha a fin de dar el mínimo espacio de tiempo a los romanos para organizarse y coger las armas, si bien llegaron sin aliento. Sabino, tras arengar a los suyos, da la señal a sus hombres, que anhelaban oírla. Embarazados aún los enemigos por el peso de la carga que transportaban, ordena Sabino que se haga una salida impetuosa y violenta por dos puertas. Acaeció entonces que, gracias a lo ventajoso del lugar, a la inexperiencia y cansancio del adversario, al valor de nuestros soldados y a su mayor experiencia de combate, no pudieron los enemigos resistir ni uno solo de nuestros ataques y volvieron en seguida la espalda. Entorpecidos por la impedimenta como estaban, al perseguirlos nuestros soldados con sus energías intactas dieron muerte a gran número de enemigos. Habiendo perseguido a los demás la caballería, pocos fueron los sobrevivientes entre los que habían conseguido huir. Así, al unísono, se enteró Sabino de la victoria naval y César de la victoria de Sabino, a quien en seguida se le rindieron todos aquellos pueblos, pues de la misma manera que el espíritu de los galos se muestra pronto y lleno de bríos para coger las armas, se muestran apocados y poco recios sus corazones para soportar las adversidades.

XX. Casi al mismo tiempo [15], habiendo llegado Publio Craso a Aquitania, que, como antes se ha dicho, tanto por su extensión como por el número de pobladores debe considerarse una tercera parte de la Galia, y dándose cuenta de que tenía que combatir en los mismos lugares donde pocos años antes había muerto, tras ser derrotado su ejército, el legado Valerio Preconino y de donde había tenido que huir el procónsul Lucio Manlio después de perder toda la impedimenta [16], comprendía que tenía que prepararse con la mayor diligencia. Así pues, después de haber hecho acopio de trigo, de aprestar la caballería y las tropas auxiliares y de invitar [17] además mediante una citación personal a unirse a él a muchos veteranos de probado valor procedentes de Tolosa y Narbona, ciudades de la provincia de la Galia, vecinas de estas regiones, hizo entrar su ejército en el país de los sociates. Enterados éstos de su llegada y reunido un gran número de tropas y de caballería, en la que residía su mayor fuerza, atacando nuestras columnas durante la marcha, entablaron el primer combate ecuestre. Después, rechazada su caballería y mientras los nuestros la perseguían, hizo aparecer de súbito sus tropas de a pie, que las había situado emboscadas en una hondonada. Atacando a los nuestros, que estaban dispersos, reiniciaron el combate.

XXI. Se combatió encarnizadamente y durante largo rato, pues los sociates, confiados en sus anteriores victorias, esta-

---

[15] Es decir, en el verano del 56 a. C.

[16] Durante la guerra de Sertorio, en España, hacia el 78 o 77 a. C.

[17] Estos «invitados» eran los *evocati.* Cuando se habla del reclutamiento hay que distinguir entre el reclutamiento ordinario *(dilectus),* y el especial de los *evocati.* La *evocatio* es la invitación directa de un jefe militar a ciudadanos o antiguos soldados, que éstos pueden aceptar o rechazar. Formaban un cuerpo aparte y su sueldo era mayor. La primera vez que se cita a los *evocati* es en el año 299 a. C., cuando Siccio formó una cohorte de 800 veteranos.

ban persuadidos de que de su valor dependía la salvación de la Aquitania entera, mientras que los nuestros, por su parte, deseaban poner de manifiesto de lo que eran capaces, aun estando ausente su general, sin la ayuda de las restantes legiones y siendo su comandante un joven de pocos años. Finalmente, acribillados a heridas, los enemigos huyeron. Craso, entonces, después de dar muerte a un gran número de ellos, inició, sobre la marcha, un asedio a la capital de los sociates [18]. Ofreciendo éstos una fuerte resistencia, hizo entrar en acción a los manteletes y a las torres de asalto. Ellos, después de intentar repentinas salidas, unas veces, y de cavar largos túneles hasta el terraplén y los manteletes, otras —son los aquitanos extraordinariamente expertos en este tipo de obras por haber en muchos lugares de su país minas de cobre y canteras—, cuando se dieron cuenta de que nada podían conseguir con estos intentos debido a la vigilancia de los nuestros, envían legados a Craso y le ruegan que acepte su rendición. Aceptada ésta y habiéndoseles ordenado entregar las armas, cumplen lo mandado.

XXII. Mientras la atención de todos los nuestros estaba ocupada en estos menesteres, en otra parte de la ciudad aparece Adiatuano, que ostentaba el mando supremo, acompañado de seiscientos leales, de los que ellos denominan «soldurios». El compromiso de estos hombres es el siguiente: compartir durante la vida entera la totalidad de los bienes de aquellos a cuya amistad se consagran; pero, si éstos son víctimas de cualquier violencia, han de correr a su lado su misma suerte, o darse la muerte con su propia mano. Y, a lo largo de la historia, no se sabe todavía de ninguno de ellos que, habiendo muerto aquel a cuya amistad se había consagrado, se negara a morir él también. Habiendo intentado, pues, Adiatuano con estos fieles guerreros llevar a cabo una repentina salida y, alzándose desde aquella parte de las defensas un

[18] El pueblo de los sontiates o sociates habitaba la Gascuña y su capital era Sos.

enorme griterío, acudieron en tropel nuestros soldados al lugar de la refriega y se combatió allí encarnizadamente. Rechazado finalmente Adiatuano al interior de la ciudad, obtuvo de Craso poder disfrutar de las mismas condiciones de rendición concedidas a los demás.

XXIII. Craso, tras recibir las armas y los rehenes, se dirigió al país de los vocates y tarusates [19]. Los bárbaros, por su parte, alarmados al saber que una ciudad protegida, tanto por la propia naturaleza del lugar como por las obras de fortificación, había sido conquistada en unos pocos días a partir de su llegada, empezaron a enviar legados a todas partes, a conjurarse, a intercambiarse rehenes y a aparejar tropas. Envían también embajadores a los pueblos de la Hispania Citerior [20], limítrofes con la Aquitania, solicitándoles jefes militares y tropas auxiliares. Con la llegada de éstos, se disponen a emprender la guerra, contando con excelentes mandos y un numerosísimo ejército. Eligen como jefes a aquellos que habían estado junto a Quinto Sertorio [21] durante todo el tiempo y a quienes se

---

[19] O sea, hacia el sudoeste.

[20] Hispania (España), a principios del siglo I a. C., estaba dividida en dos provincias: la Hispania Citerior y la Hispania Ulterior. La Hispania Citerior, que más tarde se llamó Tarraconense, abarcaba el territorio desde los Pirineos hasta Carthago Nova (Cartagena), por el sur. Por el oeste, hasta el curso medio del río Anas (Guadiana) y del Tagus (Tajo). La Hispania Ulterior la formaban el sur y el oeste de la península Ibérica, o sea, también lo que actualmente es Portugal. Sólo Asturias, Cantabria y las Vascongadas permanecieron todavía un siglo libres de la dominación romana. El año 27 a. C., Octavio Augusto cambió el nombre de Citerior por el de Tarraconense, y dividió la Ulterior en dos provincias: la Bética y la Lusitania. La Bética, con capital en Córduba (Córdoba), abarcaba las actuales provincias andaluzas más Ciudad Real y Badajoz. La Lusitania, con capital en Emérita Augusta (Mérida), abarcaba el oeste de la península, entre el Guadiana y el Duero.

[21] Quinto Sertorio fue un general romano. Nacido hacia el 123 a. C., fue hombre de confianza de Mario. Marchó luego como tribuno a España donde conquistó gran popularidad. Nombrado cuestor de la Galia Cisalpina, levantó un ejército para oponerse a las fuerzas itálicas que luchaban contra Roma en la llamada Guerra Social. En el año 87 a. C. se unió a Cina en la lucha contra el partido de los optimates. Al regreso de Sila a Roma el 83 a. C, escapó a España, donde fue nombrado gobernador de la Citerior por las sobre-

les supone, por tanto, con un amplio dominio de las técnicas militares. Éstos, siguiendo la costumbre del pueblo romano, acuerdan elegir el emplazamiento, fortificar el campamento y cortarnos los suministros. Cuando Craso se dio cuenta de que no era fácil dividir sus tropas por lo exiguo de su número, que el enemigo, en cambio, circulaba tranquilamente, cortaba las comunicaciones y mantenía una suficiente guarnición en su campamento y que por todo ello se hacía más difícil que pudiera él recibir provisiones de trigo y víveres, mientras que el número de enemigos crecía de día en día, creyó que no debía dudar ya más tiempo en entablar combate. Llevado el tema a consejo, al comprobar que todos pensaban igual, decidió iniciar las hostilidades al día siguiente.

XXIV. Al amanecer, Craso, haciendo salir a todo su ejército, después de formarle en doble línea[22] y situar las tropas auxiliares en el centro de la formación, aguardaba a ver qué iniciativa tomaban los enemigos. Éstos, aunque, por su superioridad numérica, por su contrastada reputación bélica y porque éramos muy pocos, estaban convencidos de que podían entablar combate con plenas garantías, pensaban, sin embargo, que era más seguro, después de cortar todas las rutas e imposi-

---

vivientes fuerzas democráticas. Allí, tanto por su actuación, humanitaria y social, como por su prestigio militar, se granjeó el respeto y cariño de los hispanos y de la milicia romana. Enterado Sila, envió un ejército para someterle, pero Sertorio fue venciendo uno tras otro a todos los generales romanos. Declarado en rebeldía, se hizo independiente de Roma y, con el apoyo de los lusitanos, llegó a dominar casi toda la península, gobernándola con prudencia y acierto. Estableció un senado en Évora y contribuyó en gran manera a la romanización de la península. Murió el año 71 a. C. víctima de una conspiración perpetrada por Perpena, su lugarteniente y hombre de confianza.

[22] La formación usual de combate de la legión romana era la *triplex acies* (cfr. Libro I, n. 37), o sea, en tres líneas o cuerpos. En esta ocasión, sin embargo, la forma es en doble línea, probablemente para poder extender más el frente de batalla, dada la superioridad numérica del enemigo. También es de notar la anómala situación de las tropas auxiliares, en el centro, cuando su ubicación normal es en las alas (cfr. Libro I, n. 63).

bilitar nuestro abastecimiento, hacerse con la victoria sin sufrir baja alguna. Y, en caso de que debido a la falta de trigo empezasen los romanos a retirarse, tenían intención de atacarnos mientras nuestras columnas caminaban entorpecidas por la impedimenta y con las fuerzas debilitadas bajo el peso de las mochilas. Aprobado el plan por sus generales, se mantenían en el campamento, aunque el ejército romano había salido del suyo. Observada la situación por Craso, como los enemigos con sus vacilaciones y aparente temor habían acrecentado el deseo de combatir de los nuestros y se podían escuchar los comentarios de todos de que no se debía aguardar ya más para avanzar hacia su campamento, Craso, tras arengar a sus hombres, dio la deseada orden de atacar el campamento enemigo.

XXV. Una vez allí, mientras unos rellenaban los fosos y otros, arrojando nubes de dardos rechazaban de la empalizada y de las fortificaciones a los defensores, e incluso las tropas auxiliares, en las que Craso no confiaba demasiado para la lucha, parecían unos combatientes más suministrando piedras y armas arrojadizas y aportando césped en abundancia para formar el terraplén, y mientras también por parte de los enemigos se combatía con no menos constancia y bravura y hacían blanco sus disparos lanzados desde posiciones ventajosas, nuestros jinetes, que habían dado la vuelta alrededor del campamento enemigo, comunicaron a Craso que éste no estaba protegido con el mismo celo por la parte de la puerta decumana y que por allí era fácil el acceso.

XXVI. Craso, tras exhortar a los prefectos de la caballería a que animasen a sus hombres con promesas de grandes recompensas, les explicó qué quería que hiciesen. Éstos, sacando, conforme a las órdenes recibidas, las cohortes que, dejadas en el campamento para su protección, se hallaban totalmente descansadas, conducidas con un largo rodeo para que no pudieran ser vistas desde el campamento enemigo, llegaron rápidamente a las mencionadas fortificaciones, mientras los ojos y la atención de todos estaban pendientes de la batalla. Forzadas éstas, penetraron en el campamento de los enemigos antes de que éstos pudieran ver a los nuestros o enterarse de qué estaba ocurriendo. Alzándose entonces un gran griterío desde aquella zona, los nuestros, cobrando nuevos ánimos, cosa que acostumbra a suceder casi siempre con la esperanza de la victoria, empezaron a luchar con mayor denuedo. Los enemigos, rodeados por todas partes, dándolo todo por perdido, se arrojaron a través de las fortificaciones y buscaron la salvación en la huida. Mas, habiéndolos perseguido nuestra caballería en campo totalmente abierto, de los cincuenta mil que constaba que habían venido de Aquitania y Cantabria, apenas una cuarta parte, muy avanzada ya la noche, regresó a su campamento.

XXVII. Una vez conocido el desenlace de esta batalla, la mayor parte de Aquitania se rindió a César y espontáneamente le envió rehenes. Entre los pueblos sometidos se hallaban los tarbelos, los bigerriones, los ptianos, los vocates, los tarusates, los elusates, los gates, los auscos, los garunnos, los sibuzates y los cocosates [23]. Tan sólo unas pocas naciones, las más alejadas, confiando en la época del año, pues se acercaba ya el invierno, dejaron de hacerlo.

XXVIII. Casi al mismo tiempo, César, aunque estaba a punto de acabar el verano, con todo, como pacificada toda la Galia, quedaban todavía los morinos y menapios [24] levantados en armas, los cuales nunca le habían enviado legados para hablar de paz, creyendo que esa guerra se podría concluir rápidamente, condujo el ejército hasta allí. Éstos, sin embargo, empezaron a combatir con una estrategia muy diferente a la de los restantes galos. Como habían visto, en efecto, que poderosísimas naciones que se habían enfrentado a los romanos en combate abierto habían sido arrolladas y vencidas, y teniendo

---

[23] Pueblos todos ellos de la Aquitania (cfr. Libro I, n. 2).

[24] Cfr. Libro III, n. 9. Precisando más, los morinos ocupaban Flandes y la costa hasta Brujas. Los menapios, la desembocadura del Escalda, del Mosa y del Rin.

ellos interminables bosques y zonas pantanosos, se trasladaron a ellos con todos sus haberes.

Cuando hubo llegado César al inicio de esos bosques y dado órdenes de instalar y fortificar el campamento, sin que entretanto se hubiera dejado ver el enemigo, mientras nuestros soldados se hallaban trabajando dispersos, surgieron de repente de todas partes de aquellas espesuras y se abalanzaron contra los nuestros. Tomaron los nuestros rápidamente las armas y los rechazaron a los bosques. Tras haber dado muerte a bastantes de ellos, al perseguirlos demasiado lejos por parajes sumamente intrincados, cayeron unos pocos de nuestros hombres.

XXIX. Durante los días sucesivos, dio órdenes César de talar los bosques y para que ninguno de nuestros soldados, mientras se hallaba inerme y sin protección, pudiera ser atacado por el flanco, toda la madera que iban cortando, vuelta ahora contra el enemigo, la colocaba y amontonaba, a manera de un muro, a uno y otro flanco. Despejado así con increíble rapidez en pocos días un amplio espacio, cuando ya las bestias de carga y la impedimenta más rezagada estaban a punto de caer en nuestras manos y ellos se adentraban en más densas espesuras, estalló tal temporal que obligó a interrumpir el trabajo y, ante la prolongada persistencia de las lluvias, nuestros soldados no podían ya guarecerse más tiempo bajo las tiendas. Así pues, arrasados todos sus campos de cultivo e incendiadas sus aldeas y caseríos, César retiró su ejército y lo alojó en cuarteles de invierno, ubicados en territorio de los aulercos, los lexovios y de las otras naciones que poco antes habían hecho la guerra.

LIBRO CUARTO

I. Durante el invierno siguiente[1], que fue el año del consulado de Cneo Pompeyo y Marco Craso, los pueblos germánicos de los usípetes y de los tencteros cruzaron en masa el río Rin no lejos de la desembocadura de este río en el mar. El motivo de atravesarlo fue que, hostigados por los suevos[2] durante muchos años, éstos los acosaban ahora con una guerra y les impedían dedicarse a la agricultura.

La nación sueva es con mucho la más poderosa y belicosa de todas las naciones germanas. Se dice que cuenta con cien circunscripciones[3], de cada una de las cuales sacan anualmente un millar de hombres armados para hacer la guerra fuera de su territorio. La población restante se queda en casa y se ocupa de su propia alimentación y de la de los demás. Al año siguiente se alternan: son éstos quienes toman las armas y los otros quienes permanecen en casa. Así no se interrumpe ni el cultivo de los campos ni el aprendizaje y práctica de la guerra. No existen entre ellos campos propios y particulares, ni se les permite permanecer más de un año en el mismo lugar. Su alimentación no se basa tanto en el trigo como en la leche y el ganado, y son muy aficionados a la caza. Por todo ello, por el tipo de alimen-

---

[1] El libro IV nos narra la campaña militar de César el año 55 a. C.

[2] Sobre los suevos, cfr. Libro I, n. 52.

[3] El texto latino utiliza el término *pagos*. La palabra significa propiamente pueblo o distrito. Algunos autores creen que aquí puede entenderse también como *clan*.

tación, por el cotidiano ejercicio y por la libertad de vida, puesto que, acostumbrados desde la niñez a no estar sometidos a ninguna obligación ni disciplina, no hacen absolutamente nada que no les apetezca, se acrecienta su robustez y se generan unos hombres de gigantesca corpulencia. Se les ha habituado también, a pesar del frío extremo de aquella región, a no usar vestimenta alguna, fuera de algunas pieles, por cuya exigüidad van medio desnudos. Se bañan, además, en los ríos.

II. Los mercaderes tienen acceso a ellos, pero más para poder vender a alguien el botín obtenido en sus guerras que porque deseen comprarles nada. Ni siquiera utilizan los germanos caballos traídos de fuera (los galos, en cambio, los tienen en grandísimo aprecio y pagan por ellos enormes sumas de dinero), sino que a los nacidos en su país, pequeños y feos, con el trabajo diario los convierten en animales de máxima resistencia. En los combates ecuestres con mucha frecuencia se bajan del caballo y combaten a pie, y han entrenado a sus caballos a permanecer inmóviles en el lugar, de modo que, cuando es necesario, pueden rápidamente volver a montarlos. Y no hay cosa que consideren más vergonzosa e inútil, según su criterio, que utilizar sillas. En consecuencia, aunque ellos sean pocos, se atreven a atacar a cualquier fuerza de caballos ensillados, por grande que ésta sea. Tienen absolutamente prohibida la importación de vino, pues consideran que con él los hombres pierden energías para afrontar el trabajo y se tornan afeminados.

III. Consideran el mayor timbre de gloria de una nación el tener, a partir de sus fronteras, la mayor extensión posible de terrenos despoblados, pues creen que este hecho demuestra que un gran número de ciudades no han podido resistir sus ataques. Y se dice que por uno de los lados de la nación sueva se extiende seiscientos mil pasos[4] el territorio despoblado. Por

[4] Recordemos que 1 *paso* es igual a 1,478 m. 1.000 pasos son una milla romana, igual a 1.478 m. Seiscientos mil pasos son, pues, 600 millas, unos 900 km, lo cual parece una exageración; por eso utiliza César *dicuntur,* o sea, «según dicen...».

el otro, en cambio, están los ubios[5], cuya nación fue ilustre y floreciente, en la medida que puede serlo una nación germánica, y que están algo más civilizados que los demás pueblos de su raza, porque están tocando el río Rin y porque continuamente los visitan los mercaderes y ellos mismos, por su proximidad a los galos, se han acostumbrado a las maneras de éstos. Pese a que los suevos, aun habiéndolo intentado con continuas guerras, no habían podido, por la extensión e importancia de la nación de los ubios, expulsarlos de su propio territorio, los convirtieron, sin embargo, en tributarios suyos, menoscabando su poder y su orgullo.

IV. En la misma situación se hallaron los usípetes y los tencteros, que antes hemos mencionado, quiénes durante muchos años resistieron los ataques de los suevos, pero, expulsados finalmente de sus tierras y tras haber vagado errantes durante tres años por muchos lugares de Germania, llegaron hasta el Rin, zona esta que habitaban los menapios, quienes en ambas orillas del río tenían tierras, aldeas y caseríos. Aterrados éstos por la llegada de tan gran multitud de gente, abandonaron las moradas que tenían al otro lado del río y, colocando en este lado del Rin puestos de guardia, impedían a los germanos cruzarlo. Éstos, tras haberlo intentado todo, como no podían atravesarlo a la fuerza por falta de naves ni podían tampoco cruzarlo a escondidas debido a los puestos de centinela de los menapios, simularon regresar a sus casas y a sus tierras. Después de una marcha de tres días volvieron sobre sus pasos y, deshecho el camino en una sola noche por la caballería, cayeron sobre los desprevenidos y confiados menapios, quienes, avisados por sus batidores de la partida de los germanos, ha-

[5] Esta tribu germánica ocupaba el territorio de Colonia. En tiempos de César habitaba en la orilla derecha del Rin, entre este río y el Maine. Agripa, en tiempos de Augusto, los transportó a la orilla izquierda del río y situó en su capital, para protegerlos, dos legiones. Con la romanización esta pequeña aldea adquirió la categoría de colonia y cambió su antiguo nombre *Ara Ubiorum* por el de *Colonia Agrippina,* en honor de Agripa; corresponde hoy día a la ciudad de Colonia.

bían regresado sin miedo alguno a sus domicilios al otro lado del Rin. Muertos éstos y apoderándose de sus naves, antes de que pudieran enterarse los menapios de esta parte del Rin, los usípetes y tencteros atravesaron el río y, ocupando todas sus casas, se mantuvieron el resto del invierno con las provisiones de los menapios.

V. Enterado César de estos hechos y temiendo la inconstancia de los galos, que son muy versátiles a la hora de tomar decisiones y sumamente aficionados a las revueltas, decidió que no debía fiarse de ellos. Existe entre los galos la costumbre de obligar a los viajeros a detenerse, aunque no lo deseen, y de preguntarles todos ellos qué cosas han oído y qué saben sobre cualquier asunto; también a los mercaderes los rodea la gente en las ciudades y les obliga a explicar de qué país proceden y qué cosas han sabido allí. Entonces, basándose en esos rumores y habladurías, toman con mucha frecuencia decisiones sobre temas de la mayor trascendencia, de las que muy pronto tienen que arrepentirse por haber dado crédito a inciertos rumores y porque la mayoría de los informadores les responden falsedades que los halaguen.

VI. Conociendo César esa costumbre, para no tener que afrontar una guerra todavía más peligrosa, regresó junto a su ejército más aprisa de lo que solía. Una vez estuvo allí, se enteró de que había ocurrido lo que ya había supuesto que ocurriría: que algunas naciones habían enviado embajadas a los germanos invitándolos a marcharse del Rin y que, a cambio de ello, les darían todo lo que pidiesen. Basados en esta confianza, los germanos extendían más y más sus correrías y habían llegado hasta el país de los eburones y de los condrusos[6], que son protegidos de los tréveros. Convocados los mandata-

---

[6] Los eburones y los condrusos eran pueblos de la Galia Belga, cfr. Libro II, cap. IV, n. 6. Eran vecinos de los tencteros y de los usípetes, pueblos estos germanos que, empujados por los suevos, habían cruzado el Rin y se habían establecido en su margen izquierdo, cerca de la desembocadura.

Sobre los trevirenses, cfr. Libro I, n. 51.

rios de la Galia, César consideró que debía ocultar lo que sabía y, tras calmar y alentar sus ánimos y haberles exigido tropas de caballería, resolvió emprender la guerra contra los germanos.

VII. Después de aparejar provisiones de trigo y de reclutar la caballería, inició la marcha hacia los lugares donde había oído que estaban los germanos. Estando ya a pocos días de camino de ellos, le llegaron legados de su parte con el siguiente mensaje: que los germanos no se adelantarían al pueblo romano en declarar la guerra, pero que, si se les provocaba, tampoco dudarían en tomar las armas, pues es costumbre de los germanos, heredada de sus mayores, enfrentarse a cualquiera que les declare la guerra y no rehuir ésta con súplicas. Que manifestaban, sin embargo, que habían venido aquí contra su voluntad, expulsados de su patria. Que si los romanos querían su amistad, podían serles ellos unos amigos útiles; que les adjudicasen entonces tierras o que les permitiesen mantener en su poder las que obtuvieron por las armas. Que ellos únicamente se inclinaban ante los suevos, con los cuales no podían tener parangón ni siquiera los dioses inmortales. Que, fuera de los suevos, no había nadie sobre la tierra a quien no pudieran vencer.

VIII. A estos planteamientos replicó César lo que le pareció oportuno; pero la conclusión de sus palabras fue ésta: que a los romanos no les era posible amistad alguna con ellos si permanecían en la Galia, y que no era justo que quienes no habían podido proteger su territorio ocuparan el de otros. Que en la Galia no quedaban tierras libres que, sin perjuicio de otros, pudieran distribuirse, máxime a tan enorme multitud de gente. Pero que, si querían, les autorizaba a establecerse en territorio de los ubios [7], cuyos legados los tenía ahora con él, quejándose de los desmanes de los suevos y pidiéndole ayuda. Que él daría a los ubios las pertinentes órdenes.

---

[7] Cfr. Libro IV, n. 5.

IX. Los embajadores comunicaron que trasladarían esta respuesta a su pueblo y que, tras deliberar sobre el tema, regresarían al cabo de tres días. Le rogaron que, mientras tanto, no avanzase más. Contestó César que eso no se lo podía conceder. Habíase enterado, en efecto, que unos días antes habían enviado una gran parte de la caballería al territorio de los ambivaritos [8], al otro lado del Mosa, para aprovisionarse de trigo y dedicarse al pillaje. Suponía César que estaban esperando a sus jinetes y que por esta razón proponían una tregua.

X. Nace el Mosa en el monte Vósego [9], en el país de los lingones, y, tras recibir un brazo del Rin, denominado Vácalo, forma la isla de los bátavos y, a unos ochenta mil pasos antes de llegar al océano, desemboca en el Rin. El Rin, por su parte, nace en el país de los leponcios, que moran en los Alpes, y con un largo recorrido avanza rápidamente por territorio de los nantuates, de los helvecios, de los secuanos, de los mediomátricos, de los tribocos y de los tréveros y, cuando está ya cerca del océano, se divide en numerosos brazos y, tras formar abundantes y grandes islas, la mayoría de las cuales están habitadas por fieras naciones bárbaras, entre las cuales hay una que, según se dice, se alimenta de peces y huevos de aves, desemboca en el océano por múltiples ramales.

XI. Cuando César no distaba ya del enemigo más de doce mil pasos, vuelven a su encuentro los legados, tal como se había acordado. Habiéndose encontrado durante la jornada, le rogaban insistentemente que no avanzase más. No accediendo a ello, le pedían entonces que destacase a alguien que diera órdenes a la caballería que precedía a las legiones de no trabar combate, y que les diese autorización a ellos para enviar legados a los ubios. Aseguraban que si los mandatarios y el senado [10] de esta

---

[8] Habitaban la región de Amberes.

[9] El *Vósego* es el nombre latino de Los Vosgos. Estamos ante una inexactitud geográfica de César, ya que el río Mosa no nace en Los Vosgos, sino en el altiplano de Langres, en el corazón del territorio de los lingones.

[10] Los jefes y el senado de los ubios.

nación les daban su palabra bajo juramento, ellos cumplirían las condiciones que les fueran impuestas por César. Que para llevar esto a cabo les concediese un plazo de tres días. César opinaba que esta petición obedecía al mismo motivo, a saber, que, si conseguían una tregua de tres días, su caballería, que debía de estar todavía ausente, tendría tiempo de regresar. A pesar de todo les aseguró que sólo avanzaría cuatro mil pasos a fin de proveerse de agua. Que al día siguiente fuesen allí, cuantos más mejor, a reunirse con él para informarle de sus peticiones. Entretanto, envía unos mensajeros a los prefectos que le precedían con toda la caballería, para que no abran hostilidades contra el enemigo y que, si fuesen ellos los atacados, sostengan el ataque hasta que él mismo se haya acercado más con el ejército.

XII. Los enemigos, sin embargo, así que avistaron a nuestra caballería, formada por cinco mil jinetes, aun cuando ellos no tenían más de ochocientos, puesto que los que habían cruzado el Mosa para aprovisionarse de trigo todavía no habían regresado, al no abrigar los nuestros temor alguno, pues sus embajadores acababan de separarse de César y de pedirle precisamente ese día de tregua, lanzándose al ataque, desbarataron rápidamente nuestra caballería. Al rehacerse ésta y ofrecerles resistencia, ellos, habiendo echado pie a tierra, según su costumbre, herido por debajo a nuestros caballos y derribado a unos cuantos de los nuestros, pusieron en fuga a los demás y les infundieron tal terror que no dejaron de huir hasta que se encontraron delante de nuestro ejército. En esta refriega murieron setenta y cuatro de nuestros jinetes, entre ellos Piso Aquitano, bravísimo guerrero de muy ilustre linaje, cuyo abuelo había reinado en su nación y había recibido de nuestro senado el título de amigo. Él, corriendo a auxiliar a su hermano que estaba rodeado de enemigos, consiguió salvarlo del peligro, pero, derribado él mismo al ser herido su caballo, con gran coraje resistió mientras pudo; cuando, acribillado de heridas, cayó al suelo y su hermano, que estaba ya fuera de la pelea, lo vio desde lejos, se lanzó al galope contra los enemigos y murió también allí.

XIII. Tras haberse producido este combate, decidió César que no tenía ya que recibir a los legados ni escuchar las peticiones de quienes con engaño y perfidia, después de pedir la paz, habían iniciado la guerra. Consideraba estúpido, por otra parte, estar a la espera, mientras los enemigos aumentaban sus tropas y recuperaban su caballería. Conociendo además la volubilidad de los galos, se daba perfecta cuenta de hasta qué punto los enemigos con un solo combate habrían aumentado su prestigio entre ellos y, en consecuencia, creía que no debía darles tiempo para tomar decisiones. Después de tomar esta resolución y comunicar a los legados y al cuestor su decisión de no aplazar ni un día más la confrontación, acaeció un hecho sumamente favorable, pues en la mañana del día siguiente los germanos, empleando la misma perfidia y engaño, llegaron en gran número hasta su campamento, llevando con ellos a sus mandatarios y a sus ancianos, tanto para, según decían, excusarse por haber iniciado el combate el día anterior contra lo que estaba pactado y ellos mismos habían solicitado, como para, si les era posible, engañarnos y conseguir prolongar la tregua. Alegrose César de que ellos mismos se hubieran puesto en sus manos y ordenó detenerlos [11]. Por su parte, hizo salir a todas sus tropas del campamento y dio orden de que la caballería siguiese al ejército en la retaguardia porque suponía que todavía estaba atemorizada a causa del reciente combate.

XIV. Formado el ejército en triple línea y recorridas rápidamente las ocho millas de distancia, llegó al campamento enemigo antes de que los germanos pudieran darse cuenta de lo que estaba sucediendo. Aterrorizados éstos por todo el conjunto de repentinos sucesos, por la rapidez de nuestra llegada y por la ausencia de sus jefes, y sin darles tiempo para celebrar un consejo ni para tomar las armas, no saben qué partido to-

---

[11] Este es el motivo por el que Catón pretendía que César había violado el derecho de gentes y propuso al senado que fuera entregado al enemigo para ser castigado y limpiar el honor de Roma. (Cfr. Plutarco, *Vidas paralelas, César*, cap. XXII, 4.)

mar: si vale más llevar sus tropas a enfrentarse con el enemigo, si lo mejor es defender el campamento, o si deberían buscar su salvación huyendo. Como se hiciera manifiesto su temor por los gritos y el tumulto, nuestros soldados, espoleados por la traición del día anterior, irrumpieron en su campamento. Allí, los que pudieron tomar rápidamente las armas ofrecieron una escasa resistencia a los nuestros, combatiéndolos entre los carros y la impedimenta. Pero la restante multitud de niños y de mujeres (pues los germanos habían salido de su país con todos los suyos y con ellos habían atravesado el Rin) huyeron a la desbandada. Para perseguirlos envió César la caballería.

XV. Los germanos, escuchando detrás de ellos un enorme griterío y viendo que los suyos estaban siendo degollados, arrojadas las armas y abandonadas las enseñas, se precipitaron fuera del campamento y, al llegar a la confluencia del Mosa y del Rin, perdida la esperanza de continuar su huida y muerto un gran número de ellos, los supervivientes se arrojaron al río y, agobiados por el miedo, el cansancio y la impetuosa corriente, murieron en él. Los nuestros, con sólo unos pocos heridos y sin haber sufrido ni una sola baja, libres ya del temor de una guerra tan peligrosa, pues el número de enemigos había sido de cuatrocientos treinta mil, se retiraron al campamento. César, entonces, dio permiso de marcharse a los que había retenido en el campamento. Pero ellos, temiendo la venganza y los tormentos de los galos, cuyos campos habían arrasado, le manifestaron que deseaban permanecer con él. César les concedió la libertad.

XVI. Concluida la guerra contra los germanos, César, por muchas razones, consideró que tenía que cruzar el Rin; la de más peso entre ellas fue que, viendo la facilidad con que los germanos se sentían inclinados a venir a la Galia, quiso que también ellos sintieran temor por sus propias pertenencias al percatarse los germanos de que el ejército del pueblo romano podía y se atrevía a cruzar el Rin. Se sumaba a este motivo el que aquella parte de la caballería de los usípetes y de los tencteros que antes he indicado que había cruzado el Mosa para aprovisionarse de trigo y que no había, por tanto, intervenido en la batalla, tras la huida de los suyos, se había refugiado al otro lado del Rin, en el territorio de los sugambros y se había unido a ellos. Cuando César envió emisarios para pedir a los sugambros que le entregasen los que le habían hecho la guerra a él y a la Galia, le contestaron que la autoridad del pueblo romano terminaba en el Rin. Que si él consideraba injusto que los germanos entrasen en la Galia sin su beneplácito, ¿por qué pretendía él tener autoridad y atribuciones al otro lado del Rin? Por otra parte, los ubios, que eran los únicos de los pueblos transrenanos que habían enviado legados a César, habían sellado su amistad y habían entregado rehenes, le rogaban insistentemente que les prestase ayuda, pues estaban siendo seriamente hostigados por los suevos. Y, en caso de que las ocupaciones de Estado le impidiesen hacerlo, que, al menos, hiciera cruzar el Rin a su ejército: que, por el momento, sólo eso sería ya suficiente ayuda y una garantía para el futuro. Que, después de derrotar a Ariovisto y de esta última batalla, la fama y el prestigio de su ejército era tan grande que sólo con la reputación de amigos del pueblo romano podrían ya vivir seguros. Le prometían, además, gran cantidad de naves para transportar a su ejército.

XVII. César, por los motivos que acabo de enumerar, había decidido cruzar el Rin; pero no creía que cruzarlo en naves fuera suficientemente seguro ni pensaba que fuera propio tampoco de su dignidad ni de la del pueblo romano. Así pues, aunque se daba cuenta de la extraordinaria dificultad de construir un puente debido a la anchura, la corriente y la profundidad del río, consideraba que a pesar de todo tenía que intentarlo, o, de otro modo, que no debía hacer cruzar al ejército. Resolvió la siguiente estructura para el puente: a cada dos pies de distancia hacía trabar entre sí dos maderos de pie y medio de espesor, ligeramente aguzados en su extremo inferior y de la misma longitud que la profundidad del río. Con la ayuda de máquinas, una vez introducidos en el río, los hincaba a golpes de mazo y los disponía, no perpendicularmente a modo de postes, sino inclinados en oblicuo a favor de la corriente del río; luego, más abajo, a cuarenta pies de distancia, fijaba, enfrente de los primeros, otros dos trabados del mismo modo e inclinados a contracorriente del río. De parte a parte atravesaban gruesas vigas de dos pies, a medida del hueco que quedaba en la juntura superior de cada pareja de puntales, sujetas en sus dos extremos mediante dobles remates. Separados así los puntales y firmemente sujetos en ángulo opuesto, era tal la solidez de la obra y la disposición de sus elementos que, cuanto mayor se hacía la fuerza de la corriente, más fuertemente quedaban trabados. Estas vigas se enlazaban mediante un entablado, clavado perpendicularmente sobre ellas, y se rellenaba con tiras de madera y maleza. Además, por la parte inferior del río se clavaban unos puntales en oblicuo que, aplicados a manera de ariete [12] y unidos al conjunto de la obra, ayudaran a resistir la fuerza de la corriente. Del mismo modo, en la parte superior del río, a cierta distancia del puente, se hincaban otra serie de postes para que, si los bárbaros, con objeto de derruir la obra, echaban al río troncos de árboles o naves, se suavizara con esta protección la violencia del choque y no sufriera daño el puente.

XVIII. Acabada toda la obra en diez días, a partir del que empezó a prepararse el material, el ejército cruza el río. César, dejando una fuerte guarnición a ambos extremos del puente, se dirige hacia el territorio de los sugambros. A todo esto, vienen a su encuentro legados de diversas naciones. Al solicitarle éstos paz y amistad, les responde afablemente y les pide que le traigan rehenes. Pero los sugambros, que, desde el momento en que se comenzó el puente, habían preparado la huida, por consejo de los usípetes y tencteros que estaban con ellos, habían abandonado su territorio y, llevándose todas sus pertenencias, se habían ocultado en la soledad de los bosques.

---

[12] César, de forma un tanto oscura, compara con los arietes estos puntales oblicuos, ya sea por su fortaleza, ya porque su extremo se apoyaba en el puente, como el ariete cuando golpea la muralla.

XIX. César, habiéndose detenido unos pocos días en su territorio, después de quemar sus aldeas y caseríos y de segar el trigo, se retiró al país de los ubios y, tras prometerles su ayuda si eran hostigados por los suevos, recibió de ellos la siguiente información: que los suevos, cuando averiguaron por sus batidores que se estaba construyendo un puente, reunido el consejo según su costumbre, enviaron mensajeros en todas direcciones para que sacaran de las ciudades a los niños, mujeres y todos sus bienes y los pusieran a buen recaudo en el interior de los bosques, y que todos los que pudiesen empuñar las armas se concentraran en un lugar determinado. Que éste había sido elegido casi en el centro del territorio que ocupaban los suevos y que allí habían decidido aguardar la llegada de los romanos y luchar con ellos. Cuando César lo supo, cumplidos ya todos los objetivos por los que había hecho atravesar al ejército, a saber, infundir temor a los germanos, castigar a los sugambros y liberar a los ubios de su opresión, después de pasar tan sólo dieciocho días al otro lado del Rin y juzgando que ya se había granjeado suficiente gloria [13] y provecho, se retiró a la Galia y destruyó el puente.

XX. Hacia el final del verano, a pesar de que en aquellas latitudes se adelantan los inviernos, puesto que toda la Galia está orientada hacia el norte, se propuso marchar a Bretaña [14], ya que se daba cuenta de que en casi todas las guerras con los pueblos galos procedían de ese país las ayudas suministradas a nuestros enemigos. Por otro lado, si bien le iba a faltar tiempo de verano para hacer la guerra, creía, sin embargo, que le sería sumamente provechoso, aunque tan sólo consiguiese

---

[13] En efecto, si se lee a Plutarco (*César,* cap. XXII), se verá cuánta gloria proporcionó a César la construcción de ese puente y haber pasado por él con su ejército.

[14] Merece remarcarse la empresa que se propone César (cfr. Plutarco, cap. XXIII). Valerio Patérculo, Floro, Plutarco, Lucano y Tácito son unánimes en su admiración y elogios, afirmando que sólo un ingenio como el de César pudo llevarla a cabo y sólo un valor como el suyo podía acometerla y acabarla felizmente, como se verá.

arribar a la isla, observar qué clase de gente vivía allí y conocer los lugares, los puertos y los posibles puntos de desembarco, todo lo cual era prácticamente desconocido para los galos [15]. Raras veces, en efecto, a excepción de los mercaderes, llega alguien hasta allí, e incluso éstos no conocen nada del país, excepto la costa y las regiones que están frente a la Galia. Así pues, aun habiendo llamado a su presencia mercaderes de todas partes, no pudo averiguar ni la extensión de la isla, ni cuántas o qué clase de naciones habitaban allí, ni cuál era su forma de luchar o qué costumbres tenían, y ni siquiera qué puertos eran adecuados para albergar una gran cantidad de grandes navíos.

XXI. Para conocer todos estos extremos antes de arriesgarse, envía como avanzadilla a Cayo Voluseno [16] con una nave de guerra, por considerarlo la persona adecuada. Le encarga que, tras explorarlo todo, regrese lo antes posible. Él, por su parte, se dirige con todas sus tropas al país de los morinos porque, desde allí, la travesía hasta Bretaña es la más corta. Da orden de que se reúnan allí naves provenientes de todas partes de las regiones próximas y también la flota que había hecho construir el verano anterior para la guerra contra los vénetos. A todo esto, conocido su proyecto y comunicado por los mercaderes a los britanos, llegan a su presencia embajadores de muchas naciones de la isla, comprometiéndose a entregar rehenes y a obedecer la autoridad del pueblo romano. Des-

---

[15] Era desconocida para los galos, para los griegos y para los romanos. En realidad, aunque César llama siempre isla a Bretaña, hasta los tiempos de Augusto no se supo seguro que lo fuese, como refiere Tácito en la vida de este emperador.

[16] Cayo Voluseno era tribuno militar (cfr. Libro III, cap. IV). Más adelante, posiblemente el año 53 a. C., ascendió a prefecto de la caballería.

La nave de guerra *(navis longa)* era siete u ocho veces más larga que ancha. La mayoría eran trirremes, o sea, con tres líneas de remeros por flanco. Las naves de carga *(oneraria)* eran solamente cuatro veces más largas que anchas. Aunque la mayoría eran también trirremes, podían ser birremes, cuatrirremes e incluso de cinco filas de remos.

pués de escucharlos afablemente, habiéndoles hecho promesas y animado a mantenerse en su palabra, los envió de nuevo a su país, enviando con ellos a Comio, a quien él mismo, después de vencer a los atrébates [17], lo había hecho rey de allí, cuyo valor y prudencia le eran bien conocidos y pensaba que le era leal y cuya autoridad tenía mucho peso en aquellas regiones [18]. Le da, pues, el encargo de que visite cuantas ciudades le sea posible, que las exhorte a permanecer fieles al pueblo romano y que les anuncie que él llegará allí en breve. Voluseno, después de estudiar aquellas comarcas en la medida que era posible a quien no se atrevía a bajar de la nave y fiarse de los bárbaros, regresa junto a César al quinto día y le comunica lo que había observado.

XXII. Mientras César permanecía en aquel lugar para poner a punto las naves, llegaron legados de una gran parte de los morinos para excusarse por las decisiones tomadas el año anterior [19], pues hombres extranjeros e ignorantes de nuestra forma de ser habían combatido al pueblo romano, pero que ellos se comprometían a cumplir lo que les ordenase. Considerando César lo oportunamente que había llegado esa visita, pues no deseaba dejar un enemigo a su espalda ni tenía posibilidades por la estación del año de iniciar una guerra ni creía tampoco que esas cosas sin importancia hubieran de anteponerse a su expedición a Bretaña, les exige un gran número de rehenes. Recibidos éstos, los aceptó como aliados. Reunidas y aparejadas unas ochenta naves de carga, que creía suficientes para transportar dos legiones [20], distribuye las naves de guerra, que aún le quedaban, entre el cuestor, los legados y los prefectos. A éstas se sumaban otras dieciocho naves de carga que,

---

[17] El año 57 a. C., en la batalla del Sambre, César venció a los nervios y a sus aliados y vecinos, los atrébates, veromandios y aduáticos. (Cfr. Libro II, caps. XVI-XXIII.)

[18] Se refiere César a Bretaña.

[19] Cfr. Libro III, cap. XXVIII.

[20] La VII y la X legiones.

por falta de viento, estaban retenidas a ocho mil pasos de allí sin poder llegar a puerto[21]; éstas las destinó a la caballería. El resto del ejército lo confió a los legados Quinto Titurio Sabino y Lucio Aurunculeyo Cota para que lo condujesen al país de los menapios y a los cantones de los morinos que no le habían enviado embajadores. Al legado Sulpicio Rufo le ordenó custodiar el puerto con una guarnición que consideró suficiente.

XXIII. Tomadas estas resoluciones, presentándose una climatología adecuada para navegar, casi en la tercera vigilia[22] soltó amarras y dio orden a los jinetes de que avanzaran hasta el siguiente puerto, se embarcaran allí y le siguieran. Habiéndose retrasado un poco éstos en ejecutar lo dispuesto, él, con las primeras naves, arribó a Bretaña a la hora cuarta[23] de aquel mismo día y allí, dispuestas en todas las colinas próximas, vio las tropas armadas del enemigo. Era tal la naturaleza del lugar y de tal manera quedaba cerrado el mar por los acantilados de las montañas, que desde lo alto de éstas podía lanzarse un venablo a la playa[24]. Considerando, pues, que en modo alguno era este un lugar idóneo para desembarcar, esperó hasta la hora nona[25] con las naves ancladas, mientras los restantes navíos llegaban hasta allí. Entretanto, habiendo convocado a los legados y a los tribunos militares, les explicó todo lo que había sabido por Voluseno y lo que quería que hiciesen y les ordenó que, como exigía la disciplina militar y en especial las operaciones navales —en cuanto que implican mudanzas repentinas e inciertas—, ejecutasen las órdenes a la menor señal y en el acto. Despedidos éstos y presentándose al mismo tiempo viento y marea favorables, dada la señal y levando las anclas,

---

[21] Parece ser que se trata del puerto de Boulogne, que César menciona en el Libro V con el nombre de *Puerto Icio.* El otro puerto, donde estaban retenidas las 18 naves de carga, era Amblateuse.

[22] En esa época del año la tercera vigilia era entre las 12 y las 2,30 de la noche.

[23] Las 9 de la mañana.

[24] Las costas de Dover.

[25] Hacia las 2 del mediodía.

navegó desde allí unos siete mil pasos y fondeó las naves en una playa abierta y llana.

XXIV. Los bárbaros, por su parte, adivinando la intención de los romanos, enviada por delante la caballería y los carros de guerra[26], de la clase que generalmente suelen utilizar en los combates, y habiendo seguido tras éstos con las restantes tropas, impedían que los nuestros pudieran desembarcar. Por este motivo la situación era sumamente delicada, ya que, por su gran tamaño, las naves sólo podían fondear en alta mar y los soldados, que desconocían el lugar, tenían las manos ocupadas y estaban agobiados por el gran peso de sus armas, tenían que saltar de las naves, sostenerse entre el oleaje y luchar con los enemigos, todo a la vez, mientras que los bárbaros, desde terreno seco o, a lo más, metiéndose un poco en el agua, pudiendo utilizar libremente sus miembros y conociendo a la perfección aquellos lugares, arrojaban audazmente sus venablos y espoleaban sus ya acostumbrados caballos. Aterrados los nuestros por todo ello y totalmente inexpertos en esta clase de lucha, no actuaban con la misma agilidad y ardor que les eran habituales en los combates en tierra.

XXV. Cuando César se dio cuenta de ello, ordenó que las naves de guerra, cuyo género era desconocido para los bárbaros y mayor su capacidad de maniobra, se apartaran un poco de las naves de carga y que, a golpe de remo, se situasen en el flanco descubierto de los enemigos y que, desde allí, con hondas, flechas y catapultas[27] rechazaran al enemigo y lo expulsa-

---

[26] Eran carros de dos ruedas tirados por dos caballos. Iban en ellos el conductor o auriga y el combatiente. Iban sentados en él, no de pie. Sobre la lucha con carros, cfr. el capítulo XXXIII de este mismo libro.

[27] El texto latino utiliza el término *tormenta*. Eran éstas las máquinas de artillería, más útiles para los sitiados que para los sitiadores. Las principales eran la *ballista* (ballesta) y la catapulta. Parece que la catapulta tenía tiro rasante o en arco, mientras que la ballesta sólo disparaba tiros en parábola, pero era más potente que la catapulta y llegaba a tirar maderos de cuatro metros de largo. Estaba también el *onager* (onagro), una catapulta pequeña de un solo brazo que disparaba piedras o proyectiles de metal.

ran de su posición. Esta táctica fue sumamente provechosa para los nuestros. Sobrecogidos, en efecto, los bárbaros, tanto por el aspecto de las naves como por el batir de los remos y las desconocidas para ellos catapultas, se detuvieron y retrocedieron un poco. Y, mientras nuestros soldados se mostraban vacilantes, sobre todo por la profundidad del agua, el soldado que portaba el águila [28] de la décima legión, invocando a los dioses para que su acción terminara felizmente para su legión: «compañeros de armas —dijo—, saltad si no queréis entregar el águila a los enemigos. Yo, ciertamente, habré cumplido con mi obligación para con la República y mi general». Habiendo dicho esto con potente voz, se arrojó de la nave y comenzó a avanzar hacia el enemigo. Los nuestros, entonces, incitándose unos a otros a no tolerar semejante afrenta, saltaron todos de la nave. Habiéndolos observado los demás desde las naves próximas, siguiendo su ejemplo, avanzaron también hacia el enemigo.

XXVI. Por ambos bandos se luchó encarnizadamente. Los nuestros, sin embargo, como no podían mantener la formación, ni hacer pie firme, ni seguir sus enseñas, y los soldados de cada una de las naves se agregaban a la primera enseña que encontraban, dieron origen a una enorme confusión. Los enemigos, por el contrario, que conocían todos los vados, cuando veían desde la playa a soldados aislados que saltaban de las naves, espoleando sus caballos, los atacaban mientras se encontraban sin capacidad de movimientos; muchos rodeaban a unos pocos y otros arrojaban dardos contra el grueso de nues-

---

[28] Mario (157-86 a. C.) fue el creador del águila como enseña de la legión. Estaba hecha de plata u oro, y el estandarte con el águila era portado por un suboficial llamado *Aquilifer,* perteneciente a la primera centuria de la primera cohorte. El águila era dentro de la legión objeto de culto, y en el campamento se plantaba delante de la tienda del general. Durante la marcha el *aquilifer* la portaba siempre delante de la primera cohorte y durante el combate se situaba detrás de esa misma cohorte. Caer el águila en poder del enemigo era considerado la mayor ignominia que podía acaecer a una legión y al ejército.

tras tropas desde el flanco descubierto. Cuando César lo observó, ordenó llenar de soldados los botes de las naves de guerra y las barcas de reconocimiento y así, cuando veía algunos en peligro, los enviaba en su ayuda. Tan pronto pisaron los nuestros tierra firme, seguidos al momento por todos sus compañeros, cargaron contra los enemigos y los pusieron en fuga. Y no pudieron perseguirlos más allá, porque la caballería no había podido mantener el rumbo y llegar a la isla. Sólo esto le falló a César para completar su éxito.

XXVII. Los enemigos, después de ser vencidos en combate, tan pronto como se rehicieron de su huida, enviaron a César embajadores de paz. Le prometieron entregar rehenes y cumplir sus órdenes. Junto a estos legados vino el atrébate Comio que, como antes dije, había sido previamente enviado por César a Bretaña [29]. A Comio, después de bajar de la nave y al comunicarles como portavoz de César las órdenes de éste, lo habían detenido y encarcelado. Ahora, acabada la batalla, lo habían puesto en libertad y, al pedir la paz, echaron la culpa de su detención a las masas y pidieron que se las perdonara por su ignorancia. César, tras quejarse de que le habían atacado sin motivo, siendo así que los embajadores que espontáneamente le habían enviado al continente le habían solicitado la paz, les dijo que les perdonaba su ignorancia y les exigió rehenes. De éstos, una parte se la entregaron al momento; la otra, le prometieron que se la darían en unos pocos días, al hacerla venir de lugares muy alejados. Entretanto, dieron orden a sus hombres de volver a los campos y empezaron a llegar desde todas partes mandatarios para encomendarse ellos y sus ciudades al favor de César.

XXVIII. Firmada así la paz, cuatro días después de haber llegado César a Bretaña zarparon del puerto superior [30] con viento favorable las 18 naves, de las que antes se ha hablado, que transportaban la caballería. Al acercarse éstas a Bretaña y

---

[29] Cfr. Libro IV, cap. XXI.

[30] Es decir, Ambleteuse. Cfr. Libro V, n. 21.

cuando se divisaban ya desde el campamento, se levantó de repente una tempestad tan violenta que ninguna de ellas pudo mantener el rumbo. Una parte de ellas tuvo entonces que regresar al punto de partida; las otras, al borde del naufragio, fueron arrojadas a la parte inferior y más occidental de la isla. Como éstas, por haber echado las anclas y a causa del oleaje se estaban llenando de agua, se vieron obligadas en aquella tempestuosa noche a dirigirse a alta mar y a regresar al continente.

XXIX. Acaeció que aquella misma noche hubo luna llena[31], lo cual acostumbra a provocar en el océano las más altas mareas, hecho que los nuestros desconocían. Así pues, a un mismo tiempo, a las naves de guerra, que César había empleado para transportar al ejército y que, después, había varado en seco, las había inundado la marea, y a las de carga, sujetas por las anclas, las azotaba la tempestad, sin que los nuestros tuvieran posibilidad alguna de maniobrar o de prestarles ayuda. Hundidas, pues, varias de las naves e inservibles para navegar las restantes por haber perdido cordajes, anclas y demás aparejos, se produjo, como había de suceder necesariamente, una gran consternación en todo el ejército. No tenían, en efecto, otras naves que los pudieran llevar de vuelta a casa y carecían de todo lo necesario para repararlas, y, estando además persuadidos todos ellos de que no les quedaría ahora más remedio que invernar en Bretaña, no tenían provisiones de trigo para pasar el invierno en aquellos parajes.

XXX. Conocida la situación, los jefes britanos que tras la batalla habían ido a ver a César, después de conferenciar entre ellos, viendo que los romanos carecían de caballería, naves y provisiones y deduciendo de la pequeñez del campamento el escaso número de soldados, situación que se hacía todavía más crítica porque César había transportado sus legiones sin impedimenta, pensaron que lo mejor que podían hacer era provocar

---

[31] O sea, el día 30 o 31 de agosto del año 55 a. C.

una sublevación e impedir a los nuestros el aprovisionamiento de trigo y víveres y alargar esta situación hasta el invierno, porque, derrotados los romanos e imposibilitados de regresar, estaban seguros de que en adelante nadie navegaría hasta Bretaña para hacerles la guerra. Así, tramada una nueva conjuración, comenzaron a marcharse poco a poco del campamento y a hacer venir ocultamente a los suyos desde los campos.

XXXI. César, por su parte, aunque todavía desconocía estos planes, tanto por el desastre de su flota como por el hecho de que habían interrumpido la entrega de rehenes, sospechaba, sin embargo, que iba a ocurrir lo que realmente ocurrió. Así pues, preparaba recursos para cualquier contingencia. Cada día, en efecto, hacía trasladar trigo desde los campos al campamento, la madera y el bronce de las naves que estaban más seriamente dañadas los utilizaba para reparar las otras y había ordenado traer del continente los materiales que eran necesarios para estos menesteres. En consecuencia, aplicándose a ello los soldados con el máximo celo, aun perdidas doce naves, consiguió que con las restantes se pudiese navegar convenientemente.

XXXII. Mientras se realizaba todo esto, enviada una legión, como era habitual, a buscar provisiones de trigo, concretamente la séptima legión, y a pesar de que no existía en esos momentos temor alguno de guerra, ya que parte de los britanos permanecía en los campos y otra parte de ellos venía con frecuencia al campamento, los soldados que estaban de guardia ante la puerta del campamento comunicaron a César que se divisaba una polvareda mayor de lo habitual hacia aquella parte a donde había ido la legión. César, suponiendo que los bárbaros habían tramado un nuevo plan, como así era en realidad, ordenó que las dos cohortes que estaban de guardia se dirigieran con él hacia allí y que, de las restantes cohortes, dos de ellas las relevasen en los puestos de guardia y que las otras tomasen en seguida las armas y lo siguiesen. Al poco rato de haber salido del campamento vio que los suyos eran acosados por los enemigos, que a duras penas podían resistir el ataque y que, al estar la legión apiñada, le llovían dardos desde todos los lados. Los enemigos, en efecto, al haber sido segado el trigo en todas partes menos en una, habían imaginado que los nuestros irían allí y, por la noche, se habían escondido en los bosques. Entonces, cuando los nuestros habían dejado las armas y estaban ocupados en segar el trigo, atacándolos repentinamente, después de matar a unos cuantos, crearon gran confusión en el resto, deshaciendo su formación, y los rodearon a un mismo tiempo con su caballería y sus carros.

XXXIII. La táctica de la lucha con carros es ésta: primero cabalgan por todas partes arrojando dardos y, sólo con el terror de los caballos y el estrépito de las ruedas, la mayor parte de las veces ya desbaratan las líneas. Después, cuando se han introducido entre los escuadrones de caballería, saltan de los carros y combaten a pie. Los aurigas, entretanto, se retiran poco a poco de la batalla y colocan los carros de manera que, si los suyos se ven agobiados por el número de enemigos, tengan franca la retirada hasta ellos. De esta forma aportan al combate la movilidad de la caballería y la consistencia de la infantería, y tan hábiles se vuelven con el ejercicio y la cotidiana práctica que, incluso en cuestas y precipicios, hacen parar sus caballos en pleno galope, moderar su paso y darles la vuelta, todo ello en un momento. Suelen, además, correr por el timón, ponerse de pie sobre el yugo y desde allí saltar de nuevo al carro.

XXXIV. Desconcertados los nuestros por todas estas cosas y por la novedad de esta forma de luchar, no pudo César llegar más oportunamente en su ayuda. Efectivamente, con su llegada detuvieron los enemigos su ataque y los nuestros se recuperaron de su espanto. Logrado esto, juzgando que no era momento adecuado para hostigar al enemigo y trabar combate, se mantuvo César quieto en aquel lugar y al poco rato hizo regresar sus legiones al campamento. Mientras ocurría todo esto y estaban ocupados todos los nuestros, los restantes britanos que quedaban en los campos se marcharon. Durante los siguientes días se desataron continuas tormentas que mantuvieron a los nuestros en el campamento e impidieron luchar a los enemigos. Entretanto, los bárbaros enviaron mensajeros a todas partes, informando a los suyos del escaso número de nuestras tropas y haciéndoles ver cuántas posibilidades tenían de conseguir botín y de asegurar su libertad para el futuro si conseguían expulsar a los romanos del campamento. Reunida mediante esta información una gran cantidad de infantería y caballería, se dirigieron hacia nuestro campamento.

XXXV. César, aunque suponía que ocurriría lo mismo que había pasado en los días anteriores, o sea, que si los enemigos eran vencidos escaparían del peligro gracias a su rapidez de movimientos, con todo, habiendo incorporado los treinta jinetes que el atrébate Comio, de quien antes hemos hablado, había traído con él, formó las legiones en orden de combate delante del campamento. Entablado el combate, los enemigos no pudieron resistir mucho rato la acometida de los nuestros y huyeron. Habiéndolos perseguido tanto trecho cuanto la carrera y las fuerzas se lo permitieron, dieron muerte a bastantes enemigos y al final, después de prender fuego a todas sus edificaciones en una amplia extensión, regresaron al campamento.

XXXVI. Aquel mismo día los enemigos enviaron a César legados de paz. César duplicó el número de rehenes que antes les había exigido y ordenó que fuesen llevados al continente, pues, estando ya cerca el día del equinoccio [32], no le parecía prudente arriesgarse a navegar en invierno con las naves en mal estado. Él, por su parte, teniendo una climatología adecuada para la navegación, zarpó poco después de la medianoche. Llegaron todos al continente sanos y salvos. Dos naves de carga, sin embargo, no consiguieron arribar al mismo puerto que las demás y fueron arrastradas por el viento algo más abajo.

XXXVII. Habiendo desembarcado de estas naves alrededor de trescientos soldados y mientras se dirigían al campa-

---

[32] El equinoccio de otoño.

mento, los morinos, que César al marchar a Bretaña había dejado pacificados, impulsados por la esperanza del botín, los rodearon, no muchos al principio, y les ordenaron que, si no querían morir, depusiesen las armas. Como ellos, formados en círculo [33], se defendiesen, ante los gritos del enemigo llegaron rápidamente unos seis mil hombres. Comunicada a César la situación, envió éste toda la caballería del campamento en su ayuda. Entretanto, nuestros soldados habían podido sostener el ataque enemigo y, tras haber combatido con el máximo denuedo durante más de cuatro horas, habiendo sufrido pocas bajas mataron un buen número de ellos. Luego, cuando apareció nuestra caballería, los enemigos, arrojando las armas, huyeron y fueron abatidos muchos de ellos.

XXXVIII. César, al día siguiente, envió contra los morinos que se habían rebelado a su legado Tito Labieno con las legiones que había traído de vuelta de Bretaña. Los morinos, no teniendo donde refugiarse al haberse secado las marismas, cuya protección habían utilizado el año anterior, cayeron casi todos en poder de Labieno. Los legados Quinto Titurio y Lucio Cota, por su parte, que habían llevado las legiones al territorio de los menapios, tras arrasar todos sus campos, segar el trigo y quemar los edificios, puesto que todos los menapios se habían ocultado en los espesísimos bosques, regresaron junto a César. César instaló en territorio belga los campamentos de invierno de todas sus legiones. A allí le fueron enviados los rehenes desde Bretaña, pero únicamente por dos de aquellas naciones; el resto ignoró sus órdenes. Tras estas hazañas, y en vista de las cartas de César, el senado decretó una acción de gracias [34] de veinte días de duración.

---

[33] La formación en círculo se adoptaba en situaciones críticas, sobre todo en las retiradas, cuando el enemigo acosaba por todas partes. Los jefes y la impedimenta se situaban en el centro, y se trataba de impedir que el enemigo entrase en el centro del círculo formado por todas las tropas hábiles. (Hemos podido ver múltiples ejemplos de esta formación en las películas del Oeste.)

[34] Cfr. Libro II, n. 26.

LIBRO QUINTO

I. Durante el consulado de Lucio Domicio y Apio Claudio[1], al dejar César los cuarteles de invierno, como solía hacer cada año, para dirigirse a Italia[2], ordena a los legados que había puesto al frente de las legiones que tomen medidas para construir durante el invierno el máximo número posible de naves y reparar las viejas. Les explica además sus medidas y forma. Para ganar rapidez en cargarlas y vararlas en seco, las construye más bajas que las que solemos utilizar en nuestro mar[3] y más aún porque había observado que, debido a los frecuentes cambios de marea, no se producían allí oleajes tan fuertes. Por otra parte, para transportar fardos y gran cantidad de acémilas, las hace más anchas que las que utilizamos en los otros mares. Dispone además que sean muy maniobrables, a lo que ayuda en gran manera la poca altura. Da orden de que se traiga de España todo lo necesario para aparejar las naves[4]. Él, una vez acabados los procesos judiciales de la Galia Citerior, marcha

---

[1] El año 54 a. C.

[2] Es decir, a la Galia Citerior o Cisalpina, provincia de la que César era gobernador.

[3] Se refiere al *Mare Nostrum*, o sea, el Mediterráneo, ya en esa época dominado por Roma en su práctica totalidad.

[4] Principalmente se refiere al esparto, que se usaba para fabricar sogas, maromas y amarras. Era sumamente abundante en España, como nos informan Estrabón, Justino y Plinio. Aunque César no tenía jurisdicción en España, tenía allí amigos.

al Ilírico, pues había oído que las fronteras de aquella provincia estaban siendo asoladas por las incursiones de los pirustas[5]. Al llegar allí, reclama soldados a las diferentes ciudades y les ordena concentrarse en un lugar determinado. Sabido esto, los pirustas le envían legados para hacerle saber que nada de todo ello se ha hecho por decisión del gobierno y le aseguran que están dispuestos a darle toda clase de satisfacciones por sus desmanes. Tras escuchar sus alegaciones, les exige rehenes y les ordena que se los traigan un día determinado; en caso de no hacerlo así, les asegura que lo hará pagar a su pueblo con la guerra. Llevados los rehenes a su presencia como había ordenado, asigna unos jueces que evalúen el litigio entre las naciones y determinen el castigo.

II. Acabadas estas actuaciones y concluidos los tribunales de justicia, regresa a la Galia Citerior y desde allí marcha a reunirse con su ejército. Llegado allí y visitados todos los cuarteles de invierno, se encuentra con que, gracias al singular celo de los soldados, a pesar de la gran penuria de toda clase de materiales han sido construidas cerca de seiscientas naves del tipo antes descrito y unas veintiocho de guerra, y que no les falta mucho para que en pocos días puedan ser botadas al agua. Tras elogiar a los soldados y a los que habían dirigido los trabajos, les indica lo que quiere que hagan y ordena que se reúnan todas en el puerto de Icio[6], desde donde sabía que era más cómodo el viaje a Bretaña, distante unos treinta mil pasos del continente. Para esta operación dejó los soldados que le pareció suficiente. Él, por su parte, con cuatro legiones sin impedimenta y 800 jinetes se dirige a territorio de los tréveros, pues éstos ni se presentaban a las asambleas ni obedecían sus órdenes y se decía que intentaban soliviantar a los germanos transrenanos.

---

[5] Los pirustas eran un pueblo del norte de la actual Albania.

[6] La actual Boulogne. Por otra parte, parece que los astilleros donde se habían construido las naves encargadas por César se hallaban junto a la desembocadura del Sena.

III. Esta nación, que como antes dijimos está tocando al Rin, es con mucho la más poderosa de toda la Galia en caballería y tiene también gran número de tropas de infantería. En su seno, dos hombres se disputaban la jefatura: Induciomaro[7] y Cingetórix. Uno de ellos, nada más conocer la llegada de César y las legiones, vino a su encuentro y le dio su palabra de que tanto él como todos los suyos le serían leales y no se apartarían de la amistad del pueblo romano, y le desveló lo que sucedía entre los tréveros. Induciomaro, por el contrario, comenzó a reunir tropas de caballería y de infantería y, escondiendo a los que por su edad no podían tomar las armas en el bosque de las Ardenas, que por su inmenso tamaño se extiende por medio del territorio de los tréveros desde el río Rin hasta el inicio del país de los remos, decidió prepararse para la guerra. Pero cuando algunos mandatarios de aquella nación, movidos por su amistad con Cingetórix y atemorizados por la llegada de nuestro ejército, se presentaron ante César y empezaron a hacerle peticiones de acuerdo con sus particulares intereses, ya que no podían ocuparse de los del Estado, Induciomaro, temiendo ser abandonado por todos, envió legados a César para transmitirle que no había querido separarse de los suyos e ir a visitarlo, para que la población se mantuviera más fácilmente en sus obligaciones y evitar que, ante la ausencia de toda la nobleza, pudiera desmandarse la plebe por ignorancia. Que la nación, pues, estaba a sus órdenes y que él en persona, si a César le parecía bien, iría al campamento para verlo y pondría bajo su protección a todo su pueblo y sus bienes.

IV. César, aunque percibía por qué razón se le decía todo esto y los verdaderos motivos que apartaban a Induciomaro de su proyecto inicial, con todo, para no verse obligado a pasarse todo el verano entre los tréveros, teniendo ya hechos todos los preparativos para la guerra con los britanos, ordenó a Induciomaro presentarse ante él acompañado de doscientos rehenes.

---

[7] Induciomaro era, además, suegro de Cingetórix. Ambos se disputaban la jefatura del pueblo trévero. (Cfr. Libro I, n. 51.)

Traídos éstos, entre ellos su propio hijo y todos sus allegados, que César por su propio nombre había enumerado y exigido, animó a Induciomaro y le exhortó a mantenerse leal. No obstante, convocando a su presencia a los mandatarios de los tréveros, los reconcilió uno a uno con Cingetórix, no sólo porque veía que todo esto había podido lograrse gracias a él, sino porque, al haber podido comprobar su eximia lealtad hacia él, consideraba muy importante que su autoridad entre los suyos fuera lo mayor posible. El hecho de perder influencia entre los suyos, irritó profundamente a Induciomaro, que, si ya antes sentía hostilidad hacia nosotros, con este resentimiento se exacerbó muchísimo más.

V. Arregladas así las cosas, César llegó al puerto Icio con las legiones. Allí supo que las sesenta naves que se habían construido en territorio de los meldas [8], arrastradas por la tempestad, no habían podido mantener el rumbo y habían regresado al mismo lugar de donde habían partido. Las demás las encontró preparadas para navegar y aparejadas con todo lo necesario. Allí mismo acudió la caballería de toda la Galia, unos cuatro mil jinetes, y los jefes de todas las naciones. Decidió que unos pocos de ellos, cuya lealtad había podido comprobar, se quedaran en la Galia y llevarse con él a los restantes, en calidad de rehenes, pues temía un levantamiento de la Galia cuando él estuviera ausente.

VI. Junto a los otros jefes se encontraba el eduo Dumnórix, de quien antes hemos hablado. A éste, en especial, había decidido retenerlo a su lado porque conocía su afición a las revueltas políticas, su ambición de poder, su orgullo y su gran influencia entre los galos. Se sumaba a esto que en la asamblea general de los eduos Dumnórix había manifestado que César le confiaba el reinado sobre la nación. Esta afirmación había molestado profundamente a los eduos, que no se atrevían a enviar legados a César para manifestarle su rechazo o

[8] Habitaban la región del Meaux. Las naves habrían bajado por el río Marne y después habrían navegado por el Sena.

pedirle la revocación. César había sabido todo eso por medio de sus huéspedes. Dumnórix, al principio, intentó conseguir con toda clase de ruegos que le dejara permanecer en la Galia: unas veces, según decía, porque, no estando habituado a navegar tenía miedo del mar; otras, porque alegaba que se lo impedían motivos religiosos. Al final, cuando vio que se le negaba la autorización obstinadamente, perdida ya toda esperanza de conseguirla, comenzó a soliviantar a los jefes de la Galia, a infundirles temor, a llamarlos por separado uno a uno y a incitarlos a permanecer en la Galia. Que no sin motivo, decía él, se buscaba privar a la Galia de todos sus nobles. Que el plan de César era que, como temía asesinarlos a la vista de la Galia, los mataría una vez llevados a Bretaña. A otros, les empeñaba su palabra y les hacía jurar que actuarían de común acuerdo en todo aquello que entendiesen que era provechoso para la Galia. Sobre todos estos hechos eran muchos los que informaban a César.

VII. Conocidas, por tanto, estas intrigas, César, por la gran estima en que tenía a la nación edua, pensaba que tenía que reprimir a Dumnórix y hacerle desistir de sus manejos por todos los medios posibles. Pero, al ver que su insensatez le llevaba cada vez más lejos, tuvo que tomar medidas para que no pudiera perjudicarle ni a él ni a Roma. En consecuencia, al haberse demorado casi veinticinco días en aquel puerto, pues el viento mistral[9], que suele soplar en esos lugares la mayor parte del tiempo, le impedía la navegación, hacía lo posible para mantener a raya a Dumnórix y, al mismo tiempo, conocer todos sus planes. Cuando tuvo por fin buen tiempo para la navegación, ordenó que soldados y jinetes subieran a las naves. Dumnórix, por su parte, mientras estaba distraída la atención de todos, sin que César se diese cuenta, emprendió la huida del campamento con la caballería de los eduos en dirección a su patria. Comunicada a César su marcha, interrumpiendo su

---

[9] En latín, *chorus,* viento del noroeste, es decir, el mistral o cierzo.

propia partida y posponiendo todo lo demás, envía una gran parte de la caballería en su persecución y ordena que se le traiga de vuelta. En caso de que emplee la violencia y no quiera obedecer, da orden de que se le mate, juzgando que nada bueno haría, en su ausencia, quien había desobedecido abiertamente sus órdenes estando todavía presente. Dumnórix, en efecto, al ser conminado a regresar, se resistió y comenzó a defenderse espada en mano y a suplicar la lealtad de los suyos sin dejar de pregonar a voz en grito que era libre y ciudadano de una nación libre. Nuestros soldados, tal como se les había ordenado, lo rodean y le dan muerte. Por su parte, toda la caballería edua regresa junto a César.

VIII. Concluido este asunto y dejando en el continente a Labieno con tres legiones y dos mil jinetes para que defienda el puerto y atienda al aprovisionamiento de trigo y, también, para que se entere de todo lo que suceda en la Galia y tome las pertinentes decisiones de acuerdo con el momento y las circunstancias, él, con cinco legiones y con un contingente de caballería igual al que había dejado en el continente, zarpa, al caer la tarde, impulsado por un suave viento Áfrico [10]. Hacia medianoche, sin embargo, al parar el viento, no pudo mantener el rumbo y, llevado más lejos por la corriente, al amanecer se dio cuenta de que había dejado Bretaña a su izquierda. Entonces, virando de bordo, a favor de la marea y a fuerza de remos, trató de ganar aquella parte de la isla donde había observado el verano anterior que se podía desembarcar más fácilmente. Fue tan laudable en este lance el coraje de los soldados que, aun siendo naves de carga sumamente pesadas, gracias a su ininterrumpido esfuerzo con los remos adecuaron su curso al de las naves de guerra. Hacia el mediodía arribaron a Bretaña [11] todas las naves sin que apareciese el enemigo en aquellos parajes. En realidad, como después supo César por

[10] Viento del sudoeste. Es el garbí o ábrego.

[11] Parece ser que el punto de arribada fue Sandow Castle, al norte de Deal.

los prisioneros, habiéndose reunido allí un gran contingente de ellos, atemorizados por la multitud de naves —pues entre las del año anterior y las que muchos particulares habían fletado para su propia conveniencia se podían ver más de 800 a la vez—, se habían marchado de la playa y ocultado en las tierras altas.

IX. César, una vez desembarcado su ejército y elegido un lugar idóneo para el campamento, cuando supo por los prisioneros dónde se encontraban las tropas enemigas, dejadas en la playa diez cohortes y trescientos jinetes para protección de las naves, sobre la tercera vigilia se dirigió hacia el enemigo, sin temer por las naves puesto que las dejaba ancladas en una bahía apacible y abierta. Al frente del destacamento y de la flota puso a Quinto Atrio. Él, tras haber avanzado por la noche unos doce mil pasos, divisó las tropas de los enemigos. Éstos, que habían ganado el río [12] con su caballería y sus carros, desde lugares más elevados impedían avanzar a los nuestros y entablaron combate. Rechazados por nuestra caballería, se refugiaron en los bosques, alcanzando un lugar espléndidamente protegido por la propia naturaleza y por las fortificaciones que, según parecía, habían ya preparado anteriormente con motivo de alguna guerra doméstica. Todos los accesos, en efecto, se habían barrado con numerosos troncos de árboles. Ellos, diseminados, nos combatían desde los bosques e impedían a los nuestros entrar dentro de sus defensas. Entonces, los soldados de la VII legión, formada la tortuga [13] y habiendo hecho un terraplén hasta sus fortificaciones, tomaron la posición y los expulsaron del bosque, a costa de unas pocas heridas. César, sin embargo, dio orden de no perseguirlos más allá, tanto porque desconocía la naturaleza del lugar, como porque, pasada ya buena parte del día, quería tener tiempo para la fortificación de nuestro campamento.

X. Al día siguiente por la mañana envía de expedición tres destacamentos de soldados y jinetes para perseguir a los fugi-

---

[12] Se cree que en la zona de Canterbury.

[13] Sobre la formación de la *tortuga,* cfr. Libro II, n. 8, y I, n. 39.

tivos. Cuando los nuestros habían avanzado considerablemente y ya tenían a la vista a los más rezagados, llegaron hasta César unos jinetes de Quinto Atrio, quienes le informaron de que, a causa de una tempestad que se había formado la pasada noche, casi todas las naves habían sido dañadas y arrojadas contra la costa, puesto que las anclas y cuerdas no habían resistido y los marinos y timoneles no habían podido hacer frente a la violencia de la borrasca; y que, por tanto, al chocar unas contra otras, se habían producido grandes desperfectos.

XI. Enterado César de ello, ordena que las legiones y la caballería se detengan y vuelvan sobre sus pasos. Él, por su parte, regresa junto a las naves. Con sus propios ojos comprueba casi todo aquello de lo que había sido informado por los mensajeros y las notas escritas, o sea, que, perdidas irremisiblemente unas cincuenta naves, parecía que las restantes, si bien con grandes dificultades, podían ser reparadas. En consecuencia, elige carpinteros de entre las legiones y ordena hacer venir a otros desde el continente. Escribe a Labieno que, con las legiones de que dispone, construya el mayor número posible de naves. En cuanto a él, aunque era una operación muy complicada y laboriosa, decide que lo más práctico es llevar a tierra todas las naves y aunarlas con el campamento bajo unas mismas defensas. En esta tarea emplea casi diez días, sin interrumpir el trabajo de los soldados ni siquiera de noche. Una vez llevadas las naves a tierra y extraordinariamente fortificado el campamento, deja, para protección de las naves, las mismas tropas que antes. Él, entonces, regresa al otro campamento de donde había venido. Al llegar allí, habían acudido ya al lugar desde todas partes un mayor número de tropas britanas, tras haberle confiado a Cassivelauno, de común acuerdo, el mando supremo y la dirección de la campaña. Separa su territorio del de las naciones de la costa un río llamado Támesis, a unos ochenta mil pasos del mar. Entre esta y las demás naciones se habían interpuesto tiempo atrás continuas guerras, pero, alarmados los britanos por nuestra llegada, habían dado a Cassivelauno el mando absoluto y la dirección de la guerra.

XII. La parte interior de Bretaña está habitada por hombres que, según ellos mismos afirman de acuerdo con la tradición, son oriundos de la propia isla. Las regiones marítimas, en cambio, lo están por aquellos que vinieron de Bélgica para hacer la guerra y obtener botín —casi todos ellos son denominados con los nombres de las ciudades de las que proceden— y una vez concluida la guerra se quedaron y comenzaron a cultivar los campos. Hay una infinita multitud de gente y numerosísimas edificaciones, casi exactas a las de los galos. Hay también gran abundancia de ganado. Como dinero utilizan monedas de bronce o de oro y unas barras de hierro de peso determinado. Allí, en las regiones del interior, se encuentran minas de estaño [14] y, en las marítimas, de hierro, pero en poca cantidad. El bronce que utilizan lo traen de fuera. Se encuentra madera de todas clases, igual que en la Galia, excepto de haya y de abeto. No consideran lícito comer liebre, gallina y oca, pero crían esos animales por gusto y placer. Son lugares más templados que la Galia, con fríos menos intensos.

XIII. La isla es de forma triangular, uno de cuyos costados queda frente por frente a la Galia. Uno de los ángulos de este lado, el que está junto a Cancio [15], que es adonde arriban desde la Galia casi todas las naves, mira hacia oriente y por la parte de abajo hacia el sur. Este costado se extiende unos quinientos mil pasos. El segundo lado mira hacia Hispania y hacia occidente. De esa banda cae Hibernia [16], la mitad de pequeña, según se cree, que Bretaña, pero separada de ésta por una distancia similar a la que media entre Galia y Bretaña. A mitad de trayecto entre las dos islas, se encuentra otra, llamada Mona [17]. Se cree, además, que, hacia el norte, hay muchas islas más pequeñas [18], de las cuales algunos han escrito que durante el sols-

---

[14] En realidad se encuentran en Cornualles, al sudoeste de Gran Bretaña.

[15] El *Cancio* es el extremo sudeste de Gran Bretaña, hoy día el condado de Kent.

[16] La actual Irlanda.

[17] La isla de Man.

[18] Las Hébridas y las Orcadas.

ticio de invierno la noche dura treinta días seguidos. Por lo que a mí respecta, no conseguí averiguar nada seguro sobre el tema a pesar de mis investigaciones, a no ser que, por las medidas de los relojes de agua, pudimos observar que las noches son aquí más cortas que en el continente. La longitud de este costado, según su opinión, es de setecientos mil pasos. El tercer costado está orientado hacia el norte y no hay tierra alguna frente a él, aunque un ángulo de este costado mira sobre todo hacia Germania. Su longitud se estima en ochocientos mil pasos. En consecuencia, el circuito de toda la isla es de veinte veces cien mil pasos [19].

XIV. De todos los britanos, los más civilizados, sin duda alguna, son los que viven en el Cancio, región totalmente marítima, y que tampoco difieren mucho de la forma de ser de los galos. Los que habitan en el interior, en su gran mayoría, no siembran trigo, sino que se alimentan de leche y carne y se visten con pieles. Todos los britanos, sin embargo, se pintan con glasto [20], que proporciona un color azulado, con lo que tienen un aspecto más terrible cuando combaten. Llevan el cabello largo y afeitado todo el cuerpo, excepto la cabeza y el labio superior. Cada diez o doce hombres comparten sus mujeres, especialmente entre hermanos con hermanos y entre padres e hijos; pero si nacen hijos de una de ellas, se consideran hijos del hombre que en su momento la desfloró.

XV. La caballería y los carros enemigos se enzarzaron durante el camino [21] en un encarnizado combate con nuestra caballería, si bien los nuestros resultaron superiores en todos los sentidos y los hicieron retroceder a los bosques y a las montañas. De todas formas, después de dar muerte a muchos de

---

[19] Es decir, dos millones de pasos o dos mil millas.

[20] El *glasto* es una planta, que parece que entraba en la fabricación del vidrio, de cuyas hojas se extraía un tinte azulado.

[21] El texto no aclara si esta confrontación se produce cuando los romanos volvían de la costa a su campamento del interior, o cuando lo dejaban para ir al encuentro de los enemigos. (Cfr. Cap. XI.)

ellos, por haberlos perseguido con demasiado celo también los nuestros tuvieron algunas bajas. Ellos, por su parte, habiendo dejado transcurrir un buen rato, mientras los nuestros estaban desprevenidos y ocupados en la fortificación del campamento, se precipitaron súbitamente fuera de los bosques y, atacando a los que estaban situados en los puestos de guardia delante del campamento, trabaron un violento combate. Enviadas por César dos cohortes en su ayuda, las primeras [22] de dos legiones, al tomar posiciones sin dejar casi espacio entre ellas, aterrados los nuestros ante esta nueva forma de luchar, los enemigos se lanzaron con gran audacia por entre medio de ellas y se retiraron de allí incólumes. Ese día murió el tribuno militar Quinto Laberio Duro. Finalmente, enviadas nuevas cohortes, se consiguió rechazar al enemigo.

XVI. Por las características de toda esta refriega, al producirse el combate a la vista de todos y delante del campamento, quedó patente que nuestros soldados, puesto que, por el peso de sus armas, ni podían perseguir al enemigo cuando se retiraba, ni se atrevían a separarse de sus enseñas, estaban menos preparados que el enemigo para este tipo de lucha. En cuanto a la caballería, luchaba también con grandes riesgos, puesto que los enemigos muchas veces se retiraban intencionadamente y, cuando habían conseguido apartar un poco de las legiones a nuestros jinetes, saltaban de los carros y combatían a pie en una lucha desigual. En consecuencia, la estrategia de su combate de caballería ponía a los nuestros en igual peligro, tanto cuando se retiraban como cuando avanzaban. Se añadía a todo esto que nunca luchaban en formación cerrada, sino dispersos y muy separados y, al tener dispuestos destacamentos que se iban relevando sucesivamente unos a otros, los que estaban descansados y frescos tomaban el puesto de los que estaban ya fatigados.

XVII. Al día siguiente, los enemigos se situaron en las colinas, lejos del campamento, y comenzaron a dejarse ver con

---

22 Las primeras cohortes estaban formadas siempre por los soldados y oficiales más selectos.

menos frecuencia y a hostigar con menos intensidad a nuestra caballería. Al mediodía, sin embargo, habiendo enviado César a forrajear tres legiones y toda la caballería bajo el mando del legado Cayo Trebonio[23], súbitamente, desde todas partes, se precipitaron los enemigos sobre los forrajeadores, aunque éstos no se habían alejado de sus enseñas ni de las legiones. Los nuestros, contraatacando enérgicamente, los rechazaron y no cejaron de perseguirlos. Nuestra caballería, entonces, fiada en esta ayuda, al ver que las legiones la seguían de cerca, arrollaron a los enemigos y, muertos gran cantidad de éstos, no les dieron posibilidad alguna ni de detenerse ni de subir a los carros. Como resultado de esta fuga, las tropas que habían congregado, venidas de todas partes, los abandonaron en seguida y, en adelante, nunca más los enemigos volvieron a hacernos frente con el total de sus tropas.

XVIII. César, enterado de sus planes, condujo el ejército hasta el río Támesis, en territorio de Cassivelauno, río que tan sólo por un único lugar puede atravesarse a pie y, aun así, con grandes dificultades. Cuando hubo llegado allí, advirtió que en la orilla opuesta del río se encontraban formadas gran cantidad de tropas enemigas. La ribera estaba protegida con aguzadas estacas, previamente clavadas. Otras estacas del mismo tipo, clavadas bajo el agua, quedaban ocultas por el río. Conocida esta circunstancia mediante los prisioneros y desertores, César, enviada por delante la caballería, ordenó que las legiones la siguieran de inmediato. Pero con tal celeridad e ímpetu avanzaron nuestros soldados, a pesar de que sólo la cabeza les quedaba fuera del agua, que los enemigos no pudieron resistir el ataque de las legiones y, abandonando la orilla, se dieron a la fuga.

XIX. Cassivelauno, como antes expusimos, perdida toda esperanza de plantarnos cara, disuelta la mayor parte de sus

---

[23] Había sido tribuno de la plebe el año 55 a. C. Fue siempre uno de los hombres de confianza de César, aunque aparece, al final, como uno de los conjurados en el asesinato de César.

tropas, con los cuatro mil soldados de carros que le quedaban, vigilaba nuestras marchas y, apartándose un poco del camino, se ocultaba en parajes inaccesibles y boscosos y, de aquellas zonas por donde se había enterado que nosotros pasaríamos, sacaba de los campos hombres y ganado y los llevaba a los bosques. Además, cuando nuestra caballería entraba en los campos un tanto relajada para reunir botín y asolarlos, hacía salir de las espesuras por todos los caminos y sendas a sus carros y la hostigaba con gran riesgo para nuestros jinetes y con este temor impedía que los nuestros extendiesen sus incursiones. Su única posibilidad era que César no permitiese que la caballería se apartara del grueso de las legiones y que tan sólo pudiese perjudicarlos, arrasando los campos y provocando incendios, en la medida que los legionarios pudiesen hacerlo con sus manos y sobre la marcha.

XX. Entretanto, los trinovantes [24], el pueblo casi más poderoso de aquellas regiones (al cual pertenecía el joven Mandubracio, quien, acogiéndose a la protección de César, se había reunido con él en el continente y cuyo padre había sido rey de esa nación y asesinado por Cassivelauno, evitando el hijo con su huida morir también), envían legados a César prometiéndole que se rendirán y cumplirán sus órdenes. Le ruegan, a cambio, que proteja a Mandubracio de la iniquidad de Cassivelauno y que lo envíe de nuevo junto a los suyos para que los gobierne y sea su rey. César les exige cuarenta rehenes y trigo para el ejército, y les envía a Mandubracio. Cumplen ellos sus órdenes con presteza y le envían los rehenes pedidos y el trigo.

XXI. Estando los trinovantes bajo su protección y habiendo prohibido a su ejército infligirles ningún agravio, los cenimagnes, sogoncíacos, ancalites, bibrocos y casos, tras enviarle embajadas, se someten a César. Por ellos se entera de que la ciudad de Cassivelauno, protegida por bosques y pantanos, no está lejos de allí y que en ella se han reunido un nú-

---

24 Habitaban los actuales condados de Esex y Midlesex, en la Britania del sudeste, entonces bajo el dominio de Cassivelauno (cfr. Cap. XI).

mero considerable de hombres y ganado. Los britanos llaman ciudad a cualquier claro en los bosques que hayan protegido con una empalizada y un foso, y donde acostumbran reunirse para evitar las incursiones de los enemigos. Allí se dirige César con sus legiones y se encuentra con un lugar muy bien protegido por la naturaleza y las fortificaciones. Decide, sin embargo, atacarlo desde dos flancos. Los enemigos, tras una breve defensa, no pudieron resistir el ataque de nuestros soldados y se precipitaron fuera por otra parte de la ciudad. Se encontró allí gran cantidad de ganado y muchos enemigos fueron alcanzados y muertos durante su huida.

XXII. Mientras en este lugar se producen estos hechos, Cassivelauno en Cancio que, como antes dijimos, está junto al mar, región que gobernaban cuatro reyes[25], Cingetórix, Carvilio, Taximágulo y Ségovax, les envía mensajeros y les ordena que, tras reunir todas sus tropas, ataquen súbitamente y conquisten el campamento naval. Cuando éstos hubieron llegado al campamento, los nuestros hicieron una impetuosa salida y, muerto gran número de enemigos y hecho prisionero también el noble jefe Lugotórix, se replegaron incólumes. Comunicada la derrota a Cassivelauno, éste, tras sufrir tantas pérdidas, ser arrasado su territorio, y afectado sobre todo por la defección de las demás naciones, a través del atrébate Comio envía legados a César para tratar de su rendición. César, como había decidido pasar el invierno en el continente por temor a los repentinos levantamientos de la Galia, restando ya poco tiempo de verano y viendo que podía éste perderse fácilmente, exige rehenes y determina los tributos que anualmente habrá de pagar Bretaña al pueblo romano. Ordena y prohíbe a Cassivelauno hacer ningún daño a Mandubracio ni a los trinovantes.

XXIII. Recibidos los rehenes, lleva de nuevo el ejército junto al mar. Allí encuentra reparadas las naves. Botadas éstas al agua, debido a que tenía tan gran número de prisioneros y a

[25] Pero sometidos ahora a Cassivelauno, que había sido nombrado general en jefe de todas las tropas de los britanos.

que se habían perdido algunas naves por la tempestad, decide transportar de vuelta al ejército en dos expediciones. Y así ocurrió que, a pesar de tanta cantidad de naves y de tantos viajes, ni en ese año ni en el anterior se tuvo que lamentar la pérdida de ni siquiera una sola nave que transportara soldados. Ahora bien, de las que retornaban vacías del continente, tanto las de la primera expedición, después de desembarcar los soldados, como las sesenta que Labieno había ordenado construir, muy pocas de ellas arribaron a puerto; casi todas las restantes tuvieron que volver al punto de partida. César, después de haberlas esperado en vano durante algún tiempo, para evitar que la estación del año le impidiese la navegación, puesto que ya tenía encima el equinoccio, se vio obligado a colocar más apretados a sus hombres y, habiéndose presentado una gran bonanza, tras zarpar entrada ya la segunda vigilia, tocó tierra al alba, habiendo traído de vuelta incólumes todas las naves.

XXIV. Una vez llevadas las naves a tierra y celebrado el consejo general de los galos en Samarobriva[26], debido a que ese año el trigo era más escaso en la Galia a causa de la sequía, se vio obligado a ubicar las legiones en sus cuarteles de invierno de forma distinta a los años anteriores y a distribuirlas entre más ciudades. Una de las legiones la confió al legado Cayo Fabio para que la condujera a tierras de los morinos. Confió otra a Quinto Cicerón[27] para llevarla a tierras de los nervios. La tercera, a Lucio Roscio, en tierras de los esuvios. Y ordenó que la cuarta con Tito Labieno pasara el invierno en la frontera de los remos con los tréveros. Otras tres las alojó en tierra de los belgas y al frente de ellas puso al cuestor Marco Craso[28] y a los legados Lucio Munacio Planco y Cayo

---

[26] La actual Amiens, capital entonces de los ambianos.

[27] Hermano menor del célebre orador y político. Fue legado de César desde el año 54 a. C. hasta finales del 52 a. C.

[28] Marco Licinio Craso era hijo del triunviro y hermano de Publio, que había sometido la Aquitania el 55 a. C.

Trebonio, respectivamente. A una legión, la que había reclutado poco antes al otro lado del río Po, y a cinco cohortes, las envió al país de los eburones, la mayor parte del cual queda situado entre el Mosa y el Rin, y bajo el gobierno de Ambiórix y Catuvolco. Ordenó que estos soldados estuvieran a las órdenes de Quinto Titurio Sabino y Lucio Aurunculeyo Cota. Distribuidas de esta forma las legiones, le pareció que podría remediar facilísimamente la escasez de trigo. Los campamentos de invierno, sin embargo, de todas estas legiones, excepto la que había confiado a Lucio Roscio, que debía conducirla a una zona totalmente pacificada y muy tranquila[29], quedaban comprendidos en un espacio de cien mil pasos. En cuanto a él mismo, decidió permanecer en la Galia hasta estar seguro de que las legiones habían quedado instaladas y los cuarteles de invierno fortificados.

XXV. Había entre los carnutos un tal Tasgecio, de egregio linaje, cuyos antepasados habían sido reyes de la nación. A éste, por su valor y afecto hacia él, pues en todas las campañas había gozado de su excepcional ayuda, lo había puesto César en el trono de sus mayores. Durante este año, el tercero de su reinado, lo asesinaron unos enemigos anónimos, aunque instigados públicamente por otros muchos de sus conciudadanos. Se informa a César del asesinato. Éste, temiendo que, al haber tantos implicados en el crimen, por incitación de éstos se rebelase la población, ordena a Lucio Planco dirigirse rápidamente con su legión desde Bélgica a territorio de los carnutos y pasar allí el invierno. Le ordena también que cuando haya descubierto quiénes asesinaron a Tasgecio, se los envíe detenidos. A todo esto, es informado por todos los legados y cuestores a quienes había confiado las legiones que éstas han llegado a los campamentos de invierno y que éstos han sido ya fortificados.

---

[29] Es decir, el territorio de los esuvios que habitaban los valles del alto Orne, río de Normandía, que pasa por Caen y desemboca en el canal de la Mancha, al oeste y muy cerca del Sena. (Cfr. Libro II, 23).

XXVI. A los quince días, más o menos, de haber llegado a los campamentos de invierno, comenzó una repentina algarada y sublevación, encabezada por Ambiórix y Catuvolco. Después de haber éstos presentado sus respetos a Sabino y Cota y de llevar el trigo a los campamentos de invierno en la frontera de su reino, inducidos por mensajeros del trévero Induciomaro, sublevaron a sus conciudadanos y, tras haber atacado por sorpresa a nuestros leñadores, se dirigieron con un gran contingente al campamento para asaltarlo. Pero, gracias a que los nuestros habían tomado rápidamente las armas y subido a los parapetos y a que, habiendo hecho salir a la caballería hispana, habían vencido en la batalla ecuestre, los enemigos, dando por fracasada su intentona, retiraron a sus hombres del asalto. Entonces, como hacían siempre, pidieron a gritos [30] que alguno de los nuestros fuera a conferenciar con ellos. Que tenían ellos algunos temas de común interés que querían discutir, y que con ello esperaban que pudieran suavizarse sus diferencias.

XXVII. Para la entrevista se les envía a Cayo Arpineyo, caballero [31] romano amigo de Quinto Titurio, y a un tal Quinto Junio, hispano, que ya con anterioridad, por encargo de César, había visitado con frecuencia a Ambiórix. En presencia de ellos habló así Ambiórix: que tenía que estar sumamente reconocido por los grandes favores de César para con él, ya que, gracias a César, había sido liberado del tributo que habitualmente pagaba a los aduátucos [32], vecinos suyos, y también porque César le había devuelto a su hijo y al hijo de su hermano que, enviados entre un grupo de rehenes, los aduátucos habían esclavizado y encadenado. Y que el haber asaltado el campa-

---

[30] En lugar de enviar un parlamentario, como hacían los romanos.

[31] Aquí el término *eques* no quiere decir jinete, sino que designa a un miembro de la clase de los caballeros *(ordo equester),* formada por los hombres más acaudalados de Roma y que gozaba de importantes privilegios sociales y políticos.

[32] Sobre los aduátucos, cfr. Libro II, cap. XXIX, y Libro II, n. 6 (final).

mento no lo había hecho por propia decisión ni porque él quisiese, sino por orden de su pueblo, ya que su modo de gobernar era tal que sus súbditos no tenían menos derecho sobre él que él sobre ellos. Que el motivo de su nación para esta guerra había sido que no había podido oponerse a la repentina conjuración de los galos. Que podía probar fácilmente su aseveración mediante la escasez de sus tropas, pues no era tan ingenuo como para creer que el pueblo romano pudiera ser vencido por su ejército. Pero que toda la Galia tenía un plan común: que aquel había sido el día fijado para atacar a la vez todos los campamentos de invierno de César a fin de que ninguna legión pudiera acudir en ayuda de otra legión. Que no era fácil para unos galos poder enfrentarse a los demás galos, en especial siendo manifiesto que se había tomado la decisión de recuperar la libertad de todos. Que ahora, en cambio, puesto que ya había cumplido con su obligación para con la patria, tenía el argumento de su deber ante los favores de César. Que, en consecuencia, aconsejaba, imploraba a Titurio, en nombre de la hospitalidad, que mirase por su propia salvación y la de sus soldados. Que un gran contingente de germanos mercenarios había cruzado el río; que llegarían allí en dos días. Que, por tanto, es decisión suya si, sacando a los soldados del campamento de invierno, quieren conducirlos, antes de que se den cuenta las naciones vecinas, al de Cicerón o al de Labieno, uno de los cuales se encuentra a unos cincuenta mil pasos de distancia y el otro un poco más lejos[33]. Que él, por su parte, les prometía y les aseguraba bajo juramento que les proporcionaría una marcha segura a través de su territorio. Que, actuando así, por una parte miraba por el bien de su pueblo, al librarlo de los campamentos de invierno, y, por otra, manifestaba su gratitud a César por los favores recibidos. Tras haberse expresado así, Ambiórix se marchó.

XXVIII. Arpineyo y Junio comunican a los legados lo que acaban de oír. Éstos, alarmados por las súbitas noticias, aun-

[33] Quinto Titurio Sabino y Lucio Aurunculeyo Cota habían establecido su campamento en Aduátuca. (Cfr. Libro VI, caps. XXXII y XXXVII.)

que éstas venían del enemigo, consideraban, sin embargo, que no debían ser ignoradas. Estaban especialmente preocupados por el hecho de que no creían que una nación oscura e insignificante se hubiese atrevido por propia iniciativa a hacer la guerra al pueblo romano. Así pues, llevan la situación a un consejo de oficiales y se origina entre ellos una gran controversia. Lucio Aurunculeyo, muchos tribunos militares y centuriones de las primeras cohortes opinaban que no se tenía que actuar precipitadamente ni abandonar los campamentos de invierno sin órdenes de César; defendían que, por numerosas que fueran las tropas de los germanos, podían sostener su ataque en los fortificados campamentos de invierno. Que buena prueba de ello era el hecho de haber sostenido con tanto arrojo el primer ataque enemigo, causándole además numerosas bajas. Que no se veían constreñidos tampoco por las provisiones de trigo. Que, además, César les enviaría ayuda desde los campamentos de invierno más próximos. Y finalmente argüían que ¿qué hay más ingenuo y vergonzoso que tomar una decisión sobre temas de máxima importancia siguiendo el consejo del enemigo?

XXIX. En contra de esta opinión, Titurio proclamaba a gritos que actuarían demasiado tarde, cuando ya hubieran llegado mayores contingentes de tropas enemigas, a las que se habrían sumado las huestes germanas, o cuando ya habría ocurrido algún desastre en los campamentos de invierno más cercanos. Que suponía que César se había marchado ya a Italia; que, de no ser así, los carnutos no habrían tomado la decisión de asesinar a Tasgecio, ni los eburones, si César estuviese allí, habrían llegado hasta nuestro campamento, con semejante menosprecio hacia nuestras tropas. Que él miraba, no el hecho de ser el enemigo el consejero, sino la realidad de la situación: que el Rin estaba a un paso y que tanto la muerte de Ariovisto como nuestras anteriores victorias eran para los germanos motivo de profundo resentimiento. Que la Galia, sometida al poder del pueblo romano y desaparecida su anterior gloria en el campo militar, estaba enardecida por todos los agravios recibidos. Que, en fin, ¿quién podía convencerle de que Ambiórix se hubiese arriesgado a semejante decisión sin estar seguro de la situación? Que su parecer, en cualquier caso, era muy claro: que, si no ocurría algún contratiempo especial, llegarían sin peligro alguno hasta la próxima legión; que si toda la Galia se había puesto de acuerdo con los germanos, su única salvación posible se hallaba en la rapidez. Por otra parte, el plan de Cota y de los que discrepaban del suyo propio, ¿qué resultado podía tener? En caso de que no les pusiese en inmediato peligro, con toda seguridad se habría de esperar el hambre como consecuencia de un largo asedio.

XXX. Tras sostener una discusión en favor de uno u otro plan, como se mantuviese una agria oposición por parte de Cota y de los primeros oficiales, «haced lo que os dé la gana», dijo Sabino; y, con voz más fuerte para que lo escuchase una gran parte de los soldados [34], continuó: «no soy yo, entre vosotros, quien más teme el riesgo de morir; los presentes juzgarán; si ocurre algún desastre, a ti te pedirán las explicaciones éstos, quienes, en caso de que tú lo autorices, pasado mañana, reunidos con los de los campamentos de invierno más próximos, podrían soportar con los demás los comunes avatares de la guerra, en lugar de morir aquí, degollados o por hambre, apartados y alejados del resto de sus compañeros».

XXXI. Se levanta la reunión. Rodean todos a los dos legados y les ruegan que con sus discrepancias y obstinación no lleven la situación a un peligro extremo. Que todo puede salir bien, tanto si se quedan como si se marchan, con tal de que actúen todos de común acuerdo y lo aprueben unánimemente. Que, por el contrario, no ven en la disensión posibilidad alguna de salvación. La discusión se prolonga hasta medianoche. Finalmente, presionado, Cota cede. Gana la opinión de Sabino. Se decide que se irán al amanecer. Se pasan en vela el

---

[34] Claro está que no se refiere a todos los soldados, sino a los que estaban de guardia a la entrada del recinto donde se celebraba el consejo de guerra o reunión de oficiales.

resto de la noche, revisando cada soldado sus cosas, mirando qué es lo que pueden llevarse y qué cosas de los equipos de invierno habrán de dejar allí. Parece que se haga todo lo posible, no ya para marchar con peligro al amanecer, sino para aumentarlo con la fatiga y el sueño de los soldados. Al alba salen del campamento en larguísima columna y cargados a más no poder de impedimenta, como si estuvieran persuadidos que el consejo dado por Ambiórix procedía del mejor de sus amigos y no de su enemigo.

XXXII. Los enemigos, por su parte, cuando por el nocturno tráfago y la vela de los soldados adivinaron su partida, después de preparar una doble emboscada en un lugar adecuado y oculto entre los bosques, a unos dos mil pasos del campamento aguardaban la llegada de los romanos. Cuando, en efecto, la mayor parte de la columna había penetrado en un profundo valle, aparecieron repentinamente los enemigos en ambas laderas de la vaguada y comenzaron a hostigar a la retaguardia, a impedir avanzar a nuestra vanguardia y a atacar a los nuestros, situados en posición totalmente desfavorable.

XXXIII. Entonces Titurio, que previamente no había tomado providencia alguna, no hacía más que mostrarse azorado, correr de aquí para allá e intentar ordenar las cohortes, pero todo ello sin convencimiento y como si le pareciese que todo le salía mal, lo cual acostumbra a pasarles casi siempre a quienes se ven obligados a planificar sobre la marcha. Cota, en cambio, que ya había previsto que esto podía ocurrir durante el trayecto y que por esa razón se había opuesto a la partida, no dejaba de hacer todo lo posible para la salvación de todos y, llamando a los soldados por su nombre y arengándolos y combatiendo él personalmente, hacía las funciones de general y de soldado. Como por la longitud de la columna no podían los legados acudir personalmente a todas partes ni podían dictar las oportunas disposiciones sobre lo que debía hacerse en cada sitio en concreto, ordenaron que se transmitiese la orden de abandonar la impedimenta y de formar en círculo[35]. Esta decisión, si bien en una situación de esa índole no es criticable, no dio, sin embargo, buen resultado, pues, por una parte, desalentó a nuestros soldados y, por otra, aumentó la decisión de los enemigos en la lucha, puesto que a unos y otros parecía que esta formación no se adoptaba sino en situación desesperada y de máxima angustia. Sucedió, además, lo que tenía que ocurrir necesariamente, que los soldados abandonaron en masa las enseñas y se precipitaron a buscar y coger de la impedimenta aquellos objetos personales que tenían en más aprecio; los gritos y llantos resonaban por todas partes.

XXXIV. No faltó, en cambio, a los bárbaros buen criterio, pues sus jefes ordenaron que corriese la orden de que nadie se moviera de su puesto: que el botín era suyo y a ellos les estaba reservado todo aquello que dejasen los romanos; que, por consiguiente, todo dependía de la victoria. Por valor y número las fuerzas estaban igualadas. Los nuestros, aunque abandonados por su general y por la Fortuna, ponían, sin embargo, en el valor toda su esperanza de salvación y cada vez que una cohorte cargaba contra el enemigo, caían en aquella zona multitud de adversarios. Advertido el hecho, Ambiórix ordena que corra la orden de que sus hombres arrojen sus armas desde lejos y no se acerquen más, y que allí por donde carguen los romanos se retiren; que por la ligereza de sus propias armas y el continuado entrenamiento de los romanos no pueden causarles ningún daño, pero que los persigan cuando se replieguen de nuevo a sus banderas.

XXXV. Cumplida escrupulosamente por ellos esta orden, cuando una cohorte cualquiera salía del círculo y cargaba, los enemigos se retiraban a toda velocidad. Entretanto, necesariamente quedaba vacía de soldados aquella zona y por el flanco descubierto[36] recibían los nuestros los disparos. Luego,

---

[35] Sobre la formación en círculo, cfr. Libro IV, n. 33.

[36] El flanco descubierto era el derecho, porque el izquierdo estaba protegido por el escudo. Cfr. Libro I, n. 40.

cuando de nuevo emprendían el regreso al lugar de donde habían salido, eran rodeados, tanto por los que se habían retirado como por los que habían permanecido cerca de ellos en los flancos. Si, por el contrario, decidían mantener su posición en el círculo, no quedaba lugar para el valor ni, al estar apiñados, podían evitar los dardos arrojados por semejante multitud de enemigos. Sin embargo, aun enfrentados a tantas dificultades y cubiertos de heridas, se mantenían firmes y, pasada ya una gran parte del día, habiéndose combatido desde el alba hasta la hora octava [37], nada habían hecho que fuese indigno de ellos. Tito Baluencio, entonces, que el año anterior había sido primipilo [38], hombre valeroso y de gran prestigio, es atravesado en ambos muslos por un venablo. Quinto Lucanio, centurión del mismo grado, cae muerto mientras combatía con extraordinario valor, intentando ayudar a su hijo rodeado de enemigos. El legado Lucio Cota, mientras arengaba a las cohortes y a los centuriones, cae herido por un disparo de honda en la cara.

XXXVI. Sobrecogido por todo ello, Quinto Titurio, habiendo observado a lo lejos a Ambiórix arengando a los suyos, le envía su intérprete Cneo Pompeyo [38 bis] para rogarle que respete su vida y la de sus soldados. Ambiórix responde a la súplica que, si desea entrevistarse con él, puede hacerlo. Que confía poder conseguir de su gente aquello que hace referencia a salvar la vida de sus soldados. Pero que él, Titurio, no sufrirá ningún daño y que sobre este extremo empeña su palabra. Consulta Titurio con Cota, que estaba herido, si le parece oportuno abandonar la lucha y entrevistarse juntos con Ambiórix; que confía poder conseguir de él que respeten sus vi-

---

[37] Entre las dos y las tres de la tarde.

[38] Sobre el centurión *primipilus,* cfr. Libro II, n. 19.

[38 bis] Evidentemente no se trata aquí del triunviro Cneo Pompeyo, apodado El Grande. Posiblemente este personaje debe su nombre al hecho de haber obtenido su padre la ciudadanía romana durante la guerra contra Serborio. En esos casos era costumbre tomar el prenombre y el gentilicio del protector, conservando su nombre vernáculo como sobrenombre.

das y las de sus soldados. Cota se niega a acudir ante un enemigo armado y se mantiene firme en su postura.

XXXVII. Sabino, entonces, a los tribunos que en aquel momento estaban a su alrededor y a los centuriones de las primeras cohortes les ordena seguirle. Al llegar más cerca de Ambiórix, se le ordena tirar las armas. Cumple la orden e indica a los suyos que hagan lo mismo. A todo esto, mientras están discutiendo entre ellos las condiciones y Ambiórix va alargando intencionadamente la entrevista, rodean poco a poco a Titurio y le asesinan. Luego, según su costumbre, vociferan su victoria y levantan un enorme griterío; después, cargando contra los nuestros, desbaratan las líneas. Allí, luchando, muere Lucio Cota con la mayoría de sus soldados. Los restantes se repliegan al campamento de donde habían salido. Uno de ellos, el portaestandarte Lucio Petrosidio, viéndose acosado por una multitud de enemigos, arroja el águila al interior del parapeto y, combatiendo con extraordinario valor, muere a las puertas del campamento. A duras penas resisten los demás el ataque hasta el anochecer. Durante la noche, perdida toda esperanza de salvarse, se quitan todos la vida, hasta el último hombre. Tan sólo unos pocos, que habían podido escapar de la batalla, por desconocidos caminos a través de los bosques consiguen llegar hasta el legado Tito Labieno en sus cuarteles de invierno y le informan de todo lo sucedido.

XXXVIII. Exaltado Ambiórix con esta victoria, parte al momento con la caballería hacia el país de los aduátucos, colindante con su reino, sin detenerse ni de noche ni de día. Ordena a la infantería que le siga. Tras haber soliviantado a los aduátucos con la revelación de esta victoria, al día siguiente llega al territorio de los nervios y les incita también a que no dejen pasar la oportunidad de liberarse para siempre y de vengarse de los romanos por los agravios recibidos. Les hace saber que han muerto ambos legados y que una gran parte del ejército ha perecido con ellos. Que no presenta dificultad alguna exterminar la legión que inverna con Cicerón si es atacada de improviso. Les promete su ayuda para esa empresa. Con este discurso convence fácilmente a los nervios.

XXXIX. Así pues, despachados en seguida mensajeros a los ceutrones, grudios, levacos, pleumoxios, geidumnos, pueblos todos ellos vasallos suyos, les ordenan reunir los mayores contingentes posibles de tropas y se lanzan por sorpresa contra los cuarteles de invierno de Cicerón, a quien todavía no ha llegado la noticia de la muerte de Titurio. También a Cicerón le ocurre lo que era inevitable, el que algunos soldados que habían salido a los bosques para recoger leña y materiales para la fortificación, se viesen repentinamente interrumpidos por la llegada de la caballería. Rodeados éstos por un numeroso grupo, los eburones, nervios, aduátucos y todos los pueblos aliados y dependientes de éstos inician el ataque a la legión. Los nuestros corren rápidamente a las armas y suben a los parapetos. Difícilmente consiguen resistir ese día, puesto que los enemigos habían puesto toda su esperanza en la rapidez, confiando que, si obtenían esta victoria, serían vencedores ya para siempre.

XL. Inmediatamente envía Cicerón un mensaje escrito a César[39], prometiendo grandes recompensas si éste llegaba a su destino. Cortados todos los caminos, se intercepta a los mensajeros. Por la noche, gracias a la madera que habían acumulado para las obras de fortificación, construyen con increíble rapidez más de ciento veinte torres y completan todas aquellas obras que les parecían necesarias para su defensa. Los enemigos, al día siguiente, reunido un número mucho mayor de tropas, asaltan el campamento y rellenan los fosos. De igual manera que el día anterior, los nuestros resisten el ataque. Lo mismo se repite los siguientes días. Por la noche no se interrumpen ni siquiera un momento los trabajos de fortificación. No se permite descansar ni a los enfermos ni a los heridos. Todo aquello necesario para resistir el asalto del día siguiente se prepara por la noche. Se aprestan gran cantidad de afiladas estacas y multitud de lanzas de asedio[40]. Se refuerzan las torres;

---

[39] César se encontraba aún en Samarobriva. (Cfr. Cap. XXIV y n. 26 de este mismo libro.)

[40] Se trataba de larguísimas lanzas.

se recubren almenas y parapetos con cañizos. El propio Cicerón, de salud muy frágil, no se permitía a sí mismo ni un momento de nocturno descanso, hasta el punto de que sus soldados, yendo espontáneamente a su encuentro y riñéndole, le obligaban a cuidarse.

XLI. Entonces los jefes y mandatarios de los nervios, quienes tenían un cierto acceso al diálogo con Cicerón por su amistad con él, manifiestan que quieren una entrevista. Concedida la autorización, le dicen lo mismo que Ambiórix le había dicho a Titurio: que toda la Galia se ha levantado en armas; que los germanos han cruzado el Rin; que también están siendo atacados los cuarteles de invierno de los otros legados de César. Le comunican también la muerte de Sabino. Le ponen delante al propio Ambiórix para dar más veracidad a sus palabras. Le aseguran que están equivocados, si es que esperan alguna ayuda de quienes desconfían de su propia suerte. Que ellos, sin embargo, no tienen nada en contra de Cicerón y del pueblo romano y que tan sólo rechazan los cuarteles de invierno, pues no quieren que se eternice la costumbre de instalarlos allí. Que, por lo que a ellos respecta, pueden marcharse sanos y salvos de los cuarteles de invierno y dirigirse sin miedo alguno a cualquier parte que deseen. Cicerón dio a sus propuestas una sola respuesta: que el pueblo romano no acostumbra a recibir condiciones de un enemigo armado. Pero que, si desean abandonar las armas, sirviéndose de él como intermediario envíen embajadores a César. Que confía que, dado su sentido de la justicia, obtendrán lo que pidan.

XLII. Los nervios, frustrada esta esperanza, rodean el campamento de invierno con un vallado de diez pies de altura y un foso de quince pies. Esta estrategia la habían aprendido de nosotros durante su relación en los años precedentes y, habiendo hecho algunos prisioneros de nuestro ejército, les daban éstos las oportunas instrucciones. Pero al no tener ninguna de las herramientas que serían idóneas para este trabajo, se veían obligados a perforar el suelo con las espadas y a sacar la tierra con las manos y con los sayos[41]. De todo lo cual pudo inferirse la gran multitud que constituían, pues en menos de tres horas acabaron esa fortificación con un perímetro de quince mil pies. En los días siguientes comenzaron a construir torres de la altura de nuestro parapeto y a preparar hoces de asedio y tortugas[42], artefactos que los mismos prisioneros les habían enseñado a fabricar.

XLIII. El séptimo día de asedio, habiéndose levantado un fortísimo vendaval, empezaron a disparar con sus hondas bolas ardientes de arcilla inflamable y jabalinas encendidas contra nuestras construcciones que, al uso de los galos, estaban cubiertas con paja. Prendió el fuego en ellas rapidísimamente y la fuerza del viento extendió las llamas a todas partes del campamento. Los enemigos, entonces, con un griterío enorme, como si ya hubieran obtenido y confirmado la victoria, aplicaron las torres y tortugas contra el parapeto y comenzaron a encaramarse en él por las escalas. Sin embargo, fue tan grande el valor y la presencia de ánimo de nuestros soldados que, cuando desde todas partes eran acosados por las llamas y con mayor intensidad caía sobre ellos una lluvia de dardos, a pesar de que veían arder sus bagajes y todas sus pertenencias, no sólo nadie abandonó el parapeto para marcharse, sino que ninguno de ellos les dirigió siquiera una mirada, luchando todos ellos con el máximo coraje y bravura. Fue éste, sin duda, el día más difícil para nuestros hombres; pero tuvo, sin embargo, un resultado positivo, a saber, que ese mismo día cayeron heridos o muertos incalculable número de enemigos, ya que se

---

[41] El término latino es *sagulum*. Se trataba de una pieza de ropa, de origen celta, que consistía en un cuadrado de tela colocado en la espalda sobre los hombros y que se sujetaba en el muslo derecho.

[42] El término *tortuga,* en esta ocasión y a diferencia de las anteriores, designa una máquina de guerra consistente en una galería de madera, sobre ruedas y con un techo muy fuerte. Dentro de ella se colocaba el ariete y se protegían los soldados que lo manejaban. Estaban también recubiertas con pieles frescas y centones empapados en agua, para evitar que les prendiesen fuego desde los muros.

amontonaron de tal manera al pie mismo del parapeto que los últimos impedían retirarse a los que tenían delante. Al haber remitido un poco las llamas y haberse acercado y adosado al parapeto en determinado lugar una torre, los centuriones de la tercera cohorte se retiraron de la zona donde estaban apostados y sacaron de allí a todos sus hombres, empezando a provocar a los enemigos con gestos e invectivas a ver si se atrevían a entrar. Ninguno de ellos osó hacerlo. Abatidos, entonces, los adversarios por una lluvia de piedras, los nuestros quemaron la torre.

XLIV. Había en aquella legión dos valerosísimos centuriones, que se iban acercando a los primeros grados[43], Tito Pulón y Lucio Voreno. Ambos mantenían perpetuas disputas sobre cuál de los dos ascendería antes en el escalafón y cada año competían con gran rivalidad para los más altos grados. Uno de ellos, Pulón, que combatía con gran valor junto al parapeto, «¿Por qué vacilas, Voreno, dijo? ¿Qué otra ocasión aguardas digna de la fama de tu valor? El día de hoy decidirá sobre nuestra polémica». Habiendo dicho esto, sale fuera del parapeto y arremete hacia el lugar que le pareció más atestado de enemigos. Tampoco Voreno se queda entonces en el parapeto, sino que, temeroso de la opinión de los demás, sale en pos de él. Pulón, habiendo dejado una razonable distancia, arroja un venablo contra el enemigo y atraviesa a uno de ellos que corría hacia él. Los enemigos protegen con sus escudos al compañero atravesado y muerto y todos a una disparan sus dardos contra Pulón, impidiéndole avanzar. Un dardo traspasa su escudo y se clava en su tahalí. Este accidente desplaza la vaina y

---

[43] Sobre la estructura de la legión en la época de César, cfr. Libro I, n. 37. Existía una graduación establecida de los centuriones dentro de cada legión. El del primer manípulo, estaba por encima del del segundo, y el de éste por encima del del tercero. El centurión de la primera centuria, que es el que mandaba el manípulo, estaba por encima del de la segunda. Los centuriones de la novena cohorte estaban por encima de los de la décima, y así sucesivamente, hasta llegar al *primipilus,* el centurión de la primera centuria del primer manípulo de la primera cohorte. Iban ascendiendo por méritos.

hace que su mano se demore al intentar sacar la espada. Los adversarios le rodean mientras forcejea con la vaina. Su rival Voreno corre en su ayuda y le protege. Al instante toda la multitud de enemigos se enfrenta a Voreno y deja de lado a Pulón; creen que éste ha sido atravesado por el venablo. Voreno combate cuerpo a cuerpo con la espada y, después de dar muerte a un enemigo, los hace retroceder un poco. Mientras ataca con demasiada furia, resbala cuesta abajo y cae al suelo. Rodeado de nuevo por los enemigos, corre Pulón en su ayuda, y ambos, tras dar muerte a muchos enemigos, se repliegan al interior del campamento, incólumes y cubiertos de gloria. De esta forma la Fortuna trató a uno y otro en la emulación y la contienda, de modo que, siendo rivales, se ayudaron y salvaron mutuamente sin que se pudiera determinar cuál de los dos parecía que debía ser tenido por más valiente.

XLV. Cuanto más penoso y difícil se hacía de día en día el asedio y, en especial, porque plagados de heridas la mayor parte de los soldados nuestra defensa se veía reducida a unos pocos hombres, tanto más frecuentes eran los escritos y correos enviados a César. Algunos de ellos, capturados por el enemigo, eran atormentados hasta la muerte a la vista de nuestros soldados. Había en el campamento un nervio llamado Verticón, de familia ilustre, que ya desde el principio del asedio se había pasado a las filas de Cicerón y le había demostrado total lealtad. Éste, con la promesa de libertad y de grandes recompensas, persuade a un esclavo de que lleve una carta a César. La coloca atada a su jabalina y, atravesando por entre los galos, galo él también, sin levantar sospecha alguna, llega hasta César. Por él se entera éste del peligro que corren Cicerón y la legión.

XLVI. César, en cuanto recibe la carta hacia la hora undécima del día, envía inmediatamente un mensajero al cuestor Marco Craso en tierra de los bellovacos, cuyo cuartel de invierno distaba de allí veinticinco mil pasos. Le ordena que a media noche salga con la legión y venga rápidamente a su encuentro. Craso se pone en marcha nada más llegar el mensajero. Envía César un segundo mensajero al legado Cayo Fabio, para que conduzca su legión al territorio de los atrébates, por donde sabía que él mismo tenía que pasar. Escribe a Labieno que, si lo puede hacer sin peligro para Roma, se dirija con su legión al territorio de los nervios. Al resto del ejército, que quedaba algo más lejos, considera que no hay que esperarlo. Reúne unos cuatrocientos jinetes de los campamentos de invierno más próximos.

XLVII. Hacia la hora tercera, informado César por los exploradores de la llegada de Craso, avanza durante el día veinte mil pasos. Pone a Craso al frente de Samarobriva y le asigna una legión, puesto que dejaba allí la impedimenta del ejército, los rehenes entregados por las diferentes naciones, los documentos oficiales y todo el aprovisionamiento de trigo que había hecho llevar a la ciudad para pasar el invierno. Fabio, como se le había ordenado, se reúne con él al poco rato en el camino. Labieno, enterado de la muerte de Sabino y de la masacre de las cohortes, temiendo, al haberse dirigido contra él todas las tropas de los tréveros, que, si salía de su campamento de invierno, parecería más bien una huida y que no podría resistir el ataque de los enemigos, en especial sabiendo que estaban envalentonados por la reciente victoria, envía una carta a César informándole de cuánto peligro supondría sacar sus tropas y le relata todo lo ocurrido en el país de los eburones; le comunica también que las tropas de infantería y de caballería de los tréveros se han instalado a tres mil pasos de su campamento.

XLVIII. César, después de aprobar la decisión de su legado, aunque disminuía su presunción de tres legiones a tan sólo dos, basó, sin embargo, en la rapidez la única ayuda posible para la salvación de todos. A marchas forzadas llega a tierra de los nervios. Allí se entera por los prisioneros de lo que ocurre en el campamento de Cicerón y hasta qué punto es crítica la situación. Convence entonces con grandes recompensas a uno de los jinetes galos para que lleve una carta a Cicerón. Se la envía escrita en griego para evitar que puedan leerla los enemigos en caso de ser interceptada. Si no puede llegar hasta él, le aconseja que lance una jabalina al interior del campamento con la carta atada a la correa del arma[44]. Le dice en el escrito que ya ha salido con las legiones y que llegará allí rápidamente; le anima a que mantenga su ya reconocido valor. El galo, temiendo ser descubierto, arroja la jabalina como se le había ordenado. Ésta queda clavada por azar en una torre y durante dos días ninguno de los nuestros se da cuenta de ello. Al tercer día repara en ella un soldado y, tras arrancarla, la lleva a Cicerón. Éste, después de leerla, la repite en voz alta a sus hombres reunidos, invadiendo a todos un enorme júbilo. A lo lejos se divisaba ya la humareda de los incendios[45], lo cual despejó cualquier duda sobre la llegada de las legiones.

XLIX. Los galos, al conocer este hecho por sus exploradores, renuncian al asedio y se dirigen contra César con todas sus tropas. Consistían éstas en unos sesenta mil hombres armados. Cicerón, gracias a la mediación del mismo Verticón de quien antes hemos hablado, encuentra a un galo que lleve una carta a César. Aconseja a éste que avance con cautela y rapidez. Le advierte en la carta que el enemigo ha levantado el asedio y que todas sus fuerzas se dirigen ahora contra él. Llegada la carta a César hacia la medianoche, informa de ella a sus hombres y les anima al combate. Al día siguiente, al alba, levanta el campamento y, tras avanzar unos cuatro mil pasos, divisa las numerosas huestes enemigas al otro lado de un valle y un riachuelo. Había un gran riesgo en enfrentarse en una posición desfavorable a un ejército tan numeroso. Así pues, como sabía que Cicerón estaba ya libre del asedio, con tranquilidad de conciencia consideró que no tenía necesidad de apresurarse. En consecuencia, se detiene y atrinchera un campamento en el lugar más ventajoso posible. Este campamento,

---

[44] El término latino *tragula* designa un arma arrojadiza de origen celta que iba provista de una larga correa, mediante la cual era recogida por el lanzador, tras haberla arrojado. Los romanos la conocían desde antiguo.

[45] Los incendios de cosechas y alquerías.

aunque de por sí ya era muy reducido, pues apenas contaba con siete mil hombres [46] y, lo más importante, desprovistos de impedimenta, sin embargo, lo reduce todo lo posible estrechando las vías interiores, con el propósito de provocar el máximo menosprecio en el enemigo. Entretanto, enviando exploradores en todas direcciones estudia por qué camino pueden atravesar el valle con mayor facilidad.

L. Aquel día, tras producirse algunas ligeras escaramuzas de caballería junto al río, ambos ejércitos se mantienen en sus posiciones. Los galos, porque esperaban más tropas que todavía no habían llegado. César, por si, aparentando temor, podía atraer a los enemigos a su propio terreno, de modo que se entablase el combate ante su campamento en esta parte del valle. Y, si no podía conseguir esto, para poder atravesar el valle y el río, una vez explorados los diferentes caminos, con el menor riesgo posible. Al amanecer, la caballería enemiga llega hasta el campamento y traba combate con nuestros jinetes. César, deliberadamente, ordena que nuestros jinetes retrocedan y se replieguen al campamento. Al mismo tiempo manda proteger el campamento por todas partes con una empalizada más alta y obstruir las puertas y que, al llevar a cabo estos trabajos, se muestre el mayor azoramiento posible y se actúe fingiendo estar atemorizados.

LI. Alentados por todos estos ardides, los enemigos hacen pasar sus tropas y las forman en una posición desfavorable. Al retirarse los nuestros incluso de la empalizada, se acercan ellos aún más y desde todas partes comienzan a arrojar venablos al interior del campamento. Además hacen pregonar por unos heraldos, enviados alrededor de nuestro campamento, que, si alguno, ya sea galo o romano, quiere pasarse a ellos, hasta la hora tercera [47] puede hacerlo sin ningún riesgo. Des-

---

[46] Los efectivos teóricos de una legión al completo eran 6.000 hombres. Siete mil hombres entre dos legiones nos indica que los efectivos reales estaban muy reducidos.

[47] A principios de noviembre, época de esta acción, la hora tercera comenzaba a las 8,30 de la mañana.

pués de esa hora ya no le será posible. Hasta tal punto fueron menospreciadas nuestras tropas por parte de los enemigos, que, al estar obstruidas las puertas, aunque sólo en apariencia, pues se trataba de una simple capa de pedruscos, pero creyendo ellos que no las podrían forzar, unos intentaban romper la empalizada con sus manos y otros empezaron a rellenar el foso. César, entonces, realizando una violenta y repentina salida por todas las puertas y enviada rápidamente la caballería por delante, puso a los enemigos en fuga de manera que absolutamente nadie se mantuvo en su sitio para combatir. Dio muerte así a un gran número de ellos y los despojó a todos de sus armas.

LII. Temiendo ir más lejos en su persecución, puesto que se interponían bosques y pantanos y consideraba que dejaba aquel lugar habiendo causado al enemigo un no pequeño descalabro, aquel mismo día con todas sus tropas incólumes llegó al campamento de Cicerón. Admira las torres erigidas, las tortugas y las fortificaciones enemigas. Tras pasar revista a la legión, comprueba que ni siquiera un soldado de cada diez ha resultado indemne. De todo ello deduce qué cotas de peligro y de valor ha alcanzado aquel asedio. Elogia públicamente a Cicerón y a la legión por su gran mérito. Llama uno a uno a los centuriones y a los tribunos, cuyo valor le constaba por el testimonio de Cicerón que había sido digno de todo encomio. Por medio de los prisioneros se informa con mayor detalle del desastre acaecido a Sabino y Cota. Al día siguiente, en presencia de todo el ejército, expone lo ocurrido y consuela y levanta el ánimo de los soldados. Les hace ver que, puesto que el desastre se ha debido al error y temeridad de un solo legado, se tiene que tomar el hecho con tanta mayor serenidad cuanto que, gracias al favor de los dioses inmortales y al valor de ellos mismos, ha sido vengado el descalabro y no se ha dejado lugar para una prolongada alegría del enemigo ni para una larga aflicción propia.

LIII. A todo esto, con tan increíble velocidad se extiende hasta Labieno, a través de los remos, la nueva de esta victoria que, a pesar de distar sesenta mil pasos del campamento de Cicerón y de haber llegado César allí después de la hora novena[48], antes de la medianoche se alza un enorme griterío a las puertas de su campamento, algazara con la que los remos expresaban a Labieno su júbilo y felicitación por la victoria. Llegada también la noticia a los tréveros, Induciomaro, que había decidido atacar al día siguiente el campamento de Labieno, huye de noche y se repliega con todas sus tropas a territorio trévero. A Fabio con su legión lo envía César de nuevo a sus cuarteles de invierno; él, por su parte, decide pasar el invierno con tres legiones[49] en tres distintos campamentos en las inmediaciones de Samarobriva y, puesto que en la Galia se producían tantos levantamientos, resolvió permanecer él mismo todo el invierno con su ejército. Habiéndose, en efecto, propagado por doquier el mortal desastre de Sabino, casi todos los pueblos de la Galia deliberaban sobre la guerra, despachando mensajeros y embajadas por todas partes con el fin de averiguar qué decidían los demás y por dónde se iniciarían las hostilidades, y celebraban reuniones en parajes desiertos. No hubo prácticamente ni un solo momento en todo el invierno sin motivos de preocupación para César y sin que recibiese alguna noticia sobre los planes y levantamientos de los galos. Por ejemplo, fue informado por el cuestor Lucio Roscio, que César había puesto al mando de la decimotercia legión, de que numerosas tropas de los galos de aquellas naciones que se denominan armóricas[50], se habían reunido para atacarlo y que habían llegado a estar a tan sólo ocho mil pasos de sus cuarteles de invierno, pero que, al enterarse de la victoria de César, habían vuelto sobre sus pasos con tanta prisa que su retirada había parecido más bien una huida.

---

[48] La hora novena correspondía hacia las 3,30 de la tarde.

[49] La de Cicerón, la de Craso, que había dejado en Samarobriva, y la de Trebonio, que se había llevado en ayuda de Cicerón.

[50] La Armórica corresponde a la actual Bretaña francesa y a Normandía, cfr. Libro II, n. 23, y Libro V, 29.

LIV. César, por su parte, tras haber convocado a los mandatarios de cada una de las naciones, atemorizándolos unas veces denunciando que sabía lo que estaba sucediendo, animándolos otras, consiguió mantener en la obediencia a gran parte de la Galia. Los sénones [51], sin embargo, que es una nación de las más poderosas y de gran influencia entre los galos, habían intentado por decreto oficial dar muerte a Cavarino, a quien César había hecho rey de su nación, cuyo hermano Moritasgo ostentaba a la llegada de César a la Galia el poder que antes habían detentado sus mayores. Al haber adivinado aquél la situación y haberse escapado, lo persiguieron hasta expulsarlo de su reino y de su patria. Luego, tras enviar embajadores a César para justificarse, cuando éste ordenó que todo el senado se presentara ante él, no obedecieron la orden. Pues bien, tanto significó entre aquellos bárbaros el haber encontrado algunos mandatarios dispuestos a iniciar la guerra y hasta tal punto trocó la forma de sentir de todos que, a excepción de los eduos y los remos (pueblos a quienes César trató siempre con especial consideración; a los unos por su ya antigua y constante fidelidad para con el pueblo romano, a los otros por sus recientes servicios en las guerras galas), no quedó casi nación alguna que no nos inspirara sospechas. Sin embargo, no sé si, en realidad, deberíamos asombrarnos tanto de ello, cuando, entre otras muchas razones, aquellos que en valor aventajaban a todas las demás naciones, lamentaban ahora profundamente el haber degenerado tanto de su antigua reputación que incluso soportaban la autoridad del pueblo romano.

LV. Por su parte, los tréveros e Induciomaro no desistieron ni un solo momento en todo aquel invierno de enviar legados al otro lado del Rin, de intentar atraer a su causa a aquellos pueblos, de prometerles dinero y de asegurarles que, al haber

---

[51] Los sénones, pueblo de la Galia Céltica, estaban situados entre los carnutos, al oeste; los meldi, al norte; los cenci, al este, y los lingones, al sur. Su capital era Agedincum o Agedinco.

sido aniquilada una gran parte de nuestro ejército, tan sólo quedaba una pequeña parte de él. No pudieron, a pesar de todo, persuadir ni a una sola nación a atravesar el Rin, pues respondían éstas que ya lo habían intentado dos veces, con la guerra de Ariovisto y con la invasión de los tencteros[52], y que no tentarían de nuevo a la suerte. Fracasada esta esperanza, no por ello dejó Induciomaro de reunir tropas, entrenarlas, acumular caballos de las naciones vecinas y comenzar a atraerse con la promesa de grandes recompensas a los desterrados y condenados de toda la Galia. Con todas estas actuaciones se había granjeado tan gran prestigio en la Galia que de todas partes llegaban embajadas a su presencia solicitando su favor y amistad, tanto a título particular como oficial.

LVI. Cuando advirtió que se acudía a él de forma espontánea y que, por una parte, los sénones y los carnutos, conscientes de su traición, estaban intranquilos, que, por otra, los nervios y los aduátucos preparaban la guerra contra los romanos y que, finalmente, no le faltarían a él tropas de voluntarios si se decidía a salir de su territorio, convoca una asamblea general de gente armada. Esto, según la costumbre gala, significa el inicio de la guerra. En virtud de esta ley, válida para todos los galos, acostumbran a presentarse armados todos los jóvenes; de éstos, al último en llegar, se le da muerte a la vista de todos, sujeto a toda clase de torturas. En esta asamblea Induciomaro declara enemigo de la patria y confisca sus bienes a Cingetórix, el jefe de la otra facción, yerno suyo, de quien antes dijimos que había tomado partido por César y nunca le había fallado. Concluido este asunto, proclama ante la asamblea que es requerido por los sénones y por los carnutos y por otras muchas naciones de la Galia. Que piensa dirigirse hacia allí a través del territorio de los remos y que arrasará sus campos, pero que antes de hacerlo asaltará el campamento de Labieno. Ordena lo que quiere que se haga.

---

[52] Sobre los tencteros, cfr. Libro IV, n. 6.

LVII. Labieno, como disponía de un campamento magníficamente protegido tanto por la naturaleza del lugar como por las obras realizadas, no temía en absoluto ni por sí mismo ni por su legión; tan sólo estaba alerta para no dejar pasar la ocasión de realizar una gran gesta. A todo esto, informado por Cingetórix y sus allegados del discurso que Inducioimaro había pronunciado ante la asamblea, envía mensajeros a las naciones vecinas solicitando jinetes a todas ellas y les señala un día concreto para reunirse con él. Entretanto, Induciomaro rondaba casi diariamente ante su campamento, unas veces para estudiar la situación de éste, otras para conversar o para atemorizarlos; la mayoría de las veces su caballería arrojaba una lluvia de dardos al interior del recinto. Labieno, a su vez, retenía a sus hombres dentro del campamento, aumentando con todas las estratagemas posibles la apariencia de estar asustado[53].

LVIII. Como Induciomaro se acercaba al campamento con un menosprecio cada día mayor, cuando una noche entraron en el campamento los jinetes de todas las naciones vecinas que él se había preocupado de llamar, con tanta diligencia mediante los cuerpos de guardia retuvo a los suyos en el campamento que de ningún modo pudo comunicarse ni llegar a los tréveros la noticia de este refuerzo. A todo esto, Induciomaro, como solía hacer diariamente, acude hasta el campamento y pasa allí una gran parte del día. Los jinetes nos arrojan sus dardos y nos provocan a combatir con gran abundancia de insultos. Al no recibir respuesta alguna por parte nuestra, cuando les pareció oportuno, al atardecer, emprenden el regreso dispersos y en desorden. De improviso Labieno hace salir a toda la caballería por dos puertas. Dispone y ordena expresamente que, tras aterrar a los enemigos y ponerlos en fuga (parecía

---

[53] Esta táctica de aparentar miedo es la misma que Sabino había utilizado contra los unelos (Libro III, cap. XVII y ss.) y César contra los nervios (Libro V, cap. L y ss.). Su finalidad era conseguir que el enemigo, llevado de su propia confianza, accediese a presentar combate en terreno desfavorable para él.

que esto era lo que sucedería y realmente así sucedió), todos persigan únicamente a Induciomaro y que nadie hiera a un solo enemigo si antes no ha visto muerto a aquél, ya que no quería que, por entretenerse con los demás, pudiera escaparse Induciomaro aprovechando cualquier oportunidad; promete grandes recompensas a los que consigan darle muerte. Envía además unas cohortes para que ayuden a la caballería. La Fortuna confirma el propósito de Labieno y, como todos perseguían a un solo hombre, aprehendido Induciomaro cuando ya estaba en el vado del río, lo degüellan y llevan su cabeza al campamento. De vuelta, la caballería persigue y da muerte a todos los que puede. Conocido el suceso, se disgregan todas las tropas de los eburones y de los nervios que se habían reunido allí. Tras estos hechos, logró César tener la Galia algo más sosegada.

LIBRO SEXTO

I. Presintiendo César[1], por muchos indicios, un mayor levantamiento de la Galia, decide hacer una leva de tropas por medio de sus legados Marco Silano, Cayo Antistio Regino y Tito Sextio. Al mismo tiempo, al procónsul Cneo Pompeyo, que por motivos de Estado había permanecido cerca de Roma con mando militar, le solicita que ordene que se reúnan las tropas que como cónsul había reclutado mediante juramento en la Galia Cisalpina y que se dirijan a su encuentro, ya que creía de sumo interés para su reputación en la Galia, incluso para el futuro, poner de manifiesto que los recursos de Italia eran tan grandes que, si durante una guerra se llegaba a sufrir algún revés, no sólo se reponían en breve tiempo las bajas habidas, sino que podían incluso aumentarse sus efectivos con nuevas tropas. Habiendo accedido a ello Pompeyo, tanto por amistad como por motivos de Estado, tras realizar sus legados una urgente leva, antes de concluir el invierno, formadas tres nuevas legiones y conducidas hasta él, y habiendo duplicado gracias a ello el número de las cohortes que había perdido con Titurio, demostró César, tanto por la rapidez como por la cantidad de tropas, de qué eran capaces la disciplina y los recursos de Roma.

II. Muerto Induciomaro, como ya dijimos, los tréveros dan el mando a sus parientes. No cejan éstos de intentar atraerse a

---

[1] César, en este Libro VI, nos narra sus campañas del año 53 a. C.

los pueblos germanos vecinos y de prometerles dinero. No pudiendo conseguirlo de los más cercanos, lo intentan con los más distantes. Captadas para su causa algunas ciudades, se comprometen entre sí mediante juramento y se aseguran el dinero por medio de rehenes. Unen a su causa a Ambiórix mediante un pacto de alianza. Conocidos estos hechos por César, viendo que se prepara la guerra por todas partes, que los nervios, los aduátucos y los menapios con todos los germanos de este lado del Rin están en armas, que los sénones no han acudido a su cita y que están pactando con los carnutos y con las naciones colindantes y que los tréveros intentan ganarse a los germanos con continuas embajadas, consideró que tenía que prepararse para la guerra urgentemente.

III. Así pues, antes de acabar el invierno, reunidas las cuatro legiones más próximas, se dirige de improviso a territorio de los nervios y, antes de que éstos pudieran organizarse o huir, aprehendido un gran número de ganado y de hombres que, como botín de guerra, entregó a sus soldados, y arrasados sus campos, les obligó a rendirse y a entregar rehenes. Concluido rápidamente este asunto, conduce de nuevo sus legiones a los cuarteles de invierno. Convocada al principio de la primavera, tal como había ordenado, la asamblea general de la Galia, habiéndose presentado todos, a excepción de los sénones, carnutos y tréveros, y considerando este hecho como una rebelión y declaración de guerra, traslada la asamblea a Lutecia de los parisios[2], para que se viese claramente que posponía todos los demás asuntos. Colindaban los parisios con los sénones, con quienes se habían unido ya en tiempo de sus antepasados, pero se creía que no habían participado en esta revuelta. Anunciado el traslado de la asamblea desde la tribuna[3], aquel mismo día parte con sus legiones hacia el territorio de los sénones y a marchas forzadas llega hasta allí.

---

[2] Lutecia, capital de los parisios, es la actual París.

[3] César se encontraba en Samarobriva (hoy, Amiens) en los cuarteles de invierno.

La tribuna era un estrado colocado en la plaza de armas.

IV. Enterado de su llegada, Acón, que encabezaba el levantamiento, ordena que la población se congregue en las plazas fuertes. Cuando se disponían a cumplir la orden, antes de que pudiera llevarse a efecto, se anuncia que han llegado los romanos. Entonces, a la fuerza, cambian de parecer y envían embajadores a César para justificarse. Acuden éstos utilizando la mediación de los eduos, bajo cuya protección estaba su nación desde hacía mucho tiempo. Al interceder los eduos, accede César gustosamente a su petición y acepta sus excusas, ya que cree que el verano es el momento adecuado para la inminente guerra y no para una investigación. Habiéndoles exigido cien rehenes, los entrega a los eduos para su custodia. También los carnutos le envían allí embajadores y rehenes, sirviéndose de los remos como mediadores, de los cuales eran dependientes; obtienen de César la misma respuesta. Levanta César la asamblea y exige a las naciones tropas de caballería.

V. Pacificada esta parte de la Galia, se dedica por completo, en cuerpo y alma, a la guerra contra los tréveros y Ambiórix. Ordena a Cavarino marchar junto a él con la caballería de los sénones, para evitar que, a causa de sus accesos de cólera o por el odio que se había ganado de la población, pueda producirse alguna revuelta. Tomadas estas disposiciones, dando por hecho que Ambiórix no atacaría, trataba de adivinar sus intenciones. Con la frontera de los eburones colindaban los menapios, protegidos por interminables pantanos y bosques, que eran los únicos de toda la Galia que jamás habían enviado legados de paz a César. Sabía éste que Ambiórix tenía con ellos un pacto de hospitalidad y sabía también que, merced a los tréveros, había sellado una alianza con los germanos. Juzgaba, en consecuencia, que tenía que privar de estos aliados a Ambiórix antes de atacarlo directamente, para que, una vez perdida toda esperanza de salvación, no pudiera esconderse en territorio de los menapios o unirse a los transrenanos, si se veía obligado a ello. Tomada esta decisión, envía toda la impedimenta del ejército al campamento de Labieno, en territorio de los tréveros, y ordena que dos legiones vayan también hasta allí. Él, por su parte, con cinco legiones, libres de bagajes, se dirige al país de los menapios. Éstos, sin reunir ningún contingente de tropas, confiados en la natural protección del lugar, huyen a los pantanos y bosques y trasladan allí todas sus pertenencias.

VI. César, tras repartir sus tropas con el legado Cayo Fabio y con el cuestor Marco Craso, después de construir rápidamente diversos puentes, ataca por tres puntos distintos; incendia alquerías y aldeas y se apodera de gran cantidad de ganado y de hombres. Forzados por la situación, los menapios le envían una embajada para pedir la paz. Él, tras aceptar los correspondientes rehenes, les hace saber que los considerará enemigos suyos si acogen en su territorio a Ambiórix o a sus legados. Resuelto el problema, deja al atrébate Comio con la caballería entre los menapios para vigilarlos. Él, por su parte, se encamina hacia el territorio de los tréveros.

VII. Mientras César lleva a cabo estas acciones, los tréveros, tras haber reunido numerosas tropas de infantería y caballería, se disponían a atacar a Labieno, que con una sola legión había invernado en su territorio. Se hallaban tan sólo a dos días de marcha de él cuando se enteran de que han llegado las dos legiones enviadas por César. Después de instalar su campamento a quince mil pasos de distancia, deciden aguardar las tropas de refuerzo germanas. Labieno, enterado de sus planes, confiando en que, por la temeridad de los enemigos, podía tener alguna posibilidad de entrar en combate, dejando cinco cohortes para protección de la impedimenta, con las restantes veinticinco cohortes y un gran contingente de caballería se dirige contra el enemigo y, al llegar a unos mil pasos de distancia, monta y fortifica su campamento. Entre Labieno y el enemigo circulaba un río [4], difícil de cruzar y de abruptas riberas. Dicho río, ni tenía él intención de cruzarlo, ni pensaba que lo hicieran los enemigos. Aumentaba en éstos cada día la espe-

---

[4] Probablemente el Mosa.

ranza de la llegada de las tropas de refuerzo. Labieno dice abiertamente en una asamblea general que, al estar ya cerca, según dicen, los germanos, no quiere arriesgar sin garantías su éxito ni el de su ejército y que, al despuntar el día siguiente, levantará el campamento. Rápidamente llega esta noticia al enemigo, pues, entre los numerosos jinetes galos, a algunos de ellos les inducía su origen a favorecer a la facción nacionalista gala. Labieno convoca por la noche a los tribunos y a los centuriones de las primeras cohortes, les expone cuál es su plan y, para mejor simular ante los enemigos la sensación de miedo, ordena levantar el campamento con más estrépito y alboroto de lo que es costumbre entre el pueblo romano. Con este ardid consigue que la marcha parezca una fuga. También esta circunstancia, al estar tan cerca ambos campamentos, la ponen los espías, antes del amanecer, en conocimiento de los enemigos.

VIII. Apenas había acabado de salir del campamento nuestra retaguardia, cuando los galos, animándose entre ellos para no dejar escapar de las manos la ansiada presa (se les hacía muy largo esperar la ayuda de los germanos, sobre todo estando aterrados los romanos, y su amor propio no toleraba tampoco, teniendo ellos tantas tropas, que no se atrevieran a atacar a un grupo de soldados tan exiguo, máxime cuando huían y se hallaban entorpecidos por los bagajes), no dudan en cruzar el río y trabar combate en una posición desfavorable. Adivinando lo que iba a suceder, Labieno, para atraer a todos los enemigos a este lado del río, continuando con el engaño de su retirada, avanzaba lentamente. Entonces, habiendo enviado la impedimenta un poco más adelante y tras depositarla en una colina, dijo: «he aquí, soldados, la oportunidad que queríais. Tenéis al enemigo entorpecido y en posición desfavorable. Mostrad el mismo valor, siendo yo vuestro jefe, que el que tantas veces habéis demostrado ante vuestro general y pensad que él está presente y que lo observa todo personalmente». Al mismo tiempo ordena cambiar el frente en dirección al enemigo y que el ejército adopte la formación de combate. Enviando unos pocos escuadrones a defender la impedimenta, sitúa el resto de la caballería en los flancos. Los nuestros rápidamente, elevando un gran griterío, arrojan sus dardos contra los enemigos. Cuando éstos, contra lo que suponían, vieron que los que pensaban que huían les atacaban con las banderas desplegadas y en formación de combate, no pudieron resistir su acometida y, puestos en fuga a la primera carga, se retiraron a los bosques cercanos. Labieno, habiéndolos perseguido con la caballería y tras capturar a muchos de ellos, recibió al cabo de pocos días la rendición de todos. Por su parte, los germanos que venían en su ayuda, al conocer la huida de los tréveros, regresaron a su patria. Los parientes de Induciomaro, que habían sido los promotores del levantamiento, en compañía de ellos se marcharon de la ciudad. A Cingetórix, de quien ya dijimos que desde el principio se mantuvo siempre leal, le fue confiado el reino y el poder.

IX. César, después que desde el territorio de los menapios llegó al de los tréveros, decidió cruzar el Rin por dos motivos. Primero, porque los germanos habían enviado refuerzos a los tréveros en contra suya. Segundo, para que Ambiórix no pudiera refugiarse entre ellos. Tomada esta resolución, ordena construir un puente un poco más arriba del lugar por donde ya había hecho cruzar a su ejército con anterioridad. Conocida ya y predeterminada su estructura, gracias al gran celo de los soldados se acabó la construcción en pocos días. Después de dejar una fuerte guarnición en territorio trévero para defensa del puente, no fuera que por parte de éstos se produjese una repentina revuelta, hace pasar de nuevo las restantes tropas y la caballería. Los ubios[5], que con anterioridad le habían entregado rehenes y se habían sometido, le envían legados para justificarse y para aclarar que su nación no había enviado refuerzos a los tréveros y que no había roto sus compromisos; por ello le ruegan que los respete y que, a causa de un general odio

---

[5] Recordemos que los ubios ocupaban el territorio de la actual Colonia. Cfr. Libro IV, n. 5.

hacia los germanos, no haga pagar a justos por pecadores. Que si desea que le entreguen más rehenes, se los darán. Estudiadas sus alegaciones, César descubre que, en efecto, los refuerzos habían sido enviados por los suevos. Acepta, pues, las explicaciones de los ubios y se dedica a indagar sobre los accesos y caminos para entrar en territorio suevo.

X. Entretanto, al cabo de unos pocos días le informan los ubios de que los suevos están concentrando todas sus tropas en un determinado lugar y que ordenan a todas las naciones sometidas a su poder que les envíen tropas auxiliares de infantería y caballería. Conocidos, pues, estos hechos, organiza el aprovisionamiento de trigo, elige un lugar apropiado para el campamento y ordena a los ubios que trasladen de los campos a las plazas fuertes el ganado y todas sus pertenencias, con la esperanza de que aquella gente bárbara e inexperta, obligada por la falta de alimentos, pueda ser arrastrada a unas condiciones de lucha desfavorables para ellos. Ordena también que envíen numerosos espías a territorio suevo para estar informados de lo que allí ocurre. Cumplen ellos la orden y, pasados unos pocos días, le comunican que todos los suevos, después de que les llegaran noticias seguras sobre la llegada del ejército romano, se habían retirado hacia el interior, a sus más alejados confines, con todas sus tropas y con las que habían conseguido reunir de los aliados. Que existe allí un inmenso e interminable bosque llamado Bacenis [6]; que éste se extiende profundamente hacia el interior, alzándose como una natural muralla fronteriza que protege a los queruscos de las incursiones y desmanes de los suevos, y a éstos de las de los queruscos. Que los suevos, en fin, habían decidido aguardar a la entrada de ese bosque la llegada de los romanos.

XI. Puesto que hemos llegado a este punto, no parece fuera de lugar hacer una exposición de las costumbres de la Galia y de las de Germania y explicar en qué difieren entre sí esas

---

[6] Probablemente el bosque de Hesse. Los queruscos habitaban entre el río Elba y el Wesser.

naciones. En la Galia, no sólo en todas las naciones, comarcas y distritos, sino también en casi todas las familias existen facciones, y los jefes de esas facciones son aquellos que, a juicio de los demás, se considera que tienen el mayor prestigio, a cuyo arbitrio y criterio se confía la decisión de todos los negocios y deliberaciones. Lo cual parece ser que se dictaminó desde tiempos muy antiguos con el fin de que a ningún hombre del pueblo le faltase amparo frente a otro más poderoso que él, pues el jefe de la facción no permite que sus partidarios sean oprimidos o agraviados y, si actúa de otra forma, pierde toda la autoridad entre los suyos. Esta misma práctica se observa en el conjunto de toda la Galia, pues todas sus naciones están divididas en dos partidos.

XII. Cuando César llegó a la Galia, los eduos eran los jefes de una facción y los de la otra lo eran los secuanos. Como éstos tenían por sí solos menos fuerza —ya que el máximo prestigio lo tenían desde antiguo los eduos y contaban con gran número de estados vasallos—, se habían coaligado con los germanos y con Ariovisto, atrayéndolos a su facción mediante grandes dádivas y promesas. Ahora bien, tras haber llevado a cabo los secuanos algunas batallas victoriosas y haber dado muerte a toda la nobleza de los eduos, habían recibido de éstos los hijos de sus jefes en calidad de rehenes, les habían forzado a jurar solemnemente que nunca emprenderían acción alguna en contra de los secuanos, se habían apropiado de una parte del territorio fronterizo de los eduos, que ya antes habían ocupado por la fuerza, y habían obtenido, en fin, la hegemonía de toda la Galia. Diviciaco, forzado por la situación, se había presentado en Roma ante el senado para pedir ayuda, pero había regresado sin obtenerla. Cambiada la situación con la llegada de César, restituidos a los eduos sus rehenes, recuperados sus antiguos estados vasallos, añadidos a éstos otros nuevos gracias a César, pues los que sellaban una alianza con ellos veían que disfrutaban de mejores condiciones y de un gobierno más justo, aumentada en todos los terrenos la influencia y dignidad de los eduos, los secuanos perdieron la primacía. Su posición la ocuparon los remos, pues, como se veía que éstos gozaban también del favor de César, aquellos pueblos que por antiguas enemistades era absolutamente imposible que se aliaran con los eduos, se hacían vasallos de los remos. Éstos, a su vez, los protegían con gran esmero; de esta forma mantenían su nueva y súbitamente adquirida autoridad. En resumen, ésta era entonces la situación en la Galia: la primacía la tenían sin discusión los eduos; el segundo puesto, en prestigio, lo tenían los remos.

XIII. En toda la Galia hay dos clases de personas que gozan de importancia y consideración. La masa del pueblo tiene en la práctica la consideración de esclavos, y a nada se atreve por sí misma ni es jamás admitida a consejo. La mayoría de ellos, agobiados por las deudas, la enormidad de los tributos o los abusos de los poderosos, se dedican a servir a los nobles; sobre ellos pesan los mismos derechos que los que tiene el señor sobre los esclavos. Así pues, de las dos clases de personas mencionadas al principio, una es la de los druidas, la otra, la de los caballeros. Aquéllos atienden al culto divino, ofrecen los sacrificios públicos y privados e interpretan los misterios de la religión. Un gran número de jóvenes adolescentes acude a ellos para instruirse y les tienen un gran respeto. Ellos, además, deciden en casi todos los conflictos públicos y privados y, si se ha cometido algún delito, si ha habido algún homicidio, si hay alguna disensión por motivo de herencia o de particiones, son ellos los que dictaminan y estipulan las compensaciones e indemnizaciones. Si alguno no se atiene a su dictamen, ya sea un particular o todo un pueblo, se le excluye del culto religioso. Esta es la pena más grave entre los galos. Quienes han caído en esa excomunión son considerados como sacrílegos y criminales; todos se apartan de ellos; la gente evita encontrarse y hablar con ellos, no fuese que de su contacto les pudiese acaecer alguna desgracia; tampoco se les atiende si reclaman justicia, ni se les confía ningún cargo público. Al frente de todos los druidas hay un presidente que goza entre ellos de la máxima autoridad. Cuando éste muere, si alguno de entre ellos sobresale por su prestigio, le sucede; si hay varios en igualdad de condiciones, se decide por sufragio entre los druidas, si bien en algunas ocasiones dirimen con las armas su derecho a la presidencia. En una época determinada del año los druidas se reúnen en un lugar sagrado en el territorio de los carnutos[7], que se considera el centro de toda la Galia. Allí acuden de todas partes todos aquellos que andan en pleitos, y obedecen sus decisiones y sentencias. Se cree que esta ciencia se originó en Bretaña y que de allí pasó a la Galia. Aún hoy, los que quieren estudiarla con mayor profundidad, generalmente van allí[8] para aprenderla.

XIV. Los druidas suelen mantenerse apartados de las guerras y tampoco pagan impuestos como lo hacen todos los demás. Están dispensados de la milicia y de toda clase de obligaciones. Atraídos por tan grandes privilegios, son muchos los que se dedican a esta profesión, ya sea por propia iniciativa o enviados por sus padres y allegados. Se dice que allí aprenden gran cantidad de versos; algunos, en efecto, pasan veinte años formándose. Creen que no es lícito poner su ciencia por escrito, aunque en los demás asuntos, ya sean públicos o privados, utilizan caracteres griegos. Yo creo que esta disposición obedece a dos motivos: uno, porque no quieren divulgar su doctrina; en segundo lugar, para que los que se dedican a su estudio, confiando en los escritos no descuiden el ejercicio de la memoria, cosa que suele ocurrir a muchos que, por la ayuda de los textos escritos, prestan menos dedicación al aprendizaje y a retener las cosas de memoria. Pretenden, sobre todo, inculcar el que las almas no perecen, sino que después de la muerte pasan de unos a otros y creen que de este modo se estimula el valor, al perder el miedo a la muerte. Investigan además otras

---

[7] Recordemos que los carnutos moraban en el territorio correspondiente hoy día a Orleans. Su territorio era considerado el centro y corazón de la Galia y era donde los druidas celebraban sus reuniones. Cfr. Libro II, n. 25. Su capital era Cénabo (hoy, Orleans).

[8] A la isla de Anglesey, cerca de la costa, al sudoeste de Gran Bretaña.

muchas cuestiones acerca de los astros y sus movimientos, de las dimensiones del mundo y de la tierra, de la naturaleza de las cosas, del poder y de la soberanía de los dioses inmortales, y transmiten esos conocimientos a los jóvenes.

XV. La segunda clase es la de los caballeros. Éstos, cuando es necesario y tiene lugar alguna guerra —lo que antes de la llegada de César solía ocurrir cada año, ya porque ellos mismos atacaban a otros, ya porque tenían que defenderse de ellos—, se dedican todos a combatir y, en la medida en que alguno de ellos es más importante, por linaje o por riquezas, tanto mayor número lleva consigo de escuderos y clientes. Ese es el único distintivo de influencia y poder que ellos conocen.

XVI. El pueblo galo está todo él muy inclinado a las prácticas religiosas, y, por ello, los que padecen graves enfermedades y los que viven entre combates y riesgos, sacrifican seres humanos a modo de víctimas, o hacen promesa de que los sacrificarán, y utilizan a los druidas como ministros de esos sacrificios. Creen, en efecto, que, si a cambio de una vida humana no se entrega otra vida humana, no puede ser aplacada la voluntad de los dioses inmortales, y por ello han establecido oficialmente esa clase de sacrificios. Algunos pueblos galos tienen estatuas de enorme tamaño, hechas de cañas, que rellenan de hombres vivos; después les prenden fuego y mueren los hombres dentro de ellas abrasados por las llamas. Creen los galos que el suplicio de ladrones, salteadores y otros delincuentes, capturados por sus delitos, son más gratos a los dioses inmortales; pero cuando no tienen víctimas de ese género, recurren también al sacrificio de inocentes.

XVII. De entre los dioses veneran de forma muy especial a Mercurio, del cual tienen numerosas estatuas. Lo consideran el inventor de todas las artes, el guía en todos los caminos y viajes, y creen que su intercesión es poderosísima para obtener beneficios económicos y para el comercio. Después de él, honran a Apolo, Marte, Júpiter y Minerva. Acerca de estos dioses tienen casi las mismas creencias que los demás pueblos: creen que Apolo cura las enfermedades; que Minerva enseña las nociones de las manufacturas y de los oficios; que Júpiter ostenta la soberanía de los dioses y que Marte rige las guerras. A éste, siempre que deciden iniciar un combate, le consagran de ordinario todo el botín que puedan obtener de esa guerra; tras la victoria, inmolan todos los seres vivos capturados y todo el resto del botín lo conducen a un único lugar; en muchas poblaciones pueden verse los túmulos formados con esos despojos en lugares sagrados. Y es raro que ocurra que alguien, profanando el voto religioso, se atreva a ocultar en su casa el botín o a robar las ya depositadas ofrendas; para castigar este sacrilegio se ha establecido, además, el más terrible de los suplicios entre torturas.

XVIII. Todos los galos se proclaman descendientes de Plutón y dicen que esa tradición les ha sido transmitida por los druidas. Por ello miden todos los períodos de tiempo no por el número de días, sino de noches[9]; y así, tanto sus aniversarios como los inicios de meses y años los cuentan de forma que la noche precede al día. En las restantes costumbres sólo se diferencian de los demás en ésta, en que no toleran que sus hijos, en tanto no han alcanzado la edad en que puedan desempeñar las obligaciones de la milicia, se les dirijan en público y consideran vergonzoso que un hijo, si todavía es un niño, se muestre públicamente en presencia de su padre.

XIX. Los maridos, a todo el dinero que reciben de sus mujeres en concepto de dote, han de añadir de sus propios bienes, una vez hecho el cálculo, una cantidad igual a la recibida como dote. La administración de la cantidad total resultante se lleva a cabo conjuntamente por ambos cónyuges y se guardan los intereses aparte. El que sobrevive de los dos, recibe en posesión todo el capital, así como los intereses acumulados desde su matrimonio. Los maridos tienen derecho de vida y muerte sobre las mujeres y los hijos; cuando muere algún pa-

---

[9] Plutón o Dite es el dios de los muertos y de las tinieblas. Como todos los galos se consideraban descendientes de él, daban preferencia a la noche sobre el día.

dre de familia de noble linaje, se reúnen sus parientes y, si existe cualquier sospecha acerca de su muerte, se interroga a las esposas del mismo modo que se interroga a los esclavos y, si se confirma la sospecha, las ejecutan sujetándolas a toda clase de tormentos y quemándolas vivas. Entre los galos las honras fúnebres son, a su manera, espléndidas y suntuosas. Todo aquello que consideran que estando vivos les fue especialmente querido se arroja al fuego, incluso los animales y, hasta hace poco tiempo, una vez realizados los debidos ritos fúnebres, se quemaban también, juntamente con el muerto, sus siervos y clientes más queridos.

XX. Las naciones que gozan de mayor prestigio en cuanto a su manera de gobernarse tienen como una ley inviolable el que, si alguien se entera por los pueblos vecinos de algún rumor o noticia, lo ha de hacer saber a los magistrados sin comentarlo con nadie más, pues se sabe por experiencia que con frecuencia las personas irreflexivas e ignorantes se asustan con falsos rumores, son inducidas a actos delictivos y toman decisiones inadecuadas en temas muy importantes. Los magistrados ocultan lo que consideran oportuno y comunican al pueblo lo que consideran que es necesario. No se permite hablar de temas de Estado, a no ser en la asamblea.

XXI. Los germanos difieren mucho de estas costumbres. Efectivamente, no tienen druidas que presidan los ritos religiosos, ni se preocupan tampoco por los sacrificios. Únicamente consideran dioses a aquellos que ven con sus propios ojos y cuyos beneficios experimentan de modo sensible, o sea, el Sol, Vulcano [10] y la Luna; del resto de dioses ni tan sólo han oído hablar. Toda su vida consiste en la caza y en la dedicación a la milicia; ya desde niños se acostumbran al trabajo y al sufrimiento. Los que permanecen castos durante más tiempo gozan entre ellos de la mayor consideración. Algunos creen que de este modo se aumenta la estatura; otros, que se gana en

---

[10] Vulcano es el dios del fuego.

fortaleza y vigor. En cualquier caso, consideran absolutamente vergonzoso el haber conocido mujer antes de los veinte años. Y eso que no existe pudor alguno entre ellos, ya que ambos sexos se bañan juntos en los ríos y se cubren con pieles y cortas zamarras[11] que dejan desnuda gran parte del cuerpo.

XXII. No se dedican a la agricultura, y su alimentación consiste principalmente en leche, queso y carne. Ninguno de ellos posee terrenos o fincas propias, sino que los magistrados y mandatarios anualmente asignan a las familias y a los grupos de parientes que viven juntos un terreno del tamaño y ubicación que les parece oportuno, y cada año les hacen cambiar de sitio. Aducen muchas razones para ello: que, habituados a vivir en un lugar, no vayan a cambiar la dedicación a la milicia por la agricultura; que no les entre el deseo de ampliar sus posesiones y los más fuertes echen de sus tierras a los más débiles; que no construyan casas más adecuadas para protegerse del frío y del calor; que no pueda surgir la codicia del dinero, por la cual se creen disensiones y rencillas; en suma, para mantener al pueblo tranquilo al ver cada uno que sus propios bienes son iguales que los de los más poderosos.

XXIII. El máximo prestigio para estas naciones es estar rodeadas de páramos y tierras deshabitadas, cuanto más extensos mejor. Creen que es una prueba de su valor el que sus vecinos, expulsados por ellos, abandonen sus tierras y que ningún otro pueblo se atreva a asentarse en sus cercanías; al mismo tiempo piensan que estarán así más seguros, al suprimir el posible temor a una repentina incursión del enemigo. Cuando una nación afronta una guerra, ya sea defensiva u ofensiva, se eligen magistrados para que dirijan la campaña y cuenten con poder de vida y muerte. En tiempos de paz no existe ningún magistrado común para toda la nación, sino que los jefes de las regiones y de las circunscripciones territoriales

---

[11] César utiliza el término *rheno.* Se trataba de una vestimenta, hecha de piel de reno, que cubría desde los hombros al ombligo, como una especie de chaleco.

administran justicia entre los suyos y resuelven los litigios. Los robos que se producen fuera de las fronteras de la nación no comportan descrédito alguno, antes bien afirman que se llevan a cabo para que la juventud se ejercite y no caiga en el aburrimiento. Y cuando alguno de sus prohombres proclama en la asamblea que va a acaudillar una campaña y que los que quieran seguirle que lo manifiesten, se levantan los que aprueban la empresa y al jefe y le prometen su colaboración y son vitoreados por todos. Ahora bien, si alguno de éstos después no le sigue, se le considera un desertor y un traidor y se le retira en adelante la confianza para cualquier otra cosa. Creen ilícito violar la hospitalidad. Por ello evitan todo agravio a cualesquiera que, por el motivo que sea, vayan a sus tierras y los consideran sagrados y para ellos están abiertas todas las casas y con ellos comparten todos los alimentos.

XXIV. Hubo antes un tiempo en que, superando los galos en coraje a los germanos, llevaban la guerra más allá y, debido a su numerosísima población y a la escasez de tierras, establecían colonias al otro lado del Rin. Y, en efecto, la región más fértil de toda Germania, alrededor de la selva Hercinia [12] —cuya existencia veo que ya era conocida por Eratóstenes y por algunos griegos que la llaman Orcinia—, la ocuparon los volcas tectósagos [13] y en ella se establecieron. Esos pueblos siguen hoy día asentados allí y disfrutan de la máxima consideración por su sentido de la justicia y por sus glorias bélicas. Actualmente, puesto que los germanos se mantienen con las mismas privaciones, escasez y paciencia, perseverando en su mismo género de vida y cuidados del cuerpo, mientras que a los galos la proximidad de nuestras provincias y el conocimiento de los productos de ultramar les surte generosamente de infinidad de

---

[12] La Selva Negra.

[13] Eran oriundos de la región de Narbona y Tolosa. Otra rama de estos volcas se dirigió al Asia Menor y ocuparon la provincia de Galacia.

Los volcas arecómicos eran diferentes de éstos y vivían en el Languedoc. Su capital era Nimes y formaban parte de la provincia Narbonense.

cosas para su conveniencia y regalo y, tras haberse acostumbrado insensiblemente a ser superados por los germanos y haber sido derrotados en muchos combates, no se atreven ellos mismos ni tan sólo a compararse en valor con los germanos.

XXV. La anchura de esta selva Hercinia, que acabamos de mencionar, es de nueve días de camino, hechos a buen paso sin ningún tipo de rémoras. No se puede medir de otra manera, pues los germanos no conocen las medidas itinerarias. Comienza en las fronteras de los helvecios, de los nemetos y de los rauracos y, siguiendo el curso del río Danubio, llega hasta los confines de los dacios y de los anartes [14]. Desde aquí tuerce a la izquierda por diversas regiones que se apartan del río y, dada su enorme extensión, penetra en los términos de muchos países. No hay nadie de esta parte de Germania que afirme haber llegado al extremo de esta selva, aun después de haber andado sesenta jornadas, o que tenga información de dónde acaba. Se sabe que en ella viven muchas especies de animales salvajes que nunca se han visto en otros lugares. De éstas, las que más difieren de las restantes y que parecen más dignas de ser recordadas son las siguientes:

XXVI. Hay un buey con aspecto de ciervo [15] al cual, entre las orejas, en el centro de la frente, le sale un solo cuerno más alto y más recto que cualquier otro de los cuernos que nosotros conocemos. En su extremo superior se ramifica ampliamente a manera de ramas y palmas. El aspecto de la hembra es como el del macho y es también igual la forma y tamaño de los cuernos.

XXVII. Están también los llamados alces. Por su aspecto y variedades de pelaje son parecidos a las cabras, aunque son algo más grandes y carecen de cuernos y, por tener las patas sin junturas ni articulaciones, ni se tienden para dormir ni pueden levantarse o enderezarse, si por cualquier desgraciado azar caen a tierra. Estos animales usan los árboles a manera de cu-

---

[14] Habitantes de Dacia y Transilvania, respectivamente.

[15] El reno.

biles. Se arriman a ellos y, así, ligeramente apoyados en ellos, descansan. Cuando por sus huellas descubren los cazadores el lugar donde acostumbran a retirarse, descalzan de sus raíces o sierran todos los árboles de la zona, pero de forma que mantengan la apariencia de estar firmes. Cuando los alces, siguiendo sus hábitos, se recuestan en ellos, derriban con su peso los endebles árboles y caen juntamente con ellos.

XXVIII. La tercera de estas especies es la de los llamados uros [16]. Éstos por su tamaño son algo más pequeños que los elefantes y con forma, color y aspecto de toro. Es muy grande su fuerza y velocidad y, así que han avistado a un hombre o a un animal, lo embisten. Los matan, una vez capturados por medio de hoyos hábilmente dispuestos. A estos trabajos se dedican los jóvenes y en este tipo de caza se ejercitan y, exponiendo en público los cuernos como testimonio de sus capturas, reciben grandes elogios. Los uros, por otra parte, no pueden ser domesticados ni amansados, ni siquiera cuando han sido capturados de cachorros. La amplitud, la forma y el aspecto de su cornamenta difiere mucho de los cuernos de nuestros toros. Tienen estos cuernos una gran demanda, pues guarnecen de plata sus bordes y los utilizan como copas en los más suntuosos banquetes.

XXIX. César, una vez hubo sabido por los exploradores ubios que los suevos se habían retirado a los bosques, temiendo la falta de trigo, pues, como ya dijimos, los germanos en general apenas se dedican a la agricultura, decidió no avanzar más. Pero, para no liberar del todo a los bárbaros del miedo de su retorno y para entorpecer la llegada de las tropas auxiliares germanas, después de haber hecho cruzar de nuevo al ejército, destruye en una longitud de 200 pies el extremo del puente que toca la ribera de los ubios y, en el otro extremo del puente, construye una torre de cuatro pisos y estaciona una guarnición de doce cohortes para la vigilancia del puente y lo ase-

---

[16] Se refiere al *Bos primigenium* o uro, desaparecido de los bosques europeos desde el siglo XVII.

gura con grandes fortificaciones. Al mando del lugar y de la guarnición pone al joven Cayo Volcacio Tulo. César, por su parte, así que empezó a madurar el trigo, parte a luchar contra Ambiórix. A través del bosque de las Ardenas, que es el mayor de toda la Galia —abarca desde las orillas del Rin y las fronteras de los tréveros hasta el territorio de los nervios y se extiende en una longitud de más de quinientos mil pasos—, envía por delante a Lucio Minucio Basilo [17] con toda la caballería, por si, con la velocidad de la marcha y la coyuntura del tiempo, podía sacar alguna ventaja. Le recomienda que prohíba encender hogueras en el campamento para que no pueda observarse desde lejos ninguna señal de su llegada. Le asegura que él le seguirá inmediatamente.

XXX. Basilo cumple las órdenes recibidas. Realizado, pues, el trayecto con una rapidez imprevista para todos, captura por sorpresa a muchos que estaban desprevenidos en los campos. Por indicación de éstos se dirige contra el propio Ambiórix, a un lugar donde éste se encontraba, según decían, con unos pocos jinetes. Al igual que en todas las cosas, también en los asuntos militares es grande el poder de la diosa Fortuna. Pues si una gran casualidad le permitió caer sobre él, desprevenido y descuidado, apareciendo ante aquellos hombres antes de que se hubieran enterado por noticia o mensajero alguno de su llegada, de la misma manera fue un gran golpe de suerte que él pudiera escapar después de perder todo el material bélico que tenía junto a sí y de serle capturados los carros y caballos. Ayudó a ello el que, al tener su casa rodeada de bosque, como casi todas las casas de los galos —quienes para mitigar el calor buscan en general la cercanía de los bosques y los ríos—, sus compañeros y familiares, en un angosto paso, pudieron sostener durante un rato la carga de nuestra caballería. Mientras éstos combatían, uno de los suyos lo montó en un caballo y los bosques ocultaron al que huía. Así pues, la

---

[17] Era uno de los *praefectus equitum* o jefe de caballería.

Fortuna fue decisiva tanto para hacerle caer en el peligro como para librarse de él.

XXXI. Si Ambiórix dejó de reunir deliberadamente sus tropas porque no creyó que tuviera que luchar, o no lo hizo por falta de tiempo e imposibilitado por la repentina llegada de nuestra caballería, pensando que el ejército venía detrás de ella, es difícil de saber. Lo cierto es que, enviando mensajeros por los campos, ordenó que cada uno cuidara de sí mismo. Así que una parte de ellos huyó al bosque de las Ardenas, otra a los pantanos cercanos; los que estaban próximos al océano se refugiaron en los islotes que suelen formar las mareas; otros muchos, marchándose del país, se confiaron ellos mismos con todas sus pertenencias a pueblos completamente desconocidos para ellos. Catuvolco, rey de la mitad de los eburones, que se había unido a Ambiórix, no pudiendo soportar ya las fatigas de la guerra ni tampoco las de la huida, agobiado por su edad, maldiciendo con mil insultos a Ambiórix, promotor de la conjura, se envenenó con zumo de tejo, árbol muy abundante en Galia y Germania.

XXXII. Los segnos y los condrusos, pueblos de origen y raza germanos, que moran entre los eburones y los tréveros, enviaron legados a César para suplicarle que no los considerara enemigos suyos y que no pensase que todos los pueblos germánicos de este lado del Rin hacían causa común; que ellos ni se habían planteado participar en esta guerra ni habían enviado ayuda alguna a Ambiórix. Averiguado por César este extremo interrogando a los cautivos, les ordenó que, si algunos eburones en su huida se habían refugiado entre ellos, se los entregaran; si así lo hacían, les prometió respetar su territorio. Dividiendo entonces su ejército en tres partes, reunió la impedimenta de todas las legiones en Aduátuca; así se llamaba la fortaleza [18]. Está ubicada casi en el centro del país de los eburones, donde Titurio y Aurunculeyo se habían instalado

---

[18] El término latino *castellum* designa un campamento fortificado. Tiene un significado estrictamente militar.

para invernar. Junto a otros motivos, había elegido este lugar porque permanecían intactas las fortificaciones hechas en años anteriores, lo cual ahorraría trabajo a los soldados. Para protección de la impedimenta dejó allí la decimocuarta legión, una de las tres que, reclutadas recientemente, había hecho venir de Italia. Al mando de esta legión y de la plaza puso a Quinto Tulio Cicerón y le asignó doscientos jinetes.

XXXIII. Una vez repartido el ejército, ordena a Tito Labieno dirigirse con tres legiones hacia el océano, a las tierras colindantes con el país de los menapios. Envía a Cayo Trebonio con el mismo número de legiones hacia la región vecina a los aduátucos [19] para asolarla. Él, personalmente, con las tres legiones restantes decide ir hacia el río Escalda, afluente del Mosa, y hacia la parte más extrema de las Ardenas, adonde había oído que se había dirigido Ambiórix con unos pocos jinetes. Al marchar, afirma que regresará después de siete días, fecha en que sabía que debía distribuirse trigo a la legión que se quedaba para proteger la ciudadela. Recomienda a Labieno y Trebonio, si pueden hacerlo sin perjuicio de los intereses de Roma, que vuelvan ese mismo día, a fin de que, tras intercambiar pareceres y examinar los planes de los enemigos, puedan comenzar de nuevo la guerra.

XXXIV. No existía, como antes dijimos, ningún determinado contingente de tropas, ninguna ciudad, ninguna guarnición que pudiera defenderse con las armas, sino una multitud de gente dispersa por todas partes. Allí donde un valle escondido, un lugar salvaje o un pantano infranqueable ofrecía a la gente una esperanza de protección o salvación, allí se establecía. Estos parajes eran conocidos de los naturales del lugar, y era menester una gran cautela, no para resguardar el conjunto del ejército (pues de unos hombres aterrados y dispersos ningún peligro podía temerse para el grueso de las tropas), sino

---

[19] Recordemos que los aduátucos habitaban la región de Namur (cfr. Libro II, cap. XXIX; Libro II, n. 6, y Libro V, n. 32).

para proteger a cada uno de los soldados, de lo cual dependía en parte la seguridad de todo el ejército. El afán de botín, en efecto, hacía que muchos se alejasen demasiado, y las intrincadas y desconocidas sendas del bosque les impedían marchar en formación cerrada. Si pretendían, por tanto, los romanos cumplir sus objetivos y eliminar esa banda de forajidos, se hacía necesario enviar diversos contingentes de tropas y dividir el ejército. Si querían, por el contrario, mantener unidos los manípulos [20] junto a sus enseñas, tal como dictaba la tradicional estrategia y la costumbre del ejército romano, la misma naturaleza del lugar servía de protección a aquellos bárbaros, a quienes no les faltaba audacia para tender emboscadas desde sus escondrijos y rodear a los nuestros que anduviesen dispersos. En consonancia con tales riesgos se adoptaban, pues, todas aquellas medidas que era posible, prefiriendo dejar pasar alguna oportunidad de castigar al enemigo, aunque todos ardían en deseos de venganza, que la posibilidad de que nuestros soldados pudiesen sufrir alguna baja al intentarlo. César envía mensajeros a las poblaciones vecinas. Con la esperanza del botín invita a todos a unirse a su causa y a saquear a los eburones, de manera que sea más bien la vida de los galos la que corra peligro en los bosques que no nuestros soldados legionarios, y también para que, desplegada tan gran multitud de fuerzas, fuese aniquilada la raza e incluso el nombre de los eburones como castigo de su perfidia. Una gran multitud acude entonces rápidamente desde todas partes.

XXXV. Ocurrían estos sucesos por todo el territorio de los eburones y se acercaba entretanto el séptimo día, día en el que César había decidido regresar junto a la impedimenta y la legión. Pudo entonces percatarse de cuán grande es el poder de la Fortuna en la guerra y cuántos avatares ocasiona. Una vez dispersados y aterrorizados los enemigos, como hemos dicho, no quedaba grupo alguno de ellos que pudiera ser motivo del

---

[20] Recordemos que el manípulo constaba de dos centurias. Cada legión y cada manípulo tenían sus propias enseñas, no así las cohortes y centurias.

más mínimo temor. También a los germanos del otro lado del Rin les llega la noticia de que los eburones están siendo saqueados y de que todos están convidados a participar del botín. Los sigambros[21], que moran junto al Rin, reúnen dos mil jinetes. Los sigambros eran los que, como antes dijimos, habían acogido a tencteros y usípetes en su huida. Atraviesan el Rin con barcas y balsas treinta mil pasos más abajo del lugar donde se había construido el puente y había dejado César un destacamento para protegerlo. Llegan a las fronteras más próximas de los eburones. Capturan a muchos de ellos que en su huida iban dispersos y se apoderan de gran cantidad de ganado, botín preciadísimo para los bárbaros. Atraídos por el pillaje, intérnanse más en el territorio. Nacidos entre guerras y razzias no detienen a los sigambros ni los pantanos ni los bosques. Preguntan a los fugitivos dónde se encuentra César. Averiguan que ha avanzado mucho más lejos y se enteran de que con él se ha marchado todo el ejército. Les dice, entonces, uno de los cautivos: «¿Por qué vais detrás de este botín ruin y de poco valor, cuando os sería posible haceros riquísimos de golpe? En tres horas podéis llegar a Aduátuca; allí el ejército romano ha concentrado todas sus riquezas. Su guarnición es tan escasa que ni siquiera pueden abarcar toda la muralla y no hay nadie que se atreva a salir fuera del recinto fortificado». Ante la esperanza que se abría ante ellos, los germanos dejan en un lugar oculto todo el botín que habían conseguido. Acto seguido se dirigen a Aduátuca, utilizando como guía aquel mismo cautivo por cuya declaración habían conocido todos estos hechos.

XXXVI. Cicerón, que durante todos los días precedentes, de acuerdo con las órdenes de César, había retenido con gran cuidado sus soldados dentro del campamento y ni siquiera a los sirvientes les había permitido salir de él, desconfiando al llegar el séptimo día de que César mantuviese su palabra res-

[21] Habitaban en la orilla derecha del Rin, al norte de los ubios, en la actual región del Ruhr.

pecto a la fecha establecida, pues había oído que se había ido muy lejos y no le llegaba noticia alguna sobre su regreso, presionado también por las protestas que tildaban casi de situación de asedio su obediencia, puesto que no les permitía salir del campamento, no temiendo por otra parte ningún percance que pudiera perjudicarlos, ya que los enemigos estaban dispersos y prácticamente aniquilados, y en un espacio de tres mil pasos se hallaban acantonadas nueve legiones y un gran contingente de caballería, envía cinco cohortes para aprovisionarse de grano a los campos de trigo más próximos, entre los cuales y el campamento se interponía tan sólo una colina. Muchos de los soldados heridos de las otras legiones se habían quedado allí. Unos trescientos de éstos, que durante aquellos días se habían recuperado, son enviados también, agrupados todos ellos bajo una misma enseña. Obtenido el correspondiente permiso, van también tras ellos una gran multitud de sirvientes con gran número de mulos, que habían quedado también en el campamento.

XXXVII. Casualmente, en esos precisos momentos se presenta la caballería germana y sin detenerse, al galope, tal como llegaban, intentan irrumpir en el campamento por la puerta decumana [22]. Ocultos en ese lado por el bosque, no fueron vistos antes de llegar tan cerca del campamento que los mercaderes [23], que habían plantado sus tiendas al pie de la empalizada, no tuvieron tiempo de refugiarse en el interior. Los nuestros, sorprendidos, se azoran ante la imprevista situación y a duras penas resiste la carga la cohorte de guardia. Los enemigos se abalanzan por todas partes, por si pueden encontrar una forma de irrumpir al interior. Con harto trabajo consiguen los nuestros defender las puertas, mientras la defensa de los restantes

---

[22] Sobre la puerta decumana, situada en la parte posterior del campamento, cfr. Libro III, n. 5.

[23] A los ejércitos romanos les seguían siempre gran número de comerciantes y tenderos que vendían sus productos a los soldados y les compraban su parte del botín.

accesos queda a cargo de la propia naturaleza del lugar y de las fortificaciones. Cunde la confusión por todo el campamento y los soldados se preguntan mutuamente el motivo del alboroto. Nadie decide hacia dónde han de dirigirse las enseñas ni a qué parte de la muralla ha de agregarse cada soldado. Uno asegura que ya han tomado el campamento; afirma otro que, aniquilado el ejército y el general, están ya allí los vencedores bárbaros. La mayoría se imagina supersticiosos augurios a causa del lugar y aparece ante sus ojos el desastre de Cota y Titurio, que murieron en ese mismo fortín [24]. Aterrorizados todos con esos miedos, se reafirma la creencia de los bárbaros de que, tal como les había informado el prisionero, no había guarnición alguna en el interior del campamento. Pugnan los bárbaros por abrirse paso a viva fuerza y se animan mutuamente a no dejar escapar ocasión tan favorable.

XXXVIII. Con la guarnición se había quedado el herido Publio Sextio Báculo [25], que había sido primipilo con César y del que ya hemos hecho mención en anteriores campañas, y que llevaba ya cinco días sin comer. Desconfiando éste de su salvación y de la de todos, sale desarmado de la tienda. Ve que los enemigos se les echan ya encima y que la situación es sumamente crítica. Coge las armas de los que tenía junto a él y se planta en la puerta [26]. Le siguen los centuriones de la cohorte de guardia. Durante un rato sostienen juntos la batalla. Sextio pierde el sentido a causa de las graves heridas recibidas; con grandes dificultades se lo pasan de mano en mano y lo sacan vivo de allí. Gracias a este intervalo se recuperan tanto los demás que se atreven por fin a tomar posiciones en las fortificaciones y a asemejarse a verdaderos defensores.

---

[24] Cfr. Libro V, caps. XXVIII a XXXVII.

[25] Sobre el *primipilo* Publio Sextio Báculo, cfr. Libro II, cap. XXV, n. 19, y Libro III, cap. V. En este pasaje hemos de suponer que se había ya licenciado y continuaba en el ejército de César en calidad de *evocatus*, cfr. Libro III, n. 17.

[26] En la puerta decumana.

XXXIX. A todo esto, concluido el aprovisionamiento de trigo, escuchan nuestros soldados la barahúnda. Los jinetes se adelantan a todo galope. Perciben lo peligroso de la situación. En su caso, sin embargo, no había fortificación alguna que pudiera proteger a los aterrados soldados. Reclutados recientemente e inexpertos en la práctica militar, vuelven sus miradas al tribuno y a los centuriones. Aguardan lo que éstos dispongan. Nadie hay tan valiente que ante esta nueva situación no sienta temor. Los bárbaros, al divisar a lo lejos las enseñas, detienen el ataque. Al principio piensan que han regresado las legiones que por los informes de los prisioneros sabían ellos que se habían ido muy lejos. Luego, menospreciado el pequeño número de esas fuerzas, reemprenden el ataque desde todos los costados.

XL. Los sirvientes corren hasta la colina próxima. Desalojados rápidamente de allí se precipitan hacia las enseñas y los manípulos; con ello aumentan el terror de los ya asustados soldados. Unos, al estar tan cerca el campamento, se inclinan a adoptar la formación en cuña para abrirse paso rápidamente y a viva fuerza, confiando que, aunque cayese una parte de ellos si se viera rodeada, podrían salvarse los demás. Otros eran de la opinión de mantenerse firmes en la colina y correr todos la misma suerte. No estaban de acuerdo con este último parecer los soldados veteranos, que, como ya dijimos, habían salido agrupados todos bajo la misma enseña. Así pues, después de animarse entre sí, a las órdenes de Cayo Trebonio, caballero romano que estaba a su mando, cargan por medio de los enemigos e, incólumes hasta el último hombre, llegan al campamento. Los sirvientes y la caballería, que seguían tras de ellos en esa misma carga, salen también indemnes, gracias al valor de los legionarios. En cambio, los que habían permanecido en la colina, sin ninguna experiencia militar, como no mantuvieron lo que habían decidido, a saber, defenderse en un lugar ventajoso, ni pudieron tampoco igualar la fuerza y la velocidad que habían visto que había salvado a los demás, al intentar replegarse al campamento quedaron en una posición desfavorable. Los centuriones, algunos de los cuales, debido a su valor, desde los grados inferiores de las otras legiones habían sido ascendidos a los grados superiores de esta legión[27], para no perder la gloria militar ya conseguida cayeron luchando bravamente. Una parte de los soldados, salvados de los enemigos gracias al valor de los centuriones, contra toda esperanza llegó incólume al campamento. Otra parte de ellos sucumbió rodeada por los bárbaros.

XLI. Los germanos, perdida la esperanza de apoderarse del campamento al ver que los nuestros se habían afianzado ya dentro de las fortificaciones, se retiraron al otro lado del Rin con el botín que habían dejado oculto en los bosques. Pero fue tan grande el terror que, incluso después de su marcha, quedó hacia los enemigos, que no creyeron los nuestros que César estaba ya a punto de llegar con todo el ejército incólume, a pesar de haber llegado aquella misma noche al campamento Cayo Voluseno[28], que había sido enviado por delante con toda la caballería. De tal forma se había apoderado el miedo del ánimo de todos que, casi fuera de sí, afirmaban que la caballería se había refugiado allí huyendo, tras haber sido aniquiladas todas las tropas, y aseguraban que, si el ejército estuviese incólume, no habrían atacado los germanos el campamento de César. Tan sólo la llegada de César pudo, al fin, serenarlos.

XLII. Tras su regreso, como no ignoraba los posibles avatares de una guerra, criticando tan sólo que las cohortes hubieran sido enviadas fuera del campamento descuidando su defensa —no se hubiera debido abandonar la plaza bajo circunstancia alguna—, consideró que la fortuna había jugado un papel muy importante con la repentina llegada de los enemigos, y mayor todavía al haber conseguido rechazar a los bárbaros, estando ya casi en la empalizada y en las mismísimas puertas del campamento. Pero lo que le parecía más sor-

[27] Sobre los grados y ascensos de los centuriones, cfr. Libro V, n. 43.
[28] Sobre Cayo Voluseno, cfr. Libro IV, n. 16.

prendente de todos estos sucesos era el hecho de que los germanos, que habían cruzado el Rin con la intención de saquear el territorio de Ambiórix, se hubieran desviado hasta el campamento de los romanos, haciendo a Ambiórix el favor que más deseaba.

XLIII. Al partir César de nuevo para castigar a los enemigos, después de reunir un gran número de caballería de las naciones vecinas, la envía en todas direcciones. A su paso, prenden fuego a todas las alquerías y caseríos que encuentran, degüellan el ganado, saquean todos los lugares. Las espigas no sólo eran consumidas por tanta multitud de caballos y hombres, sino que, debido a la estación del año y a las lluvias, estaban caídas, de manera que, aunque de momento pudiesen ocultarse algunos enemigos, parecía evidente que éstos, una vez se hubiera marchado el ejército romano, morirían irremediablemente, a causa de la carencia de todo. Y, al haber tantos escuadrones de caballería discurriendo por todas partes, con frecuencia se llegaba al extremo de que los prisioneros aseguraban, no sólo que habían visto a Ambiórix huyendo, sino que aún no lo habían perdido de vista por completo, de manera que, imbuidos de la esperanza de capturarlo y tomándose un infinito trabajo, los que confiaban en granjearse el eterno agradecimiento de César superaban sus propias fuerzas con su esfuerzo y siempre les parecía estar casi a punto de lograr el éxito. Ambiórix, sin embargo, se les escapaba de las manos sirviéndose de los escondrijos y de los bosques y, al amparo de la noche, se dirigía a otras regiones y lugares con una escolta de tan sólo cuatro jinetes, los únicos a quienes osaba confiar su vida.

XLIV. Después de asolar así el país, retira César su ejército a Durocortorum[29] de los remos, habiendo sufrido la pérdida de dos cohortes. Convocado en esta ciudad el consejo de la Galia, decide llevar a cabo una investigación sobre la conju-

---

[29] Sobre Durocortorum y los remos, cfr. Libro II, n. 3.

ración de los sénones y carnutos. Acón, que había sido el cabecilla de la rebelión, fue condenado a muerte y ejecutado según la tradición[30] de nuestros mayores. Algunos, temiendo ser también procesados, huyeron. Tras privar a éstos del agua y del fuego[31], César alojó en sus respectivos cuarteles de invierno dos legiones en territorio de los tréveros, otras dos en el de los lingones y las seis restantes en Agedinco, en el país de los sénones. Después, tras haberlas abastecido de trigo a todas ellas, partió hacia Italia, tal como tenía decidido, para celebrar las acostumbradas vistas judiciales[32].

---

[30] Se ataba al condenado a un poste, donde era azotado para ser, finalmente, decapitado.

[31] Tradicional expresión latina para significar la condena al destierro o exilio.

[32] Cfr. Libro I, n. 67.

LIBRO SÉPTIMO

I. Una vez sosegada la Galia, César, tal como había decidido, parte hacia Italia [1] para presidir las juntas. Se entera allí de la muerte de Publio Clodio [2]. Informado también del decreto del senado ordenando que todos los jóvenes de Italia se alistasen, decide hacer una leva por toda su provincia. Estas noticias llegan rápidamente a la Galia Transalpina. Los propios galos las aumentan y deforman, difundiendo el bulo, por parecerles que la oportunidad lo requiere, de que la agitación política de Roma retiene a César en la urbe y que ante tan grandes tensiones no puede reunirse con el ejército. Incitados por esta oportunidad, aquellos que ya con anterioridad deploraban estar sometidos al poder romano, comenzaron a tramar proyectos bélicos con mayor libertad y descaro. Convocando de común acuerdo diversas reuniones en lugares agrestes y apartados, los mandatarios de la Galia se lamentan de la muerte de Acón. Ponen de manifiesto que semejante desventura puede ocurrirles también a ellos. Deploran la común desgracia de la Galia. Con todo tipo de promesas y recompensas buscan a alguien que inicie la guerra y que a riesgo de su pro-

---

[1] En este libro nos narra César sus campañas del año 52 a. C.
Se entiende que César se dirige a su provincia, la Galia Cisalpina.

[2] Ya hemos indicado en la Introducción que el tribuno de la plebe Publio Clodio servía y vigilaba los intereses de César, mientras éste se hallaba fuera de Roma, durante sus años de gobierno y conquista de las Galias.

pia vida libere a la Galia. Convienen en que, antes de que se divulguen sus clandestinos proyectos, han de procurar por encima de todo impedir que César se reúna con su ejército. Que eso es fácil porque las legiones, al estar ausente su general en jefe, no se atreverán a salir de sus cuarteles de invierno, ni César podrá llegar hasta las legiones sin una escolta. Afirman, finalmente, que más vale morir en combate que renunciar a su antigua gloria bélica y a la libertad recibida de sus mayores.

II. Debatidos estos extremos, declaran los carnutos que no rehuirán peligro alguno, tratándose del bien común, y se comprometen a ser los primeros en declarar la guerra. Y como de momento, por no descubrir su conjura, no pueden intercambiarse rehenes, solicitan que se selle el compromiso, mediante juramento y palabra de honor sobre las enseñas militares reunidas —lo que, según su tradición, encierra la más sagrada ceremonia— de que, una vez comenzada la guerra, no serán abandonados por los demás. Entonces, después de elogiar a los carnutos, prestado el juramento por todos los presentes y fijada la fecha de la insurrección, se disuelve la asamblea.

III. Cuando llegó el día, los carnutos, acaudillados por Cotuato y Conconetodumno, hombres dispuestos a todo, dada la señal, se lanzan sobre Cénabo [3] y dan muerte y roban sus haciendas a los ciudadanos romanos que residían allí a causa de sus negocios, entre ellos a Cayo Fufio Cita, ilustre caballero romano, que por encargo de César presidía la distribución de trigo. Rápidamente llega esta noticia a todas las naciones de la Galia. En efecto, cuando ocurre un hecho importante y notable, lo pregonan a gritos por los campos y comarcas. Los primeros que lo escuchan lo transmiten a los más cercanos, y así sucesivamente; eso fue lo que sucedió entonces. De esta forma, lo que de madrugada había sucedido en Cénabo, antes

---

[3] Cénabo, la actual Orleans, era la capital de los carnutos, cfr. Libro VI, n. 7, y Libro II, n. 25.

de concluir la primera vigilia[4] se supo en el país de los arvernos, a unos ciento sesenta mil pasos de distancia.

IV. Allí, por un parecido motivo, Vercingetórix (joven arverno muy poderoso, hijo de Celtilo, quien había conseguido autoridad sobre toda la Galia y por ello, porque aspiraba a la realeza, había sido asesinado por sus compatriotas), convocando a sus propios clientes, los enardeció fácilmente. Al conocerse sus intenciones, se recurre a las armas. Se le oponen Gobanición, tío suyo, y los demás mandatarios, quienes no aprobaban su iniciativa, y lo expulsan de la ciudad de Gergovia[5]. No renuncia a sus planes Vercingetórix y en los campos recluta a los indigentes y delincuentes. Una vez reunido este contingente de tropas, capta para su partido a todos los conciudadanos con quienes se encuentra. Les exhorta a tomar las armas en defensa de la común libertad y, tras reunir así un gran número de tropas, expulsa de la ciudad a sus adversarios, que poco antes lo habían echado a él de ella. Sus partidarios lo proclaman rey. Envía embajadas en todas direcciones, conjurando a todos a permanecer leales a su causa. Rápidamente se gana a los sénones, los parisios, los píctones, los cadurcos, los túrones, los aulercos, los lemovices, los andes, y a todas las demás naciones de la costa del océano. Por común acuerdo de todos se le otorga el mando supremo. Valiéndose de su autoridad, exige rehenes a todas estas naciones, ordena que se le entregue inmediatamente un cierto número de soldados y establece la cantidad de armas que cada nación ha de fabricar y cuándo han de estar listas. Se preocupa sobre todo por la caballería. A su gran actividad une una extrema severidad como jefe. Con la crueldad de los castigos doblega a quienes se mostraban vacilantes. Quien comete un delito grave es condenado a la hoguera y a toda clase de tormentos. Por una falta leve los

---

[4] Sobre las nueve de la noche.

[5] Sobre Gergovia y los arvernos, cfr. Libro I, n. 45. Respecto a Gergovia, su capital, no se sabe con seguridad si corresponde a Saint-Flour o, más probablemente, a Clermont-Ferran.

envía a su tierra, después de cortarles las orejas o vaciarles un ojo, para que sirvan de ejemplo a los demás y los aterren ante el rigor de los castigos.

V. Reunido rápidamente un ejército merced a sus crueles castigos, envía al cadurco [6] Lucterio, hombre de gran audacia, a tierras de los rutenos con una parte de las tropas. Él, por su parte, se dirige al país de los bituriges. Ante su llegada los bituriges [7] envían embajadores a los eduos, protectores suyos, para pedirles ayuda a fin de poder resistir más fácilmente las tropas enemigas. Los eduos, de acuerdo con la opinión de los legados que César había dejado allí con el ejército, envían tropas de caballería e infantería para ayudar a los bituriges. Cuando éstas llegaron al río Liger, que separa a los bituriges de los eduos, tras detenerse allí unos pocos días sin atreverse a cruzar el río, regresan a su tierra. Aseguran a nuestros legados que han regresado por temor a la perfidia de los bituriges, ya que se habían enterado de que éstos, en colaboración con los arvernos, planeaban rodearlos en caso de que cruzasen el río. Sobre si lo hicieron por el motivo que alegaron ante los legados, o inducidos por su propia deslealtad, no me parece que debamos pronunciarnos, puesto que no nos consta. Después, los bituriges, ante la retirada de los eduos, se unieron en seguida a los arvernos.

VI. Anunciados estos sucesos a César en Italia, viendo éste que la situación política en Roma había tomado un cariz más favorable merced a la habilidad de Cneo Pompeyo, se dirigió a la Galia Transalpina [8]. Una vez hubo llegado allí, se sintió muy preocupado por la gran dificultad que suponía encontrar una manera de poder reunirse con su ejército. Efectivamente,

---

[6] Los cadurcos ocupaban la región de Quercy. Eran vecinos de los arvernos y de los rutenos. La región de estos últimos, La Rovergue, bañada por el río Tarnis (hoy, Tarn), afluente del Garona, pertenecía una parte a la Aquitania y otra a la provincia romana Narbonense (cfr. Libro I, n. 1, 2 y 3).

[7] Sobre los bituriges, pueblo con dos ramas diferentes, cfr. Libro I, n. 32.

[8] Su marcha debió de producirse hacia el febrero del 52 a. C.

si ordenaba a las legiones venir a la provincia, se daba cuenta de que se verían obligadas a luchar durante el camino sin estar él presente. Si, por el contrario, era él quien iba a reunirse con su ejército, comprendía que no era prudente confiar su vida ni siquiera a aquellos que, de momento, parecían estar en paz.

VII. Entretanto, el cadurco Lucterio, que había sido enviado al país de los rutenos, reconcilia esta nación con los arvernos. Habiendo continuado después hasta el territorio de los nicióbroges y de los gábalos [9], recibe de ambos pueblos rehenes y, reunido un gran contingente de tropas, se dirige hacia la provincia Narbonense, decidido a irrumpir en ella. Informado César de ello, considera que su propia partida a Narbona se ha de anteponer a cualquier otro proyecto. Cuando hubo llegado allí, anima a los que se sentían atemorizados; sitúa guarniciones, procedentes de su provincia, en territorio de los rutenos, en el de los volcas arecómicos, en el de los tolosates, y en los alrededores de Narbona, lugares todos ellos colindantes con el enemigo. Dispone, además, que una parte de las tropas de la provincia y de los refuerzos que había traído de Italia tomen posiciones en el país de los helvios [10], fronterizo con el de los arvernos.

VIII. Tomadas estas disposiciones, que hicieron retroceder y alejarse de allí a Lucterio, pues consideraba peligroso adentrarse entre nuestras diversas guarniciones, se dirige César al territorio de los helvios. Aunque los montes Cevenas, que separan los arvernos de los helvios, cubiertos de un espesísimo grosor de nieve por ser entonces el momento más riguroso del invierno, les cerraban el paso, sin embargo, retirando con gran esfuerzo de los soldados seis pies de altura de nieve y abrién-

---

[9] Pueblos situados al oeste y este de los rutenos, respectivamente. Los gábalos, a su vez, colindaban por el este con los helvios.

[10] Los helvios era un pueblo de la Galia romana, es decir, de la provincia Narbonense, que ocupaban la orilla derecha del Ródano, cerca de la desembocadura del Isara, entre el mencionado río y los montes Cevenas. Su capital era Alba Helviorum, hoy Alps, cerca de Viviers.

Sobre los arvernos, cfr. Libro I, n. 45, y VII, n. 5.

dose así un paso, llega al país de los arvernos. Atacados éstos por sorpresa, ya que se creían protegidos por los montes Cevenas como si de una muralla se tratara, y jamás en aquella estación del año sus senderos habían permitido el paso ni siquiera a un hombre aislado, César ordena a la caballería recorrer la máxima extensión posible de territorio e infundir a los enemigos todo el terror que pudieran. Los mensajeros hacen llegar rápidamente estas noticias a oídos de Vercingetórix. Todos los arvernos, aterrorizados, lo rodean y le suplican que proteja sus propiedades y que no permita que sean saqueados por los enemigos, especialmente viendo que todas las hostilidades se dirigen ahora contra ellos. Movido por sus ruegos, traslada su campamento de las tierras de los bituriges al país de los arvernos.

IX. César, por su parte, tras detenerse dos días en el territorio, puesto que, por el conocimiento que tenía de Vercingetórix, había previsto lo que necesariamente iba a ocurrir, con el pretexto de reclutar nuevos refuerzos y más caballería se separa de sus tropas. Al mando de ellas deja al joven Bruto [11]. Le recomienda que la caballería siga recorriendo el territorio en todas direcciones y en la máxima extensión posible. Que él, a su vez, procurará no estar ausente del campamento más de tres días. Tomadas estas disposiciones, llega a Viena [12] a marchas forzadas, sorprendiendo a sus propios hombres. Una vez allí, encontrando descansada la caballería que muchos días antes había enviado a aquella ciudad, sin interrumpir la marcha ni de día ni de noche y atravesando el territorio de los eduos se dirige al país de los lingones, donde invernaban dos legiones, para atajar con presteza cualquier intriga que pudiesen perpetrar los eduos en favor de su libertad. Cuando hubo llegado allí, manda aviso a las restantes legiones y las reúne todas en un determinado lugar, antes de que los arvernos pudiesen ser

[11] Sobre Bruto, cfr. Libro III, n. 11.

[12] La ciudad de Viena, capital de los alóbroges, corresponde actualmente a la ciudad de Vienne, a orillas del Ródano, en el departamento del Isère.

avisados de su llegada. Conocido este hecho por Vercingetórix, lleva de nuevo su ejército a territorio de los bituriges y, partiendo de allí, decide atacar Gorgobina[13], ciudad de los boyos, a quienes, tras ser vencidos en la guerra contra los helvecios, César había ubicado allí, sometidos al dominio de los eduos.

X. Esta situación presentaba grandes dificultades a César a la hora de tomar una decisión. Si mantenía concentradas sus legiones en un solo lugar el resto del invierno, temía que se levantara toda la Galia, pues, en caso de ser vencidos los pueblos tributarios de los eduos, parecería que no se había prestado ayuda alguna por su parte a una nación amiga. Si, por el contrario, sacaba sus legiones de los cuarteles de invierno antes de lo previsto, su temor era carecer de trigo, por la dificultad de transportarlo. Finalmente juzgó que era preferible arrostrar cualesquiera dificultades que perder el afecto de todos sus aliados, si toleraba tan gran agravio. En consecuencia, tras exhortar a los eduos a seguir avituallándolo, destaca emisarios que adviertan a los boyos de su llegada y les inciten a permanecer leales y a resistir con entereza el ataque enemigo. Luego, dejando en Agedinco[14] dos legiones y la impedimenta de todo el ejército, se dirige al país de los boyos.

XI. Cuando al día siguiente llegó a Velaunoduno[15], ciudad de los sénones, para no dejar tras de sí enemigo alguno y tener más seguro el aprovisionamiento de trigo, decidió sitiarla, y en dos días la rodeó de una empalizada. Al tercer día, enviada desde la ciudad una embajada para tratar de su rendición, exige César que entreguen las armas, que le proporcionen caballos y que le den 600 rehenes. Para formalizar todas esas

---

[13] Actualmente, La Guerche. Sobre los boyos, cfr. Libro I, n. 13. César, después de derrotarlos en la guerra contra los helvecios, de quienes habían sido aliados, los reubicó en tierras de los eduos, sometidos a éstos. (Cfr. Libro I, cap. XXVIII, final.)

[14] Agedinco, hoy Sens, era una ciudad de los sénones. Cfr. Libro V, n. 51.

[15] Velaunoduno, hoy Montargis, era otra ciudad de los sénones.

exigencias deja allí a su legado Cayo Trebonio, mientras él, a fin de llegar cuanto antes a su destino, se dirige a Cénabo [16], ciudad de los carnutos. Éstos, que acababan de enterarse del asedio de Velaunoduno, pensando que los acontecimientos se desarrollarían con mayor lentitud, estaban reuniendo tropas para proteger Cénabo y enviarlas a la ciudad. César se presentó allí en dos días. Tras plantar su campamento frente a la ciudad e imposibilitado por falta de tiempo, posterga el ataque para el día siguiente. Ordena a los soldados aprestar todo lo necesario para el asalto y, como el puente sobre el río Liger tocaba la ciudad de Cénabo, temiendo que durante la noche pudieran huir de la ciudad, ordena a dos legiones permanecer en vela con las armas dispuestas. Los cenabeses, en silencio, poco antes de la medianoche, salen de la ciudad y empiezan a cruzar el río. Avisado César de ello por los batidores, tras prender fuego a las puertas hace penetrar en la ciudad a las legiones que había ordenado mantenerse dispuestas y se apodera de ella. Además, faltaron sólo unos pocos para no capturar en bloque a todos los enemigos, ya que la estrechez del puente y de los caminos obstaculizaron la huida a tanta multitud de gente. Saqueó la ciudad y le prendió fuego; regaló el botín a los soldados; hizo cruzar el Liger a su ejército y llegó a territorio de los bituriges.

XII. Vercingetórix, cuando conoció la llegada de César, desiste del asedio y parte a su encuentro. Éste había resuelto atacar Noviodonum [17], ciudad de los bituriges, que se encontraba en su camino. Como llegasen a su presencia legados de la ciudad para rogarle clemencia y que les perdonase la vida, César, a fin de concluir el tema con rapidez, esa rapidez con la que tantas cosas había conseguido, ordena que le entreguen las armas, le proporcionen caballos y le den rehenes. Cuando

[16] Sobre los carnutos, establecidos en ambas orillas del Liger (hoy Loira), y Cénabo, cfr. Libro VII, n. 3.

[17] Sobre Novioduno, cfr. Libro II, n. 9. Sobre los bituriges, cfr. Libro I, n. 32.

le había sido ya entregada una parte de los rehenes y se estaban llevando a cabo las demás condiciones, estando dentro de la ciudad los centuriones y algunos soldados a fin de requisar las armas y caballos, apareció a lo lejos la caballería enemiga que precedía al ejército de Vercingetórix. Así que los habitantes de la ciudad la divisaron y recobraron sus esperanzas, alzando un enorme griterío, toman las armas, cierran las puertas y empiezan a tomar posiciones en la muralla. Cuando en el interior de la ciudad los centuriones se percataron por las demostraciones de los galos de que éstos habían cambiado de parecer, desenvainando las espadas, ocuparon las puertas y replegaron incólumes a todos los suyos.

XIII. César, entonces, ordena salir a la caballería del campamento y entabla un combate ecuestre. Cuando estaban los suyos apurados, envía en su ayuda 400 jinetes germanos que desde el primer momento había resuelto mantener a su lado [18]. No pudieron los galos sostener su carga y, puestos en fuga, se replegaron junto a su ejército, tras perder un buen número de hombres. Los habitantes de la ciudad, aterrorizados de nuevo al ver derrotada a su caballería, detenidos aquellos que según su opinión habían sublevado a la población, se los entregaron a César y se rindieron. Concluido este conflicto, partió César hacia la ciudad de Avarico [19], la plaza fuerte más importante, mejor fortificada de los bituriges y situada en la región más fértil de su territorio, pues confiaba que, si conquistaba esa ciudad, sometería a su dominio toda la nación de los bituriges.

XIV. Vercingetórix, tras sufrir tantas y continuadas adversidades, en Velaunoduno, Cénabo y Novioduno, convoca a los suyos a consejo. Les expone que la guerra tiene que hacerse de forma muy distinta de como se ha hecho hasta ahora. Que

---

[18] Estas tropas germanas, tropas auxiliares de César, no se habían mencionado con anterioridad.

[19] Sobre Avaricum o Biturigae, hoy Bourges, capital de los bituriges, cfr. Libro I, n. 32.

deben concentrar sus esfuerzos en impedir a los romanos forrajear y avituallarse. Que les ha de resultar fácil por la numerosa caballería que ellos poseen y porque la estación del año les favorece. Que, en efecto, el forraje no puede todavía ser segado; que los enemigos, dispersos, lo tendrán que buscar necesariamente en las alquerías y que todos ellos podrán ser diariamente abatidos por los jinetes. Que, por otra parte, ante el bienestar general se habían de posponer los intereses particulares. Que era necesario, en consecuencia, quemar las granjas y alquerías de todos los campos adonde, de acuerdo con su itinerario, les pareciese que podían ir los romanos a recoger forraje. Que a ellos mismos no les faltará abundancia de todo ello, pues, sea de quien sea el territorio en donde se combata, les proveerán con sus propios recursos. Que los romanos, en cambio, o bien no podrán soportar la falta de todo, o bien, con gran esfuerzo, habrán de alejarse mucho de su campamento. Que da lo mismo, en consecuencia, si los matan o si les despojan de su impedimenta, pues, perdida ésta, no podrán continuar la guerra. Que es necesario, además, quemar aquellas poblaciones que por sus fortificaciones o la propia naturaleza del lugar no estén al abrigo de cualquier peligro, a fin de que no sirvan de refugio a sus propios desertores, ni a los romanos para conseguir víveres y botín. Que si estas medidas les parecen muy duras y penosas, mucho más penoso deben considerar que se les arrebaten sus hijos y mujeres para ser convertidos en esclavos y ser ellos mismos exterminados; lo cual ineludiblemente ocurre a los vencidos.

XV. Aprobada esta decisión con el consenso de todos, en un solo día son incendiadas más de veinte poblaciones de los bituriges. Lo mismo sucede en las demás naciones[20]. Por todas partes pueden divisarse los incendios. Aunque éstos suponían para todos una gran pena, se consolaban, sin embargo, con la confianza de que muy en breve recuperarían lo perdido,

[20] Es decir, los carnutos y los sénones.

ya que tenían casi segura la victoria. En asamblea general se delibera si es conveniente quemar también la ciudad de Avarico o defenderla. Los bituriges se echan a los pies de todos los galos para que no se les obligue a quemar con sus propias manos la ciudad posiblemente más bella de toda la Galia, baluarte y ornamento de su nación. Afirman que por la propia naturaleza del lugar podrán defenderla fácilmente, ya que, rodeada casi por completo por el río y los pantanos, sólo cuenta con una única y angostísima vía de entrada. Se accede a sus peticiones, con la oposición, al principio, de Vercingetórix, aunque después accede también, movido por sus súplicas y por lástima para con el pueblo. Se eligen defensores adecuados para la ciudad.

XVI. Vercingetórix sigue sin prisas [21] a César y elige para su campamento un lugar protegido por pantanos y bosques, a dieciséis mil pasos de distancia de Avarico. Allí, por medio de hábiles espías, era informado diariamente de todo lo que sucedía en Avarico y ordenaba lo que quería que se hiciese. Observaba todas nuestras salidas para forrajear y recoger trigo y, cuando nos veíamos obligados a desplazarnos más lejos y a dispersarnos, nos hostigaba y producía grandes bajas, aunque por parte de los nuestros se tomaban cuantas precauciones era posible, variando las horas de salida y los itinerarios.

XVII. César, tras instalar su campamento junto a aquella parte de la ciudad donde, entre el río y los pantanos, como antes expusimos, se encontraba la única y estrecha vía de acceso, comenzó a preparar el terraplén [22], a hacer avanzar los manteletes y a levantar dos torres de asalto, pues la naturaleza del terreno impedía acordonar la ciudad con una empalizada.

---

[21] Dice el texto latino: *minoribus itineribus.* La marcha normal del ejército romano *(iustum iter)* era de 20 a 25 km por jornada. Si la necesidad requería se podía apresurar la marcha 25 a 30 km *(magnis itineribus),* o forzarla aún más 30 a 40 km *(maximis itineribus),* llegando incluso a caminar día y noche.

[22] Sobre el terraplén, cfr. Libro II, n. 11.

No ceja de insistir a los boyos y a los eduos acerca del aprovisionamiento de trigo. Pero éstos, al hacerlo sin ningún interés, poco le ayudaban. Aquéllos, sin grandes recursos, pues su población era reducida y pobre, acabaron pronto sus disponibilidades. Aunque afligido el ejército por la gran carestía de trigo, ocasionada por las escasas posibilidades de los boyos, la negligencia de los eduos y los incendios de las alquerías hasta el punto de carecer los soldados de trigo durante varios días y evitar el hambre extrema gracias al ganado traído desde granjas lejanas, no se oyó, sin embargo, ni una sola queja, indigna de la grandeza del pueblo romano o de sus pasadas historias. Más aún, al conversar César con cada una de las legiones mientras trabajaban en los preparativos y manifestarles que renunciaría al asedio si les resultaban insoportables sus privaciones, todos los soldados le pedían que no hiciera tal cosa: que habían servido muchos años bajo su mando sin haber caído nunca en oprobio alguno y sin haber renunciado jamás a una empresa comenzada; que caerían en el deshonor si, en ese lugar, desistían del emprendido asedio; que era preferible padecer las más duras privaciones que dejar sin venganza a los ciudadanos romanos que perecieron en Cénabo por la traición de los galos. Estas mismas razones daban a los centuriones y tribunos para que éstos las transmitiesen a César.

XVIII. Cuando las torres estaban ya cerca del muro, supo César por los prisioneros que Vercingetórix, por haberse quedado sin forraje, había trasladado su campamento más cerca de Avarico y que él personalmente había salido con la caballería e infantería ligera, que ya estaba acostumbrada a combatir entre los jinetes, para tender una emboscada en el lugar por donde pensaban que los nuestros irían el próximo día a forrajear. Al enterarse César de ello, saliendo en silencio a medianoche, llegó de madrugada al campamento de los enemigos. Informados éstos rápidamente por sus ojeadores de la llegada de César, escondieron sus carros e impedimenta en lo más profundo de los bosques y formaron sus tropas en un lugar elevado y abierto. Avisado César de ello, ordena concentrar las mochilas[23] en un lugar y aprestar las armas.

XIX. Se trataba de una colina en suave pendiente desde el llano. Una pantanosa laguna inaccesible e infranqueable de unos cincuenta pies de anchura la rodeaba casi por todas partes. En este collado, tras destruir los puentes, se mantenían los galos, fiados en la naturaleza del lugar. Repartidos por naciones, ocupaban todos los vados y zonas forestales de la laguna, firmemente resueltos, en caso de que intentasen cruzarla, a aniquilar desde su posición favorable a los romanos cuando éstos se encontrasen atollados en ella; de tal manera que quien viese la proximidad de su posición podría pensar que los galos estaban dispuestos para un combate en igualdad de condiciones; pero quien se fijase en la desigualdad de las posiciones percibiría que se jactaban con vana fanfarronería. Como nuestros soldados estaban indignados de que los enemigos pudiesen permanecer tranquilos ante sus propios ojos a tan breve distancia de ellos y exigían que se les diese la señal de atacar, César les hace ver cuántas bajas y pérdidas de vidas de bravos soldados costaría inevitablemente aquella victoria. Les manifiesta también que, al verlos con tal disposición de ánimo que, por su gloria, están dispuestos a arrostrar cualquier peligro, debería él ser acusado de la mayor ingratitud, si no le fuera más valiosa la vida de sus hombres que la suya propia. Apaciguando de esta forma a sus soldados, aquel mismo día se replegó al campamento y dispuso que se llevasen a cabo los restantes trabajos necesarios para el asedio de la ciudad.

XX. Cuando regresó junto a los suyos, Vercingetórix fue acusado de traición por haber acercado su campamento al de los romanos, haberse marchado con toda la caballería, haber dejado sin jefe a un ejército tan numeroso y porque, nada más marcharse, habían llegado tan oportuna y rápidamente los romanos —decían que todo ello no había podido ocurrir casual-

---

[23] El término latino es *sarcina*. El peso medio que un legionario romano cargaba a sus espaldas era de 30 kg.

mente o sin una connivencia y que él prefería obtener el reino de la Galia por concesión de César que por el favor de los suyos—. A tal cúmulo de acusaciones respondió Vercingetórix que si había levantado el campamento, había sido por falta de forraje y porque ellos mismos se lo habían pedido; que si se había acercado más a los romanos, lo había hecho persuadido de las ventajas del terreno, que era seguro por sí mismo, sin necesidad de fortificaciones; que, en cuanto a la caballería, no podía esperarse que entrara en acción en aquel lugar pantanoso y que, en cambio, había resultado muy útil allí donde habían ido; que, al marcharse, deliberadamente no había traspasado el mando supremo a nadie, para evitar que ante la presión del pueblo cayese en la tentación de entablar combate, de lo cual veía que todos estaban ansiosos, pero por flaqueza de espíritu, ya que no podían soportar por más tiempo las privaciones; que si los romanos habían llegado hasta allí por casualidad, había que dar gracias a la Fortuna, y, si lo habían hecho llamados por algún traidor, tenían también que agradecérselo a éste, puesto que los galos desde su ventajosa posición habían podido comprobar lo reducido de sus tropas y menospreciar su valor, pues, sin atreverse a luchar, habíanse retirado vergonzosamente a su campamento; que no tenía ningún interés en recibir de manos de César el poder supremo a cambio de su traición, puesto que podía obtenerlo con la victoria que tanto él como todos los galos tenían ya asegurada; más aún, que si por acceder al poder les parecía más bien estarle encumbrando que recibir de él la salvación y la libertad, renunciaba a ese poder en su favor. «Para que os deis cuenta, siguió diciendo, de que hablo con toda sinceridad, escuchad a unos soldados romanos.» Hace comparecer, entonces, a unos esclavos que había apresado unos días antes mientras recogían forraje y a los que había atormentado con hambre y cadenas. Éstos, aleccionados de antemano sobre lo que habían de decir cuando se les interrogase, afirman ser legionarios romanos; aseguran que, impulsados por el hambre y la penuria, habían salido a escondidas del campamento por si podían encontrar en los campos un trozo de pan o de carne; que todo el ejército padece la misma escasez; que les faltan las fuerzas a todos y que nadie puede soportar ya trabajo alguno. Que su general había decidido, en consecuencia, que si no obtenían resultados con el asedio a la ciudad, retiraría el ejército dentro de tres días. «Todos esos logros, apuntilló Vercingetórix, los tenéis gracias a mí, a quien acusáis de traición, por cuya actuación, sin que os haya costado ni una gota de sangre, podéis ver un ejército siempre vencedor casi muerto de hambre ahora. Y ya he tomado medidas para que, si vergonzosamente se bate en retirada, ninguna nación lo acoja en sus tierras.»

XXI. Prorrumpe en vítores toda la multitud y, conforme a su costumbre, hacen entrechocar con estrépito sus armas, cosa que tienen el hábito de hacer en señal de aprobación a las palabras de alguien. Afirman a gritos que Vercingetórix es su supremo caudillo, que no se puede dudar de su lealtad y que no se puede llevar a cabo aquella guerra con mayor habilidad. Deciden enviar a la ciudad diez mil hombres, seleccionados entre el conjunto de las tropas, considerando que la común salvación no debía confiarse exclusivamente a los bituriges, ya que se daban cuenta de que, si éstos conseguían mantener en su poder aquella ciudad, a ellos corresponderían todos los méritos de la victoria.

XXII. Al singular coraje de nuestros soldados se oponían las artimañas de todo tipo de los bárbaros, raza ésta dotada del mayor talento y sumamente hábil para imitar y realizar todo aquello que aprendían de los demás. En efecto, apartaban con lazos nuestras hoces de asalto y, cuando conseguían sujetarlas, con unas cuerdas las tiraban dentro de la ciudad; minaban el terraplén con túneles, y lo hacían con gran habilidad por tener gran abundancia de minas de hierro, con lo que todos los tipos de galerías subterráneas son conocidos y utilizados por ellos. También habían protegido por todas partes la totalidad de la muralla con torres de madera y las habían recubierto de pieles. Además, llevando a cabo frecuentes salidas, tanto diurnas como nocturnas, o prendían fuego al terraplén o atacaban a los soldados que estaban trabajando; y cuanto el cotidiano avance del terraplén iba elevando nuestras torres de asalto, alzaban ellos otro tanto las suyas, añadiéndoles pisos de madera; obstaculizaban también, mediante estacas aguzadas y endurecidas al fuego, pez hirviendo y rocas de enorme peso, los túneles abiertos, impidiéndonos acercarnos a las murallas.

XXIII. Casi todas las murallas de los galos tienen la siguiente estructura: abarcando sin interrupción todo el perímetro, se colocan en el suelo vigas de madera en posición perpendicular, separadas entre sí a intervalos regulares de dos pies[24]. Se sujetan éstas por la parte interior y se rellenan los huecos con mucha tierra. Los mencionados intervalos entre las vigas los cubren por delante con grandes piedras encajadas en ellos. Una vez colocada y consolidada esta primera capa, se añade encima una segunda, de forma que se mantengan los mismos intervalos, pero sin que se toquen las vigas, sino que cada una se sostiene sobre la piedra encajada en el intervalo dejado por las vigas de la capa inferior. Y así, sucesivamente, se va urdiendo toda la obra hasta alcanzar la adecuada altura de la muralla. La obra no resulta fea por su aspecto y variedad, con su alternancia de vigas y piedras, que mantienen su orden en rectas hiladas, y, además, presenta extraordinarias ventajas para una eficaz defensa de las ciudades, puesto que las piedras resisten al fuego y la madera a los arietes. Efectivamente, al estar, a lo largo de todo el perímetro, trabadas las vigas en su parte interior por otras vigas en sentido longitudinal, de una longitud de unos cuarenta pies la mayoría de las veces, ni se pueden romper ni desunir.

XXIV. A pesar de que todas estas circunstancias dificultaban notablemente el asedio, y a pesar de que los soldados se veían entorpecidos por el persistente frío y las continuas lluvias[25], superaron, sin embargo, con su ininterrumpido trabajo todas estas adversidades y en veinticinco días construyeron un

---

[24] Recordemos que el pie, medida romana de longitud, equivalía a 0,2957 m.

[25] El asedio de Avarico se produjo entre marzo y abril.

terraplén de trescientos treinta pies de largo y ochenta pies de alto. Cuando éste estaba ya a punto de tocar la muralla y César, como de costumbre, se mantenía en vela junto a la obra, exhortando a sus soldados a no perder ni un minuto de trabajo, poco antes de la tercera vigilia[26] se advirtió que salía humo del terraplén, al que los enemigos, mediante un túnel, habían prendido fuego. Simultáneamente, habiéndose elevado un gran clamor desde toda la muralla, se produce una salida por dos puertas, a uno y otro lado de las torres. Unos, desde arriba de los adarves, arrojaban teas encendidas y madera seca al terraplén; otros derramaban pez y otras materias combustibles que pueden avivar el fuego, de suerte que se hacía difícil decidir adónde se había de acudir primero o qué era lo que se había de remediar con mayor urgencia. Con todo, como por decisión de César estaban siempre dos legiones de guardia delante del campamento y otros muchos soldados se ocupaban por turnos de las obras, se logró con presteza que unos se enfrentasen a los que salían, que otros retirasen las torres y cortasen el terraplén, y que todos los hombres del campamento corriesen a apagar el incendio.

XXV. Como, pasada ya una parte de la noche, se continuase combatiendo en todas partes y creciese más y más en los enemigos la esperanza de victoria (mayormente porque veían que, quemados los pluteos[27] de las torres, no sería fácil que nuestros hombres, a cuerpo descubierto, acudieran en su auxilio, mientras que ellos, por el contrario, relevaban continuamente sus cansadas tropas con otras de refresco), y juzgasen que la salvación de toda la Galia pendía de aquellos instantes, acaeció ante nuestra vista un hecho que, por parecernos digno de mención, no creemos que deba ser omitido. Un cierto galo, ante las puertas de la ciudad y frente a nuestra torre, arrojaba al fuego bolas de sebo y pez que le iban pasando de mano

---

[26] La tercera vigilia comienza a las 12 de la noche.

[27] Los *pluteos* eran unas máquinas muy similares a los manteletes. Cfr. Libro II, n. 10.

en mano; atravesado el costado derecho por un disparo de escorpión [28], cayó muerto. Entonces, otro de los que estaban junto a él, pasando sobre su cadáver, siguió realizando su misma tarea. Tras ser abatido por otro disparo de escorpión, le sustituyó un tercero, y a este tercero un cuarto, y no quedó privada de atacantes aquella posición hasta que, sofocado el fuego del terraplén y rechazados los enemigos de todas partes, concluyó el combate.

XXVI. Los galos, después de haberlo ensayado todo, al ver que ningún intento les aportaba resultados positivos, al día siguiente decidieron abandonar la ciudad por consejo y mandato de Vercingetórix. Confiaban conseguirlo sin demasiadas bajas si lo intentaban silenciosamente durante la noche, ya que el campamento de Vercingetórix no quedaba lejos de la ciudad y la laguna pantanosa que se extendía entre medio entorpecería a los romanos en su persecución. Ya por la noche se disponían a partir de la ciudad, cuando salieron repentinamente las mujeres corriendo por las calles y, llorando y arrojándose a los pies de los suyos, les imploraban con súplicas que no las entregaran a ellas y a sus mutuos hijos a la venganza de los enemigos, ya que la flaqueza de su condición y fuerzas les impedía emprender la huida. Cuando vieron que los hombres se mantenían firmes en su decisión —puesto que, cuando está la propia vida en juego, el miedo no da lugar a la compasión—, empezaron a gritar, advirtiendo así a los romanos de la planeada fuga. Los galos, temerosos de que la caballería romana les cortara el camino, desistieron de su propósito.

XXVII. Al día siguiente, como comenzase a caer un enorme aguacero después de haber hecho avanzar una torre y de con-

---

[28] El *escorpión* u *onagro* era una máquina de guerra del género *tormenta,* al que pertenecían también las catapultas y las ballestas, cfr. Libro IV, n. 27. El escorpión, concretamente, era una pequeña catapulta de un solo brazo, que servía para lanzar piedras o proyectiles de metal *(glandes)* que se colocaban en una pequeña cazoleta en que terminaba una viga que los lanzaba describiendo una parábola y con violencia al soltarse bruscamente la cuerda del nervio retorcido que la sujetaba.

cluir los trabajos de reparación que había ordenado realizar, César, juzgando que la tormenta favorecía la decisión que iba a tomar, pues veía a los centinelas colocados en la muralla un poco menos alerta, ordenó a sus hombres emplearse también con cierta indolencia en su trabajo y les explicó lo que pretendía hacer. Después de arengar a sus legiones, dispuestas y a punto en un lugar oculto más allá de los manteletes, a que recogiesen, tras tantos sufrimientos y de una vez por todas, el fruto de la victoria, prometió recompensas a los primeros que escalasen la muralla y dio a los soldados la señal de ataque. Se abalanzaron entonces súbitamente desde todas partes y ocuparon rápidamente toda la muralla.

XXVIII. Los enemigos, aterrados ante esta nueva situación y rechazados de las murallas y de las torres, adoptaron la formación en cuña en el foro y en los espacios más abiertos, con el propósito de defenderse en orden de combate, si se les atacaba desde cualquier parte. Cuando vieron que nadie bajaba a su mismo terreno, sino que estaban rodeándolos por todas partes desde la muralla, temerosos de perder la última esperanza de huida, arrojadas las armas, se dirigieron en carrera ininterrumpida al extremo de la ciudad. Una parte de ellos, atropellándose allí mutuamente debido a la estrechez de las puertas, fue muerta por los soldados; los que habían conseguido salir, fueron aniquilados por la caballería. No hubo soldado alguno que se dedicara al pillaje. Hasta tal punto estaban rabiosos por la carnicería hecha por los cenabeses y por las fatigas del asedio, que no perdonaron la vida ni a los viejos ni a las mujeres ni a los niños. Al final, de todos los habitantes que había habido, cerca de cuarenta mil, tan sólo unos ochocientos, que se habían precipitado fuera de la ciudad nada más oír el griterío, llegaron incólumes al campamento de Vercingetórix. Acogió éste a los fugitivos, muy entrada ya la noche y en silencio, por temor de que, a causa de su llegada y de la compasión de la gente, se produjera algún disturbio en el campamento. En consecuencia, apostando en el camino, lejos del campamento, personas de su confianza y mandatarios de las distintas naciones, dispuso que los separaran por nacionalidades y que llevaran a cada grupo junto a los suyos, a aquella parte del campamento que desde el principio se había asignado a cada nación.

XXIX. Al día siguiente, habiendo convocado una asamblea, los tranquilizó y alentó para que no cundiese el desánimo ni se apesadumbrasen por aquel infortunio. Afirmó que los romanos no habían vencido por su valor ni en combate, sino merced a una estratagema y a su pericia en las técnicas de asalto, en las que ellos no tenían experiencia. Que se equivocaban si había quienes creían que todos los avatares de la guerra tenían que serles favorables. Que él, personalmente, nunca había sido partidario de defender Avarico, de lo cual ellos mismos eran testimonio. Que la imprudencia de los bituriges y la excesiva condescendencia de los demás habían sido la causa de la derrota infligida. Que él, sin embargo, compensaría rápidamente ese desastre con importantes éxitos, pues, con su diligencia, aunaría a las naciones que discrepaban de los restantes galos y formaría una única liga de toda la Galia, a cuya común voluntad ni siquiera el mundo entero podría oponérsele; y que esta unidad ya casi la había conseguido. Que, entretanto, era justo que, por la común salvación, les pidiese su colaboración para fortificar el campamento, a fin de poder resistir más fácilmente los súbitos ataques de los enemigos.

XXX. Fue este discurso del agrado de los galos, especialmente porque después de sufrir tan gran contratiempo, él mismo no había perdido el ánimo ni se había retirado a un lugar oculto ni había rehuido presentarse ante todo el pueblo. Aumentó aún más su reputación de hombre previsor e intuitivo, ya que, en un principio, cuando la ciudad estaba todavía intacta, había opinado que Avarico tenía que ser incendiada y, después, abandonada. Así pues, del mismo modo que las adversidades merman el prestigio de los otros generales, la reputación de Vercingetórix, por el contrario, se hacía mayor de día en día, a pesar del revés sufrido. Simultáneamente tenían puesta su esperanza en su promesa de aunar a las restantes naciones; y en aquella ocasión, por primera vez, los galos decidieron fortificar el campamento. Hasta tal punto se sentían animosos aquellos hombres no acostumbrados al trabajo, que estaban decididos a soportar todo lo que se les ordenase.

XXXI. No por ello dejaba Vercingetórix de ocuparse de unir a las restantes ciudades, tal como había prometido, y procuraba granjearse a sus jefes con regalos y promesas. Para ello elegía los hombres adecuados, es decir, a todos aquellos que por su taimada retórica o por sus relaciones de amistad pudiesen conseguirlo más fácilmente. Se ocupa también de que se provea de armas y ropa a los que escaparon de Avarico cuando fue conquistada. Al mismo tiempo, para reponer sus diezmadas tropas, exige a las naciones un determinado número de soldados, indicando cuántos y en qué fecha quiere que se presenten ante él, y ordena, además, reunir y enviarle todos los arqueros, de los que en en la Galia había gran cantidad. Con estas medidas se repone en poco tiempo todo lo perdido en Avarico. Mientras tanto, Teutomato, hijo de Olovicón, rey de los nicióbroges [29], cuyo padre había recibido de nuestro senado el título de amigo, acompañado de gran número de jinetes, que había traído desde Aquitania, se reúne con Vercingetórix.

XXXII. César, tras haberse detenido varios días en Avarico y haberse aprovisionado de gran cantidad de trigo y de otros víveres, procuró que su ejército se recuperase de sus fatigas y penurias. Ya casi concluido el invierno, invitándole la propia estación del año a reemprender la guerra y tras haber decidido ir al encuentro del enemigo, por si podía atraerlo fuera de las pantanosas lagunas y de los bosques o acosarlo mediante un asedio, se presentaron ante él los mandatarios de los eduos, en calidad de legados, para rogarle que acudiese en ayuda de su nación en un momento especialmente crítico. Le informan que la situación es de grave peligro, porque, siendo

---

[29] Los nicióbroges ocupaban la comarca de Agen, a orillas del Garona, en el actual Departamento de Lot-et-Garonne.

así que por tradición era costumbre nombrar anualmente un solo magistrado [30] que obtenía durante un año el poder real, ahora lo ejercían dos, afirmando cada uno de ellos haber sido nombrado de acuerdo con las leyes. Que de estos dos, uno es Convictolitavis, joven brillante y de noble cuna; el otro, Coto, hombre muy poderoso y de influyente familia, cuyo hermano Valeciaco había desempeñado esa misma magistratura el año anterior. Que toda la nación está en armas, que tanto el senado como el pueblo están divididos y que cada uno tiene sus propios partidarios. Afirman finalmente que, si se prolonga más tiempo esa rivalidad, llegará a estallar una guerra civil. Que para evitar que ésta se produzca, se deja la cuestión a su discreción y autoridad.

XXXIII. César, aunque consideraba perjudicial alejarse de los campos de batalla y del enemigo, sabiendo cuántos perjuicios suelen derivarse de las discordias civiles, consideró que tenía que anteponer este problema a todos los demás para evitar que una nación tan importante y tan unida al pueblo romano, a la que él mismo siempre había favorecido y honrado de muchos modos, cayera en la violencia y la guerra civil, y que la facción que menos confianza tuviera en sus propias posibilidades pidiera ayuda a Vercingetórix. Además, como las leyes de los eduos no permitían a quienes obtenían la máxima magistratura abandonar su territorio, decidió ir él al país eduo para que no pareciese que menospreciaba su constitución o sus leyes, y convocó al senado en pleno y a los dos implicados en la controversia a reunirse con él en Dececia [31]. Habiéndose reunido allí casi toda la nación y siendo César informado de que, tras haber convocado clandestinamente a unos pocos en un lugar y momento que no procedía, Coto había sido nombrado rey por su hermano, a pesar de que la ley prohibía que

---

[30] Sobre los eduos, cfr. Libro I, n. 19. Sobre el magistrado denominado Vergobreto, cfr. Libro I, n. 29.

[31] Dececia, ciudad de los eduos, en la ribera derecha del río Liger (Loira), corresponde actualmente a Décize.

dos miembros vivos de una familia fueran elegidos, no ya para una magistratura, sino incluso para formar parte del senado, ordenó a Coto deponer el poder y que éste lo ostentase Convictolitavis, nombrado legalmente por los sacerdotes, de acuerdo con la tradición, al quedar vacante la magistratura.

XXXIV. Tras pronunciar esta sentencia y exhortar a los eduos a olvidar sus rivalidades y disensiones, a ayudarle en la guerra en curso olvidando todo lo demás, a confiar en las recompensas que él les otorgaría una vez vencida la Galia y a enviarle rápidamente toda su caballería y diez mil soldados para formar destacamentos con que proteger las provisiones de trigo, dividió el ejército en dos partes. Entregó cuatro legiones a Labieno para que las condujese a territorio de los sénones y de los parisios. Él, personalmente, siguiendo el curso del río Elaver[32], condujo las otras seis a la ciudad de Gergovia[33], en el país de los arvernos. Conocida esta circunstancia por Vercingetórix, después de cortar todos los puentes de ese río, se puso en marcha siguiendo la ribera opuesta.

XXXV. Al estar ambos ejércitos a la vista el uno del otro y acampar prácticamente frente por frente, y al haber distribuido Vercingetórix exploradores para que en ninguna parte del río pudieran los romanos construir un puente y hacer pasar a sus tropas, la situación era muy complicada para César, si no quería que el río le impidiese trabar combate durante la mayor parte del verano, pues hasta el otoño el Elaver no acostumbra a ser vadeable. Así pues, para evitar esto, instalando su campamento en un paraje boscoso, enfrente de uno de los puentes que Vercingetórix había hecho cortar, al día siguiente se apostó escondido con dos legiones. A las restantes tropas, con toda la impedimenta, las hizo seguir avanzando como de costumbre, con algunas cohortes divididas para que pareciese que el número de legiones se mantenía igual. Habiendo éstas reci-

---

[32] El río Elaver es hoy día el Allier, afluente del Loira.

[33] Recordemos que Gergovia (hoy, Clermont-Ferran) era la capital de los arvernos, cfr. Libro I, n. 45.

bido la orden de avanzar lo más lejos que fuera posible, al declinar el día, cuando calculó que ya habrían acampado, sobre los mismos puntales, cuya parte inferior permanecía intacta, empezó a reconstruir el puente. Concluido rápidamente el trabajo, después de hacer cruzar a las tropas y de elegir un lugar idóneo para el campamento, hizo regresar a las restantes fuerzas. Vercingetórix, al conocer la maniobra, para no verse obligado a combatir contra su voluntad, siguió avanzando a marchas forzadas.

XXXVI. César, en cinco jornadas, llegó desde aquel lugar a Gergovia y, tras una ligera escaramuza de caballería, aquel mismo día, después de estudiar la ubicación de la ciudad, que, situada en la cima de una montaña muy alta, era prácticamente inaccesible, renunció a tomarla al asalto; en cuanto a sitiarla, decidió que no se debía intentar sin haber resuelto previamente su propio suministro de trigo. Por su parte, Vercingetórix, después de instalar su campamento en la montaña, cerca de la ciudad, había situado a su alrededor, separadas por cortos intervalos, las tropas de cada una de las naciones y, ocupadas por ellas todas las alturas de aquel macizo montañoso, en todos los lugares que la vista pudiera alcanzar, presentaba un aspecto sobrecogedor. Cada día, al amanecer, ordenaba a los mandatarios de cada nación, que había escogido para que le asesoraran, presentarse ante él por si les parecía que había algo que tuviera que ser comunicado o llevado a cabo, y no dejaba pasar un solo día sin comprobar, mediante combates de caballería con arqueros entremezclados, cómo estaba el ánimo y el valor de sus hombres. Enfrente de la ciudad, en la misma falda de la montaña, se hallaba un ribazo magníficamente fortificado y escarpado por todas partes que, si pudiesen los nuestros llegar a ocuparlo, parecía que podrían privar a los enemigos de gran parte del suministro de agua y también de forrajear libremente. Pero esta colina estaba ocupada por el enemigo y protegida con una fuerte guarnición. César, sin embargo, saliendo del campamento por la noche y en silencio, tras arrollar la guarnición y apoderarse de la posición antes de que pudieran llegar refuerzos desde la ciudad, colocó allí dos legiones y cavó dos trincheras de doce pies de anchura desde el campamento principal al secundario, para que los soldados, incluso aisladamente, pudieran transitar por ellas a cubierto de un repentino ataque enemigo.

XXXVII. Mientras todo esto sucede junto a Gergovia, el eduo Convictolitavis, a quien ya hemos dicho que César había otorgado la máxima magistratura, sobornado por los arvernos, mantiene un cambio de impresiones con algunos jóvenes. Los más significados de éstos eran Litavico y sus hermanos, nacidos de nobilísima familia. Reparte con ellos el dinero recibido y los incita a recordar que nacieron libres y para mandar. Les dice que la nación de los eduos es el único obstáculo para la segurísima victoria de la Galia, ya que por su prestigio frena a las demás naciones. Que, si cambiaba de postura, los romanos no tendrían lugar alguno en la Galia donde hacerse fuertes. Que él había sido favorecido por César, pero que tan sólo había obtenido por su mediación lo que era de absoluta justicia. Que se sentía más obligado para con la común libertad. ¿Por qué, en efecto, eran los eduos los que habían de recurrir a César como árbitro de sus problemas constitucionales o legales, y no al revés? Persuadidos sin dificultad aquellos jóvenes por las palabras del magistrado y por el dinero, comprometiéndose, incluso, a ser los promotores del proyecto, buscaban el modo de llevarlo a cabo, ya que no confiaban que su nación estuviese dispuesta, sin más, a emprender esta guerra. Les pareció oportuno que Litavico mandase los diez mil hombres que se iban a enviar a César para la guerra, encargándose de conducirlos hasta allí, y que sus hermanos se adelantaran para reunirse con César. Deciden también de qué forma se ha de llevar a cabo el resto de su plan.

XXXVIII. Litavico, tras hacerse cargo del ejército, cuando se hallaba a unos treinta mil pasos de Gergovia, convocando de improviso a sus hombres, les dice llorando: «¿Adónde vamos, soldados? Toda nuestra caballería, toda nuestra nobleza ha muerto. Los jefes de nuestra nación, Eporedórix y Viridomaro, acusados falsamente de traición por los romanos, han sido ejecutados sin previo proceso. Enteraos de todo esto por aquellos que escaparon de la matanza, pues a mí, después de haber perdido a mis hermanos y a todos mis amigos, el dolor me impide explicar los sucesos ocurridos». Se adelantan entonces unos soldados aleccionados por él sobre lo que quería que dijesen y confirman ante las tropas los mismos hechos que había expuesto Litavico: que la caballería edua había sido aniquilada porque se le achacaba haber mantenido conversaciones con los arvernos; que ellos habían podido ocultarse entre la multitud de soldados y escabullirse así del lugar de la matanza. Prorrumpieron en gritos los eduos y ruegan a Litavico que piense lo que más les conviene: «¡Como si en este trance, replica él, pudiéramos deliberar y no nos quedase como única solución dirigirnos a Gergovia y unirnos a los arvernos! ¿Acaso nos queda alguna duda de que los romanos, después de cometer tan alevoso crimen, no están ya preparándose para matarnos? Por lo tanto, si queda en nosotros algún rastro de coraje, venguemos la muerte de quienes murieron tan injustamente y acabemos de una vez con esos ladrones». Señala entonces a los ciudadanos romanos que estaban con ellos fiados en su protección; les arrebata gran cantidad de trigo y vituallas y les da muerte entre crueles torturas. Envía mensajeros por toda la nación de los eduos y los subleva, valiéndose del mismo embuste del asesinato de los jinetes y de los mandatarios. Les incita a vengar esos agravios del mismo modo que él lo ha hecho.

XXXIX. El eduo Eporedórix, joven de nobilísima cuna y de gran influencia entre los suyos, juntamente con Viridomaro, de su misma edad y prestigio, pero de diferente alcurnia, a quien César, por recomendación de Diviciaco, de su bajo origen lo había elevado a las más altas dignidades, se habían unido a la caballería edua, invitados personalmente por César. Mantenían entre ellos una disputa por la primacía y, en la controversia de los dos magistrados, habían tomado parte con todos sus recursos, uno en favor de Convictolitavis y el otro en el de Coto. Eporedórix, enterado de las intrigas de Litavico, alrededor de la media noche informa de ellas a César. Le ruega que no permita que su nación, a causa de los malvados planes de unos jovenzuelos, se aparte de la amistad del pueblo romano; lo cual intuía que ocurriría si tantos millares de hombres se sumaban a las fuerzas enemigas, pues ni sus familiares podrían desentenderse de su suerte ni la nación quitar importancia al hecho.

XL. César, sumamente inquieto ante semejante noticia, a que siempre había sentido una especial predilección por la nación de los eduos, sin dudarlo un momento se lleva consigo cuatro legiones expeditas y toda la caballería del campamento, sin tiempo siquiera, en tan grave situación, de estrechar el campamento[34], pues le parecía que la solución del conflicto dependía de la rapidez de su actuación. En cuanto a los hermanos de Litavico, descubrió, cuando dio orden de prenderlos, que poco antes habían huido junto al enemigo. Tras arengar a los soldados a soportar, debido a la extrema urgencia, las fatigas de la marcha, enardecidos todos ellos, después de recorrer veinticinco mil pasos divisan el ejército de los eduos. Lanzando su caballería obstaculiza su marcha y les impide avanzar, pero prohíbe tajantemente a todos sus hombres que maten a nadie. Observa a Eporedórix y Viridomaro, a quienes los enemigos creían muertos, cabalgando entre los jinetes, y ordena a los suyos llamarlos por su nombre. Reconocidos éstos y descubierto el engaño de Litavico, tienden los eduos los brazos indicando que se rinden y, arrojando las armas, comienzan a implorar clemencia. Litavico, con sus incondicionales (que, según costumbre de los galos, consideran un delito abandonar a sus jefes, incluso en situación de vida o muerte), huye a Gergovia.

XLI. César, después de enviar a la nación edua mensajeros que le hicieran saber que por favor suyo habían sido perdona-

---

[34] El campamento se había instalado para seis legiones, y ahora quedaban en él sólo dos. En consecuencia, era demasiado extenso y mucho más difícil de defender para los pocos efectivos reales que quedaban.

dos aquellos hombres, a quienes por derecho de guerra hubiera podido dar muerte, y después de conceder por la noche tres horas de descanso al ejército, levanta el campamento y se dirige de nuevo a Gergovia. Cuando estaban aproximadamente a medio camino, unos jinetes enviados por Fabio le comunican que la situación es crítica. Le informan que el campamento ha sido atacado por el grueso de las tropas enemigas. Que en éstas hombres frescos relevaban con frecuencia a los ya cansados, mientras agotaban a nuestros soldados con un ininterrumpido esfuerzo, pues por el gran tamaño del campamento tenían que permanecer sin descanso en los adarves. Que muchos habían sido heridos por una lluvia de flechas y de armas de todas clases. Que para resistir habían sido muy útiles las catapultas. Que Fabio, al retirarse los enemigos, excepto dos de las puertas, había hecho tapiar las demás, había añadido plúteos [35] al vallado y se preparaba para resistir un asalto parecido el día siguiente. César, gracias al extraordinario esfuerzo de sus hombres, llega al campamento antes del amanecer.

XLII. Mientras sucede todo esto junto a Gergovia, los eduos, al recibir los primeros mensajes enviados por Litavico, no dedican ni un momento a reflexionar sobre ellos. A unos les impulsa la avaricia, a otros la rabia y la irreflexión (defecto especialmente innato en esta clase de gente, que acepta cualquier habladuría como un hecho cierto y demostrado). Saquean los bienes de los ciudadanos romanos, asesinan a algunos de ellos, hacen esclavos a otros. Convictolitavis favorece esta deteriorada situación e incita el furor del populacho a fin de que, tras caer en estos delitos, les avergüence volver a la cordura. Al tribuno Marco Aristio, que se dirigía a reunirse con su legión, después de darle garantías le hacen salir de la ciudad de Cavilono; a los que allí se habían establecido por negocios les obligan a hacer lo mismo. Acto seguido, les ata-

[35] Cfr. Libro VII, n. 27.

can en el camino y les roban todas sus pertenencias. A los que se resisten a ello, los asedian día y noche. Tras muchas muertes de uno y otro bando los asaltantes llaman a las armas a mucha más gente.

XLIII. A todo esto, al recibirse la noticia de que todos sus soldados se encuentran en poder de César, corren los eduos a presentarse a Aristio y le aseguran que ninguno de los hechos se ha producido bajo consentimiento oficial. Acuerdan una investigación sobre el saqueo de los bienes, confiscan los de Litavico y sus hermanos y envían embajadores a César para justificarse. Hacen todo esto para recuperar a los suyos. Sin embargo, como ya estaban marcados por sus crímenes y encandilados con el lucro de los bienes saqueados, y como estos hechos afectaban a muchos de ellos y estaban aterrados por el miedo al castigo, comienzan en secreto a elaborar planes de guerra e intentan captar para su causa, mediante embajadas, a las restantes naciones. César, por su parte, aun cuando estaba al corriente de todo ello, responde, sin embargo, a sus legados con la máxima afabilidad posible. Les dice que no por la inconsciencia y versatilidad del populacho va por eso a juzgar negativamente a toda la nación ni a disminuir su aprecio por los eduos. Temiendo, con todo, una sublevación en masa de la Galia, para no verse rodeado por todas las naciones se planteaba cómo podría retirarse de Gergovia y reunir nuevamente su ejército, sin que su partida, originada por su temor a una rebelión, pareciese una huida.

XLIV. Mientras reflexionaba sobre todo ello, le pareció que existía una posibilidad de llevar a término sus planes felizmente. Habiendo ido, en efecto, al campamento secundario para supervisar su fortificación, advirtió que una colina, que estaba ocupada por los enemigos, parecía desprovista de defensores, cuando en los días precedentes apenas podía verse a causa de la multitud de ellos. Sorprendido, preguntó el motivo a los prisioneros, de los que diariamente afluía a su campamento un gran número. Todos convenían en afirmar lo que ya César había averiguado por sus batidores: que el lomo de aquella colina era casi llano, pero boscoso y estrecho en el lado por donde se accedía a la otra parte de la ciudad. Que los galos sentían una especialísima preocupación por este lugar, y que no podía ser de otra manera, pues, estando ya ocupada por los romanos una de las colinas, si perdían también la otra se verían casi bloqueados e imposibilitados de forrajear y de cualquier otro tipo de salida. Que Vercingetórix, en consecuencia, había hecho ir a todos sus hombres a fortificar ese lugar.

XLV. Conocidas por César estas circunstancias, hacia la medianoche envía allí varios destacamentos de caballería. Les ordena recorrer todos aquellos parajes con cierto alboroto. Al romper el alba ordena sacar del campamento gran número de mulos de carga, quitarles las guarniciones y que los arrieros, cubiertos con yelmos, a manera y apariencia de jinetes, cabalguen alrededor de las colinas. Les agrega unos cuantos jinetes para que se acerquen más a los enemigos y den más consistencia al engaño. Ordena, en fin, que todos se dirijan, dando un amplio rodeo, a aquellos mismos lugares. Desde la ciudad veían esta maniobra a lo lejos —porque desde Gergovia se divisaba nuestro campamento—, aunque, a tanta distancia, no podían estar seguros de cuál era el objeto de aquellas maniobras. Destaca una legión a aquella colina y, después de avanzar un poco, la hace detenerse en una hondonada y la oculta en el bosque. Crece la sospecha entre los galos y transfieren allá todas sus tropas para fortificar aquella posición. Cuando César vio vacío el campamento enemigo, hizo pasar sus soldados en grupos pequeños del campamento principal al secundario con los penachos tapados y las enseñas militares ocultas, para que no se les viese desde la ciudad, y explica a los legados que había puesto al frente de cada legión lo que quiere que hagan. Les advierte en primer lugar que retengan a sus hombres, no fuera que por el afán de luchar o la esperanza de botín avanzaran demasiado. Les expone la desventaja que representa su desfavorable posición y que ésta tan sólo puede neutralizarse con la rapidez de la acción. Que el éxito depende de aprovechar la oportunidad, no de un combate. Después de estas consideraciones da la señal y, simultáneamente, desde el flanco derecho, hace avanzar a los eduos por otra cuesta.

XLVI. Las murallas de la ciudad, en caso de no interponerse ninguna escarpadura, distarían, en línea recta, desde el llano y el inicio de la subida unos mil doscientos pasos[36]. A esta distancia se sumaban los rodeos para suavizar la ascensión, que alargaban el camino. En mitad de la colina, siguiendo los accidentes del terreno, los galos habían construido a lo largo un muro de seis pies de altura, hecho con grandes rocas, a fin de retrasar el ataque de nuestros soldados. Habían dejado desguarnecida de soldados toda la parte inferior de la colina, mientras la parte superior, desde este muro hasta las murallas de la ciudad, estaba erizada de campamentos repletos de tropas. Una vez dada la señal de ataque, nuestros soldados llegan rápidamente al muro y, superado éste, se apoderan de tres campamentos. Y fue tanta la rapidez de este asalto que Teutomato, el rey de los nicióbroges, sorprendido en su tienda donde hacía la siesta, desnuda la parte superior de su cuerpo y herido el caballo, a duras penas pudo escapar de las manos de nuestros soldados que saqueaban su campamento.

XLVII. César, una vez conseguido lo que se había propuesto, ordena tocar a retirada. Para la décima legión, con la cual se hallaba él mismo, hace sonar la señal de alto. Los soldados de las otras legiones, aunque no habían escuchado la señal de las tubas porque se interponía una amplia cañada, fueron retenidos, sin embargo, por los tribunos y legados, tal como César había dispuesto. Pero, exaltados por la esperanza de una rápida victoria, por la huida de los enemigos y por los victoriosos combates llevados a cabo últimamente, no pensaban que hubiera para ellos nada demasiado difícil que no pudieran conseguir con su valor y no pararon de perseguir al enemigo hasta que llegaron junto a las murallas y las puertas de la

---

[36] Es decir, unos 1.800 metros.

ciudad. Al estallar entonces un gran clamor en todas las partes la ciudad, los que se encontraban más lejos, sobrecogidos por el repentino tumulto, creyendo que el enemigo había forzado las puertas, se precipitaron fuera de la ciudad. Las mujeres arrojaban joyas y vestidos desde las murallas e, inclinadas hacia adelante con los pechos al descubierto y extendiendo las manos, imploraban a los romanos que tuvieran compasión y que no hicieran como en Avarico, donde no perdonaron ni a las mujeres ni a los niños. Algunas de ellas, descolgándose de la muralla con sus propias manos, se entregaban a los soldados. Lucio Fabio, centurión de la octava legión, de quien se sabía que aquel mismo día había declarado que se sentía excitado por el botín conseguido en Avarico y que no permitiría que ningún otro escalase los muros antes que él, tomando a tres soldados de su manípulo, y ayudado por ellos, se subió a la muralla; dándoles después la mano, los fue subiendo a ellos uno a uno.

XLVIII. A todo esto, los enemigos que, como antes se ha dicho, se habían reunido en la parte opuesta de la ciudad para fortificarla, al escuchar los primeros gritos y espoleados por los continuos avisos de que los romanos estaban ocupando la ciudad, enviando por delante la caballería, se dirigieron hacia allí a todo correr. Cada uno de ellos, en cuanto llegaba, tomaba posiciones al pie de la muralla y aumentaba el número de sus defensores. Cuando se hubo reunido allí una gran multitud, las mujeres, que poco antes desde las murallas extendían sus manos hacia los romanos, empezaron ahora a suplicar a los suyos y, mostrando según la costumbre gala sus cabellos desgreñados, ponían los hijos ante la vista de ellos. No tenían los romanos ni gente ni adecuada posición para poder resistir. Además, fatigados por la carrera anterior y por la duración del combate, les resultaba difícil enfrentarse a unos enemigos que llegaban de refresco con las fuerzas íntegras.

XLIX. César, al ver que los nuestros estaban combatiendo en una posición desfavorable y que las tropas del enemigo iban aumentando, temiendo por los suyos, envía aviso a su legado Tito Sextio, a quien había dejado al mando del campamento secundario, de que saque en seguida del campamento sus cohortes y tome posiciones al pie de la colina en el flanco derecho de los enemigos a fin de que, en caso de que viese que los nuestros eran rechazados, intimidase al enemigo para dificultarle su persecución. Él, por su parte, tras avanzar un poco desde el lugar donde se había detenido con la legión, aguardaba el resultado del combate.

L. Habíase entablado un feroz combate cuerpo a cuerpo —en el que los enemigos confiaban en su favorable posición y superioridad numérica, mientras los nuestros fiaban en su propio valor—, cuando por el flanco descubierto de los nuestros aparecieron de súbito los eduos, a quienes César, en una maniobra de diversión, había enviado por la otra ladera, situada a la derecha. Éstos, por el parecido de sus armas con las del enemigo, causaron un profundo terror entre los nuestros, pues, a pesar de observar que llevaban descubierto el hombro derecho, que solía ser la contraseña establecida, nuestros soldados creían que se trataba de una estratagema del enemigo para engañarlos. Al mismo tiempo, el centurión Lucio Fabio y los soldados que habían escalado el muro con él, tras haber sido rodeados y muertos, fueron arrojados desde la muralla. Marco Petronio, centurión de esa misma legión, abrumado por una multitud de enemigos cuando intentaba forzar las puertas y perdida la esperanza de salir vivo a causa de las múltiples heridas recibidas, gritó a los soldados que le habían seguido: «ya que no puedo salvarme con vosotros, miraré al menos por vuestra vida que, impulsado por el afán de gloria, he puesto en tan grave riesgo. Así que podáis, poneos a salvo». Al momento se arroja contra los enemigos y, después de matar a un par de ellos, poco a poco aleja a los demás de las puertas. A los suyos, que intentaban auxiliarle, les dice: «en vano tratáis de salvarme, pues no me quedan ya ni sangre ni fuerzas. Marchaos inmediatamente, mientras os es posible, y replegaos junto a la legión». Así, combatiendo, cayó poco después, salvando con su muerte la vida de los suyos.

LI. Los nuestros, acosados por todas partes y muertos cuarenta y seis centuriones, son desalojados de la posición. Sin embargo, la décima legión detuvo a los galos que nos perseguían con saña. Esta legión se hallaba situada como retén de reserva en una posición algo más ventajosa. A su vez, reforzaron a esta legión las cohortes de la decimotercia que, después de salir con el legado Tito Sextio del campamento secundario, habían ocupado una posición favorable. Las legiones, así que llegaron al llano, se detuvieron y plantaron cara a los enemigos. Vercingetórix, entonces, replegó sus tropas desde el pie de la colina al interior de las fortificaciones. Aquel día perecieron casi setecientos de los nuestros.

LII. Al día siguiente, César, habiendo convocado una asamblea, reprendió la temeridad y codicia de sus hombres, puesto que por sí mismos habían decidido hasta dónde tenían que avanzar y qué era lo que, según su propio criterio, se debía hacer, y ni se habían detenido cuando se dio la correspondiente señal, ni tampoco los tribunos militares y los legados los habían podido frenar. Les explicó qué peligros implicaba una posición desfavorable y cómo había actuado él mismo ante Avarico, cuando, a pesar de haber sorprendido al enemigo sin jefe y sin caballería, debido a su posición desfavorable había renunciado a una victoria segura para no sufrir en el enfrentamiento ni una sola baja. Continuó diciéndoles que lo mismo que admiraba profundamente su grandeza de ánimo, ya que ni las fortificaciones del campamento ni la altura de la montaña ni las murallas de la ciudad habían podido frenarlos, de la misma manera desaprobaba su indisciplina y arrogancia, pues habían creído saber más que su propio general respecto a la victoria. Que por su parte, en fin, esperaba de un soldado tanto la disciplina y la obediencia como el valor y el heroísmo.

LIII. Acabada la asamblea, después de animar a los soldados al final de su intervención diciéndoles que no por ello se desalentasen y que no atribuyesen al valor de los enemigos lo que había sido fruto de una posición desfavorable, manteniendo César, igual que antes, su decisión de retirarse de allí, sacó las legiones del campamento y las formó en orden de combate en un lugar adecuado. No obstante, como Vercingetórix permanecía en el interior de las fortificaciones y no descendía al llano, después de una ligera escaramuza entre ambas caballerías, favorable a los romanos, replegó su ejército al campamento. Tras hacer lo mismo al día siguiente y considerando que ya se había hecho lo suficiente para rebajar el orgullo de los galos y elevar la moral de sus hombres, levantó el campamento y se dirigió a territorio eduo. No siendo, ni siquiera entonces, perseguido por los enemigos, llegando al Elaver al tercer día, reparó el puente e hizo cruzar por él al ejército.

LIV. Una vez allí, es requerido por los eduos Viridomaro y Eporedórix, que le informan de que Litavico ha partido con todo el ejército para incitar a los eduos a la sublevación y que era preciso, por tanto, que se anticipasen ellos dos para reafirmar la amistad de la población con los romanos. Aunque por múltiples motivos le resultaba manifiesta la deslealtad de los eduos y creía que con la partida de aquellos dos individuos se precipitaría la deserción de la nación, con todo, para que no pareciese que les infería un agravio o que daba muestras de temor, decidió que no debía retenerlos. Sin embargo, antes de marcharse les recordó brevemente todos los favores que le debían los eduos: quiénes eran y cuán desprestigiados estaban cuando los había acogido, reducidos al interior de sus ciudades, despojados de sus campos, robadas todas sus posesiones, cargados de tributos, obligados a entregar rehenes de la manera más ultrajante, y a qué pujanza y prestigio los había él encaramado, de forma que no tan sólo habían recuperado su anterior posición, sino que parecían haber superado la consideración e influencia que hubieran podido tener en cualquier época anterior. Tras recordarles estos hechos, los despidió.

LV. Novioduno[37] era una ciudad de los eduos a orillas del Liger, ubicada en un excelente emplazamiento. César había

---

[37] Sobre el Novioduno (hoy, Nevers), cfr. Libro II, nota 9. Sobre los eduos, cfr. Libro I, nota 19.

concentrado en esa plaza todos los rehenes de la Galia, el trigo, la hacienda pública y gran parte de la impedimenta del ejército. Allá había enviado también un amplio número de caballos, comprados para esta guerra en Italia y España. Cuando Eporedórix y Viridomaro llegaron a la ciudad y conocieron la situación de la nación, a saber, que Litavico había sido recibido por los eduos en Bibracte, la más prestigiosa de sus ciudades, que el magistrado Convictolitavis y gran parte del senado se habían unido a él y que oficialmente se habían enviado embajadores a Vercingetórix para concertar un tratado de paz y alianza, juzgaron que no podían dejar pasar tan propicia oportunidad. Así pues, tras dar muerte a la guarnición de Novioduno y a los que habían ido allí a negociar, se repartieron entre ellos el dinero y los caballos. Decidieron también que los rehenes de las diferentes naciones se condujesen a Bibracte, a disposición del magistrado. En cuanto a la ciudad de Novioduno, como no creían poder conservarla en sus manos, le prendieron fuego para que no pudiesen utilizarla los romanos. Respecto al trigo, se llevaron en sus naves todo el que, así de repente, les fue posible; el resto lo quemaron o lo echaron al río. Por su parte, empezaron a reunir tropas reclutadas en las naciones vecinas, a organizar destacamentos de guardia en las orillas del Liger y a hacer alarde de su caballería por todas partes para provocar el miedo, por si podían cortar a los romanos el suministro de trigo y, llevados de la falta de alimentos, rechazarlos a su provincia. Esta esperanza se veía fortalecida porque el Liger había crecido tanto con el deshielo que no parecía que se pudiera atravesar por vado alguno.

LVI. Enterado César de todo esto, decidió que tenía que apresurarse, pues, en caso de verse atacado por el enemigo mientras construía los puentes, podría enfrentarse a él antes de que fuesen más numerosas las tropas allí congregadas. Por otra parte, el que, cambiando de parecer, invirtiese la marcha y se dirigiese a la provincia, aparte de que nadie creía que fuera necesario hacerlo, se lo impedía, no sólo la cobardía e ignominia de la acción, sino también el macizo de los Cevenas que se alzaba enfrente y la aspereza del camino y, sobre todo, la enorme preocupación que sentía por el hecho de estar alejados de allí Labieno y las legiones que había enviado con él. Así que, a marchas forzadas continuadas día y noche, llegó con general sorpresa a orillas del Liger y, tras encontrar sus jinetes un vado, dada la urgencia de la situación mínimamente transitable, en la medida que únicamente los brazos y hombros sobresalían del agua para poder portar las armas, dispuso la caballería de manera que frenase un poco la fuerza de la corriente y, al haber quedado aterrados los enemigos nada más verlos llegar, pudo llevar el ejército a la otra orilla sano y salvo. En los campos halló entonces gran abundancia de trigo y ganado y, una vez abastecido de víveres el ejército, decidió dirigirse al país de los sénones.

LVII. Mientras estos hechos se producían junto a César, Labieno, dejando en Agedinco para protección de la impedimenta las tropas de refuerzo que hacía poco habían llegado de Italia, se dirige a Lutecia con cuatro legiones. Es esta una ciudad de los parisios, ubicada en una isla del río Sécuana[38]. Enterados los enemigos de su llegada, se reunió allí una gran cantidad de tropas llegadas de las naciones vecinas. El mando supremo se confía al aulerco Camulogeno, quien, aunque ya casi un anciano, fue elevado a esta distinción por su singular dominio del arte militar. Éste, pues, cuando observó que había una inmensa laguna pantanosa que comunicaba con el Sécuana y cerraba infranqueablemente todo aquel lugar, se estableció allí y decidió impedir el paso a los nuestros.

LVIII. Labieno, al principio, intentaba hacer avanzar los manteletes, rellenar la laguna con tierra y cañizos y abrir un camino. Después, cuando comprobó que la empresa era poco menos que imposible, saliendo silenciosamente de su campamento durante la tercera vigilia, por el mismo camino por el que había venido llegó a Metlosedo[39]. Es esta una ciudad de

---

38 El río Sena. Lutecia es la actual París.

39 Hoy, Melun, a orillas del Sena, en el departamento del Sena y Marne.

los sénones, situada en otra isla del Sécuana, igual que hace poco dijimos de Lutecia. Después de requisar unas cincuenta embarcaciones y trabarlas a toda prisa entre sí, introdujo en ellas sus soldados y, aterrados los habitantes de la ciudad ante esta nueva estrategia —la mayoría de los cuales se había marchado a la guerra—, se apoderó de la ciudad sin encontrar resistencia alguna. Luego, una vez reconstruido el puente que los enemigos habían cortado días antes, hizo pasar por él a su ejército y, siguiendo el río, se puso en marcha hacia Lutecia. Enterados de ello los enemigos por los que habían huido de Metlosedo, ordenan prender fuego a Lutecia y cortar todos los puentes de la ciudad. Ellos, retirándose de la laguna a las riberas del Sécuana, justo delante de Lutecia, se instalan allí frente al campamento de Labieno.

LIX. Corría la voz de que César ya se había marchado de Gergovia; circulaban rumores de la sublevación de los eduos y de una triunfante rebelión de toda la Galia, y los galos afirmaban en sus corrillos que César, al cortársele el paso y no poder cruzar el Liger, se retiraba a su provincia, forzado a ello por la falta de trigo. Al conocer el alzamiento de los eduos, los bellovacos, que ya antes eran de por sí desleales, comenzaron a reunir tropas y a preparar abiertamente la guerra. Labieno, entonces, ante un cambio tan drástico de la situación, comprendió que tenía que concebir un plan completamente distinto del que tenía hasta entonces, y no planeaba ya cómo hacer más conquistas o perjudicar al enemigo, sino cómo conducir de nuevo su ejército a Agedinco sano y salvo. Por un lado, en efecto, le amenazaban los bellovacos, cuya nación goza en la Galia de la máxima reputación de valor, y, por la otra, tenía a Camulogeno con un ejército dispuesto y bien preparado. Además, un caudaloso río, cerrándoles el paso, mantenía separadas a sus legiones de su cuartel general y de sus bagajes. Encontrándose, pues, con tantas e inesperadas dificultades, se daba cuenta de que la única ayuda posible se tenía que buscar en el coraje.

LX. En consecuencia, habiendo convocado un consejo al atardecer y solicitado encarecidamente que ejecutasen con diligencia y habilidad las órdenes que recibiesen, asignó cada una de las naves que había traído de Metlosedo a un caballero romano y, pasada ya la primera vigilia, les ordena avanzar en silencio cuatro mil pasos río abajo y una vez allí esperar. Para protección del campamento deja las cinco cohortes que juzgaba menos aguerridas para el combate. A las cinco cohortes restantes de esa misma legión les ordena que hacia la medianoche avancen río arriba con todo el equipo y armando gran barullo. Consigue también unas barcas que, impulsadas por un ruidoso batir de remos, envía en la misma dirección. Él, por su parte, saliendo sigilosamente poco después con tres legiones, se dirige al lugar donde había dispuesto que fondearan los barcos.

LXI. Cuando hubo llegado allí, los centinelas de los enemigos, que estaban apostados junto al río por todas partes, fueron sorprendidos por los nuestros, gracias a haberse desencadenado una violenta tormenta, y eliminados. Nuestro ejército y la caballería atraviesan entonces rápidamente el río, encargándose de la maniobra los caballeros romanos que Labieno había puesto al mando para esta operación. Casi al mismo tiempo, al romper el día, se da aviso a los enemigos de que en el campamento romano se percibe un tumulto fuera de lo normal, de que un gran contingente de tropas avanza río arriba, de que en esa misma dirección se escucha gran ruido de remos y de que algo más abajo se transporta soldados en naves. Ante estas noticias, como suponían que las legiones estaban atravesando el río por tres lugares diferentes y que, aterrados por la defección de los eduos, se disponían a huir, dividen sus tropas en tres partes. Dejada, en efecto, una guarnición frente al campamento y enviado un destacamento hacia Metlosedo, que había de ir avanzando en la medida que lo hiciesen las naves, se dirigen con las restantes tropas a enfrentarse con Labieno.

LXII. Al amanecer se había concluido ya el transporte de todos nuestros hombres y estaba a la vista el ejército enemigo. Labieno, después de arengar a sus soldados para que tuviesen presente su reconocido valor y sus victoriosos combates y para que se hiciesen cuenta de que César, bajo cuyo mando habían vencido tantas veces al enemigo, estaba presente, dio la señal de ataque. A la primera carga por el ala derecha, donde estaba situada la séptima legión, son arrollados los enemigos y puestos en fuga. Por el ala izquierda, posición ocupada por la duodécima legión, a pesar de haber caído atravesadas por nuestras armas las primeras líneas enemigas, las restantes, sin embargo, resistían con gran arrojo y no se percibía por parte de nadie el menor indicio de huida. El mismo caudillo enemigo, Camulogeno, peleaba junto a los suyos y los animaba. Manteniéndose incierto todavía el resultado de la batalla, al notificarse a los tribunos de la séptima legión lo que estaba ocurriendo en el ala izquierda, hicieron aparecer la legión por detrás de los enemigos y atacaron. Ni siquiera entonces abandonó su lugar ninguno de los enemigos, sino que, rodeados, murieron todos ellos. También pereció Camulogeno. A su vez, la guarnición que había dejado frente al campamento de Labieno, cuando oyó que se había entablado el combate, corrió en auxilio de los suyos y tomó una colina, pero no pudo sostener el ataque de nuestros victoriosos soldados. Así pues, mezclados entre sus compañeros fugitivos, los que no pudieron ocultarse en los bosques y las montañas fueron abatidos por la caballería. Concluido este combate, Labieno regresa a Agedinco, donde habían dejado la impedimenta de todo el ejército, y desde allí, con todas sus tropas, logra reunirse con César.

LXIII. Al divulgarse la defección de los eduos, se aviva más la guerra. Se envían embajadas en todas direcciones. Cuanto poder tienen en influencia, prestigio y dinero lo ponen en juego para soliviantar a las naciones. Se apoderan de los rehenes que César les había confiado y con la amenaza de matarlos aterrorizan a los indecisos. Los eduos solicitan a Vercingetórix que se reúna con ellos para establecer de común acuerdo las directrices de la guerra. Conseguido esto, pretenden que se les confiera a ellos el mando supremo y, al degenerar este asunto en una violenta discusión, se convoca un consejo general de toda la Galia en Bibracte. Acuden de todas partes en gran número. Se somete la decisión a votación popular. Todos, unánimemente, confirman a Vercingetórix como general en jefe. No asistieron a este consejo los remos, los lingones y los tréveros. Aquéllos, porque se mantenían fieles al pueblo romano; los tréveros, porque moraban muy lejos de allí y estaban siendo hostigados por los germanos, motivo por el cual se mantuvieron siempre alejados de esta guerra y no prestaron ayuda ni a los unos ni a los otros. Llevaron muy a mal los eduos verse privados del mando supremo. Se lamentan de cómo ha cambiado su suerte y añoran las deferencias de César para con ellos, pero, al haberse decantado ya por la guerra, no se atreven a separarse de la decisión general. Los jóvenes Eporedórix y Viridomaro, que se habían hecho grandes ilusiones, acatan de mala gana el nombramiento de Vercingetórix.

LXIV. Éste, personalmente, exige rehenes a las demás naciones y fija el día de la entrega. Ordena que se reúnan allí rápidamente todos los jinetes, unos quince mil. En cuanto a la infantería, afirma que se dará por satisfecho con el número que ya tenía antes y que no tentará a la fortuna ni se batirá con su ejército formado en orden de combate. En cambio, al tener una caballería tan numerosa, afirma que será muy fácil impedir a los romanos aprovisionarse de trigo y forraje; pero esto a condición de que ellos mismos con ánimo sereno destruyan sus propias cosechas de trigo y quemen sus granjas, y de que comprendan que con la pérdida de su patrimonio conseguirán la soberanía y la libertad para siempre. Después de tomar estas decisiones, exige a los eduos y a los segusiavos[40], limítrofes con nuestra provincia, diez mil soldados de infantería; a éstos añade ochocientos jinetes. Al frente de ellos pone al hermano de Eporedórix y les ordena atacar a los alóbroges. Por otra parte, envía a los gábalos y a las tribus cercanas de los arvernos a luchar contra los helvios, y a los rutenos y cadurcos los

---

[40] Sobre los segusiavos, cfr. Libro I, n. 23.

envía a arrasar el territorio de los volcas arecómicos[41]. No por ello, mediante mensajeros y legaciones clandestinas, ceja de incitar a los alóbroges, cuyo resentimiento por la pasada guerra confiaba que no se hubiera aplacado todavía. Promete dinero a sus jerarcas, y a la nación el dominio sobre toda nuestra provincia.

LXV. Para todas estas contingencias se había organizado una defensa formada por 22 cohortes que, reclutadas en la misma provincia por el legado Lucio César[42], habían sido apostadas a lo largo de toda la frontera. Los helvios, que espontáneamente habían atacado a sus vecinos, son arrollados y, muertos Cayo Valerio Domnotauro, hijo de Caburo, jefe de la nación, y muchísimos otros, se ven compelidos a refugiarse en sus ciudades amuralladas. Los alóbroges, por su parte, situando numerosas guarniciones a lo largo del Ródano, defienden sus fronteras con gran solicitud y diligencia. Como César se daba cuenta de que los enemigos eran superiores en caballería y de que, al estar cortados todos los caminos, era absolutamente imposible traer refuerzos de la provincia y de Italia, envía emisarios al otro lado del Rin, a aquellas naciones germanas que había pacificado en años anteriores, y recaba de ellas jinetes e infantería ligera, de la avezada a luchar entremezclada con la caballería. A su llegada, puesto que montaban cabalgaduras poco idóneas, toma los caballos de los tribunos, de los restantes jinetes romanos y de los veteranos y los reparte entre los germanos.

LXVI. Entretanto, mientras se producen estos hechos, se reúnen las tropas arvernas enemigas y los jinetes que se habían exigido a toda la Galia. Reunido un gran número de éstos, mientras César se dirigía a territorio secuano por las fron-

---

[41] Sobre los rutenos y los cadurcos, cfr. Libro VII, n. 6. Sobre los volcas arecómicos, cfr. Libro VI, n. 13. Sobre los helvios, cfr. Libro VII, n. 10. Sobre los gábalos, cfr. Libro VII, n. 9. Sobre los alóbroges, cfr. Libro I, n. 14.

[42] Un primo de César, que había sido cuestor el año 67 y cónsul el año 64 a. C.

teras de los lingones a fin de poder acudir más fácilmente en auxilio de la provincia, Vercingetórix establece tres campamentos a unos diez mil pasos de los romanos y, convocando a asamblea a los prefectos de la caballería, les hace ver que ha llegado el momento de la victoria. Afirma que los romanos huyen a su provincia y abandonan la Galia. Que esto les basta de momento a ellos para obtener la libertad; que para la paz y tranquilidad futuras, sin embargo, es de poca garantía, pues, cuando hayan reunido mayores fuerzas, regresarán y no cesarán de combatirlos. Que, en consecuencia, hay que atacarlos mientras el ejército se desplaza con toda su impedimenta, pues, si la infantería defiende sus bagajes y persisten en ello, no podrán avanzar; y si, abandonando su impedimenta, intentan salvarse —que es lo que él cree que sucederá—, se verán despojados de las cosas más necesarias y de su honor. En cuanto a la caballería enemiga, que ninguno dude que no habrá jinete alguno que se atreva a avanzar un paso sin estar arropado por el grueso del ejército. Para que actúen con mayor coraje, les promete Vercingetórix que formará todas sus tropas delante del campamento a fin de aterrorizar al enemigo. Prorrumpe en gritos su caballería y clama que es necesario comprometerse con sagrado juramento a que no pueda acogerse bajo techado ni regresar junto a sus hijos, padres o esposa, aquel que no haya cabalgado dos veces a través del ejército enemigo.

LXVII. Aprobada la propuesta y obligados todos por el juramento, al día siguiente, dividida la caballería en tres grupos, se muestran dos de ellos por los respectivos flancos del ejército romano, mientras el tercero comienza a obstaculizar el avance de nuestra vanguardia. Informado César de ello, dividiendo también su caballería en tres secciones, ordena atacar a los enemigos. Se combate al mismo tiempo por todos los lados. La columna detiene su marcha. Se resguardan los bagajes en medio de las legiones. Si parecía que en alguna zona los nuestros lo pasaban mal o eran hostigados con especial virulencia, allí ordenaba César atacar y formarse en orden de combate. Estas maniobras frenaban los ataques enemigos y animaban a los nuestros con la esperanza de una rápida ayuda. Finalmente, los germanos, ganando por el ala derecha la cima de una colina, rechazan de allí a los enemigos, los persiguen y dan muerte a muchos de ellos en su huida hasta el río, donde había tomado posiciones Vercingetórix con su infantería. Ante este revés, los restantes, temiendo verse rodeados, se dan también a la fuga. Por todas partes tiene lugar una auténtica carnicería. Son capturados y conducidos ante César tres ilustres eduos: Coto, prefecto de la caballería, que en los recientes comicios había sido el rival de Convictolitavis; Cavarilo, que, tras la defección de Litavico, había mandado la caballería, y Eporedórix, bajo cuyo mando los eduos se habían enfrentado a los secuanos antes de la llegada de César.

LXVIII. Después de ser puesta en fuga toda su caballería, Vercingetórix replegó las tropas que había formado delante del campamento e inmediatamente se puso en marcha hacia Alesia[43], ciudad de los mandubios, ordenando sacar a toda prisa del campamento la impedimenta y seguirlo. César, tras llevar sus bagajes a una colina próxima y dejar dos legiones para su custodia, se lanzó en su persecución hasta que se hizo de noche y, después de dar muerte a cerca de tres mil hombres de la retaguardia enemiga, al día siguiente plantó su campamento cerca de Alesia. Tras estudiar el emplazamiento de la ciudad, y sintiéndose aterrorizados los enemigos porque su caballería, la parte del ejército en la que más confiaban, había sido derrotada, César, después de alentar a sus hombres al trabajo, decidió sitiar la ciudad.

LXIX. La ciudad de Alesia se hallaba en la cima de un monte muy elevado, de manera que no parecía que pudiese ser

---

[43] Mucho se ha investigado y discutido sobre la localización de Alesia, la capital de los mandubios. La teoría más fundada la sitúa en la actual Alise-Sainte-Reine, unos diez km al nordeste de Semur, en el departamento de Côte D'Or.

En cuanto a los mandubios, era un pueblo galo vecino de los eduos y de los lingones.

conquistada a no ser mediante un asedio. Al pie de la montaña corrían dos ríos, uno por cada lado. Ante la ciudad se extendía una llanura de unos tres mil pasos de longitud. Por todos los otros lados la ceñían, a cortos intervalos, varias colinas de similar altura. Toda la parte oriental de la montaña, hasta el pie de la muralla, estaba repleta de tropas galas, y habían construido un foso y una pared de adobes de seis pies de altura. El perímetro de la empalizada que los romanos construían para cercar la ciudad medía diez mil pasos. Se habían dispuesto campamentos en lugares idóneos y levantado veintitrés fortines. En cada uno de ellos había durante el día una guarnición para evitar que se produjese un súbito asalto. Por la noche se situaban centinelas y aguerridos destacamentos de guardia.

LXX. Habíanse ya iniciado las obras de asedio, cuando se traba un combate de caballería en esa planicie que, como antes hemos dicho, situada entre las colinas, se extendía en una longitud de tres mil pasos. Los dos bandos combaten encarnizadamente. César envía los germanos en ayuda de nuestros jinetes, que estaban en dificultades, y sitúa las legiones ante el campamento en formación de combate para evitar que pueda producirse una súbita irrupción de la infantería enemiga. Al verse protegidos por las legiones, los nuestros recobran los ánimos. Puestos los enemigos en fuga, por su misma multitud se atropellan unos a otros y se hacinan en las puertas demasiado estrechas que todavía les quedan. Los germanos les persiguen con gran arrojo hasta las fortificaciones. Tiene lugar una gran matanza. Algunos de ellos, abandonando sus monturas, intentan atravesar el foso y escalar el muro de adobes. César ordena que avancen un poco las legiones que había hecho formar delante del campamento. Entonces el miedo se apodera también de los galos que se encontraban detrás de la fortificación. Creyendo que los romanos están a punto de echárseles encima, a gritos llaman a todos a las armas. Algunos, aterrados, irrumpen en el interior de la ciudad. Vercingetórix ordena cerrar las puertas para evitar que el campamento quede desguarnecido. Después de matar a muchos galos y de capturar un considerable número de caballos, los germanos se repliegan.

LXXI. Vercingetórix decide que toda la caballería durante la noche abandone el lugar, antes de que los romanos concluyan los trabajos de bloqueo. Al partir, les ordena que cada uno se dirija a su propio país y que reúnan para la guerra a todos los que por su edad sean aptos para empuñar las armas. Les expone lo mucho que a él le deben y les conjura a que velen por su vida y a que, después de haber hecho tanto por la libertad de todos, no le dejen caer en manos del enemigo para ser torturado. Finalmente les hace ver que, si se muestran displicentes, juntamente con él morirían ochenta mil hombres elegidos. Que, según sus cálculos, escasamente queda trigo para treinta días, pero que puede alargarlo un poco más si lo raciona. Después de darles estas instrucciones, en silencio, durante la segunda vigilia, hace salir a la caballería por un lugar donde no estaban todavía terminadas las obras de bloqueo. Ordena que se le entregue a él todo el trigo, y establece la pena de muerte para los que no obedezcan esta orden. El ganado, del que los mandubios habían aportado una gran cantidad, lo distribuye entre cada uno de los habitantes de la ciudad; el trigo, decide repartirlo poco a poco y racionado. Hace entrar en la ciudad todas las tropas que había situado delante de ella. Con estas medidas se dispone a aguardar los refuerzos de la Galia y a proseguir la guerra.

LXXII. César, enterado de estos hechos por los desertores y prisioneros, decidió hacer las siguientes obras de fortificación y asedio: hizo cavar un foso de veinte pies de anchura con las paredes verticales, de forma que el suelo de la fosa tuviera la misma anchura que la que había entre los bordes del extremo superior. Todas las restantes fortificaciones las situó a cuatrocientos pies de este foso, con la intención de que, al hacerse necesario abrazar un espacio de terreno tan grande y no ser fácil cubrir con soldados todo el perímetro de la obra, no pudiese precipitarse de noche o por sorpresa una multitud de enemigos contra nuestras fortificaciones o, durante el día, arrojar proyectiles contra aquellos de nuestros soldados dedicados a los trabajos de fortificación. A continuación de este espacio intermedio abrió otras dos zanjas de quince pies, tanto de anchura como de altura. La interior de estas dos zanjas, en terreno llano y hundido, la llenó de agua traída del río. Detrás de ellas levantó un terraplén y un vallado de doce pies de altura al que le añadió un parapeto y almenas con grandes horquillas, a manera de astas de ciervo, sobresaliendo hacia afuera, clavadas en las junturas del vallado y del terraplén, a fin de obstaculizar la escalada de los enemigos. Toda esta obra la rodeó de torres, distantes entre sí ochenta pies.

LXXIII. Era necesario, todo al mismo tiempo, recoger madera para la construcción, aprovisionarse de trigo y llevar a cabo grandes obras de fortificación, todo ello con tropas que se alejaban mucho del campamento, reduciendo así las fuerzas de guarnición. Los galos, por tanto, intentaban en ocasiones atacar nuestras obras y efectuar repentinas y violentísimas cargas desde varias puertas de la ciudad. Por todo ello César creyó conveniente añadir a las obras de fortificación otras obras de protección, para que aquéllas pudieran defenderse con menor número de soldados. Así pues, después de cortar troncos de árboles o ramas muy recias y de cepillar y aguzar sus puntas, se excavaban largas zanjas de cinco pies de profundidad. En ellas, para que no pudiesen ser arrancadas, se hincaban y ataban por la base estas estacas que sobresalían del entramado. Se colocaban en cinco hileras, unidas y trabadas entre sí, con lo que los que caían allí dentro se clavaban ellos mismos en aquellos aguzadísimos palos. Recibían el nombre de cepos. Por delante de estas zanjas, en hileras oblicuas y al tresbolillo, se cavaban unos hoyos de tres pies de profundidad que se iban estrechando paulatinamente hacia el fondo. En ellos se introducían estacas redondas del grueso de un muslo, aguzadas y endurecidas al fuego en su extremo superior, de forma que no sobresaliesen del suelo más de cuatro dedos. A la vez, para asegurarlas y afianzarlas, todas ellas se calzaban por el fondo con tierra y, para disimular la trampa, se tapaba el resto de la estaca con mimbres y matorrales. Había ocho hileras de esta clase de trampas, distantes tres pies las unas de las otras. Se llamaban lirios, por su parecido con esta flor. Delante de estos hoyos se clavaban en el suelo hasta el fondo unos palos de un pie de longitud, acabados con una punta de hierro en forma de anzuelo, esparcidos por todos lados a poca distancia unos de otros. Se denominaban aguijones.

LXXIV. Concluidos todos estos trabajos, siguiendo en la medida de lo posible las zonas más llanas y abarcando, de acuerdo con la configuración del terreno, catorce mil pasos, realizó parecidas obras de defensa de este género, pero orientadas al revés, contra un posible enemigo exterior, con el fin de evitar que ni siquiera una gran multitud de éstos, si se diera el hecho, pudiese, en caso de retirada, cercar las guarniciones apostadas en las fortificaciones u obligarle a salir con riesgo del campamento. Ordena también que todos se provean de forraje y de trigo para treinta días.

LXXV. Mientras estas cosas ocurren junto a Alesia, los galos, que habían convocado a consejo a los notables de sus naciones, deciden que no hay que reclutar a todos los hombres capaces de empuñar las armas —tal como pretendía Vercingetórix—, sino que se debe exigir a cada nación un número determinado de soldados, por temor de que, ante una tan inmensa y confusa multitud de aliados, no pudieran controlarlos ni distinguir cada uno a los suyos ni calcular las necesidades de trigo. Exigen a los eduos y a sus vasallos —los segusiavos, ambivaretos, aulercos, branovices y branovios— treinta y cinco mil hombres; igual número se reclama a los arvernos junto con los eleutetos, cadurcos, gábalos y velavios, pueblos que acostumbran estar sometidos al poder de los arvernos; a los secuanos, sénones, bituriges, santones, rutenos y carnutos, doce mil por nación; diez mil a los bellovacos; ocho mil a los píctones, túrones, parisios y helvecios; a los ambianos, mediomátricos, petrocorios, nervios, morinos y nicióbroges, cinco mil; otros tantos a los aulercos cenómanos; a los atrébates, cuatro mil; a los velocases, lexovios y aulercos eburovicos, tres mil; a los rauracos y boyos, mil; veinte mil al conjunto de naciones de la costa del océano, que suelen llamarse armóricas, entre las cuales se cuentan los coriosolitas, rédones, ambibarios, caletos, osismos, lemovices y unelos. De todos ellos tan sólo los bellovacos no aportaron el número exigido, pues manifestaron que ellos lucharían contra los romanos bajo su propio nombre y criterio, y que no obedecerían órdenes de nadie. No obstante, a ruegos de Comio y en aras de su amistad, enviaron dos mil hombres.

LXXVI. De la fiel y útil colaboración de ese tal Comio, como más arriba dijimos[44], se había servido César en Bretaña en los años anteriores. Precisamente, en atención a sus méritos, César había dispuesto que su nación quedara libre de impuestos, le había restituido sus fueros y leyes y había sometido los morinos a su jurisdicción. Fue tan vehemente, sin embargo, la común voluntad de la Galia entera de reivindicar su libertad y recuperar su antigua gloria guerrera, que de nada sirvió el recuerdo de los favores y de la amistad, y todos los pueblos se decantaron por la guerra, aportando su corazón y sus recursos. Reunidos ocho mil jinetes y cerca de doscientos cuarenta mil soldados de infantería en el territorio de los eduos, se pasaba revista a estas fuerzas, se hacía el recuento y se nombraba a sus oficiales. El mando supremo se otorga al atrébate Comio, a los eduos Viridomaro y Eporedórix y al arverno Vercassivelauno, primo de Vercingetórix. Se les asignan hombres escogidos de las diferentes naciones para que con su consejo dirijan las operaciones bélicas. Todos ellos, animados y llenos de confianza, se dirigen a Alesia. Y no había nadie entre todos ellos que pensara que se podía resistir ni tan sólo la visión de tan multitudinario ejército, especialmente tratándose de una batalla con doble frente, al enfrentarse por delante, cara a la ciudad, con las violentas salidas de los sitiados, y, por detrás, cara al exterior, teniendo ante los ojos a semejante multitud de tropas de caballería e infantería.

---

[44] Sobre Comio, cfr. Libro IV, caps. XXI y XXVII, y Libro V, cap. XXII.

LXXVII. Sin embargo, los sitiados en Alesia, transcurrido el día en el que esperaban las tropas de refuerzo, ignorando lo que sucedía en territorio eduo, convocan una asamblea buscando una salida a su desesperada situación. Expuestas distintas opiniones, una parte de ellas optaba por la rendición; otra, por hacer una fulminante salida mientras aún tenían fuerzas para ello. Por su singular y malvada crueldad no parece que debamos pasar por alto las palabras pronunciadas por Critognato. Éste, un arverno de la más alta alcurnia y tenido por hombre de máximo prestigio, se expresó así: «Nada voy a decir sobre la opinión de aquellos que con el nombre de rendición designan la más infamante esclavitud, pues no creo que deban ser considerados ciudadanos ni llamados a consejo. Mis palabras se dirigen a aquellos que son partidarios de hacer una salida, en cuya propuesta y en el consenso de todos vosotros parece subsistir el recuerdo de nuestro antiguo coraje. Pero, para mí, es falta de carácter, no valentía, el no poder soportar unas pocas privaciones. Es más fácil encontrar quienes espontáneamente se ofrezcan a morir que quienes puedan soportar pacientemente el sufrimiento. Yo, por mi parte, estaría de acuerdo con esta propuesta —tanto cuenta para mí la dignidad—, si me pareciese que con ella no íbamos a perder otra cosa que la propia vida. Pero, al tomar una decisión, tengamos en cuenta la Galia en su conjunto, a la que hemos llamado en nuestro auxilio. ¿Qué sentimientos creéis que tendrán los nuestros después de caer en un solo lugar ochenta mil hombres, amigos y familiares suyos, si se ven obligados a luchar, como quien dice, entre esos mismos cadáveres? No privéis de vuestra ayuda a quienes han despreciado su propio peligro para salvar nuestra vida, ni pongáis de rodillas y condenéis a la Galia entera a perpetua esclavitud por necedad y temeridad vuestra o por vuestra propia flaqueza. ¿Acaso porque no han llegado el día previsto dudáis de su fidelidad y constancia? ¿Pues qué? ¿Pensáis acaso que los romanos se afanan cada día en sus fortificaciones del frente posterior para entretenerse? Si no podéis confirmar con mensajeros su pronta llegada, pues están cortados todos los accesos, atended al testimonio que dan los romanos de que los nuestros se están aproximando; aterrados precisamente por ese temor, trabajan en sus fortificaciones día y noche. ¿Cuál es, en consecuencia, mi propuesta? Hacer lo que en la guerra contra los cimbrios y teutones, muy distinta por cierto de ésta, hicieron nuestros antepasados. Éstos, al verse confinados en sus ciudades y atormentados por similar penuria, se mantuvieron vivos con la carne de la gente que por su edad les parecía inútil para la guerra, y no se rindieron a los enemigos. Y si no dispusiésemos de semejante ejemplo, me parecería oportuno crearlo por amor a la libertad y transmitirlo a nuestros hijos como algo bellísimo. Sin embargo, ¿qué tuvo que ver aquella guerra con ésta? Los cimbrios, después de arrasar la Galia y haber inferido grandes calamidades a nuestro territorio, un día abandonaron por fin nuestras tierras y se dirigieron a otras, dejándonos nuestros fueros, nuestras leyes y nuestra libertad. Los romanos, en cambio, ¿qué otra cosa buscan, qué otra cosa pretenden, sino, movidos por la envidia, confinar en sus propios campos y ciudades y someter a una perpetua esclavitud a aquellos que conocieron con fama de gloriosos y poderosos en la guerra? Nunca hicieron una guerra bajo otras premisas. Y si desconocéis lo que ocurre en países lejanos, fijaos en la vecina Galia, que, convertida en provincia suya, después de haber visto cambiados sus fueros y leyes, sometida a las fasces [44 bis] romanas, se ve oprimida en perpetua esclavitud».

LXXVIII. Manifestados los diferentes pareceres, deciden que salgan de la ciudad los que por su edad no sean útiles para

[44 bis] Las «fasces» eran varas de abedul o fresno, atadas en forma de haz con una correa, y en medio del atadijo sobresalía un hacha *(securis)*. Eran el emblema del Estado y del poder de Roma, y las portaban sobre el hombro izquierdo los «lictores», una especie de ujieres o ayudantes, que precedían y abrían paso a los magistrados superiores (dictador, cónsules y pretores). El número de lictores —y por tanto de fasces— dependía de la magistratura: el dictador llevaba 24; los cónsules, 12 cada uno; los pretores, 2.

la guerra, e intentarlo todo antes de seguir la propuesta de Critognato. Tendrán, sin embargo, que seguir su consejo, si la situación les obliga a ello y se retrasan las fuerzas de socorro, antes que admitir condiciones de rendición o de paz. A los mandubios, que los habían acogido en su ciudad, se les obliga a marcharse con sus mujeres e hijos. Éstos, habiendo llegado hasta las defensas romanas, con súplicas y lágrimas les rogaban que los aceptasen como esclavos y les dieran algo que comer. Pero César, colocando guardias en los adarves, se negó a recibirlos.

LXXIX. Mientras tanto, Comio y los demás jefes, a quienes se había confiado el mando supremo, llegan a Alesia con todas sus tropas y, tras ocupar una colina exterior, plantan su campamento a no más de mil pasos de nuestras defensas. Al día siguiente, haciendo salir la caballería de su campamento, llenan con ella la llanura que, como antes dijimos, tenía una longitud de tres mil pasos y, después de apartarla un poco de allí, sitúan su infantería en posiciones más elevadas. Desde la ciudad de Alesia podía verse la llanura. Apenas divisadas las tropas de refuerzo, corren todos a contemplarlas. Se felicitan entre sí y los ánimos de todos se desbordan de júbilo. Entonces, haciendo salir sus tropas, se sitúan delante de la ciudad. Rellenan con tierra y cubren con tablas el foso más próximo y se preparan para una carga y para cualquier evento.

LXXX. César, disponiendo su ejército en las fortificaciones de ambos frentes a fin de que, en caso de necesidad, cada uno ocupe y sepa cuál es su sitio, ordena a la caballería salir del campamento y entablar combate. Desde todos los campamentos, que por todas partes ocupaban las cimas de las montañas, se divisaba el campo y todos los soldados aguardaban expectantes el desenlace del combate. Los galos, entre sus diseminados jinetes, habían colocado arqueros e infantería ligera que, cuando los suyos retrocedían, les prestaban ayuda y sostenían el ataque de nuestros jinetes. Muchos de los nuestros, heridos por sorpresa por éstos, se retiraban del combate. Los galos, como tenían la confianza de que los suyos se mostraban superiores en la confrontación y veían que los nuestros estaban agobiados por su superioridad numérica, tanto los sitiados como las tropas de refuerzo recién llegadas animaban desde todas partes a los suyos con aclamaciones y alaridos. Y como la acción se desarrollaba a la vista de todos y ni los ejemplos de valentía o de cobardía podían ocultarse, el afán de gloria y el temor al deshonor daban alas al valor de unos y otros. Después que la lucha se prolongase con incierto resultado desde el mediodía hasta casi la puesta de sol, los germanos, concentrando todos sus escuadrones de caballería en un lugar, cargaron contra el enemigo y lo arrollaron. Puesta en fuga la caballería enemiga, los arqueros fueron rodeados y muertos. Los nuestros, persiguiendo entonces desde todas partes hasta su campamento a los que retrocedían, no les dieron oportunidad de reagruparse. Por su parte, las tropas que habían salido de Alesia, cabizbajas, perdida casi por completo la esperanza en la victoria, se retiraron de nuevo al interior de la ciudad.

LXXXI. Los galos, tras un día de interrupción, en el que hicieron gran acopio de matorrales, escalas y garfios de asalto, salen a medianoche y en silencio del campamento y se acercan hasta nuestras fortificaciones de la llanura. Alzando de repente un gran griterío con la intención de que los sitiados en la ciudad pudieran enterarse de su aproximación, se disponen a arrojar los matorrales, a rechazar a los nuestros de la empalizada con hondas, flechas y piedras, y a poner en práctica todos los recursos propios de un asalto. Nada más escuchar el griterío, Vercingetórix da a los suyos las oportunas órdenes con el sonido de las tubas y sale de la ciudad. Los nuestros acuden a las defensas, cada uno al lugar que se le había asignado en días precedentes; con estacas y con piedras de una libra de peso disparadas con hondas que tenían a punto en las fortificaciones, infunden el temor en los enemigos. Privados de visibilidad por la oscuridad, ambos bandos sufren considerables bajas. Las catapultas arrojan multitud de proyectiles. Por su parte, los legados Marco Antonio y Cayo Trebonio, encargados expresamente de defender la zona, allí donde veían que los nuestros estaban en apuros enviaban en su ayuda tropas sacadas de baluartes más alejados.

LXXXII. Mientras los galos se hallaban un tanto alejados de nuestras posiciones, era más efectiva la multitud de proyectiles que nos arrojaban. Después, cuando llegaron más cerca, o se clavaban sin darse cuenta los aguijones o, precipitándose en las fosas, quedaban allí ensartados o morían atravesados por las lanzas arrojadas desde los adarves y las torres de defensa. Tras recibir desde todas partes múltiples heridas sin haber conseguido forzar ninguna de nuestras defensas, estando ya próximo el amanecer y temiendo ser rodeados por su flanco descubierto si los nuestros hacían una salida desde un campamento más elevado, se replegaron a sus posiciones. Los del frente interior[45], por su parte, mientras hacen avanzar los artilugios que Vercingetórix había dispuesto para el asalto, rellenan las primeras fosas y, habiéndose demorado un buen rato en ejecutar estas maniobras, se enteraron de que los suyos se habían retirado antes de acercarse ellos mismos a nuestras defensas. Así pues, abortada su intentona, se retiraron de nuevo a la ciudad.

LXXXIII. Los galos, rechazados por dos veces con grandes pérdidas, deliberan cómo actuar. Hacen llegar a su presencia expertos de aquella zona y reciben información de ellos sobre el emplazamiento de los campamentos superiores y de sus defensas. Había al norte una colina que, por la enormidad de su perímetro, los nuestros no habían podido rodear totalmente con obras de fortificación. En consecuencia, se habían visto obligados a establecer el campamento en un lugar poco adecuado, en ligero declive. Los legados Cayo Antistio Regino y Cayo Caninio Rébilo ocupaban la posición con dos legiones. Después de que sus exploradores reconociesen el terreno, los jefes enemigos escogen de entre todos ochenta mil hombres de aquellas naciones que gozaban de mayor reputación de valentía. Entre ellos deciden en secreto qué conviene hacer y de qué manera.

---

[45] Es decir, los sitiados de Alesia.

Determinan el momento del ataque, que será al filo del mediodía. Al frente de este contingente de tropas ponen al arverno Vercassivelauno, uno de los cuatro generales en jefe, pariente de Vercingetórix. Sale éste de su campamento durante la primera vigilia y, recorrido su itinerario justo antes del amanecer, se oculta detrás de la montaña. Ordena entonces a sus soldados que descansen de las fatigas de la noche. Cuando le pareció que era cerca de mediodía, se dirije hacia el campamento del que antes hemos hablado. Al mismo tiempo empieza la caballería a acercarse a nuestras defensas de la llanura, y las restantes tropas a dejarse ver delante del campamento.

LXXXIV. Vercingetórix, divisando desde la ciudadela de Alesia a los suyos, sale de la ciudad. Avanza llevando cañizos, pértigas, manteletes, hoces de asalto y los restantes artilugios que había preparado para asaltar nuestras posiciones. Por todas partes se lucha al mismo tiempo y se ponen en juego todos los recursos. Si hay una posición que parece más débil, contra ella se abalanzan todos. Las tropas romanas se hallan despergidadas en unas fortificaciones de defensa tan extensas que no es fácil acudir a un tiempo a tantos lugares. Contribuye en gran manera al terror de los nuestros el clamor que mientras están combatiendo escuchan a sus espaldas, pues comprenden que su propia suerte depende de la suerte ajena [46]. Generalmente, en efecto, todos los sucesos distantes crean una mayor angustia en los corazones de los hombres.

LXXXV. César, tras alcanzar una posición idónea, percibe todo lo que ocurre y dónde sucede y envía ayuda a los que están en dificultades. Ambos bandos comprenden que es un momento crítico en el que es preciso combatir a vida o muerte. Los galos, si no consiguen forzar nuestras defensas, lo dan todo

---

[46] En efecto, las posiciones romanas que combatían desde el frente interior a Vercingetórix y los sitiados, dependían no sólo de su propio valor, sino de que el frente exterior resistiese, por su parte, los ataques de las tropas galas venidas desde el territorio de los eduos, al mando de Comio, Vercassivelauno, Eporedórix, etc. (Cfr. Libro VII, caps. LXXV y LXXVI).

por perdido. Los romanos, si alcanzan la victoria, confían que será el final de todas sus fatigas. Con especial encarnizamiento se combate en las líneas de defensa del campamento situado más arriba, hacia donde hemos dicho que había sido enviado Vercassivelauno. La desfavorable posición de los nuestros en la pendiente tiene gran importancia. Los unos arrojan dardos al unísono; los otros, formada la tortuga, intentan subir hasta él; soldados de refresco relevan sucesivamente a los que están agotados. La tierra y las piedras echadas por todos los enemigos en nuestras trincheras permiten a los galos la subida y cubren las trampas que los romanos habían ocultado bajo el suelo. Los nuestros están ya faltos de armas y fuerzas.

LXXXVI. Informado César de ello, envía a Labieno con seis cohortes en ayuda de nuestros soldados en dificultades. Le ordena que, si no puede mantener la posición, saque de allí las cohortes e intente cargar contra el enemigo. Pero que no lo haga si no es absolutamente necesario. Él, personalmente, se suma a sus soldados y les exhorta a no desfallecer en su esfuerzo. Les hace ver que el fruto de sus anteriores combates depende de este día y de este momento. Los atacantes del frente interior, perdida la esperanza de tomar las posiciones de la llanura por la magnitud de nuestras fortificaciones, emprenden la ascensión a las escarpadas alturas. Concentran allí todos los artilugios de asalto que habían preparado. Con una lluvia de proyectiles derriban a los que luchaban desde nuestras torres, con tierra y matojos rellenan las fosas, y con las hoces de asalto fuerzan parte de la empalizada y del parapeto.

LXXXVII. César, primero, envía allí al joven Bruto con unas cohortes; después, al legado Cayo Fabio con más tropas; finalmente, al arreciar más el combate, él mismo en persona acude en su ayuda con tropas de refresco. Después de neutralizar el ataque y de rechazar a los enemigos, se dirige a la posición adonde había enviado a Labieno. Saca cuatro cohortes del baluarte más próximo y ordena que una parte de la caballería le siga a él y que la otra rodee las fortificaciones exteriores y ataque al enemigo por la espalda. Labieno, después de que ni los terraplenes ni los fosos pudieran detener la carga de los enemigos, reunidas treinta y nueve cohortes que afortunadamente pudo sacar de los fortines cercanos, mediante unos mensajeros comunica a César lo que a su parecer debía hacerse.

LXXXVIII. César apresura la marcha para poder intervenir en la batalla. Conocida su llegada por el color de su manto[47] —distintivo que acostumbraba utilizar en los combates—, y divisados los escuadrones de caballería y las cohortes que había ordenado que le siguieran, los enemigos, como desde las posiciones superiores se distinguían perfectamente las pendientes y escarpaduras, entablan el combate. Estallan ambos bandos en un gran clamor y un griterío les responde, a su vez, desde la empalizada y todas las fortificaciones. Los nuestros, prescindiendo de las jabalinas, combaten cuerpo a cuerpo con la espada. De repente, aparece nuestra caballería a la espalda de los enemigos. Nuevas cohortes se iban acercando. Los enemigos se dan a la fuga. La caballería corta el paso a los fugitivos. Se produce una gran matanza. Muere Sedulo, caudillo y jefe de los lemovices. El arverno Vercassivelauno es capturado vivo cuando huía. Se depositan ante César setenta y cuatro enseñas militares galas. De tan gran multitud tan sólo unos pocos consiguieron regresar sanos y salvos a su campamento. Habiendo observado desde la ciudad la matanza y la huida de los suyos, los sitiados, perdida toda esperanza, ordenan a sus tropas retirarse de las fortificaciones romanas. Nada más conocerse esta circunstancia, los galos huyen a la desbandada del campamento. Y si nuestros soldados no hubiesen estado exhaustos de tanto correr a reforzar distintas posiciones y de todo el trabajo del día, hubiesen podido aniquilar al ejército enemigo entero. A medianoche nuestra caballería, enviada en su persecución, da alcance a la retaguardia enemiga. Muchísimos de ellos son hechos prisioneros o muertos. Los fugitivos supervivientes regresan a sus respectivos países.

---

[47] El manto del general en jefe era de color escarlata y se llamaba *paludamentum*.

LXXXIX. Al día siguiente, Vercingetórix, habiendo convocado el consejo, subraya que ha emprendido la guerra no por propia conveniencia, sino por la libertad de todos y, puesto que hay que doblegarse ante el destino, se ofrece al consejo para cualquier alternativa sobre su persona, tanto si con su muerte pretenden dar satisfacción a los romanos, como si prefieren entregarlo vivo. Se envían legados a César para negociar estos extremos. Exige éste que sean entregadas las armas y llevados a su presencia los jefes militares. Él se acomoda en una de las fortificaciones delante del campamento. Allí son conducidos los jefes militares; le es entregado Vercingetórix; las armas son arrojadas a sus pies. Excluidos los eduos y los arvernos, por si valiéndose de ellos podía recuperar sus países, de los restantes cautivos entregó uno a cada soldado de su ejército, a título de botín.

XC. Concluidos estos asuntos, se dirige a territorio eduo. El país se le somete de nuevo. Los arvernos le envían allí legados prometiéndole que harán lo que les ordene. Les exige gran número de rehenes. Luego, envía sus legiones a los cuarteles de invierno. Devuelve a los eduos y a los arvernos casi veinte mil prisioneros. A Tito Labieno, con dos legiones y con la caballería, le ordena dirigirse al país de los secuanos; le asigna como ayudante a Marco Sempronio Rútilo. Al legado Cayo Fabio y a Lucio Minucio Básilo los ubica con dos legiones en el país de los remos para evitar que éstos puedan sufrir cualquier agresión por parte de sus vecinos los bellovacos. Envía a Cayo Antistio Regino al territorio de los ambivaritos, a Tito Sextio al de los bituriges y a Cayo Caninio Rébilo al de los rutenos, cada uno de ellos con una legión. A Quinto Tulio Cicerón y a Publio Sulpicio los instala en Cavilono y Matiscón, en el país de los eduos, junto al río Arar, para el abastecimiento de trigo. Él, por su parte, decide pasar el invierno en Bibracte[48]. Conocidas estas noticias en Roma a través de sus cartas, se decretan veinte días de acción de gracias.

---

[48] Se refiere a Bibracte, capital de los eduos, hoy Autun. Cfr. Libro I, n. 19.

LIBRO OCTAVO

ESCRITO POR AULO HIRCIO

Obligado por tus continuas recriminaciones, Balbo [1], ya que te parece que mis repetidas negativas no suponen tanto una razonable justificación debido a la dificultad de la empresa cuanto al pretexto de un perezoso, he aceptado ese dificilísimo encargo. He completado los comentarios de nuestro César sobre sus campañas militares en la Galia, con los hechos que no aparecen en ellos y los he encajado en sus posteriores escritos. He dado fin, además, a su último e inacabado libro a partir de la guerra de Alejandría hasta el final, no ciertamente de la guerra civil, cuyo término no vemos todavía, sino de la vida de César. ¡Ojalá que quienes los lean puedan comprender cuán a disgusto he asumido la obligación de escribirlos y pueda evitar así más fácilmente que me acusen de necedad y arrogancia

---

[1] Lucio Cornelio Balbo, nacido en Gades, fue uno de los hombres de confianza de César. Recibió la ciudadanía romana gracias a Cneo Pompeyo. Merced a sus insistentes ruegos, convenció a Aulo Hircio para que completase los *Comentarios de César a la Guerra de las Galias.*

Aulo Hircio, hombre culto y aficionado a las letras, fue lugarteniente y amigo de César, al que sirvió fielmente en todas sus campañas, tanto en las Galias como en la guerra civil. Al año siguiente de la muerte de César, el 43 a. C., fue elegido cónsul como colega de su amigo Cayo Vivio Pansa. Murió ese mismo año luchando valientemente junto a Octavio, por orden del senado, en contra de Marco Antonio, en la guerra de Módena.

por mi intromisión en los escritos de César! Pues, en efecto, resulta evidente para todos que no existe obra ajena alguna, por muy cuidadosamente que haya sido escrita, que no sea superada por la elegancia de estos comentarios. Éstos fueron publicados para que los escritores tuviesen conocimiento de tan importantes sucesos, pero han merecido tanta estimación en la opinión de todos, que no parece que hayan dado, sino más bien quitado, a los historiadores la posibilidad de escribir sobre ellos. Nuestra admiración, sin embargo, por esta obra es mayor aún que la de los demás; éstos perciben, en efecto, su gran elegancia y perfección, pero nosotros conocemos, además, la facilidad y rapidez con que los escribió. En César se daba, ciertamente, no sólo un extraordinario talento y elegancia de estilo, sino también una rara habilidad para expresar sus pensamientos. No tuve yo, además, la oportunidad de participar en las guerras de Alejandría y de África. Y aunque de ambas guerras fui informado en parte en mis conversaciones con el propio César, no es lo mismo, sin embargo, escuchar unos hechos que nos seducen por su novedad y admiración, que pasar a relatar esos mismos sucesos como si se hubiese sido testigo de ellos. Pero yo, ciertamente, al mismo tiempo que hago acopio de todas estas justificaciones para no ser comparado con César, caigo en ese mismo delito de arrogancia al pensar que pueda haber alguno que, a su juicio, pueda compararme con César. Que goces de salud.

I. Una vez sometida toda la Galia, aunque César quería que sus soldados se recuperasen de tantas fatigas con el ocio de los cuarteles de invierno puesto que desde el verano anterior se había estado combatiendo ininterrumpidamente, sin embargo llegaban noticias por esos mismos días de que muchas naciones reemprendían nuevos planes de guerra y fraguaban conjuraciones. De estos hechos se daba un motivo muy verosímil, a saber, que todos los galos habían comprendido que ningún ejército concentrado en un solo lugar, por numeroso que fuese, podía resistir a los romanos, pero que, si muchas naciones, en cambio, iniciaban al mismo tiempo diferentes guerras, el ejército del pueblo romano no dispondría de recursos, tiempo ni tropas suficientes para atender a todos los frentes; que ninguna nación, por tanto, debía negarse a la posibilidad de un revés, si con ello se ganaba un tiempo gracias al cual las demás naciones podían recuperar su libertad.

II. Para evitar que esta apreciación de los galos se fuese haciendo más fuerte, César puso al cuestor Marco Antonio al frente de los cuarteles de invierno. Él mismo, el día anterior a las Calendas de enero, se marcha de Bibracte [2] con una escolta de caballería para reunirse con la decimotercia legión, que había acantonado en el país de los bituriges, no lejos del territorio de los eduos, y le agrega la undécima legión, que era la más cercana. Dejando dos cohortes para custodiar la impedimenta, conduce el ejército a las fertilísimas tierras de los bituriges [3], a quienes, por tener un país muy extenso y con muchas ciudades, una sola legión allí acuartelada no les había podido impedir hacer preparativos de guerra y organizar conspiraciones.

III. Con la súbita llegada de César sucedió lo que necesariamente tenía que suceder a unos hombres desprevenidos y dispersos, a saber, que, mientras sin ningún temor cultivaban sus campos, fueron atacados por la caballería antes de que pudieran refugiarse en las ciudades. Pues, en efecto, incluso el usual rastro de una incursión enemiga, que acostumbra delatarse por los incendios de las alquerías, se había prevenido por orden expresa de César, para evitar que, en caso de llevar su avance más lejos, pudiera faltar abundancia de forraje y de trigo, y que los enemigos pudieran asustarse a causa de los incendios. Aterrados entonces los bituriges por los millares de hombres hechos prisioneros, los que pudieron escapar de la súbita aparición de los romanos se refugiaron en las ciudades, confiando en hospedajes privados o en la cómplice protección

---

[2] La capital de los eduos, hoy Autun. Cfr. Libro II, n. 17.

[3] Sobre los bituriges, cfr. Libro I, n. 32. Aquí se refiere a los bituriges de la Galia central.

de los conjurados. En vano. César a marchas forzadas se presenta en todas partes y no da tiempo a ninguna ciudad a pensar en la salvación de los demás antes que en la suya propia. Gracias a estos rápidos movimientos mantenía fieles a los amigos y, mediante el terror, obligaba a los reticentes a aceptar las condiciones de paz. Una vez expuestas tales condiciones, viendo los bituriges que por clemencia de César tenían abiertas las puertas para reanudar su amistad y que las naciones vecinas, sin ningún castigo especial, habían entregado rehenes y habían sido aceptadas de nuevo como aliadas, también ellos hicieron lo mismo.

IV. César, en recompensa al gran esfuerzo y paciencia con que sus soldados, llenos de celo, se habían entregado al trabajo en los días de invierno durante durísimas marchas y fríos insoportables, les promete 200 sestercios a cada uno de ellos y mil a cada centurión, todo ello a título de botín; por su parte, retiradas las legiones a los acuartelamientos de invierno, después de cuarenta días regresa de nuevo a Bibracte. Mientras se encontraba allí administrando justicia, los bituriges envían una embajada para solicitarle ayuda contra los carnutos, quejándose de que éstos les habían declarado la guerra. Tras informarse de ello, aunque tan sólo había pasado dieciocho días en su retiro de invierno, saca la decimocuarta y la sexta legión de sus cuarteles junto al Arar, acantonadas allí, como antes se ha explicado, para dedicarse al aprovisionamiento de trigo. Así pues, con estas dos legiones se dirige a castigar a los carnutos.

V. Al ser alertados los enemigos de la llegada del ejército, los carnutos, sobrecogidos por el desastre de las otras naciones, abandonando sus alquerías y poblaciones, formadas improvisadamente con exiguos habitáculos donde se habían acomodado para poder soportar el invierno —pues, habiendo sido vencidos hacía poco, habían perdido muchas ciudades—, se dispersaron y huyeron en todas direcciones. César, como no quería que sus soldados tuviesen que soportar las violentas tormentas que se desencadenan allí en esa época del año, instala su cuartel de invierno en Cénabo, ciudad de los carnutos, alojando a una parte de sus soldados en las casas de los galos, y, a la otra, en una especie de tiendas de campaña que se habían construido apresuradamente, colocando encima de ellas abundante paja para protegerlas. A la caballería y a la infantería auxiliar, sin embargo, las envía a todos aquellos lugares adonde decían que se habían dirigido los enemigos. Y no en vano, pues la mayoría de nuestros hombres regresa cargada de abundante botín. Agobiados los carnutos por la dureza del invierno y el miedo al peligro, no atreviéndose, después de ser expulsados de sus hogares, a establecerse en ningún sitio durante mucho tiempo y no pudiendo tampoco resguardarse de las violentas tormentas con la protección de los bosques, dispersos y muertos muchos de ellos, se desperdigan por las vecinas naciones.

VI. Dándose César por satisfecho, ya que estaba en los peores meses del año[4], con dispersar, para que no se iniciara una guerra, los grupos armados que se formaban y, en la medida de lo razonable, habiendo llegado a la conclusión de que no podía originarse ningún conflicto armado importante antes de la estación estival, acantonó en los cuarteles de invierno de Cénabo[5] a Cayo Trebonio con las dos legiones que éste tenía. Él, por su parte, había sido informado por las frecuentes embajadas de los remos de que los bellovacos[6], que en prestigio guerrero superaban a todos los galos y belgas, y las naciones colindantes con ellos preparaban un ejército, a las órdenes del bellovaco Córreo y del atrébate Comio, y de que se concentraban en un determinado lugar con la intención de hacer una

---

[4] En pleno invierno, a finales de enero. Recordemos que todas las guerras se llevaban a cabo a partir de la primavera y que, en consecuencia, se habían de preparar con antelación suficiente.

[5] Sobre Cénabo, capital de los carnutos, cfr. Libro VII, n. 3.

[6] Sobre los bellovacos, cfr. Libro II, n. 4. Sobre el atrébate Comio, cfr. Libro IV, caps. XXI y XXVII, Libro V, cap. XXII, y Libro VII, cap. LXXVI. Sobre los suesones, cfr. Libro II, n. 5, y sobre los remos, cfr. Libro II, n. 3. Recordemos que todos esos pueblos formaban parte de la Galia Belga.

violenta incursión en territorio de los suesones, vasallos de los remos. En consecuencia, considerando César que el que unos beneméritos aliados de la república romana no sufrieran daño alguno no afectaba tan sólo a su prestigio, sino también a su propia seguridad, hace venir de nuevo de sus acuartelamientos a la undécima legión y envía órdenes escritas a Cayo Fabio para que conduzca al país de los suesones las dos legiones que tenía; le pide además a Labieno una de sus dos legiones. De esta manera, en la medida que el descanso invernal y las necesidades bélicas lo exigían, alternaba entre las legiones el peso de las expediciones, aunque él no gozaba de un solo momento de descanso.

VII. Cuando hubo reunido estas tropas se dirige al país de los bellovacos y, después de plantar allí su campamento, envía escuadrones de caballería en todas direcciones para que capturen algunos prisioneros a través de los cuales pueda informarse de los planes enemigos. Cumplida su misión, los jinetes le hacen saber que han encontrado muy pocos enemigos en las alquerías y que éstos no se habían quedado para trabajar los campos —pues la comarca entera había sido abandonada—, sino que eran los que habían sido enviados para espiar. Cuando César les preguntó en qué lugar estaban los bellovacos y cuáles eran sus planes, descubrió que todos los bellovacos que podían empuñar las armas se habían reunido en un único lugar, y también los ambianos, aulercos, caletos, velocases y atrébates [7]; que para el campamento habían elegido un lugar elevado en un bosque rodeado por una zona pantanosa y que habían llevado toda su impedimenta a bosques más lejanos; que eran varios los caudillos inductores a la guerra, pero que la mayoría obedecía las órdenes de Córreo porque se habían dado cuenta del inmenso odio que sentía hacia el nombre

[7] Los atrébates eran un pueblo de la Galia Belga. Ocupaban parte de Flandes y de Hainault. Como vecinos tenían a los morinos, al norte; a los queromandos y ambianos, al sur; al este y nordeste a los nervios. Su capital era Nemetocena o Nemetacum (hoy, Arras).

del pueblo romano. Supo igualmente que el atrébate Comio había salido hacía unos pocos días de este campamento para conseguir tropas de refuerzo entre los germanos, vecinos suyos[8] y cuyo número de gente era ilimitado. Que los bellovacos habían decidido con el común consentimiento de sus notables y el total favor de la gente que, si, como se rumoreaba, César llegaba con tres legiones, ellos se ofrecían a presentarle batalla para evitar verse obligados más tarde a luchar en condiciones más difíciles y penosas con todo el ejército romano; pero que, si se presentaba con mayor número de tropas, permanecerían en el lugar que habían elegido e impedirían a los romanos, mediante emboscadas, recoger forraje, el cual por la estación del año era ya muy escaso y disperso, así como aprovisionarse de trigo y de toda clase de víveres.

VIII. César, al ser muchos los que coincidían en estas informaciones y considerando que los planes que le exponían estaban llenos de prudencia y muy lejos de la temeridad de los bárbaros, decidió que tenía que utilizar toda clase de estratagemas para que los enemigos, despreciando el escaso número de sus tropas, presentaran batalla lo antes posible. Tenía las legiones séptima, octava y novena, las más veteranas y de singular valor, la muy prometedora legión undécima, formada por selectos jóvenes que, aunque con ocho años ya de servicio, sin embargo, no habían conseguido todavía, en comparación con las otras, el mismo prestigio de veteranía y valor. Así pues, convocando consejo de guerra, después de exponer la información que se le había proporcionado, reafirma los ánimos de todos sus soldados. Por si con sólo tres legiones le era posible atraer a los enemigos al combate, decide que la disposición de la columna sea la siguiente: las legiones séptima, octava y novena irían delante de toda la impedimenta; detrás de ellas toda la recua de equipos y bagajes que, a pesar de todo, como suele ocurrir en las expediciones, eran bastante escasos,

---

[8] Si estos germanos eran vecinos de los atrébates, hemos de suponer que se trataba de los germanos cisrenanos.

y cerraría la columna la undécima legión, para no dar la impresión a los enemigos de que había mayor número de tropas que las que ellos querían. Configurada de esta forma una columna casi en cuadrado[9], condujo el ejército a presencia de los enemigos antes de lo que éstos esperaban.

IX. Cuando de súbito los galos vieron acercarse a las legiones formadas en columna y a paso de marcha, aquéllos, cuyos planes, llenos de confianza en sí mismos, habían sido comunicados a César, bien por el riesgo de la confrontación o por nuestra repentina llegada o por aguardar nuestros movimientos, forman sus tropas delante del campamento, pero sin abandonar su ventajosa posición. César, aunque había optado por luchar, sorprendido, sin embargo, por la multitud de tropas enemigas, acampa enfrente de ellas, dejando entre medio un valle más hondo y largo que ancho. Ordena fortificar su campamento con una empalizada de doce pies de altura y construir delante un parapeto en proporción a la altura del vallado. Así mismo ordena cavar dos fosos de quince pies de ancho de paredes verticales y levantar numerosas torres de tres pisos de altura, unidas entre sí por puentes de madera cuyos frontales estaban protegidos con parapetos de mimbre, de forma que el campamento quedase protegido de los enemigos por un doble foso y una doble línea de defensores, una de ellas desde los puentes, para que les fuera posible arrojar sus proyectiles más lejos y con mayor audacia en la medida que estaban más seguros por la altura, y la otra que estaría colocada más cerca del enemigo, en la misma empalizada, que quedaría protegida de los proyectiles enemigos por los puentes. En las entradas hizo poner puertas y torres de mayor altura.

---

[9] El *agmen quadratum,* una de las posibles formaciones romanas para un ejército en marcha, consistía en llevar las fuerzas dispuestas de modo que en un momento pudieran ponerse en orden de combate. La impedimenta iba delante de cada manípulo. Cada legión se dividía en tres columnas. La primera de la derecha se componía de las cohortes 1, 5 y 8; la segunda, la del centro, la formaban las cohortes 2, 6 y 9; la tercera, la de la izquierda, las cohortes 4, 3, 7 y 10.

X. El objeto de esta fortificación era doble. Confiaba, por un lado, en que, tanto la magnitud de las obras como la apariencia de temor, acrecentaría la confianza de los bárbaros, y, por otro, estaba seguro de que, en caso de tener que desplazarse bastante lejos para forrajear y aprovisionarse de trigo, podría defender el campamento con pocos soldados gracias a estas obras de defensa. Entretanto se producían frecuentes refriegas entre los reducidos destacamentos que se adelantaban hasta la zona pantanosa, interpuesta entre ambos campamentos. Algunas veces, sin embargo, nuestras tropas auxiliares galas o germanas cruzaban el pantano y perseguían a los enemigos con mayor decisión y, en ocasiones, eran los enemigos quienes, a su vez, lo cruzaban y hacían retroceder un buen trecho a nuestros soldados. Ocurría en las diarias excursiones para forrajear —imprescindibles al tener que buscar el forraje en granjas, muy escasas y dispersas—, que nuestros forrajeadores, desperdigados por lugares impracticables, se veían rodeados por el enemigo. Estas refriegas, si bien las pérdidas de animales de carga y de sirvientes que causaban a los nuestros eran escasas, acrecentaban las necias esperanzas de los bárbaros, máxime por el hecho de que Comio, quien ya dije que había partido para reclutar tropas auxiliares germanas, había regresado con refuerzos de caballería. Y aunque éstos no superaban los 500 jinetes, los galos, sin embargo, se pavoneaban con su llegada.

XI. Al advertir César que los enemigos se mantenían ya muchos días en su campamento, protegido por la laguna y la configuración del lugar, y que él no podía atacarlo sin una confrontación muy peligrosa ni sitiarlo mediante obras de asedio, si no contaba con un ejército más numeroso, envió una carta a Trebonio [10] para que llamase lo más rápidamente posible a la legión decimotercia, que al mando del legado Tito Sextio in-

[10] Trebonio se encontraba en Cénabo (hoy, Orleans), capital de los carnutos, con las legiones VI y XIV. En cuanto a la legión XIII, recordemos que la capital de los bituriges era Avarico (hoy, Bourges).

vernaba en el país de los bituriges, y de esta forma, con tres legiones, viniera a reunirse con él a marchas forzadas. César, por su parte, envía mientras tanto los jinetes que había reclutado entre los remos, lingones y demás naciones a proteger a los forrajeadores con objeto de frenar las súbitas incursiones de los enemigos.

XII. Como estas acciones se repetían cada día y la vigilancia se relajaba a consecuencia de la rutina, cosa que suele suceder cuando se prolonga una situación, los bellovacos, que conocían ya los permanentes puestos de vigilancia de nuestros jinetes, mediante un grupo escogido de su infantería nos tienden una emboscada en un paraje boscoso. Al día siguiente envían allí su caballería para atraer en primer lugar a los nuestros y, una vez en el lugar de la emboscada, rodearlos y atacarlos. Este desgraciado lance tocó en suerte a los remos, pues a ellos les había correspondido ese día realizar el servicio. Éstos, en efecto, viendo de repente un grupo de jinetes enemigos y despreciando, al ser superiores en número, a aquel pequeño destacamento, los persiguen con excesivo ardor y se ven rodeados por todas partes por la infantería enemiga. Angustiados por la situación, se repliegan con mayor rapidez de lo que es usual en los combates de caballería, habiendo perdido a Vertisco, notable de su nación y jefe de la caballería, quien, aunque apenas podía cabalgar a causa de su edad, con todo, de acuerdo con la costumbre gala, no había utilizado la excusa de la edad para rechazar el mando ni había tolerado que se combatiese sin su participación. Presumen los enemigos y se encorajinan con esta victoria, mientras que ese revés sirve de advertencia a los nuestros para ubicar con más cuidado sus puestos de vigilancia, después de explorar los parajes, y ser más prudentes a la hora de perseguir al enemigo cuando se retira.

XIII. A todo esto, no se interrumpen los diarios combates que tienen lugar a la vista de ambos campamentos, junto a los vados y pasos del pantano. En una de estas refriegas, los germanos que César se había traído del otro lado del Rin precisamente para que luchasen mezclados con la caballería, después de cruzar con gran tesón todos ellos el pantano y haber dado muerte a algunos que se les opusieron más tenazmente, persiguieron a las restantes tropas enemigas. Aterrados entonces, no sólo los que eran hostigados cuerpo a cuerpo o heridos desde lejos, sino también los que acostumbran quedarse más alejados para acudir como refuerzo, se dieron todos a una vergonzosa huida. Y no pararon de huir, perdiendo incluso muchas veces posiciones ventajosas, hasta que se refugiaron en su propio campamento, e incluso algunos, a causa de la propia vergüenza, prosiguieron todavía más lejos en su huida. Ante el riesgo corrido por estos hombres, hasta tal punto quedaron amedrentadas todas las tropas que era difícil determinar si se mostraban más insolentes ante el más mínimo éxito, o más atemorizadas ante el más pequeño revés.

XIV. Después de pasarse muchos días en el campamento, al enterarse de que se aproximaban unas legiones y el legado Cayo Trebonio, los jefes de los bellovacos, temiendo un asedio similar al de Alesia, hacen salir por la noche a todos los que consideraban menos útiles por su edad, por su salud o por no tener armas, y juntamente con ellos toda la impedimenta innecesaria. Habiéndoles sorprendido el amanecer mientras estaban organizando esta atemorizada y confusa columna —acostumbra seguir a los galos, incluso cuando marchan sin impedimenta, un gran número de carros—, forman sus tropas delante del campamento para evitar que los romanos empezaran a perseguirlos antes de que la columna de sus bagajes hubiese avanzado un buen trecho. César, sin embargo, no consideraba oportuno subir toda aquella colina para atacar a unas fuerzas que le plantaban cara, ni tampoco desplazar sus propias legiones para que los bárbaros no pudieran abandonar el lugar debido a la amenaza de nuestras legiones. Así, viendo por una parte que ambos campamentos estaban separados por un pantano intransitable y que la dificultad de cruzarlo podía frenar una rápida persecución y advirtiendo, por otra, que la colina que estaba al otro lado de la laguna tocaba casi el campamento enemigo, separado tan sólo por un pequeño valle, fabrica un puente de tablas sobre la laguna, hace pasar por él sus legiones y llega rápidamente a la planicie situada en lo alto de la colina, protegida en ambos flancos por acentuados repechos. Reorganizadas allí sus legiones, llega hasta la misma cumbre y forma su ejército en orden de combate en una posición desde donde con las máquinas de guerra podía arrojar sus proyectiles sobre las formaciones enemigas.

XV. Los bárbaros, aunque, confiados en la naturaleza del lugar, no rehusaban combatir en caso de que los romanos intentasen ascender su colina; pero como, para evitar que fueran inquietadas mientras estaban dispersas, no podían hacer salir a sus tropas poco a poco en pequeños grupos, mantuvieron todas sus fuerzas formadas. César, vista su pertinacia, después de tomar las medidas para el emplazamiento del campamento en ese lugar, ordenó fortificarlo, dedicando a todo ello veinte cohortes. Terminadas las obras, coloca sus tropas formadas delante de la empalizada y deja de guardia la caballería con los caballos aparejados. Viendo los bellovacos que los romanos estaban preparados para perseguirlos y que no podían pasar allí la noche ni permanecer más tiempo sin correr un gran riesgo, decidieron replegarse de la siguiente manera: delante de su ejército formado en orden de batalla, pasándoselos de mano en mano, colocaron los matojos de paja y matorrales sobre los que habían estado sentados y de los que había gran abundancia en el campamento —ya se ha expuesto en los precedentes comentarios de César que los galos acostumbran descansar manteniendo la formación de combate—, y, cuando ya declinaba el día, a una señal, les prendieron fuego a todos a la vez. De este modo un frente de llamas ocultó súbitamente todas las tropas a la vista de los romanos. En ese preciso momento los bárbaros huyeron a todo correr.

XVI. Aunque César no podía observar la huida de los enemigos a causa de la interpuesta cortina de fuego, sospechando, sin embargo, que esta estratagema se había hecho para poder escapar, hace avanzar las legiones y envía los escuadrones de caballería para perseguirlos. Por otra parte, temiendo alguna emboscada, no fuera que los enemigos permaneciesen en el mismo lugar e intentaran atraer a los nuestros a una posición desfavorable, hace avanzar sus legiones muy lentamente. Los jinetes, por su parte, temiendo atravesar el frente de humo y llamas y como, si alguno de ellos más decidido lo intentaba, apenas podía distinguir la cabeza de su propio caballo, recelando algún ardid dieron ocasión a los bellovacos de retirarse libremente. Así pues, mediante esta fuga, llena de miedo y de astucia, avanzaron los enemigos unos diez mil pasos sin sufrir baja alguna e instalaron su campamento en una posición muy bien protegida. Desde ese lugar, tendiendo frecuentes emboscadas con su caballería e infantería, causaban numerosas bajas a los romanos cuando éstos iban a buscar forraje.

XVII. Al repetirse estos hechos con demasiada frecuencia, César averiguó por un prisionero que Córreo, el jefe de los bellovacos, había escogido seis mil soldados entre los más valientes y mil jinetes de entre todos ellos, a los que había apostado para una emboscada en un lugar a donde sospechaba que irían los romanos por la gran cantidad de trigo y forraje que allí había. Sabiendo, pues, sus intenciones, hace salir a más legiones de las acostumbradas y envía por delante la caballería que, según costumbre, solía destacar en ayuda de los forrajeadores. Entre los jinetes agregó además tropas ligeras auxiliares. Él, por su parte, se aproxima con las legiones lo máximo posible.

XVIII. Los enemigos encargados de la emboscada, después de elegir un terreno para llevarla a cabo, no más extenso de mil pasos en cualquier dirección y resguardado por todas partes por bosques y por un río infranqueable, lo rodearon con sus hombres emboscados, como si se tratara de ojeadores en una partida de caza. Nuestros jinetes, percatados de la intención de los enemigos, con los ánimos y las armas a punto para el combate y dispuestos a no rehusar enfrentamiento alguno sabiéndose respaldados por las legiones, llegaron al paraje en sucesivos escuadrones. Ante su llegada, pensando Córreo que se le había presentado la ocasión de llevar a cabo su plan, se mostró al principio con unos pocos hombres y cargó contra los escuadrones más próximos. Resisten los nuestros con firmeza la embestida de los ocultos enemigos, sin concentrar los escuadrones en un solo lugar, maniobra que la mayor parte de las veces que, debido a cualquier temor, se ejecuta en los combates de caballería, acostumbra a traducirse en graves pérdidas por el amontonamiento de los jinetes.

XIX. Como nuestros jinetes, en cambio, organizados en escuadrones, peleaban separados unos de otros y por turno y no permitían que los suyos fueran rodeados por los flancos, mientras Córreo estaba luchando el resto de su caballería sale súbitamente del bosque. Se lucha con gran encono en enfrentamientos dispersos. Al mantenerse incierto el combate durante largo rato, poco a poco surgen del bosque las innumerables fuerzas de infantería, formadas en orden de combate, que obligan a nuestra caballería a replegarse. Acude entonces rápidamente en su ayuda la infantería ligera, que, como antes dije, se había enviado precediendo a las legiones y, entremezclada con los escuadrones, combate con gran firmeza. Durante un buen rato se lucha por ambos bandos con igual denuedo. Luego, tal como lo pedía la naturaleza del combate, los que habían sostenido los primeros ataques de la emboscada, por ese mismo hecho llevan ahora ventaja, ya que, aunque cogidos por sorpresa por los asaltantes, no habían sufrido baja alguna. Se van aproximando entretanto las legiones y se transmiten frecuentes y simultáneos comunicados tanto a los nuestros como a los enemigos de que el general ya ha llegado con sus tropas formadas en orden de combate. Al conocerse esta circunstancia, los nuestros, confiados en el refuerzo de las cohortes, luchan con el máximo denuedo para que no pareciese, si se demoraban en resolver la batalla, que habían de compartir la gloria de la victoria con las legiones. Los enemigos pierden los ánimos e intentan huir por diversos caminos. En vano; pues se ven acorralados por las mismas dificultades del terreno con las que habían pretendido cercar a los romanos.

Finalmente, derrotados, abatidos y perdida la mayor parte de sus hombres, huyen consternados, dirigiéndose unos a los bosques y otros al río, los cuales, perseguidos tenazmente por los nuestros, son pasados a cuchillo durante su huida. A todo esto, como el vencido Córreo no pudo ser persuadido, a pesar de su total derrota, a abandonar la lucha y refugiarse en el bosque, ni tampoco a rendirse como le instaban los nuestros, combatiendo con bravura sin igual e hiriendo a muchos de los nuestros, obligó a los vencedores, dominados por la ira, a abatirlo con una lluvia de proyectiles.

XX. Concluida de este modo su victoria, César, que al llegar se había encontrado con las recientes huellas del combate, creyendo que los enemigos, cuando recibiesen la noticia de tan sangrienta derrota, abandonarían el campamento que según decían no distaba más de ocho mil pasos del lugar de la masacre, aun cuando veía que el río le cortaba el paso [11], haciendo pasar al ejército al otro lado, continúa avanzando. Los bellovacos, por su parte, y las restantes naciones, al recibir inesperadamente a los pocos supervivientes que, aunque heridos, habían conseguido huir evitando la muerte gracias a los bosques, ante tantos desastres e informados de la derrota, de la muerte de Córreo y de que se había perdido la caballería y la más brava infantería, creyendo que los romanos estaban ya a sus puertas, convocando a toda prisa y a toque de tubas un consejo, exigen a gritos que se envíen legados y rehenes a César.

XXI. Aceptada unánimemente la propuesta, tan sólo el atrébate Comio huyó a tierras de aquellos germanos que le habían proporcionado tropas auxiliares para la guerra. Todos los demás envían de inmediato legados a César y le suplican que se contente con ese castigo de sus enemigos que, si lo hubiese podido infligir sin entrar en combate a un ejército intacto, seguro que, dada su clemencia y humanidad, nunca lo hubiera

[11] Probablemente el río Oise.

hecho. Seguían diciendo que las fuerzas de los bellovacos habían sido aniquiladas en el combate de caballería; que habían perecido muchos millares de la más selecta infantería y que tan sólo los que les habían comunicado el desastre habían podido salvarse. Pero que los bellovacos, a pesar de tan gran adversidad, habían obtenido con esa batalla un gran beneficio, ya que había muerto Córreo, el promotor de la guerra e instigador de las masas. Que, mientras Córreo estaba vivo, nunca el senado había disfrutado de tanto poder como lo había tenido la plebe ignorante.

XXII. A los legados que le hacían estos ruegos les recuerda César que el año anterior tanto los bellovacos como el resto de naciones habían declarado a un mismo tiempo la guerra, pero que, entre todos, eran precisamente ellos los que más obstinadamente habían mantenido esa actitud, sin que ni siquiera la rendición de los demás les hubiera hecho recuperar la cordura. Que sabía y comprendía con cuánta facilidad se responsabiliza a los muertos de las culpas de los errores, pero que no había nadie tan poderoso que, contando tan sólo con el débil apoyo de la plebe, pudiera iniciar y llevar a cabo una guerra contra la voluntad de los notables, la resistencia del senado y el rechazo de todos los buenos ciudadanos. Que, a pesar de ello, se daba por satisfecho con el castigo que ellos mismos se habían acarreado.

XXIII. A la noche siguiente, los legados transmitieron esta respuesta a los suyos y reúnen los rehenes. Acuden allí también los legados de otros pueblos que veían el éxito de los bellovacos. Todos ellos entregan rehenes y cumplen las órdenes recibidas, a excepción de Comio, a quien el temor impedía confiar su vida a quienquiera que fuese. El año anterior, efectivamente, mientras César dictaba justicia en la Galia Citerior, Tito Labieno, al averiguar que Comio soliviantaba a los pueblos e incitaba a la conspiración contra César, había dictaminado que se podía reprimir su traición sin caer en absoluto en la deslealtad. Y como no creía que Comio, aunque fuera citado, se presentase en el campamento, para no alertarlo mediante otras tentativas, envió a Cayo Voluseno Cuadrado para que, pretextando una entrevista, mirase de matarlo. Le asignó para esta empresa unos centuriones, escogidos y adecuados. Cuando hubo llegado al lugar de la entrevista y Voluseno, tal como se había acordado, estrechó la mano de Comio, el centurión, o nervioso por la insólita situación, o estorbado rápidamente por los amigos de Comio, no pudo darle muerte, aunque con su primer sablazo le hirió gravemente en la cabeza. Habiendo entonces desenvainado ambos bandos las espadas, unos y otros pensaban más en huir que en luchar: los nuestros porque creían que Comio estaba herido de muerte; los galos porque, descubierto el engaño, temían más de lo que veían. Después de esto, se decía que Comio había decidido que nunca más comparecería ante ningún romano, fuese quien fuese.

XXIV. Después de vencidos esos pueblos tan sumamente belicosos, viendo César que no quedaba ya ninguna nación que preparase una guerra con el fin de oponerse a Roma, pero que, en cambio, algunas poblaciones abandonaban sus ciudades o escapaban de los campos a fin de sustraerse al actual poder de Roma, decidió repartir su ejército por varias regiones. Al cuestor Marco Antonio con la legión duodécima lo retuvo consigo. Al legado Cayo Fabio con veinticinco cohortes lo envió al otro extremo de la Galia porque había oído que había allí algunas naciones alzadas en armas y no consideraba que el legado Cayo Caninio Rébilo, que se encontraba en aquellos lugares, dispusiese de dos legiones suficientemente aguerridas. Llama junto a sí a Tito Labieno; a la legión decimoquinta, que había invernado con este último, la envía a la Galia togada [12] para proteger las colonias de ciudadanos romanos y para que no les ocurriese ningún infortunio similar al que, a causa de

---

[12] La Galia togada es la Galia romana, o sea, la Italia del norte, que constituía la provincia de la Galia Cisalpina, cuyo gobierno, junto con el de la Narbonense y del Ilírico, tenía César. César la denomina normalmente Citerior, Cisalpina o, a veces, simplemente Italia.

una incursión de los bárbaros, habían sufrido el año anterior los tergestinos, que se habían visto sorprendidos por una repentina incursión de pillaje de estos últimos. Él, por su parte, se dirige a saquear y arrasar el territorio de Ambiórix. Como había perdido la esperanza de que éste, aterrado y fugitivo, pudiera ser persuadido a someterse de nuevo, consideraba que este hecho afectaba tan de cerca a su propio prestigio como para arrasar su territorio, ciudadanos, alquerías y ganado incluidos, a fin de que, si la suerte quería que alguno de ellos quedara vivo, odiaran tanto a Ambiórix [13] por las grandes calamidades que les había ocasionado que no le quedara a éste posibilidad alguna de regresar junto a los suyos.

XXV. Como sus legiones y tropas auxiliares habían cubierto todo el territorio de Ambiórix y todo lo que en él se encontraba había sido arrasado mediante muertes, incendios y saqueos, después de abatir o capturar un gran número de aquellas gentes, envía a Labieno con dos legiones al país de los tréveros, cuya población, ejercitada en continuas guerras por su proximidad a Germania, no se diferenciaba mucho de los germanos en su manera de ser y en su fiereza y jamás estaba dispuesta a obedecer sus órdenes, a no ser que el ejército la forzara a ello.

XXVI. A todo esto, el legado Cayo Caninio, informado mediante cartas y emisarios enviados por Duracio —quien siempre había permanecido fiel al pueblo romano aun cuando parte de su nación se había rebelado— de que un gran número de enemigos se había concentrado en el país de los píctones, se dirige a la ciudad de Lemonum [14]. Al acercarse a ella y averiguar por los cautivos que Duracio, encerrado en Lemonum, se veía hostigado por el caudillo de los andes [15] Dumnaco con muchos millares de hombres, no atreviéndose el legado a en-

---

[13] Ambiórix era el jefe de los nervios. Cfr. Libro II, n. 6.

[14] Lemonum es la actual Poitiers, ciudad de los píctones, cfr. Libro III, n. 11. Parece que Duracio era en estos momentos su jefe.

[15] Sobre los andes, cfr. Libro III, n. 6.

frentar sus poco veteranas legiones a los enemigos, montó su campamento en un lugar bien protegido. Dumnaco, por su parte, al saber que Caninio se aproximaba, decidió atacar el campamento romano oponiendo todas sus tropas a las legiones. Después de haber empleado bastantes días en el asalto y, a pesar de las grandes bajas sufridas por su parte, no haber conseguido forzar parte alguna de las fortificaciones, decidió dedicarse de nuevo al asedio de Lemonum.

XXVII. Por aquellos mismos días, el legado Cayo Fabio recibe el sometimiento de distintas naciones, reafirma su sumisión mediante rehenes y, por una carta de Caninio, se entera de lo que ocurre en el país de los píctones. Al saberlo, parte para prestar ayuda a Duracio. Dumnaco, al tener noticias de la llegada de Fabio, viéndose perdido si se veía obligado a enfrentarse por la parte exterior al ejército romano y mantener además, al mismo tiempo, una temerosa alerta contra los sitiados, se retiró repentinamente del lugar con sus tropas, creyendo que no estaría suficientemente a salvo hasta que hubiera hecho pasar sus tropas al otro lado del río Liger, que, por su anchura, sólo podía atravesarse por un puente. Fabio, aunque todavía no había avistado a los enemigos ni había conectado con Caninio, informado, sin embargo, por expertos en el conocimiento de aquellos parajes, supuso que los aterrados enemigos se dirigían con toda probabilidad al lugar al que realmente se dirigían. Así pues, se encamina hacia ese puente con todas sus tropas y ordena que la caballería preceda a la columna de las legiones tanto trecho cuanto, en caso de ser necesario, pueda recorrer de regreso al campamento sin agotar los caballos. De acuerdo con las órdenes recibidas, nuestras caballería alcanza y carga contra el ejército de Dumnaco y, al atacar sobre la marcha a unos hombres entorpecidos bajo sus mochilas, aterrados y fugitivos, después de dar muerte a muchos de ellos, se apoderan de un enorme botín. Acabada felizmente esta confrontación, regresa al campamento.

XXVIII. A la noche siguiente, Fabio envía de nuevo por delante su caballería, dispuesta a luchar y a frenar a toda la columna enemiga[16] hasta que él llegara. Para llevar a cabo la acción de acuerdo con las órdenes de Fabio, Quinto Acio Varo, prefecto de la caballería, hombre de singular valor y prudencia, arenga a sus hombres y, después de haber dado alcance al ejército enemigo, sitúa una parte de sus escuadrones en posiciones idóneas y con la otra parte de ellos traba un combate de caballería. Pelea con gran decisión la caballería enemiga, respaldada por la infantería, la cual se detuvo con todo el resto de la columna para dar apoyo a sus jinetes en su lucha contra los nuestros. Se entabla un encarnizado combate. Los nuestros, que menospreciaban al enemigo por haberle vencido el día anterior y que sabían que detrás suyo venían las legiones, tanto por la vergüenza de la retirada como por el deseo de concluir la batalla ellos solos, luchan con gran bravura contra la infantería. Los enemigos, por su parte, creyendo, por lo que habían visto el día anterior, que no disponíamos allí de más tropas, pensaban que había llegado la ocasión de aniquilar a nuestra caballería.

XXIX. Como el durísimo combate se prolongaba ya un buen rato, Dumnaco formó su ejército en orden de batalla para que por turno apoyase a su caballería. Aparecen entonces de repente ante la vista de los enemigos nuestras legiones en cerrada formación. Al divisarlas, sobrecogidos de terror los escuadrones bárbaros, aterrado también el ejército y atemorizada igualmente la columna de los bagajes, con gran griterío huyen en todas direcciones en total desbandada. Por su parte, nuestros jinetes, que poco antes habían combatido durísimamente con los enemigos que les plantaban cara, enardecidos por la alegría de la victoria, elevando un gran clamor y rodeando a los que se retiraban, a tantos enemigos dieron muerte en aquel combate cuanto duraron las fuerzas de sus propios caballos, lanzados en su persecución, y las de sus brazos, entregados a la matanza. De este modo, muertos más de doce

[16] El combate descrito en el capítulo anterior había sido únicamente contra la retaguardia enemiga. Ahora se trata de frenar a todo el ejército de Dumnaco.

mil enemigos, unos con las armas en la mano, otros habiéndolas arrojado por miedo, cae en nuestro poder la totalidad de su impedimenta.

XXX. Al saberse que el senon Drapes (quien nada más rebelarse la Galia, reuniendo la gente más indeseable de todas partes, incitando a los esclavos a la liberación y llamando a los desterrados de todas las naciones, había interceptado con repentinos saqueos los convoyes de equipajes y avituallamiento de los romanos) con no más de unos dos mil hombres, recogidos entre los que huían de esta derrota, marchaba contra la provincia y que se le había sumado el cadurco Lucterio [17] (de quien se dijo en el libro anterior que había intentado invadir la provincia durante el primer levantamiento de la Galia), el legado Caninio marcha en su persecución con dos legiones, no fuera que, por los perjuicios y el temor de la provincia ante los saqueos de una banda de canallas, se hicieran los propios romanos reos de un gran deshonor [18].

XXXI. Cayo Fabio con el resto del ejército se encamina hacia el territorio de los carnutos y de aquellas otras naciones cuyas tropas sabía que habían sido aniquiladas en la batalla que había librado con Dumnaco. No dudaba, en efecto, que con la reciente derrota se mostrarían más sumisas, pero que, a instigación del propio Dumnaco, si se les daba lugar y tiempo, podrían sublevarse de nuevo. Un rápido éxito acompaña a Fabio en su cometido de recobrar la sumisión de estas naciones. Efectivamente, los carnutos, que, aun humillados con frecuencia, jamás habían hecho mención de la paz, después de entregar rehenes ofrecen su rendición, mientras las restantes naciones, situadas en los últimos confines de la Galia limítrofes con el océano, llamadas armóricas, influenciadas por el prestigio de los carnutos, ante la llegada de las legiones de Fabio se someten sin dilación a sus órdenes. Expulsado Dumnaco de su

---

[17] Sobre los cadurcos, cfr. Libro VII, n. 6.

[18] Por no defender y evitar que una provincia romana sufriera el ataque y los pillajes de Drapes y Lucterio.

país, sólo, errante y oculto, se vio obligado a huir a los más alejados rincones de la Galia.

XXXII. Pero Drapes y Lucterio, sabiendo que tenían ya encima a Caninio y sus legiones y comprendiendo que con un ejército en su persecución no podrían invadir, sin un seguro desastre, el territorio de la provincia ni tendrían tampoco posibilidad de vagar libremente ni de dedicarse al saqueo, se detienen en el país de los cadurcos. Allí, dado que en otros tiempos, cuando la situación era diferente, Lucterio había gozado de gran influencia entre los suyos y, como instigador de revueltas, había tenido siempre un gran predicamento entre los bárbaros, ocupa con sus tropas y las de Drapes la ciudad de Uxeloduno [19], muy bien protegida por la propia naturaleza del lugar, que antes le había rendido vasallaje, y se gana para sus propios intereses a los ciudadanos de la ciudad.

XXXIII. Caninio, que había llegado allí en seguida y había visto que todas las partes de la ciudad estaban defendidas por unos despeñaderos tan abruptos que, aunque no contase ni con un solo defensor, sería difícil para hombres armados llegar hasta ella, viendo también que la impedimenta de sus habitantes era tan numerosa que, si intentasen llevársela en una fuga a escondidas, no sólo no podrían huir de la caballería, sino que ni siquiera podrían hacerlo de las legiones, tras dividir sus cohortes en tres grupos, instaló tres campamentos en posiciones muy elevadas. Desde ellos, poco a poco, en la medida que el número de sus tropas lo permitía, decidió rodear la ciudad con un vallado.

XXXIV. Al advertirlo los habitantes de la ciudad, angustiados por el tristísimo recuerdo de Alesia, temiendo un resultado de su propio asedio igualmente catastrófico y aconsejándoles en especial Lucterio, que ya había experimentado una situación parecida, que habían de preocuparse del abastecimiento de trigo, deciden de común acuerdo dejar allí una parte

---

[19] Probablemente se trata de Puy d'Issolu, o, quizá, Luzech, departamento de Lot.

de sus efectivos y marchar ellos con el resto de las tropas, libres de impedimenta, a aprovisionarse de trigo. Aprobada la decisión, a la noche siguiente, dejando dos mil hombres armados en la ciudad, Drapes y Lucterio sacan de allí el resto de las tropas. Después de detenerse unos días en territorio de los cadurcos —quienes, por una parte, querían abastecerlos de trigo y, por otra, no podían impedirles tampoco que lo cogiesen—, reúnen gran cantidad de trigo y, en ocasiones, mediante incursiones nocturnas atacan nuestras fortificaciones. Por este motivo Caninio retrasa el rodear con las obras de asedio toda la ciudad, no fuera que no pudiera protegerlas una vez acabadas, o que tuviese que poner en muchos puntos de ellas guarniciones muy débiles.

XXXV. Después de acumular gran cantidad de trigo, Drapes y Lucterio acampan a sólo unos diez mil pasos de la ciudad, desde donde poco a poco pensaban transportar el trigo al campamento. Se dividen entre ellos dos la tarea: Drapes permanece allí con parte de los efectivos para defender el campamento; Lucterio conduce a la ciudad la columna de bestias de carga. Dispuestas por allí cerca estaciones de guardia, por la noche, cerca de la hora décima[20], a través de boscosos desfiladeros comienzan a trasladar el trigo a la ciudad. Al escuchar los centinelas de nuestros campamentos el estrépito producido por ellos, Caninio, cuando los exploradores que había enviado le informaron de lo que estaba ocurriendo, rápidamente con unas cohortes armadas de las fortificaciones más próximas ataca al amanecer la columna de abastecimiento. Aterrorizados sus componentes por el súbito ataque, huyen a refugiarse entre sus tropas de escolta. Al verlas los nuestros, sintiéndose más estimulados al atacar a soldados armados, no dejan que ninguno de ellos sea capturado vivo. Lucterio consigue huir de allí acompañado de unos pocos, pero no va a refugiarse al campamento.

---

[20] Aproximadamente hacia las dos de la noche.

XXXVI. Acabada felizmente la acción, Caninio averigua por unos prisioneros que una parte de las tropas permanece con Drapes en el campamento, a no más de doce mil pasos de allí. Después de que otros muchos ratificasen esta información, creyendo que, ante la fuga de uno de los jefes, los otros, que debían de estar aterrados, podían ser fácilmente arrollados, consideró una gran suerte que ninguno de los escapados de la matanza se hubiese refugiado en el campamento, ya que hubieran podido avisar a Drapes del desastre sufrido por Lucterio. Opinando, pues, que no había ningún riesgo en hacer un intento, envía por delante contra el campamento enemigo a toda la caballería y a la infantería germana, hombres sumamente veloces. Él, por su parte, reparte una legión entre los tres campamentos y se lleva la otra consigo, desembarazada de todo tipo de impedimenta. Cuando se hubo aproximado al enemigo, supo por los ojeadores que había destacado que el campamento enemigo, como suele ser habitual entre los bárbaros, prescindiendo de posiciones elevadas, se encontraba en el llano junto a las riberas del río, y supo también que los germanos y la caballería se habían lanzado súbitamente contra el enemigo, sorprendiéndolo, y habían entablado combate. Al enterarse de ello, conduce hasta allí su legión, armada y en orden de combate. Y así, de repente, dada una señal, desde todas partes se apoderan de las alturas. Hecha esta maniobra, los germanos y la caballería, al ver las enseñas, luchan con ánimos redoblados. Al momento las cohortes atacan desde todos los flancos y, muertos o capturados todos los enemigos, se apoderan de una gran cantidad de botín. El propio Drapes es capturado durante la batalla.

XXXVII. Caninio, acabada la confrontación con total éxito sin tener apenas ni un solo soldado herido, regresa para proseguir el asedio de la ciudad y, aniquilado el enemigo exterior, por temor del cual había prohibido antes dividir sus tropas y acabar el cerco de la ciudad con las obras pertinentes, ordena que prosigan en todas partes los trabajos de fortificación. Al día siguiente llega al lugar Cayo Fabio con sus tropas y toma a su cargo una parte de las obras para el sitio de la ciudad.

XXXVIII. A todo esto, César deja en el país de los bellovacos al cuestor Marco Antonio con quince cohortes para no dar a los belgas ninguna oportunidad de sublevarse de nuevo. Él, por su parte, se dirige a las restantes naciones, les exige numerosos rehenes y con tranquilizadoras palabras calma los recelosos ánimos de todos. Cuando hubo llegado a territorio de los carnutos, en cuya ciudad [21], como expuso César en el libro anterior, había nacido la guerra, dándose cuenta de que, conscientes de esta circunstancia, eran ellos sobre todo los que se sentían más temerosos, a fin de liberar rápidamente de ese temor a la población les exige, para ajusticiarlo, la entrega de Gutuatro [22], principal responsable de su traición y promotor de la guerra. Aunque éste no se fiaba ni tan sólo de sus propios conciudadanos, se ponen todos a buscarlo con gran diligencia y es conducido prestamente al campamento. César, contra su propia forma de ser, se ve obligado a ejecutarlo con la más absoluta aquiescencia de todos los soldados, que le atribuían todos los peligros y daños ocasionados por la guerra, hasta el punto que fue decapitado después de haber sido azotado hasta morir.

XXXIX. Estando allí, se entera por repetidas cartas de Caninio de todo lo ocurrido con Drapes y Lucterio y de la actitud que mantenía la población de Uxelodunum. Aunque menospreciaba el escaso número de sus moradores, consideraba, con todo, que se tenía que castigar gravemente su pertinacia para que no creyese la Galia entera que únicamente le habían faltado fuerzas, y no constancia, para resistir a los romanos, y para que con este ejemplo no reivindicasen también su libertad las demás ciudades que confiaban en una privilegiada situación de sus emplazamientos, ya que era consciente de que todos los galos sabían que tan sólo le quedaba un verano en la

---

[21] Cénabo (hoy, Orleans). Cfr. Libro VII, cap III.

[22] Este personaje no es mencionado por César al hablar de responsables.

provincia[23] y que, si podían resistir durante ese período, no tendrían que temer en adelante ningún otro peligro. Así pues, dejó al legado Quinto Caleno con dos legiones con el encargo de que le siguiera en marchas regulares[24]; él, por su parte, a la máxima velocidad posible, se dirigió con toda la caballería a reunirse con Caninio.

XL. Cuando César, contra la creencia general, se presentó en Uxelodunum y comprobó que la ciudad había sido cercada con fortificaciones, dándose cuenta de que bajo ningún pretexto se podía renunciar al asedio e informado por unos desertores de que sus habitantes disponían de gran abundancia de trigo, decidió cortar el agua a los enemigos. El fondo del valle estaba bañado por un río que ceñía en su práctica totalidad la montaña donde estaba emplazada Uxelodunum. La naturaleza del terreno impedía desviar el río, pues su cauce estaba situado tan abajo de la montaña que no podían cavarse canales para desviarlo hacia ninguna parte. Sin embargo, para los habitantes de la ciudad el descenso hasta el río era tan abrupto y difícil que, si los nuestros quisieran impedírselo, no podrían los enemigos ni llegar hasta él ni retirarse por la escabrosa subida sin riesgo de ser heridos e, incluso, de perder la vida. Enterado César de estas dificultades, apostando arqueros y honderos y disponiendo catapultas en algunos lugares para cortar las vías más fáciles de descenso, impidió a la población sitiada el suministro de agua.

XLI. A partir de entonces, la multitud de sitiados acudía a un solo lugar para recoger agua, situado al pie de las murallas, donde brotaba un gran manantial precisamente en aquella parte que, en una extensión de unos trescientos pies, no estaba rodeada por la curva del río. Aunque todos los demás lo deseaban, fue César el único que vio que podía impedir a los habitantes de la ciudad el acceso a esta fuente. Comienza por colo-

---

[23] El gobierno de César, en efecto, que había durado diez años, acababa el 1 de marzo del 49 a. C. y estamos ahora en el verano del 50 a. C.

[24] Cfr. Libro VII, n. 21.

car los manteletes frente a la mina de agua y construir un terraplén con gran esfuerzo y continuos enfrentamientos. Los defensores de la ciudad, en efecto, descienden corriendo desde un lugar más elevado y, desde lejos, pueden luchar sin peligro y hieren a muchos de los nuestros empeñados en avanzar. A pesar de todo no consiguen que nuestros soldados desistan de hacer avanzar los manteletes y superar las dificultades con su esfuerzo y trabajo. Simultáneamente excavan galerías subterráneas hasta la vena y la fuente de agua, un tipo de trabajo que podía hacerse sin ningún riesgo y sin que los enemigos lo sospechasen. Se construye también un terraplén de sesenta pies de altura y se sitúan en él torres de diez pisos, no para igualar la altura de las murallas (lo que era imposible de lograr fueran las que fueran las obras que se hiciesen), sino para superar la altura de la mina de agua. Como desde ellas, por medio de las catapultas se lanzaban proyectiles contra el acceso a la fuente y los sitiados no podían abastecerse de agua sin correr un grave riesgo, no sólo el ganado y los animales de carga, sino también una gran multitud de enemigos moría de sed.

XLII. Angustiada la población ante este revés, rellenan toneles con sebo, pez y tablones y, después de prenderles fuego, los hacen rodar contra nuestras fortificaciones. Al mismo tiempo inician un violentísimo ataque a fin de impedir a los romanos, con su peligrosa embestida, dedicarse a la extinción del fuego. De súbito brota una enorme llamarada en nuestras fortificaciones. Todos los toneles ardientes lanzados por la abrupta pendiente, al ser retenidos por los manteletes y el terraplén, envolvían en sus llamas los obstáculos que los frenaban. Nuestros soldados, por su parte, aunque se veían hostigados con un peligroso género de combate y en una posición desfavorable afrontaban, sin embargo, todas las dificultades con extraordinario coraje. La batalla, efectivamente, se desarrollaba en un lugar elevado y a la vista de nuestro ejército, y de uno y otro bando se levantaba un gran griterío. En consecuencia, cuanto más afamado era cada uno, tanto más se exponía a las armas enemigas y al fuego para que su valor fuese más notorio y reconocido.

XLIII. César, al ver que muchos de los suyos caían heridos, da orden a las cohortes de subir la montaña por todos los flancos de la ciudad y de que, fingiendo que trataban de asaltar las murallas, levantaran un gran griterío desde todas partes. Aterrados los sitiados por la situación, al no saber exactamente qué ocurría en otros lugares, hacen regresar a los que atacaban nuestras trincheras y reparten por las murallas sus hombres armados. De esta forma, finalizado el combate, consiguen los nuestros apagar una parte de las fortificaciones envueltas en llamas y aislar las otras. Ante la obstinada resistencia de los habitantes de la ciudad que, aun habiendo muerto de sed una gran parte de ellos, mantenían tercamente su actitud, los nuestros, finalmente, a través de galerías subterráneas cortan y desvían la vena de agua del manantial. Con esto se seca súbitamente la inagotable fuente y es tanta la desesperación que invade a los sitiados que creen que este hecho se ha producido no por obra de los hombres, sino por voluntad de los dioses. En consecuencia, obligados por la necesidad, se rindieron.

XLIV. César, que sabía que su clemencia era notoria entre todos y no temía, por tanto, que se pensase que se había excedido en el castigo por innata crueldad, y considerando que no fructificarían sus propios planes si otros, precisamente por ese motivo[25], empezaban a sublevarse en distintos lugares, decidió desanimar a los demás mediante un castigo ejemplar. Así pues, hizo cortar las manos a todos los que habían empuñando las armas, pero les perdonó la vida para que fuese más notorio el castigo de los rebeldes. Drapes, quien ya dije que había sido capturado por Caninio, ya por la vergüenza y la rabia de verse aherrojado, ya por el temor a un castigo más cruel, se negó a comer durante varios días y de esta manera pereció. Simultáneamente, Lucterio, que, como ya dije, había escapado de la

[25] Por su fama de compasivo y clemente.

batalla, tras haber caído en poder del arverno Epasnacto —pues por tener que cambiar continuamente de residencia tenía que ponerse en manos de mucha gente, ya que, al ser consciente de hasta qué punto debía considerar a César como su más acérrimo enemigo, se daba cuenta de que no podía permanecer sin peligro en un mismo lugar—, cargado de cadenas fue entregado a César sin vacilación alguna por este arverno llamado Epasnacto, fiel amigo del pueblo romano.

XLV. A todo esto, Labieno entabla en territorio de los tréveros [26] un victorioso combate de caballería y, muertos en él muchos tréveros y germanos, quienes nunca negaban a nadie tropas de refuerzo para luchar contra los romanos, acepta la sumisión de sus mandatarios supervivientes y, entre ellos, la del eduo Suro que, por su valor y linaje, gozaba de una ilustre reputación, y que entre todos los eduos era el único que no había depuesto todavía las armas.

XLVI. Enterado César de ello, viendo que en todas las regiones de la Galia habían triunfado sus armas y juzgando que con las campañas precedentes había quedado la Galia vencida y sometida, puesto que personalmente no había ido nunca a la Aquitania, de la que solamente a través de Publio Craso había sometido una parte de ella, se dirigió con dos legiones a esa parte de la Galia para emplear allí el resto de la estación estival. Esta expedición, igual que todas las demás, la concluyó rápida y felizmente, pues todas las naciones de la Aquitania enviaron legados a César y le entregaron rehenes. Después de esto se dirigió a Narbona con una escolta de caballería y, a través de sus legados, hizo conducir al ejército a sus cuarteles de invierno. Acantonó cuatro legiones en Bélgica, al mando de los legados Marco Antonio, Cayo Trebonio y Publio Vatinio. Hizo conducir dos legiones al país de los eduos, cuya gran influencia sobre toda la Galia conocía perfectamente. Otras dos legiones las instaló entre los túrones, junto a la frontera de los

---

[26] Cfr. Libro I, n. 51.

carnutos, para que mantuviesen el orden en toda aquella región confinante con el océano. Las dos restantes, en territorio de los lemovices, no lejos de los arvernos, a fin de que no quedase parte alguna de la Galia sin la presencia del ejército. Después de detenerse unos días en la provincia y de recorrer apresuradamente los tribunales de justicia, juzgó los conflictos públicos y premió a los que se habían hecho acreedores a ello —tenía, en efecto, la máxima posibilidad de saber qué disposición de ánimo había tenido cada cual en la rebelión de la Galia que él había podido sofocar gracias a la fidelidad y a las tropas auxiliares recibidas de su provincia—. Concluidos estos menesteres, regresó junto a sus legiones en Bélgica y pasó el invierno en Nemetocena.

XLVII. Una vez allí, se enteró de que el atrébate Comio se había enfrentado en combate a su caballería. Efectivamente, cuando Antonio llegó a los cuarteles de invierno y mientras la nación de los atrébates se mantenía fiel a sus compromisos, Comio, en cambio, quien, después de ser herido tal como he expuesto antes, acostumbraba estar siempre a disposición de sus conciudadanos para cualquier tipo de revuelta con objeto de que no les faltase un instigador y caudillo a quienes deseasen reiniciar la guerra, mientras la población obedecía a los romanos, él se mantenía a sí mismo y a los suyos gracias a las acciones de pillaje llevadas a cabo por su caballería e interceptaba, asaltando los caminos, los aprovisionamientos que se transportaban a los cuarteles de invierno de los romanos.

XLVIII. El prefecto de la caballería Cayo Voluseno Cuadrado le había sido asignado a Antonio para que pasara el invierno con él. Antonio le ordena perseguir a la caballería enemiga. Voluseno a su valor, que no tenía parangón, unía un odio inmenso hacia Comio, por lo que se dispone con sumo placer a cumplir las órdenes recibidas. Así pues, tendiendo emboscadas, atacaba continuamente a la caballería de los enemigos con muy buenos resultados. Trabado finalmente un encarnizado combate y como Voluseno, llevado de su afán de acabar con Comio, acompañado de unos pocos hombres lo hubiese perseguido con excesivo ardor y éste, en una impetuosa huida, lo hubiese arrastrado bastante lejos, de repente, mortal enemigo de su perseguidor, reclama la lealtad y la ayuda de los suyos para que no permitan que queden impunes aquellas heridas que recibió a traición, y, haciendo dar la vuelta a su caballo, sin contar con sus hombres se lanza contra el prefecto. Lo mismo hacen entonces sus jinetes y ponen en fuga y persiguen a nuestros escasos hombres. Comio, espoleando violentamente su propio caballo, alcanzó la montura de Cuadrado y, blandiendo la lanza con todas sus fuerzas, le atravesó el muslo. Al ver herido a su prefecto, no vacilan los nuestros en plantar cara y, haciendo girar a sus caballos, ponen en fuga a los enemigos. En este contraataque, caen heridos muchos de los enemigos, arrollados por la carga de los nuestros, otros son abatidos mientras huyen y otros son hechos prisioneros. Su jefe se salvó del desastre gracias a la velocidad de su caballo, mientras nuestro prefecto de caballería, herido en este combate victorioso tan gravemente que parecía estar en peligro de muerte, es llevado de vuelta al campamento. Comio, por su parte, bien por haber calmado su rabia, bien por haber perdido a la mayoría de sus hombres, envía legados a Antonio y promete, entregando rehenes, que permanecerá allí donde se le ordene y que cumplirá las órdenes que reciba. Tan sólo le pide una cosa: que respete su recelo y le autorice a no comparecer jamás ante ningún romano. Considerando Antonio que su petición nacía de un comprensible temor, accede a su petición y acepta los rehenes.

Sé que César redactó cada uno de sus comentarios para cada una de sus anuales campañas. A mí, sin embargo, no me ha parecido necesario hacerlo así, ya que, el año siguiente, durante el consulado de Lucio Paulo y Cayo Marcelo [27], no se produjo ningún hecho especialmente importante en las Galias. Con todo, para que todos conozcan donde estuvieron durante ese

---

[27] El año 50 a. C.

período los ejércitos de César, he pensado que debía escribir una breve información y unirla a este comentario.

XLIX. César, al pasar el invierno en Bélgica, tenía un único propósito, a saber, mantener como aliadas aquellas naciones y no dar a ninguna de ellas esperanza ni motivo para un alzamiento armado. Nada había, en efecto, que desease menos, a punto ya de su partida [28], que verse obligado por cualquier situación crítica a emprender alguna acción bélica y, cuando estaba a punto de licenciar el ejército, dejar tras de sí una guerra que toda la Galia asumiría complacida, al no existir en ella riesgo alguno. En consecuencia, dando un trato honorífico a las naciones, recompensando espléndidamente a sus jerarcas y no imponiendo ningún nuevo gravamen, con la mejora de las condiciones de sumisión mantuvo fácilmente en paz a una Galia cansada ya de tantas guerras saldadas con derrotas.

L. Acabado el invierno, contra su costumbre y a marchas forzadas partió hacia Italia para dialogar con los municipios y colonias, a quienes había recomendado favorecer la candidatura al sacerdocio de su cuestor Marco Antonio. Ponía en juego toda su influencia, no sólo para beneficiar gustosamente a un hombre estrechamente unido a él, a quien había enviado un poco antes para trabajar en su candidatura, sino también para luchar con todas sus fuerzas contra la facción y el poder de unos pocos que, rechazando la candidatura de Marco Antonio, deseaban destruir el prestigio de César. Y aunque había oído durante su viaje que se le había nombrado augur antes de su llegada a Italia, consideró, sin embargo, que tenía un motivo justificado para visitar los municipios y colonias a fin de agradecerles su masiva votación e interés en favor de Antonio y, al mismo tiempo, para solicitar su apoyo a su propia candidatura del año siguiente, ya que sus adversarios se vanagloriaban insolentemente de que habían sido elegidos cónsules Lu-

[28] Cfr. Libro VIII, n. 23.

cio Léntulo y Cayo Marcelo[29] —quienes tenían intención de privar a César de todos sus cargos y honores— y de que habían arrebatado el consulado a Servio Galba, a pesar de que éste gozaba de mucha mayor influencia y número de votos, debido precisamente a que había estado muy unido a él, por amistad y por haber sido habitualmente uno de sus legados.

LI. A su llegada, César fue acogido por todos los municipios y colonias con increíbles honores y cariño. Era la primera vez que acudía allí desde la guerra general de la Galia. Nada de lo que uno pueda imaginarse dejó de hacerse para el engalanamiento de puertas, caminos y de todos los lugares por donde César iba a pasar. La multitud acompañada de sus hijos le salía al encuentro; se inmolaban víctimas por todas partes; los foros y los templos estaban ocupados por guarnecidos triclinios, de manera que se hiciese palpable la alegría por un triunfo tan vivamente deseado. Tanta fue la magnificencia entre los más ricos y tanto el fervor entre los más humildes.

LII. Después de haber recorrido todas las regiones de la Galia togada, regresó con gran premura a reunirse con su ejército en Nemetocena[30] y, haciendo acudir a todas las legiones desde sus cuarteles de invierno a territorio de los tréveros, marchó allí y pasó revista al ejército. Al frente de la Galia togada puso a Tito Labieno, para que se encaminase a la candidatura al consulado con mayor prestigio. Por su parte, tan sólo hacía moverse a sus legiones lo que consideraba estrictamente necesario para cambiar de lugar en atención a la salud de sus tropas. Allí, aunque oía con frecuencia que sus enemigos querían ganarse a Labieno y se le hacía saber que todo ello respondía a las intrigas de unos pocos con el fin de despojarle, interponiendo la autoridad del senado, de parte de su ejército,

---

[29] El año 49 a. C. César pretendía presentarse a las elecciones para el consulado del año 48 a. C. Léntulo y Marcelo, que también lo pretendían, por parte del partido aristocrático, buscaban evitarlo, destituyendo previamente a César del gobierno de las Galias, lo que facilitaría su propósito.

[30] Nemetocena, capital de los atrébates, cfr. Libro VIII, n. 7.

sin embargo nunca dio crédito a nada de lo que afirmaban sobre Labieno ni pudo ser inducido a realizar ninguna acción en contra de la autoridad del senado. Creía, en efecto, que conseguiría fácilmente sus propósitos mediante los votos de los senadores si éstos eran realmente libres para manifestarse. Pues el tribuno de la plebe Cayo Curión, que había asumido la defensa de la causa y del honor de César, había propuesto muchas veces al senado que, si alguno se sentía receloso ante la fuerza militar de César, y puesto que el poder y las legiones de Pompeyo no provocaban menos terror en aquel foro, ambos generales depusiesen las armas y licenciaran sus respectivos ejércitos; que, si se obraba de esta manera, Roma recuperaría su libertad y sus derechos. Y no se limitó tan sólo a proponer esta solución, sino que por propia iniciativa comenzó a hacer la votación. Sin embargo, los cónsules y los amigos de Pompeyo ordenaron que no se llevase a cabo y, así, dando largas al asunto, se disolvió la reunión.

LIII. Era esta una muestra de la forma de pensar de todo el senado y muy acorde con un anterior suceso. Pues el año anterior, Marco Marcelo, que cuestionaba la gobernación de César, había llevado al senado, contra lo establecido por una ley de Pompeyo y Craso, un debate sobre las provincias otorgadas a César; después de expuestas las diferentes opiniones, al reclamar una votación el propio Marcelo, que pretendía acaparar para sí mismo el máximo prestigio con su odio a César, el senado mayoritariamente se pasó al otro lado [31]. No decaían a pesar de estos contratiempos los ánimos de los enemigos de César, sino que se motivaban para buscar alianzas más poderosas con las que se pudiera obligar al senado a aprobar lo que ellos por su cuenta habían decidido.

LIV. Se emite finalmente un decreto del senado ordenando que se envíen a la guerra contra los partos una legión por parte

---

[31] Las votaciones en el senado de Roma se hacían desplazándose físicamente los senadores y poniéndose al lado del senador o magistrado que hacía la propuesta con la que cada uno estaba de acuerdo.

de Cneo Pompeyo y otra por parte de César. Pero ambas legiones se las quitaron descaradamente a uno solo de ellos, o sea, a César. Pues Cneo Pompeyo entregó, como si fuera una de las suyas, la primera legión que había enviado a César, formada con la leva hecha en la provincia de César. César, por su parte, aunque no tenía la menor duda sobre las intenciones de sus adversarios, devolvió a Pompeyo la legión y, de las suyas propias, de acuerdo con el decreto del senado, ordena que sea entregada la legión decimoquinta, que tenía en la Galia Citerior. En lugar de ésta, envía a Italia la legión decimotercia, para ocupar las guarniciones de las que había sacado la decimoquinta. Acto seguido, asignó a su ejército los diversos acuartelamientos de invierno. Ubica en Bélgica a Cayo Trebonio con cuatro legiones; a Cayo Fabio con otras tantas legiones lo envía a territorio eduo. Opinaba César que, de esta forma, quedaría la Galia perfectamente asegurada, si los belgas, que eran los más bravos, y los eduos, que eran los más influyentes, estaban controlados por sus legiones. Él, por su parte, marchó a Italia.

LV. Cuando hubo llegado allí, fue informado por el cónsul Cayo Marcelo de que las dos legiones aportadas por él y que, según disponía el decreto senatorial, se habían de enviar a la guerra contra los partos, habían sido entregadas a Pompeyo y retenidas en Italia. Y aunque nadie tenía la menor duda ante esta arbitrariedad de lo que se estaba tramando contra César, César decidió, sin embargo, soportarlo todo en tanto le quedara alguna esperanza de solucionar la situación por la fuerza del derecho antes de hacerlo por la fuerza de las armas. Intentó por todos los medios...[32].

---

[32] «..., a través de cartas dirigidas al senado, que también Pompeyo renunciase al poder, prometiendo que él haría lo mismo; de lo contrario, él tomaría las medidas oportunas sobre sí mismo y sobre su patria.»

Este es el texto propuesto por M. Lamarie con el fin de rellenar la laguna del final de este texto, y que, sin duda, encaja bien con el principio de la *Guerra Civil,* la obra de Julio César, continuación de la *Guerra de las Galias.*

ÍNDICE ONOMÁSTICO